ein Ullstein Buch

ÜBER DAS BUCH:

Durch allerschönste urwüchsige britische Landschaft will Sir Giles, Parlamentarier mit Opportunismus und ohne Geschmack, eine Autobahn bauen, womit er gleichzeitig Geld in seine Taschen zu leiten und seine bessere Hälfte, die geräumige Lady Maud, sich aus seinem erfolgreichen Weg zu schaffen hofft. Seine Komplizen: Mr. Hoskins, korrupter Lokalbeamter, Lord Leakham, das ökologische Äquivalent zu einem Scharfrichter, und Mr. Dundridge, ein Bürokrat mit ungesunden Schwächen. Wie Lady Maud und ihr Gärtner Klex es mit diesem gewaltigen Interessenverband aufnehmen und jedem offiziellen Plan ihre eigenen Einfälle unter Zuhilfenahme von gebackenen Bohnen, Löwen, Nashörnern und einigen beeindruckenden Kriegsandenken entgegensetzen – das muß das Herz eines jeden Menschen beglücken, der sich jemals im Widerspruch zur Bürokratie befunden hat.

DER AUTOR:

Tom Sharpe wurde 1928 in England geboren, studierte in Cambridge, lernte als Buchhalter, Sozialarbeiter und Fotograf Südafrika kennen, bis er ausgewiesen wurde, und unterrichtete als Hilfslehrer an einer Berufsschule in Cambridge, bis ihm der Erfolg seiner Bücher die Freiheit schenkte, mit Frau und drei Töchtern als Schriftsteller zu leben.

Tom Sharpe

Klex in der Landschaft

Roman

ein Ullstein Buch

ein Ullstein Buch
Nr. 20963
im Verlag Ullstein GmbH,
Frankfurt/M – Berlin
Englischer Originaltitel:
Blott on the Landscape

Übersetzt von Hans M. Herzog

Ungekürzte Ausgabe

Umschlagentwurf:
Brian Bagnall

Taschenbuchausgabe mit Genehmigung
des Verlags Rogner & Bernhard

Printed in Germany 1989
Druck und Verarbeitung:
Ebner Ulm
ISBN 3 548 20963 7

November 1989
61.–80. Tsd.

Vom selben Autor
in der Reihe der
Ullstein Bücher:

Puppenmord (20202)
Trabbel für Henry (20360)
Tohuwabohu (20561)
Mohrenwäsche (20593)
Feine Familie (20709)
Der Renner (20801)
Henry dreht auf (22058)
Alles Quatsch (22154)

CIP-Titelaufnahme
der Deutschen Bibliothek

Sharpe, Tom:
Klex in der Landschaft: Roman / Tom
Sharpe. – Ungekürzte Ausg., 61.–80. Tsd. –
Frankfurt/M; Berlin: Ullstein, 1989
(Ullstein-Buch; Nr. 20963)
ISBN 3-548-20963-7
NE: GT

I

Sir Giles Lynchwood, Parlamentsabgeordneter für South Worfordshire, saß in seinem Arbeitszimmer und zündete sich eine Zigarre an. Vor seinem Fenster blühten Tulpen und Schlüsselblumen, eine Drossel stocherte im Rasen, und die Sonne schien vom wolkenlosen Himmel herunter. In der Ferne konnte er die Felsen der Cleene-Schlucht erkennen, die hoch über dem Fluß aufragten.

Doch Sir Giles hatte kein Auge für die Schönheiten der Landschaft. Seine Gedanken drehten sich um andere Dinge: um Geld, um Mrs. Forthby und um die Kluft zwischen den Dingen, wie sie waren, und den Dingen, wie sie hätten sein können. Nicht, daß sich seinem Blick aus dem Fenster eine Aussicht auf ungetrübte Schönheit geboten hätte. Er fiel auf Lady Maud, und was immer sie auch sein mochte, niemand, der noch ganz bei Trost war, würde ihr jemals das Attribut »schön« verliehen haben. Sie war groß und massiv und besaß eine Gestalt, die man einmal zutreffend als rodinhaft bezeichnet hatte – Sir Giles jedenfalls, der sie so leidenschaftlich betrachtete, wie es sechs Ehejahre gestatteten, fand sie kolossal unattraktiv. Dabei war Sir Giles eigentlich nicht besonders pingelig, wenn's um die äußere Erscheinung ging. Er hatte sein Vermögen damit gemacht, daß er die potentiellen Vorzüge wenig einnehmender Immobilien erkannte, und er konnte mit Fug und Recht von sich behaupten, mehr mittellose Mieter vor die Tür gesetzt zu haben als jeder andere anonyme Vermieter in London. Mauds Äußeres aber war noch das geringste seiner Eheprobleme. Es war eher ihre Gesinnung, ihre unverblümte Selbstsicherheit, die ihn zur Weißglut brachten. Und die Tatsache, daß er zum erstenmal in seinem Leben eine Frau am Hals hatte, die er nicht verlassen, und ein Haus, das er nicht verkaufen konnte.

Maud war eine geborene Handyman, und das Herrenhaus der Handymans war immer ihr Zuhause gewesen. Haus Handyman – ein riesiges, weitläufiges Gebäude mit zwanzig Schlafzimmern, einem Ballsaal samt federndem Fußboden, einem Rohrleitungssystem, das Industriearchäologen faszinierte, aber Sir Giles nachts am Einschlafen hinderte, sowie einer Zentralheizung, die zum Verbrauch von tonnenweise Koks konstruiert war und jetzt offenbar megaliterweise Öl schluckte – war im Jahr 1899 erbaut worden, um in Backsteinen, Mörtel und den abscheulicheren Möbeln jener Epoche die Tatsache zu demonstrieren, daß es die Familie Handyman zu was gebracht hatte. Sie hatte eine kurze gesellschaftliche Blüte erlebt: Eduard VII. hatte dem Haus zwei Besuche abgestattet und jedesmal Mrs. Handyman verführt, und zwar in der irrtümlichen Annahme, sie sei ein Zimmermädchen (ein Resultat ihrer Bescheidenheit, dank derer es ihr in der Gegenwart eines Mitglieds des Königshauses die Sprache verschlug). Als Wiedergutmachung für diesen königlichen Fauxpas und für geleistete Dienste wurde ihr Ehemann Bulstrode in den Adelsstand erhoben. Nach diesem kurzen Intermezzo gesellschaftlichen Glanzes waren die Handymans in ihre jetzige Vergessenheit versunken. Nachdem eine Woge von Ale – Handyman Pale, Handyman Triple XXX und Handyman West Country waren zu ihrer Zeit überaus beliebt – die Familie zu echter Berühmtheit hochgeschwemmt hatte, war sie der Neigung zum Brandy erlegen. Der erste Graf von Handyman, ein mißtrauischer Ehemann und ein aus verständlichen Gründen glühender Republikaner, starb gerade rechtzeitig, um posthumen Ruhm als erster Leichnam zu erlangen, für den Schatzkanzler Lloyd Georges exorbitante Erbschaftssteuern fällig wurden. Fast auf dem Fuße war ihm sein ältester Sohn Bartholomew gefolgt, dessen Reaktion auf die Zahlungsaufforderung des Finanzamts die gewesen war, sich mittels zweier Flaschen Trois Six de Montpellier aus dem Fundus seines Vaters zu Tode zu saufen.

Der Ausbruch des Ersten Weltkriegs hatte das Familienglück vollends vernichtet. Der Zweitälteste, Boothroyd, der zur Beruhigung seiner Nerven einen Schluck aus einer Flasche mit Batteriesäure genommen hatte, ehe er aus dem Schützengraben zum Sturmangriff überging, war mit derart irreparabel geschädigten Geschmacksknospen aus Frankreich zurückgekehrt, daß seinen Versuchen, Handyman Ale die Vorkriegsqualität und -beliebtheit wiederzugeben, genau das entgegengesetzte Resultat beschieden war. Zum erstenmal traf die Ehrenbezeichnung »Außerordentlicher Hoflieferant und Brauer seiner Majestät des Königs« haargenau das Charakteristische der in der Handyman-Brauerei erzeugten Biere. In den zwanziger und dreißiger Jahren ging der Umsatz sogar noch weiter zurück, bis einzig ein Dutzend brauereieigener Gaststätten in Worfordshire die Erzeugnisse des Hauses Handyman anboten; ein Gefühl der Loyalität zur Familie zwang deren Gäste zum Vertilgen von Boothroyds entsetzlichem Gesöff – und die Weigerung der zuständigen Bürokraten (zu denen auch Boothroyd gehörte), irgendwem sonst die Genehmigung zum Ausschank alkoholischer Getränke zu erteilen. Inzwischen war es mit den Handymans so weit gekommen, daß sie nur noch einen Flügel des Hauptgebäudes bewohnten, und den Ausbruch des Zweiten Weltkriegs hatten sie damit gefeiert, daß sie dem Kriegsministerium den Rest ihres Anwesens zur Verfügung stellten. Boothroyd starb im Dienst bei der Bürgerwehr, und an seine Stelle trat Mauds Vater Busby; das Herrenhaus diente zunächst als Unterkunft für General de Gaulles Stabschef und die gesamte Exilarmee des damaligen freien Frankreichs und später als Internierungslager für italienische Kriegsgefangene. Der vierte Graf hatte getan, was er konnte, um dem Handyman Ale seine ehemalige Beliebtheit wiederzugeben, indem er auf das Originalrezept zurückgriff, und der Familie ihr einstiges Vermögen wiederzubeschaffen, indem er mit all seinem Einfluß dafür sorgte, daß das Kriegsministerium eine unangemessen hohe Miete für ein Gebäude zahlte, das es gar nicht haben wollte.

Dieser Einfluß, der Handyman-Einfluß, hatte Sir Giles davon überzeugt, daß ihm Schlimmeres widerfahren könne, als Lady Maud zu ehelichen und durch sie einen Sitz im Parlament zu erlangen. Doch wenn er über die zurückliegenden Jahre nachdachte, neigte Sir Giles zu der Ansicht, daß er für den Herrensitz und die gesellschaftliche Anerkennung einen zu hohen Preis bezahlt habe. Damals hatte er von einer Verstandesheirat gesprochen, doch dieser Begriff hatte sich als absolut unzutreffend erwiesen. Nichts an Mauds Äußerem hatte auf eine übertriebene Mäkeligkeit in Sexfragen hingedeutet, und Sir Giles war überrascht, um nicht zu sagen schmerzhaft berührt gewesen, als sie während der Flitterwochen seinen Vorschlag allzu wörtlich genommen hatte, sie möge ihn ans Bett binden und schlagen. Sir Giles Schmerzensschreie waren einen halben Kilometer die Costa Brava entlang zu hören gewesen und hatten zu einer peinlichen Unterredung mit dem Hoteldirektor geführt. Den ganzen Weg nach Hause hatte Sir Giles stehen müssen und seitdem in einem separaten Schlafzimmer – und bei Mrs. Forthby Zuflucht gesucht, in deren Wohnung in St. John's Wood wenigstens Verlaß auf Mäßigung war. Daß keine Chance auf Scheidung bestand, machte die Angelegenheit nur noch schlimmer. Ihr Ehevertrag enthielt eine Anwartschaftsklausel, nach der Herrenhaus samt Grundbesitz – für die er Maud hunderttausend Pfund hatte zahlen müssen – wieder in ihr Eigentum übergingen, falls er stürbe, ohne Erben zu hinterlassen, oder sich einen Fehltritt zuschulden kommen ließe, der sie vor den Scheidungsrichter brächte. Sir Giles war zwar ein reicher Mann, doch ein Preis von hunderttausend Pfund war zu hoch für seine Freiheit.

Er seufzte und warf einen Blick aus dem Fenster. Lady Maud war verschwunden, dennoch war die Aussicht keineswegs angenehmer geworden. Den Platz von Lady Maud hatte

Klex, der Gärtner, eingenommen, der quer über den Rasen in Richtung Küchengarten trottete. Sir Giles musterte die untersetzte Gestalt mit Abscheu. Für einen Gärtner, für einen italienischen Gärtner und ehemaligen Kriegsgefangenen hatte Klex etwas Selbstzufriedendes an sich, das Sir Giles gehörig auf die Nerven ging. Er mochte es, wenn seine Dienerschaft unterwürfig war, und von Unterwürfigkeit fand sich bei Klex keine Spur. Dieser Mistkerl schien zu glauben, das ganze Anwesen gehöre ihm. Sir Giles sah, wie er durch die Tür in der Mauer des Küchengartens verschwand, und dachte über Mittel und Wege nach, wie er sich Klex, Lady Maud und den Herrensitz der Handymans vom Halse schaffen konnte. Da kam ihm eine Idee.

*

Lady Maud auch. Während sie durch den Garten trampelte, hier einen Löwenzahn und dort eine Sternmiere entwurzelte, drehten sich ihre Gedanken einzig und allein ums Kinderkriegen.

»Jetzt oder nie«, murmelte sie, während sie eine Nacktschnecke zerquetschte. Zwischen ihren Beinen hindurch konnte sie Sir Giles in seinem Arbeitszimmer sehen und sich zum wiederholten Mal fragen, warum sie ausgerechnet einen Mann mit einem so geringen Pflichtbewußtsein geheiratet hatte; ihrer Meinung nach gab es keine höhere Tugend. Aus Pflichtgefühl gegenüber ihrer Familie hatte sie ihn geheiratet. Wäre es nach ihr gegangen, sie hätte einen jüngeren, attraktiveren Mann gewählt, doch das Angebot an jungen, attraktiven Männern mit Vermögen war in Worfordshire begrenzt und Maud war nicht ansehnlich genug, um sich in London einen aufzustöbern.

»In die Gesellschaft eingeführt werden?« hatte sie ihre Mutter angeschrien, als Lady Handyman vorschlug, man solle sie bei Hofe einführen. »In die Gesellschaft? Das hab' ich doch längst hinter mir.«

Und es stimmte. Lady Mauds kurzlebige Schönheit hatte

sich verfrüht eingestellt. Mit fünfzehn sah sie entzückend aus. Mit einundzwanzig waren die Handymanschen Gesichtszüge, vor allem die gewaltige Nase, immer auffallender und sie immer unattraktiver geworden. Mit fünfunddreißig war sie eine Handyman vom Scheitel bis zur Sohle und nur noch für jemanden mit Sir Giles' verkommenem Geschmack und seinem Auge für versteckte Vorzüge akzeptabel. Ohne Illusionen hatte sie seinen Heiratsantrag angenommen, um dann zu spät herauszufinden, daß sein langes Junggesellendasein bei ihm Spuren in Gestalt einer Reihe von Angewohnheiten und Phantasievorstellungen hinterlassen hatte, die es ihm unmöglich machten, seinen Teil der Abmachung zu erfüllen. Wofür Sir Giles auch immer geeignet war – die Vaterschaft gehörte nicht dazu. Nach dem unglückseligen Erlebnis in ihren Flitterwochen hatte Maud versucht, eine Aussöhnung zu erreichen, doch ohne Erfolg. Sie hatte es mit Alkohol probiert, mit stark gewürzten Speisen, mit Austern und Champagner, mit hartgekochten Eiern, doch Sir Giles war eisern impotent geblieben. An diesem heiteren Frühlingstag, wo alles um sie herum aufkeimte und emporschoß und ihr die Freuden der Mutterschaft aus allen Winkeln des Anwesens entgegentönten, verspürte Lady Maud ein ausgesprochen lüsternes Verlangen. Sie wollte noch einen Versuch unternehmen, Sir Giles zur Räson zu bringen. Entschlossen richtete sie sich auf, marschierte über den Rasen ins Haus und ging durch den Flur.

»Giles«, sagte sie, als sie das Arbeitszimmer ohne anzuklopfen betrat, »es ist an der Zeit, daß wir uns mit dieser Sache auseinandersetzen.« Sir Giles schaute von seiner Times auf. »Welche Sache?« fragte er.

»Du weißt sehr gut, wovon ich rede. Brauchst gar nicht wie die Katze um den heißen Brei zu streichen.«

Sir Giles faltete die Zeitung zusammen. »Brei, Liebes?« meinte er skeptisch.

»Versuch' nicht abzulenken«, sagte Lady Maud.

»Ich lenke überhaupt nicht ab«, protestierte Sir Giles, »ich weiß ganz einfach nicht, wovon du sprichst.«

Lady Maud legte ihre Hände auf den Schreibtisch und beugte sich drohend vor. »Sex«, knurrte sie.

Sir Giles kuschelte sich in seinen Stuhl. »Ach ja, Sex«, murmelte er. »Was ist damit?«

»Ich werde auch nicht jünger.«

Sir Giles nickte verständnisvoll. Es war eine der wenigen Tatsachen, für die er dankbar war.

»In ein oder zwei Jahren ist es zu spät.«

Gott sei Dank, dachte Sir Giles, doch die Worte blieben ungesagt. Stattdessen entschied er sich für eine Ramon Allones aus seiner Zigarrenkiste. Das war ein ungeschickter Schritt. Lady Maud beugte sich vor und entriß sie seinen Fingern.

»Jetzt hör mir mal zu, Giles Lynchwood«, sagte sie, »ich hab' dich nicht geheiratet, um als kinderlose Witwe zu enden.«

»Witwe?« fragte Sir Giles verschreckt.

»Die Betonung liegt auf ›kinderlos‹. Ob du lebendig oder tot bist, läßt mich ziemlich kalt. Wichtig ist, daß ich einen Erben kriege. Als ich dich heiratete, geschah dies einzig unter der Voraussetzung, daß du der Vater meiner zukünftigen Kinder werden solltest. Wir sind jetzt seit sechs Jahren verheiratet. Es ist an der Zeit, daß du deine Pflicht tust.«

Sir Giles schlug seine Beine herausfordernd übereinander. »Das haben wir doch alles schon mal durchgekaut«, murmelte er.

»Das haben wir mitnichten alles durchgekaut. Genau darüber beschwere ich mich ja. Du hast dich hartnäckig geweigert, dich wie ein normaler Ehemann zu benehmen. Du hast...«

»Wir alle haben so unsere Problemchen, Liebes«, sagte Sir Giles.

»Durchaus«, räumte Lady Maud ein, »die haben wir. Nur daß meine Problemchen unglücklicherweise weit weniger Aufschub dulden als deine. Ich bin über vierzig und werde, wie ich bereits andeutete, in ein oder zwei Jahren das gebärfähige Alter überschritten haben. Seit fünfhundert Jahren lebt meine Familie nun schon in dieser Schlucht, und ich bin keinesfalls gewillt, mich mit der Gewißheit ins Grab zu legen, daß ich die letzte Handyman bin.«

»Mir ist nicht ganz klar, wie du das umgehen kannst, was auch immer geschieht«, sagte Sir Giles. »Schließlich würden sie – den unwahrscheinlichen Fall vorausgesetzt, daß du Kinder bekämst – den Namen Lynchwood tragen.«

»Ich hatte schon immer vor«, erklärte Lady Maud, »den Namen durch einseitige Absichtserklärung ändern zu lassen.«

»Tatsächlich? Tja, dann laß dich davon unterrichten, daß dazu keine Notwendigkeit besteht«, sagte Sir Giles. »Aus unserer Ehe werden keine Kinder hervorgehen, daran gibt's nichts zu rütteln.«

»Wenn das so ist«, sagte Lady Maud, »werde ich die nötigen Schritte für eine Scheidung einleiten. Du hörst dann von meinen Anwälten.«

Sie verließ das Zimmer und schmetterte die Tür hinter sich zu. Zurück blieb ein vor Genugtuung zitternder Sir Giles. Vorüber waren die Jahre der Qual. Er würde seine Scheidung bekommen und den Herrensitz behalten. Mit den Sorgen war es endlich vorbei. Er griff nach der nächsten Zigarre und zündete sie an. Von oben konnte er die schwerfälligen Bewegungen seiner Frau in ihrem Schlafzimmer hören. Zweifellos bereitete sie sich auf einen Besuch bei Ganglion, Turnbull und Shrine vor, den Familienanwälten in Worford. Sir Giles faltete die Times auseinander und las noch einmal den Brief über den Kuckuck.

2

Mr. Turnbull von Ganglion, Turnbull und Shrine war zwar verständnisvoll, aber keineswegs hilfreich. »Wenn Sie mit solch offensichtlich wenig stichhaltigen Scheidungsgründen, wie den von Ihnen gerade so anschaulich skizzierten, einen Prozeß anstrengen«, informierte er Lady Maud, »wird die Anwartschaftsklausel null und nichtig. Womöglich verlieren Sie am Ende sogar das gesamte Anwesen.«

»Wollen Sie mir vielleicht weismachen, ich kann mich nicht von meinem Mann scheiden lassen, ohne meinen Familiensitz zu verlieren?« wollte Lady Maud wissen.

Mr. Turnbull nickte. »Sir Giles muß Ihre Behauptungen nur abstreiten«, erläuterte er, »und ich kann mir, ehrlich gesagt, kaum denken, daß ein Mann in seiner Position diese Verfehlungen zugibt. Das Gericht würde zu seinen Gunsten entscheiden, so leid es mir tut. Bei einem derartigen Fall liegt die Schwierigkeit darin, daß man keinen überzeugenden Beweis vorlegen kann.«

»Ich würde doch denken, meine Jungfräulichkeit sei Beweis genug«, gab ihm Lady Maud unverblümt zu verstehen.

Mr. Turnbull unterdrückte einen Schauder. Die Vorstellung, daß Lady Maud ihr Jungfernhäutchen als Beweisstück A vorlegen würde, sagte ihm ganz und gar nicht zu.

»Meiner Meinung nach sollten wir uns nach was ein bißchen Orthodoxerem umsehen. Schließlich könnte Sir Giles ja behaupten, Sie hätten ihm seine ehelichen Rechte verweigert. Dann stünde ganz einfach sein Wort gegen Ihres. Natürlich könnten Sie die Scheidung trotzdem erwirken, doch juristisch betrachtet würde das Anwesen in seinem Besitz bleiben.«

»Aber irgend etwas werde ich doch unternehmen können«, wandte Lady Maud ein. Wie er sie so ansah, hatte Mr. Turnbull da seine Zweifel, war jedoch taktvoll genug, sie nicht auszusprechen.

»Und Sie haben versucht, eine Aussöhnung herbeizuführen, sagen Sie?«

»Ich habe Giles klar gemacht, er müsse seine Pflicht mir gegenüber erfüllen.«

»Das ist nicht ganz das, was ich meinte«, klärte Mr. Turnbull sie auf. »Schließlich ist die Ehe, wenn es gut geht, eine schwierige Beziehung. Vielleicht würde ein wenig Zärtlichkeit Ihrerseits...«

»Zärtlichkeit?« sagte Lady Maud. »Zärtlichkeit? Anscheinend ist Ihnen entfallen, daß mein Mann ein perverser Mensch ist. Bilden Sie sich etwa ein, daß ein Mann, der Befriedigung empfindet, wenn man ihn...«

»Nein«, sagte Mr. Turnbull eilig, »ich habe schon begriffen. Vielleicht ist Zärtlichkeit das falsche Wort. Was ich meinte, was... nun ja... ein wenig Verständnis.«

Lady Maud schaute ihn verächtlich an.

»Schließlich heißt es ja *tout comprende, c'est tout pardonner*«, fuhr Mr. Turnbull fort, wobei er unwillkürlich in die Sprache verfiel, die für ihn gleichbedeutend war mit Kultiviertheit in Herzensangelegenheiten.

»Wie meinen?« fragte Lady Maud.

»Ich sagte nur, alles verstehen, heißt alles verzeihen«, erläuterte Mr. Turnbull.

»Aus dem Munde eines Juristen finde ich diese Bemerkung erstaunlich«, sagte Lady Maud, »und ich bin sowieso weder an Verstehen noch an Verzeihen interessiert. Ich bin ganz einfach daran interessiert, ein Kind zur Welt zu bringen. Meine Familie lebt seit fünfhundert Jahren in der Schlucht, und ich beabsichtige keineswegs, die Verantwortung dafür auf mich zu laden, daß sie keine weiteren fünfhundert Jahre hier wohnen bleibt. Sie mögen mein Beharren auf der Familientradition romantisch finden. Ich kann nur sagen, ich betrachte es als meine Pflicht, einen Erben in die Welt zu setzen. Wenn mein Mann sich weigert, seiner Zeugungspflicht nachzukommen, werde ich eben einen Ersatz für ihn finden.«

»Meine liebe Lady Maud«, sagte Mr. Turnbull, dem plötzlich bewußt wurde, daß er möglicherweise Gefahr lief, zum ersten Objekt ihrer außerehelichen Aufmerksamkeiten zu werden, »ich bitte sie inständig, keine übereilten Schritte zu unternehmen. Nach einem ehebrecherischen Akt Ihrerseits gelänge es Sir Giles ganz ohne Zweifel, eine Scheidung zu erwirken, bei der man die Anwartschaftsklausel für nichtig erklären würde. Vielleicht möchten Sie ja, daß ich einmal mit ihm rede. Manchmal hilft es, wenn man einen Dritten einschaltet, einen völlig Unparteiischen, Sie verstehen schon, um eine Aussöhnung zu erreichen.«

Lady Maud schüttelte den Kopf. Ihre Gedanken drehten sich um Ehebruch.

»Gehe ich recht in der Annahme«, meinte sie schließlich, »daß, wenn Giles Ehebruch begeht, das Anwesen mir zugesprochen wird?«

Bei dieser Vorstellung strahlte Mr. Turnbull. »In dem Fall gäbe es keinerlei Schwierigkeiten«, sagte er. »Dann hätten Sie ein unanfechtbares Anrecht auf das Anwesen. Das steht im Vertrag. Keinerlei Schwierigkeiten.«

»Gut«, sagte Lady Maud und erhob sich. Sie ging und überließ Mr. Turnbull der begründeten Vermutung, daß Sir Giles Lynchwood eine böse Überraschung bevorstünde, und – noch besser – daß sich die Firma Ganglion, Turnbull und Shrine auf einen langwierigen Prozeß sowie nicht unerhebliche Anwaltshonorare freuen könne.

Draußen im Wagen wartete Klex.

»Klex«, sagte Lady Maud als sie sich auf den Rücksitz hievte, »was wissen Sie über das Abhören von Telefonen?«

Klex lächelte und ließ den Motor an. »Kein Problem, man braucht bloß etwas Draht und einen Kopfhörer.«

»Wenn das so ist, dann halten Sie am nächsten Elektroladen und kaufen das erforderliche Material.«

Als sie am Haus Handyman eintrafen, hatte Lady Maud sich ihre Pläne zurechtgelegt.

*

Sir Giles ebenfalls. Als seine erste Hochstimmung angesichts einer möglichen Scheidung abgeklungen war, kamen ihm beim Abwägen der ganzen Angelegenheit etliche unangenehme Möglichkeiten in den Sinn. Zunächst einmal schmeckte ihm der Gedanke überhaupt nicht, sich von irgendeinem Staranwalt wegen seines Liebeslebens ins Kreuzverhör nehmen zu lassen. Für die Zeitungen, besonders für das eine oder andere Sonntagsblatt, wäre Lady Mauds Schilderung ihrer Flitterwochen ein gefundenes Fressen. Schlimmer noch, er würde niemanden wegen Verleumdung verklagen können. Der Hoteldirektor konnte die Geschichte bestätigen, und obwohl Sir Giles wahrscheinlich den Scheidungsprozeß gewinnen und den Herrensitz würde behalten dürfen, seinen guten Ruf war er mit Sicherheit los. Nein, mit dieser Angelegenheit mußte man sich auf eine diskretere Art und Weise befassen. Sir Giles griff nach einem Bleistift und begann, vor sich hin zu kritzeln.

Das Problem war schlicht folgendes: Die Scheidung – sollte sie je akut werden – mußte zu seinen Bedingungen erfolgen. Nicht das geringste Odium eines Skandals durfte daran haften. Es wäre vermessen, zu hoffen, daß Lady Maud einen Liebhaber fände, doch womöglich trieb sie ja die Verzweiflung zu irgendeiner Wahnsinnstat. Sir Giles hatte da zwar so seine Zweifel, zumal ihr Alter, ihre Erscheinung und ihr ganzes Wesen so etwas eher unwahrscheinlich machten. Und dann waren da noch der Herrensitz und die hunderttausend Pfund, die er dafür bezahlt hatte. Er zeichnete eine Katze und dachte sich gerade, daß es mehr Möglichkeiten gäbe, mit einem Gebäude Profit zu machen, als es zu verkaufen oder bis auf die Grundmauern niederzubrennen, da weckte die Form seiner Skizze – eine Acht mit Ohren und Schwanz – in ihm die Erinnerung an etwas, das er einmal aus der Luft gesehen hatte. Eine Überführung, eine Kleeblattkreuzung, eine Autobahn.

Kurz darauf entfaltete er ein Meßtischblatt und musterte es mit äußerstem Interesse. Warum hatte er nicht gleich daran gedacht? Die ideale Strecke führte durch die Schlucht des Cleene. Sie lag genau zwischen Sheffingham und Knighton. Und beim Autobahnbau wurden Grundstücksenteignungen verfügt und große Entschädigungssummen gezahlt. Die perfekte Lösung. Es bedurfte nur des einen oder anderen Worts ins richtige Ohr. Sir Giles nahm den Telefonhörer ab und wählte. Als Lady Maud schließlich aus Worford zurückkam, war er glänzender Laune. Hoskins von der Planungsbehörde Worfordshire war überaus entgegenkommend gewesen, aber Hoskins war ja schon immer entgegenkommend gewesen. Das zahlte sich für ihn aus, jedenfalls konnte er sich so ein weit größeres Haus leisten, als man es bei seinem Gehalt eigentlich hätte vermuten sollen. Sir Giles lächelte still in sich hinein. Einfluß war eine phantastische Einrichtung.

»Ich fahre heute nachmittag nach London«, informierte er Lady Maud beim gemeinsamen Mittagessen. »Muß die eine oder andere geschäftliche Angelegenheit klären. Ich könnte mir denken, daß ich dafür ein paar Tage brauche.«

»Das würde mich nicht im geringsten wundern«, sagte Lady Maud.

»Solltest du mich wegen irgendwas brauchen, hinterlaß eine Nachricht bei meiner Sekretärin.«

Lady Maud nahm sich eine Portion Cottage Pie, mit Kartoffelpürree überbackenes Hackfleisch. Sie hatte gute Laune. Sie hegte nicht den geringsten Zweifel, daß Sir Giles mit irgendwem in London seiner Vorliebe für frigide Sexpraktiken nachging. Es mochte eine Weile dauern, den Namen seiner Geliebten in Erfahrung zu bringen, doch auf eine gewisse Wartezeit war sie vorbereitet.

*

»Außergewöhnliche Frau, Lady Maud«, meinte Mr. Turnbull, der mit Mr. Ganglion in der Bar zu den Vier Federn in Worford saß.

»Außergewöhnliche Familie«, stimmte Mr. Ganglion zu. »An ihre Großmutter, die alte Gräfin, erinnern Sie sich wohl nicht mehr, nehme ich an. Nein, wohl kaum. Ich weiß noch, wie ich ihr Testament aufsetzte, das war... also, wann kann das denn gewesen sein... muß im März 1936 gewesen sein. Augenblick, sie starb im Juni desselben Jahres, es muß also im März gewesen sein. Bestand drauf, daß ich die Aussage aufnahm, ihr Sohn, Busby, sei teilweise von königlichem Blut. Ich wies darauf hin, daß er in diesem Fall nicht erbberechtigt sei, doch sie blieb hartnäckig. ›Von königlichem Geblüt‹, wiederholte sie ständig. Schließlich brachte ich sie dazu, mehrere Testamentkopien zu unterschreiben, von denen allerdings nur in der obersten der königliche Bastard erwähnt wurde.«

»Guter Gott«, sagte Mr. Turnbull, »glauben Sie, an der Sache war irgendwas dran?«

Mr. Ganglion blickte ihn über den Rand seiner Brille an. »Unter uns gesagt, ich muß zugeben, daß es durchaus im Bereich des Möglichen lag. Die Daten paßten durchaus. Busby kam 1905 zur Welt, und der königliche Besuch fand im Jahr '04 statt. Eduard der Siebte war ziemlich berüchtigt für solche Geschichten.«

»Lady Mauds Aussehen wäre dadurch ja einigermaßen erklärt«, gab Mr. Turnbull zu. »Und ihre Arroganz, nicht zu vergessen.«

»Solche Dinge vergißt man am besten«, sagte Mr. Ganglion traurig. »Weswegen wollte sie Sie sprechen?«

»Sie möchte sich scheiden lassen. Davon konnte ich sie abbringen, wenigstens vorübergehend. Lynchwood hat anscheinend den Hang zur Flagellation.«

»Sehr sonderbar, woran manche Burschen Gefallen finden«, sagte Mr. Ganglion. »Allerdings hat er ja wohl auch keine Privatschule besucht. Überaus seltsam. Dabei sollte man meinen, wenn ihn eine hätte befriedigen können, dann wäre es Maud gewesen. Sie hat Unterarme wie ein Bauarbeiter.«

»Wenn mein Eindruck stimmt, hat sie es eher übertrieben«, erläuterte Mr. Turnbull.

»Famos. Famos.«

»Das Hauptproblem scheint der Nichtvollzug der Ehe zu sein. Sie will einen Erben, bevor es zu spät ist.«

»Die immer wiederkehrende fixe Idee solcher alten Familien. Wozu haben Sie ihr denn geraten? Künstliche Befruchtung?«

Mr. Turnbull leerte sein Glas. »Ganz bestimmt nicht«, murmelte er. »Sie scheint immer noch Jungfrau zu sein.«

Mr. Ganglion kicherte. »'ne Jungfrau um vierzig, ein Drachen, die trieb höchst erschreckende Sachen. Sie hielt sich ein Schwein, dessen furchtbares Schrei'n... oder hieß es ›furchtbare Pein‹? Ist mir entfallen.«

Sie machten sich ans Mittagessen.

*

Im Gewächshaus am Ende des Küchengartens beendete Klex sein Mittagessen. Die frühen Geranien und Chrysanthemen um ihn her mit ihren rosa und roten Blüten paßten zu seiner Gesichtsfarbe. Hier befand sich das Allerheiligste seiner Welt, wo er inmitten von Blumen rasten konnte, deren Schönheit ihm bewies, daß das Leben nicht ganz und gar sinnlos war. Durch die gläsernen Fenster konnte er den Küchengarten sehen, den Kopfsalat, die Erbsen und Bohnen, die Johannisbeerbüsche und die Stachelbeeren, auf die er besonders stolz war. Und zu allen Seiten hielten alte Backsteinmauern die Welt fern, für die er nichts als Mißtrauen übrig hatte. Klex leerte seine Thermosflasche und stand auf. Über seinem Kopf konnte er die Telefondrähte erkennen, die vom Haus wegführten. Er ging hinaus, schnappte sich eine Leiter, und bald war er eifrig damit beschäftigt, seine Drähte an die Leitung über ihm anzuschließen. Als Sir Giles im Bentley davonfuhr, war er immer noch dabei. Klex beobachtete seine Abfahrt ohne Interesse. Er konnte Sir Giles partout nicht ausstehen, und einer der Vorteile seiner Arbeit im Küchengarten bestand darin, daß sie sich nur selten begegneten. Er beendete seine Arbeit, dann schloß er Kopfhörer und Klingel an. Danach ging er ins Haus. Lady Maud fand er in der Küche beim Geschirrspülen.

»Es ist so weit«, sagte er, »wir können es ausprobieren.«

Lady Maud trocknete sich die Hände ab. »Was habe ich zu tun?«

»Wenn das Telefon klingelt, setzen Sie sich den Kopfhörer auf«, erklärte Klex.

»Sie gehen ins Arbeitszimmer, wählen eine Nummer, und ich höre zu«, sagte Lady Maud.

Klex ging ins Arbeitszimmer und setzte sich hinter den Schreibtisch. Erst nahm er den Hörer ab, dann überlegte er, wen er wohl anrufen sollte. Er kannte keinen, den er anrufen konnte. Schließlich fiel sein Blick auf einen Schreibblock vor ihm, und da war mit Bleistift eine Nummer notiert. Neben ihr befanden sich ein paar Kritzeleien und eine Katzenzeichnung. Klex wählte die Nummer. Sie war ziemlich lang, fing mit 01 an, und er mußte eine ganze Weile warten, bis sich jemand meldete.

»Hallo, hier spricht Felicia Forthby«, sagte eine Frauenstimme.

Klex überlegte, was er wohl antworten sollte. »Hier ist Klex«, meinte er schließlich.

»Klex?« fragte Mrs. Forthby. »Kenne ich Sie?«

»Nein«, sagte Klex.

»Kann ich irgend etwas für Sie tun?«

»Nein«, sagte Klex.

Es folgte ein betretenes Schweigen, dann ergriff Mrs. Forthby wieder das Wort. »Was wollen Sie?«

Klex überlegte, was er wohl gerade brauchte. »Ich will eine Tonne Schweinemist haben«, sagte er.

»Da sind Sie offenbar falsch verbunden.«

»Ja«, sagte Klex und legte den Hörer auf.

Im Gewächshaus war Lady Maud von diesem Experiment hellauf begeistert. »Bald werde ich herausfinden, wer ihn jetzt verdrischt«, dachte sie und setzte den Kopfhörer ab. Dann ging sie wieder ins Haus.

»Wir werden abwechselnd sämtliche Telefonate meines Mannes abhören«, verkündete sie Klex. »Ich will herausbekommen, wen er in London besucht. Sie müssen die Namen von allen Leuten aufschreiben, mit denen er telefoniert. Haben Sie verstanden?«

»Ja«, sagte Klex und ging zufrieden zurück in seinen Küchengarten. In der Küche beendete Lady Maud ihren Abwasch. Eigentlich hatte sie Klex fragen wollen, mit wem er gesprochen hatte. Sei's drum, das war nebensächlich.

3

Sir Giles kam um einiges früher aus London zurück, als er erwartet hatte. Dank ihrer Periode war Mrs. Forthby wirklich mies gelaunt, und Sir Giles hatte schon genug am Hals, da wollte er nicht auch noch die Nebenwirkungen ihrer menstruationsbedingten Nervosität über sich ergehen lassen. Außerdem war Mrs. Forthby in natura was ganz anderes als die Mrs. Forthby seiner Phantasie. Letztere wies eine Vielzahl perverser Neigungen auf, die sich haargenau mit seinen eigenen unglückseligen Neigungen deckten, zudem verfügte sie über eine Diskretion, die einer Trappistennonne zur Ehre gereicht hätte. In der Realität war sie enttäuschend anders. Anscheinend glaubte sie – und Sir Giles' Meinung nach konnte eine Frau keinen schwereren Fehler haben –, er liebe sie einzig und allein um ihrer selbst willen. Bei dieser Formulierung lief es ihm kalt den Rücken runter. Wenn er sie überhaupt liebte, und nur mit der Entfernung wuchs seine Liebe, so gewiß nicht um ihrer selbst willen. Nur deswegen, weil es ihr, soweit er feststellen konnte, an *jeglichem* Selbst fehlte, hatte er sich überhaupt zu ihr hingezogen gefühlt.

Äußerlich wies Mrs. Forthby alle Attribute begehrenswerter Weiblichkeit auf, beinahe zu viele für heikle Geschmäcker, und sie wurden sämtlich in Korsetts, Mieder, Strumpfhalter und Büstenhalter eingezwängt, die Sir Giles' Phantasie entfachten und ihn an die Anzeigen in Frauenzeitschriften erinnerten, mit denen sich seine sexuelle Unreife die ersten Sporen verdient hatte. Innerlich war Mrs. Forthby, wenn man nach ihrer unterbelichteten Gesprächsführung urteilte, eine einzige Leere; und diese Leere wollte Sir Giles füllen, da er sich unverdrossen Hoffnung machte, eine Geliebte mit ebenso verruchten Bedürfnissen zu finden, wie er sie hatte. Was das betraf, mußte er allerdings zugeben, daß Mrs. Forthby seinen Erwartungen überhaupt nicht entsprach. Verständnisvoll mochte sie zwar sein – auch wenn er manchmal bezweifelte, daß sie überhaupt Verstand hatte –, doch es fehlte ihr trotz allem am Verständnis für die komplizierten Verrenkungen und Würgegriffe, aus denen für Sir Giles das Vorspiel bestand. Außerdem hatte sie die bedauerliche Angewohnheit, ausgerechnet dann loszukichern, wenn er sich gerade am meisten konzentrieren mußte, und Erinnerungen aus ihrer Pfadfinderinnen-Ausbildung von sich zu geben, während sie die Altweiberknoten fester zurrte, für die er eine solche Schwäche hatte. Am allerschlimmsten waren ihre Zerstreutheit und Geistesabwesenheit (gegen diesen Begriff hatte er nichts einzuwenden). Es konnte durchaus geschehen, daß sie ihn etliche Stunden lang geknebelt und ans Bett gefesselt seinem Schicksal überließ, während sie im Nebenzimmer Freunde mit Tee bewirtete. In solchen Momenten zwangsweiser Besinnung war sich Sir Giles der Diskrepanz zwischen seiner öffentlichen und seiner privaten Stellung am deutlichsten bewußt und hoffte inständig, daß beide nie von irgendeiner verfluchten Frau auf der Suche nach der Toilette zur Deckung gebracht würden. Nicht daß er einen Eingriff in seine Phantasiewelt verschmäht hätte, wenn er nur sicher gehen konnte, daß ihn so etwas nicht zur Witzfigur von Westminster machte. Nach einer derartigen Episode hatte er damit gedroht, Mrs. Forthby umzubringen; gehindert hatte ihn nur sein Unvermögen, aufrecht zu stehen, sogar nachdem sie ihn losgebunden hatte.

»Wo zum Teufel hast du bloß gesteckt?« hatte er sie damals angebrüllt, als sie um ein Uhr morgens wiederkam.

»In der Oper«, antwortete Mrs. Forthby. »*Die Zauberflöte*. Eine göttliche Aufführung.«

»Das hättest du mir ruhig sagen können. Sechs Stunden

lang hab' ich hier gelegen und Qualen ausgestanden.«

»Ich dachte, das gefiele dir«, sagte Mrs. Forthby. »Ich dachte, genau das wolltest du haben.«

»Ich haben?« kreischte Sir Giles. »Sechs Stunden lang? Keiner, der recht bei Trost ist, will sechs Stunden lang wie ein Stubenküken zusammengebunden rumliegen.«

»Nein, Liebling«, stimmte Mrs. Forthby artig zu. »Ich hab's bloß vergessen. Soll ich dir jetzt deinen Einlauf machen?«

»Kommt nicht in Frage«, schrie Sir Giles, bei dem die Gefangenschaft zu einer gewissen Selbstachtung geführt hatte. »Und fummle nicht an meinem Bein rum.«

»Aber da gehört es nicht hin, Lieber. Es sieht unnatürlich aus.«

Aus dem rechten Augenwinkel glotzte Sir Giles wie wild auf seine Zehen. »Ich weiß, daß es da nicht hingehört«, brüllte er, »und es wär' auch nicht da, wenn du nicht so verdammt vergeßlich wärst.«

Inzwischen hatte Mrs. Forthby die Riemen und Schnallen weggeräumt und eine Kanne Tee gemacht. »Das nächste Mal mach' ich mir einen Knoten ins Taschentuch«, bemerkte sie taktloserweise und lehnte Sir Giles an einige Kissen, damit er seinen Tee trinken konnte.

»Es wird kein nächstes Mal geben«, hatte er gezischt und eine schlaflose Nacht lang verzweifelt versucht, eine weniger verdrehte Lage einzunehmen. Es war ein leeres Versprechen geblieben. Immer gab es ein nächstes Mal. Mrs. Forthbys nicht vorhandene Figur samt der Tatsache, daß sie seine abstoßenden Schrullen willig akzeptierte, machten ihre Gedächtnisschwächen wieder wett, und wann immer er in London war, kam Sir Giles wieder in ihre Wohnung, jedesmal im stillen inbrünstig betend, daß sie ihn nicht maskiert und gebunden vergäße und einen Monat lang Urlaub auf den Bahamas machte.

*

Auch wenn Sir Giles so seine Probleme mit Mrs. Forthby hatte, mit der Autobahn gab es kaum welche. Die Sache befand sich bereits im letzten Planungsstadium.

»Sie soll die Bezeichnung Mittelwalisische Autobahn erhalten, M 101«, erzählte man ihm, als er beim Ministerium für Umweltfragen diskrete Erkundigungen einzog. »Die Unterlagen wurden dem Minister zur Genehmigung vorgelegt. Soviel ich weiß, gab es gewisse Bedenken wegen Fragen des Naturschutzes. Um Gottes willen sagen Sie nicht, daß Sie das von mir haben.«

Sir Giles legte den Hörer auf und dachte über seine Taktik nach. Nach außen hin mußte er sich dem Projekt widersetzen, und sei es auch nur, damit er sein Mandat für den Wahlkreis South Worfordshire behielt; doch Widerstand und Widerstand war schließlich zweierlei. Er investierte beträchtliche Summen in Imperial-Cement-Aktien, die sehr wahrscheinlich von der steigenden Betonnachfrage profitieren würden. Er traf sich beim Mittagessen mit dem Vorstandsvorsitzenden von Imperial Motors, speiste mit dem leitenden Direktor des Verbandes der Autobahnbauer zu Abend, unterhielt sich bei ein paar Drinks mit dem Vorsitzenden der Gewerkschaft der Straßenbauarbeiter und wies seinen Fraktionsvorsitzenden darauf hin, daß es dringend geboten sei, etwas zu unternehmen, damit die Arbeitslosenrate in seinem Wahlkreis sank.

Kurz gesagt: Er war der Katalysator im Kräftespiel des Fortschritts. Und dabei wechselte kein bißchen Geld den Besitzer. Für so etwas war Sir Giles ein viel zu alter Hase. Er gab Informationen weiter. Welchen Firmen bald ein ordentlicher Profit ins Haus stand, welche Aktien man kaufen solle und welche abstoßen – mit solchen Mitteln übte er Einfluß aus. Und um sich gegen jeden zukünftigen Verdacht abzusichern, hielt er beim alljährlichen Essen des Naturschutzverbandes eine Rede, in der er zu unermüdlicher und erhöhter Wachsamkeit gegenüber den landschaftszerstörenden Machenschaften der Grundstücksspekulanten aufrief. Er traf rechtzeitig im Haus Handyman ein, um angesichts der Nachricht von dem geplanten Autobahnbau hell empört zu sein.

»Ich werde sofort eine Untersuchung veranlassen«, verkündete er Lady Maud, als die amtliche Bekanntmachung zugestellt wurde. Er griff zum Telefon.

Im Gewächshaus hatte Klex alle Hände voll zu tun, sich Sir Giles' Telefonate anzuhören. Kaum hatte er sich an den Zierapfelbäumen, die an der Mauer wuchsen, ein paar Blattläuse vorgeknöpft, da klingelte es auch schon. Klex flitzte rein und hörte General Burnett zu, wie er von seinem Bauernhof aus über Schufte in Whitehall wetterte, über Papierkrieg, Grüngürtel und Blaustrümpfe, was Klex alles nicht so richtig kapierte. Gerade wollte er sich wieder seinen Blattläusen widmen, als das Telefon erneut klingelte. Diesmal war Mr. Bullett-Finch am Apparat, der erfahren wollte, was Sir Giles denn nun vorhabe, um den Bau der Autobahn zu verhindern.

»Sie wird uns den halben Garten kosten«, sagte er. »Die letzten sechs Jahre haben wir gebraucht, ihn auf Vordermann zu bringen, und jetzt das. Das geht zu weit. Es sieht nicht so aus, als ob Ivys Nerven dem gewachsen wären.«

Sir Giles heuchelte mit salbungsvoller Stimme Verständnis. Er stelle gerade eine Protestinitiative auf die Beine, sagte er. Es werde auf jeden Fall zu einer öffentlichen Untersuchung kommen. Mr. Bullett-Finch könne versichert sein, daß nichts unversucht bleiben werde. Verdutzt kehrte Klex zu den Blattläusen zurück. Nach all den Jahren gelang es der englischen Sprache immer noch, ihn vor Rätsel zu stellen, und gelegentlich stellte er fest, daß er über irgendeine Redewendung stolperte. Auf Vordermann? Seines Wissens gab es in Mr. Bullett-Finchs Garten nichts, was auch nur im entferntesten wie ein Vordermann aussah. Aber andererseits mußte Klex zugeben, daß auch die Engländer für ihn rätselhaft blieben. Sie zahlten den Leuten mehr Geld, wenn sie arbeitslos waren, als wenn sie arbeiteten. Sie zahlten Maurern mehr als Lehrern. Sie sammelten Geld für Erdbebenopfer in Peru, während ihre eigenen Rentner mit ein paar Groschen auskommen mußten. Sie verweigerten Australiern die Einreiseerlaubnis, aber Russen luden sie ein, sich in England niederzulassen. Schließlich bereitete es ihnen offenbar ein besonders großes Vergnügen, sich von Iren abknallen zu lassen. Alles in allem versetzten sie ihn zwar dauernd in Erstaunen, aber auf eine beruhigende Art. Sie waren nur zufrieden, wenn ihnen irgend etwas Schreckliches widerfuhr, ob nun Überschwemmung, Feuersbrunst, Krieg oder sonst eine entsetzliche Katastrophe, und Klex, dessen Kindheit und Jugend eine einzige ununterbrochene Katastrophe gewesen waren, tröstete sich damit, daß er in einer Gesellschaft lebte, die Unglücksfälle wirklich zu schätzen wußte.

Wann, wo und von wem er geboren worden war, davon hatte er nicht die leiseste Ahnung. Präziser als bis zum Datum seiner Entdeckung im Damenklo des Dresdner Hauptbahnhofs konnte er sich seinem Geburtstag nicht nähern, und da die Klofrau jegliche Verantwortung für sein Auftauchen in diesem Etablissement von sich gewiesen hatte, obwohl die zuständigen Behörden ihr deswegen hart zugesetzt hatten, war ihm absolut schleierhaft, wer seine Mutter war – von seinem Vater ganz zu schweigen. Er konnte nicht einmal sicher sein, daß seine Eltern Deutsche waren. Nach allem was er und die Behörden wußten, konnten seine Eltern genausogut Juden sein, obwohl sogar der Direktor des Reichsrassenklassifizierungsamts damals die unlogische Liebenswürdigkeit besessen hatte, zuzugeben, Juden hätten in der Regel nicht die Angewohnheit, ihre Sprößlinge in Bahnhofstoiletten auszusetzen. Wie auch immer, diese Möglichkeit umgab Klexens Jugend im Dritten Reich mit einem zusätzlichen Element der Unsicherheit, und sein Aussehen hatte ihm auch nicht weitergeholfen. Zweifellos gab es dunkelhaarige, hakennasige Arier, doch Klex, der sich für diese Frage inzwischen zwanghaft interessierte, hatte nur wenige auftreiben können, die sich gern mit ihm über ihre Ahnentafel unterhielten. Jedenfalls war keiner bereit, ihn zu adoptieren, und selbst das Waisenhaus neigte dazu, ihn in den Hintergrund zu schieben, wenn Besucher kamen. Und was die Hitlerjugend anging... Klex zog es vor, seine Jugend zu vergessen, und selbst die Erinnerung an seine Ankunft in England löste bei ihm immer noch ein Gefühl der Beklommenheit aus.

Es war eine dunkle Nacht gewesen, und Klex, den man in einen italienischen Bomber gesteckt hatte, damit er der Besatzung das Rückgrat stärkte, hatte die Gelegenheit beim Schopf ergriffen und war emigriert. Außerdem hegte er den dringenden Verdacht, daß sein Staffelführer ihm nur deshalb den Befehl gegeben hatte, sich freiwillig den Italienern als Navigator zur Verfügung zu stellen, weil er hoffte, Klex würde nicht zurückkehren. Dies schien die einzige Erklärung für seine Wahl zu sein, und Klex, der vorher nur Erfahrungen als Heckschütze gesammelt hatte, wobei sein einziger Beitrag zum Kriegsgeschehen der Abschuß zweier Messerschmitt 109 gewesen war, die eigentlich seine Bomberstaffel als Geleitschutz begleiten sollten, hatte die Erwartungen seines Staffelführers peinlich genau erfüllt. Sogar die italienischen Flieger, durch die Bank kleinmütige Leute, waren erstaunt gewesen, als Klex beharrlich darauf bestand, daß Margate im Herzen von Worcestershire liege. Nach einer erregten Auseinandersetzung warfen sie ihre Bomben über Exmoor ab und wollten gerade über den Bristol-Kanal in Richtung Straße von Calais zurückfliegen, da ging ihnen über den nordwalisischen Bergen der Sprit aus. Nun war der Punkt erreicht, an dem die Italiener beschlossen, auszusteigen; sie probierten gerade, Klex – dessen Italienischkenntnisse nicht der Rede wert waren – den Ernst der Lage zu klären, da wurde ihnen diese Mühe durch das Eingreifen eines Bergs erspart, der, Klexens Orientierungssinn zufolge dort gar nicht hätte sein dürfen. Klex war der einzige Überlebende des nun folgenden Infernos, und da er am nächsten Morgen von einer Suchmannschaft nackt im Wrack eines italienischen Bombers entdeckt wurde, nahm man natürlich an, er müsse Italiener sein. Daß er kein einziges Wort in seiner Muttersprache sagen konnte, irritierte niemanden, am allerwenigsten den Major und Chef des Kriegsgefangenenlagers, in das man Klex steckte, einfach weil der Major auch kein Italienisch konnte und Klex sein erster Gefangener war. Erst viel später, als etliche echte italienische Gefangene aus Nordafrika eintrafen, tauchten Zweifel an seiner Nationalität auf; doch inzwischen hatte Klex seine gute Absicht unter Beweis gestellt, indem er keinerlei Interesse am Kriegsgeschehen zeigte und eine echt italienische Abneigung gegen den Krieg an den Tag legte. Zudem erklärte seine Behauptung, er sei als Sohn eines Schäfers in Tirol zur Welt gekommen, seine fehlenden Italienischkenntnisse.

1942 wurde das Lager ins Haus Handyman verlegt und Klex nahm das Anwesen als sein Zuhause an. Das Herrenhaus und die Familie Handyman sagten ihm zu. Beide verkörperten den Inbegriff des Englischen, und seiner Ansicht nach konnte es kein größeres Lob geben. Engländer zu sein, war die höchste Tugend, und Gefangener in England war immer noch besser, als sonst irgendwo frei zu sein. Wäre es nach ihm gegangen, hätte der Krieg ewig weitergehen können. Er wohnte in einem großen Haus, hatte einen Park, in dem er spazierengehen, einen Fluß, in dem er fischen, und einen Küchengarten, in dem er allerlei anpflanzen konnte – ganz zu schweigen von der idyllischen Landschaft, die ihn umgab, einer Landschaft voller Wälder, Berge und bezaubernder Frauen, deren Ehemänner fern der Heimat kämpften, um die Welt vor Menschen wie Klex zu retten. Selbst des nachts, wenn die Lagertore geschlossen wurden, war es für ihn überhaupt kein Problem, über die Mauern zu klettern und zu gehen, wohin er wollte. Es gab keine Luftangriffe, keinen plötzlichen Alarm, und den ganzen Fragenkomplex, wie man sich den Lebensunterhalt verdient, erledigten andere für ihn. Sogar das Essen war gut, da er den Speisezettel durch Wildern und Gemüseanbau im Küchengarten ergänzte. Klex kam sein Aufenthaltsort wie das Paradies vor, und seine einzige Sorge war, daß Deutschland den Krieg gewinnen könnte. An diese Möglichkeit wagte er kaum zu denken. Ein Deutscher in

Deutschland zu sein, war schon schlimm genug gewesen. Wie es wäre, ein Italiener, der ein Deutscher war, aber wie ein Jude aussah, in einem besetzten Großbritannien zu sein, überstieg seine Vorstellungskraft, und der Gedanke, den deutschen Besatzungsbehörden erklären zu müssen, wie es dazu kommen konnte, daß er da war, wo er war und wer er war, jagte ihm Angst ein. Daß sie sich anscheinend über solche unwichtigen Einzelheiten nicht die Köpfe zerbrachen, war einer der sympathischsten Züge der Engländer, aber seine eigenen Landsleute kannte er viel zu gut, um sich einzureden, sie würden sich mit seinen Ausflüchten zufriedengeben. Schicht auf Schicht würden sie seine ausweichenden Antworten so lange abpellen, bis nur noch ein Nichts, der eigentliche Klex, ganz nackt zum Vorschein käme, und was übrig blieb, würden sie wegen Fahnenflucht erschießen. Klex zweifelte kein bißchen an seinem Schicksal, und was die ganze Angelegenheit noch schlimmer machte: Soweit er sehen konnte, waren die Briten absolut nicht in der Lage, den Krieg zu gewinnen. Die Hälfte der Zeit schien ihnen gar nicht bewußt zu sein, daß gerade ein Krieg im Gange war, und wenn, dann führten sie ihn mit einer Unfähigkeit, die ihn verblüffte. Kurz nach seiner Ankunft auf dem Herrensitz hatte der Heeresbereich West im Cleene-Wald Manöver durchgeführt, und Klex hatte das nun folgende Chaos entsetzt beobachtet. Wenn das die Männer waren, von deren kämpferischen Qualitäten seine Gefangenschaft abhing, dann mußte er sein Heil woanders suchen. Er fand es in einem nahegelegenen – bezeichnenderweise unbewachten – Munitionslager, und so legte sich Klex, fest entschlossen, sich selbst zu verteidigen, wenn es schon die Engländer nicht taten, nach und nach ein kleines Waffenlager zu, das er im Wald vergrub. Zwei-Zoll-Mörser, leichte Maschinengewehre, Gewehre, Munitionskisten: alles verschwand unbemerkt und wurde, sorgfältig eingefettet und wasserdicht verpackt, unter Adlerfarn in den Hügeln hinter dem Anwesen versteckt. 1945 wäre Klex in der Lage gewesen, in South Worfordshire einen Guerillakrieg zu führen. Aber dann war der

Krieg zu Ende, und die Probleme stellten sich neu.

Die Aussicht, nach Italien zurückgeschickt zu werden, sagte ihm nicht besonders zu, er konnte sich nicht vorstellen, sich nach so vielen angenehmen Jahren in England auf einmal in Neapel niederzulassen. Andererseits hatte er keineswegs die Absicht, in das zurückzukehren, was von Dresden übriggeblieben war. Es lag in der russischen Zone, und Klex hatte nicht den Wunsch, die Annehmlichkeiten des Lebens in Worfordshire gegen die Unbilden einer Existenz in Sibirien einzutauschen. Außerdem hatte er so seine Zweifel, ob selbst ein besiegtes Vaterland einen Mann daheim willkommen heißen würde, der sich fünf Jahre lang als italienischer Kriegsgefangener ausgegeben hatte. Es erschien ihm viel klüger, wenn er blieb, wo er war, und dabei zahlten sich seine treuen Dienste für die Familie Handyman aus.

Lord Handyman war ein sehr begeisterungsfähiger Mensch gewesen. Schon lange bevor es allgemein modern geworden war, hatte er die Vorstellung vertreten, daß die Rohstoffquellen der Erde bald erschöpft sein würden, und versucht, die persönlichen Konsequenzen zu umgehen, indem er alles sammelte. Besonders viel hatte er für Kompost übrig, und Klex hatte im Küchengarten gewaltige Gruben ausgehoben, in die der gesamte irgendwie organisch geartete Hausmüll wanderte.

»Nichts darf umkommen«, hatte der Graf verkündet, und daran hielt man sich. Unter seiner Regie war die Kanalisation des Anwesens umgeleitet worden, so daß sie sich in die Kompostgruben ergoß und Klex wie Graf verlebten frohe Stunden beim Betrachten der diversen Schichten aus Kohlstrünken, Kartoffelschalen und Exkrementen, aus denen die Tagesabfälle bestanden. Sobald eine Grube voll war, schachtete Klex die nächste aus, und das Ganze ging wieder von vorne los. Das Ergebnis war erstaunlich. Überall wucherten gewaltige Kohlköpfe, erschreckend große Kürbisse und mächtige Gurken. Allerdings gediehen im Sommer auch die Fliegen prächtig, bis die Lage schließlich unerträglich wurde und Lady

Handyman – die seit Beginn des Recycling-Verfahrens keinen Appetit mehr hatte – ein Machtwort sprach und darauf bestand, daß entweder die Fliegen das Grundstück verließen oder sie. Klex leitete die Abwässer wieder dorthin, wo sie hingehörten, während der Graf, offenbar durch die Fortpflanzungsrate der Fliegen inspiriert, seine Aufmerksamkeit den Kaninchen zuwandte. Klex hatte, nach dem Vorbild eines Apartmentkomplexes, ein paar Dutzend Ställe übereinander errichtet, in denen der Graf die größten Kaninchen unterbrachte, die er kriegen konnte, nämlich eine Rasse namens ›Flämische Riesen‹. Wie alle gräflichen Projekte wurden auch die Kaninchen nicht gerade ein durchschlagender Erfolg. Sie vertilgten gewaltige Mengen Grünzeug, und die Familie hatte eine regelrechte Abneigung gegen Kaninchenauflauf, Kaninchenbraten,Kanincheneintopf und lapin á l'orange entwikkelt, während Klex bei dem Versuch, mit dem Riesenappetit der Tiere Schritt zu halten, fast in den Wahnsinn getrieben wurde. Als hätte er nicht schon genug Probleme gehabt, hatte die damals zehnjährige Maud ihren Vater mit Mr. McGregor (dem bösartigen Hasenfeind aus ihren Kindergeschichten) gleichgesetzt und den Kaninchen Fluchthilfe geleistet. Gerade als in Europa der Frieden einkehrte, wurde die gesamte Schlucht von flämischen Riesen überrannt und eingenommen. Inzwischen war Lord Handymans Kaninchen-Begeisterung geschwunden. Statt dessen wandte er sich Enten zu, und zwar insbesondere den sogenannten ›Khaki Campbells‹, einer Art, die den Vorteil hat, daß sie sich weitgehend als Selbstversorger durchschlägt und Eier in Hülle und Fülle legt.

»Bei Enten kann man nichts falsch machen«, war sein fröhlicher Kommentar, als die Familie von Kaninchendiät auf Enteneier umstieg. Wie bei seinen Vorhersagen üblich, hatte er auch diesmal völlig daneben gelegen. Daß es nur allzu leicht war, bei Enten etwas falsch zu machen, hatte die Familie erfahren, als der Graf einem tödlichen Ei erlag, das zu nahe an einer seiner ehemaligen Kompostgruben gelegt worden war. Als er so friedlich verschied, wie es eine Ptomain-Vergiftung nur zuließ, hatte er Maud und ihre Mutter allein zurückgelassen, die sich nun irgendwie durchschlagen mußten. Seinem Tod hatte es Klex hauptsächlich zu verdanken, daß man ihm erlaubte, auf dem Anwesen zu bleiben.

4

Im Laufe der nächsten Wochen war Lady Maud enorm aktiv. Sie ließ sich täglich von Mr. Turnbull juristisch beraten. In ganz South Worfordshire organisierte sie den Widerstand gegen die geplante Autobahn und saß ununterbrochen in Komitees. Besonders stark machte sich ihre stattliche Erscheinung im Komitee zur Erhaltung der Cleene-Schlucht bemerkbar. Zum Vorsitzenden wählte man General Burnett, wohnhaft im Bauernhaus, Guildstead Carbonell, doch als Schriftführerin war Lady Maud die treibende Kraft. Unterschriften wurden gesammelt, Protestveranstaltungen abgehalten, Anträge gestellt, unterstützt und verabschiedet, Gelder aufgetrieben und Plakate gedruckt.

»Der Preis der Gerechtigkeit ist, ewig im Licht der Öffentlichkeit zu stehen«, verkündete sie mit einer Originalität, die ihren Zuhörern ungeheuer imponierte, die sie aber in Wirklichkeit dem Buch *Bartletts Geflügelte Worte* verdankte. »Es reicht nicht, zu protestieren, wir müssen unseren Protest publik machen. Wenn die Schlucht gerettet werden soll, so gelingt das nicht durch Worte allein, wir müssen auch handeln.«

Neben ihr auf dem Podium nickte Sir Giles scheinbar zustimmend, dabei war er zutiefst beunruhigt. Nichts gegen die Öffentlichkeit, und Gerechtigkeit war ja schön und gut, wenn es um andere Leute ging, aber er legte keinen Wert darauf, daß sich das öffentliche Interesse zu intensiv auf seine Rolle in dieser Angelegenheit richtete. Er hatte erwartet, daß die Autobahn Lady Maud aufregen würde; aber daß sie sich in einen menschlichen Tornado verwandelte, hatte er nicht vorhergesehen. Er hatte ganz gewiß nicht damit gerechnet, daß durch den Aufruhr, den sie offenbar partout anzetteln wollte, sein Unterhaussitz ins Wanken geraten könnte.

»Wenn du nicht dafür sorgst, daß das Anwesen gerettet wird«, hatte Lady Maud ihm klargemacht, »sorge ich dafür, daß du nach der nächsten Wahl nicht mehr für South Worfordshire im Parlament hockst.« Sir Giles nahm diese Drohung ernst und beriet sich mit Hoskins von der Planungsbehörde in Worford.

»Ich dachte, Sie wollten, daß dieses Ding durch die Schlucht führt«, meinte Hoskins, als sie in der Bar vom Handyman-Wappen saßen.

Sir Giles nickte traurig. »Stimmt schon«, gab er zu, »aber Maud dreht völlig durch. Sie droht damit... na, lassen wir das.«

Hoskins beruhigte ihn. »Sie kommt drüber weg. Das tun sie immer. Man muß ihnen Zeit geben, sich an die Vorstellung zu gewöhnen.«

»Sie haben gut reden«, sagte Sir Giles, »aber ich muß schließlich mit dieser abscheulichen Frau leben. Die halbe Nacht tobt sie in dem verfluchten Haus herum, und ich muß mir mein Essen selbst kochen. Außerdem gefällt es mir gar nicht, wie sie dauernd in der Küche sitzt und die Schrotflinte ihres Vaters putzt.«

»Übrigens hat sie letzte Woche aufs Geratewohl einen Schuß auf einen der Landvermesser abgegeben«, sagte Hoskins.

»Können Sie ihr nicht ein Verfahren anhängen?« fragte Sir Giles eifrig. »Damit wäre die Gefahr für 'ne Weile vorbei. Man schleppt sie einfach zum hiesigen Kadi.«

»Sie ist *selbst* ehrenamtliche Richterin«, gab Hoskins zu bedenken, »und außerdem fehlen die Beweise. Sie würde dann einfach behaupten, sie hätte auf Kaninchen geschossen.«

»Und dann ist da noch was. Das ganze Haus ist voll mit riesigen Scheiß Schäferhunden. Die hat sie von irgend so einer verfluchten Wach- und Schließgesellschaft. Stellen Sie sich mal vor, ich kann nachts nicht mal zum Pinkeln über den Korridor gehen, ohne Gefahr zu laufen, daß ich gebissen werde.« Er bestellte noch zwei Whiskys und dachte über das Problem nach. »Es muß eine Untersuchungskommission eingesetzt werden«, sagte er schließlich. »Versprich ihnen eine Untersuchung, und sie werden sich ein bißchen beruhigen. Zweitens, bieten Sie der Kommission eine absolut unannehmbare Alternative an. So wie wir's bei dem Wohnblock in Shrewton gemacht haben.«

»Sie meinen, ich soll die Planungsgenehmigung für eine Kläranlage erteilen?«

»Das haben wir damals getan. Hat astrein geklappt«, stellte Sir Giles fest. »Wenn wir nur eine Ausweichstrecke präsentierten, die niemand, der noch halbwegs bei Trost ist, akzeptieren könnte...«

»Da gibt's ja immer noch Ottertown«, sagte Hoskins.

»Was ist mit Ottertown?«

»Das ist ein Umweg von fünfzehn Kilometern, außerdem müßte man durch ein im Rahmen des sozialen Wohnungsbaus errichtetes Viertel.«

Sir Giles lächelte. »Genau mitten durch?«

»Genau mitten durch.«

»Klingt vielversprechend«, stellte Sir Giles fest. »Ich werde wohl als erster die Strecke durch Ottertown befürworten. Sind Sie ganz sicher, daß sie unannehmbar ist?«

»Ganz sicher«, sagte Hoskins. »Ach ja, übrigens möchte ich mein Honorar im voraus.«

Sir Giles schaute sich kurz in der Bar um. »Ich rate zum Kauf von...«, fing er an.

»Diesmal bar auf die Hand«, unterbrach ihn Hoskins, »mit United Oil habe ich Verluste gemacht.«

Recht gutgelaunt traf Sir Giles im Haus Handyman ein. Sich von Geld zu trennen, gefiel ihm gar nicht, aber Hoskins war es wert, und die Idee mit Ottertown war genau die Art Taktik, die ihm zusagte. Sie würde Maud das ewige Licht der Öffentlichkeit vergessen lassen. Die Gemüter könnten sich beruhigen, und die Untersuchungskommission würde einen Beschluß zugunsten der Schlucht fällen. Inzwischen wäre es dann zu spät, um die öffentliche Meinung noch einmal zu mobilisieren. Untersuchungen waren ausgezeichnete Schlafmittel. Er absolvierte einen Spießrutenlauf durch die Wachhunde und verbrachte den Abend in seinem Arbeitszimmer mit dem Abfassen eines Briefes an den Umweltminister, in dem er die Einsetzung einer Untersuchungskommission forderte. Niemand konnte behaupten, dem Abgeordneten für den Bezirk South Worfordshire lägen die Interessen seiner Wähler nicht am Herzen.

*

Während Sir Giles Komplotte ausheckte und Lady Maud in Komitees hockte, hatte Klex im Küchengarten alle Hände voll zu tun, um seine widersprüchlichen Aufgaben unter einen Hut zu bringen. Wenn er sich dranmachte, im Salatbeet das Unkraut zu jäten, klingelte es unweigerlich im Gewächshaus. Stundenlang hörte sich Klex Gespräche zwischen Sir Giles und leitenden Ministerialbeamten an, Telefonate von Sir Giles mit Bürgern seines Wahlkreises, mit seinen Börsenmaklern oder Geschäftsfreunden, aber nie ein Gespräch zwischen Sir Giles und Mrs. Forthby. Sir Giles war rechtzeitig gewarnt worden. Mrs. Forthbys Bemerkung, sie habe einen Anruf von einem Herrn namens Klex erhalten, der eine Tonne Schweinemist bestellt habe, hatte ihn stutzig gemacht. Es handelte sich offensichtlich um ein Versehen, allerdings war es Sir Giles unverständlich, wie Klex überhaupt in den Besitz dieser Nummer gekommen war. Im Rufnummernverzeichnis auf seinem Schreibtisch stand sie nicht, sondern nur in seinem privaten Terminkalender, und dieser Kalender steckte in seiner Tasche. Sir Giles lernte die Nummer auswendig und radierte sie dann im Kalender aus. Von Haus Handyman aus würde Mrs. Forthby nicht wieder angerufen werden.

Wenn Sir Giles nicht telefonierte, dann mit Sicherheit Lady Maud: Sie erteilte Befehle, trommelte Mitarbeiter zusammen oder schleuderte den Behörden ihre Mißachtung mit einer Selbstsicherheit entgegen, die Klex verblüffte und erfreute. Bei ihr wußte man, wo man dran war, und Klex, dem Gewißheit über alles ging, verließ, wenn er ihr zugehört hatte, das Gewächshaus mit dem Gefühl, mit der Welt stünde alles zum besten, und daran sei auch nicht zu rütteln. Haus Handyman, der Park, das Pförtnerhäuschen, ein großer Triumphbogen am Ende der Zufahrt, wo Klex wohnte, der Küchengarten – alle diese Dinge, denen er inmitten einer feindlichen Welt seine Anonymität anvertraut hatte, blieben weiter intakt und unberührt, wenn es nach Lady Maud ging. Sir Giles' Telefonate hinterließen einen anderen Eindruck. Sein Protest war gedämpft, zu höflich und nicht eindeutig genug, um Klex zufriedenzustellen, so daß dieser den Eindruck gewann, irgend etwas sei faul. Er konnte zwar nicht genau ausmachen, was, doch jedesmal, wenn er nach einem Telefonat von Sir Giles den Kopfhörer absetzte, hatte er ein ungutes Gefühl. Nach seinem Geschmack wurde zuviel über Geld gesprochen, besonders über eine großzügige Entschädigung für das Herrenhaus. Am häufigsten war von einer Viertelmillion Pfund die Rede. Klex schüttelte den Kopf, als er mit seiner Hacke die Salatreihen durchging. »Redet Geld, so schweigt die Welt«, hatte Sir Giles seinem Gesprächspartner verkündet, aber Klex sagte das gar nichts. In seinem Vokabular gab es wichtigere Wörter. Daß er Sir Giles stundenlang zuhören mußte, hatte andererseits bei seinem Akzent wahre Wunder bewirkt. Mit den Kopfhörern auf den Ohren hatte Klex dagesessen und Sir Giles' Aussprache geübt. Sir Giles sagte in seinem Arbeitszimmer »Selbstverständlich, mein Lieber, ich bin vollkommen Ihrer Meinung...« Im Gewächshaus wiederholte Klex die Worte. Nach einer Woche konnte er ihn so täuschend ähnlich imitieren, daß Lady Maud, als sie eines Tages in den Küchengarten ging, um fürs Mittagessen ein paar Radieschen und Frühlingszwiebeln zu holen, zu ihrem Erstaunen mitten aus den Geranien Sir Giles' Stimme vernahm. »Ich betrachte die ganze Angelegenheit als klaren Verstoß gegen die Naturschutzverordnung«, sagte er gerade. »Mein lieber General, ich werde verdammt noch mal mein möglichstes tun, damit die ganze Geschichte im hohen Haus zur Sprache kommt.« Lady Maud stand wie festgewurzelt da, starrte ins Gewächshaus und spielte gerade mit dem Gedanken, Klex hätte dort möglicherweise einen Lautsprecher installiert, da tauchte er auch schon auf und strahlte triumphierend.

»Gefällt sie Ihnen, meine Aussprache?« fragte er.

»Du lieber Himmel, waren Sie das? Sie haben mich ganz schön erschreckt«, sagte Lady Maud.

Klex grinste stolz. »Ich habe korrektes Englisch geübt«, sagte er.

»Aber Sie sprechen doch perfekt Englisch.«

»Oh nein. Nicht wie ein Einheimischer.«

»Also, ich wäre froh, wenn Sie nicht herumliefen und wie mein Mann redeten«, sagte Lady Maud. »Ist schon schlimm genug, wenn sich *einer* von der Sorte hier rumtreibt.«

Klex lächelte glücklich. Er war genau der gleichen Meinung.

»Dabei fällt mir ein«, fuhr sie fort, »Ich muß dafür sorgen, daß die Fernsehfritzen über die Untersuchung berichten. Wir brauchen größtmögliche Publicity.«

Klex griff sich seine Hacke und ging wieder zu den Salatköpfen, während Lady Maud mit ihren Radieschen in die Küche zurückkehrte. Er war mit sich ganz zufrieden. Er bekam nicht sehr oft die Gelegenheit zu zeigen, wie talentiert er im Nachahmen anderer Leute war. Schon damals, als er ins Waisenhaus gekommen war, hatte er begonnen, diese Fähigkeit zu entwickeln. Da er nicht wußte, wer er war, schlüpfte Klex in die Persönlichkeiten anderer. Das hatte er auch beim Wildern gut gebrauchen können. Mehr als ein Wildhüter hatte völlig verblüfft die Stimme seines Arbeitgebers aus der Dunkelheit sagen hören, er solle bloß damit aufhören, sich lächerlich zu machen, während sich Klex aus dem Staube machte. Als er nun wieder das Unkraut bearbeitete, versuchte er sich noch einmal an Sir Giles. »Ich verlange, daß diese ganze Angelegenheit untersucht wird«, sagte er. Klex lächelte in sich hinein. Es klang ganz echt. Und eine Untersuchung würde es auch geben. Das hatte Lady Maud gesagt.

5

Die Untersuchung fand im alten Gerichtsgebäude von Worford statt. Alle waren erschienen – das heißt alle, über deren Grund und Boden die geplante Straße durch die Cleene-Schlucht führen sollte. General Burnett, Mr. und Mrs. Bullett-Finch, Oberst und Mrs. Chapman, Miss Percival, Mrs. Thomas, die Dickinsons (alle sieben) und die Fullbrooks, die vom General einen Bauernhof gepachtet hatten. Außerdem waren ein paar einflußreiche Familien anwesend, die eigentlich von der Autobahn überhaupt nicht betroffen waren, aber Lady Maud unterstützen wollten. Sie saß mit Sir Giles und Mr. Turnbull vorn, und die Sitze hinter ihnen waren alle besetzt. Klex stand ganz hinten. Abgesehen von einem Rechtsanwalt, der den Stadtrat von Ottertown vertrat, blieben die Sitze auf der anderen Seite des Mittelgangs leer. Eins war ziemlich klar: Niemand nahm im Ernst an, daß Lord Leakham einen Beschluß zugunsten Ottertowns fällen würde. Die Sache stand von vornherein fest – oder hätte eigentlich fest stehen müssen, wären da nicht Lady Mauds Eingreifen und die Intransingenz Lord Leakhams gewesen, dessen Wirkungsbereich während seiner früheren Karriere als Richter auf Strafsachen am obersten Gerichtshof beschränkt gewesen war. Auch der Verhandlungsort war unglücklich gewählt. Das alte Gerichtsgebäude ähnelte zu sehr den Gerichtssälen in Lord Leakhams Jugend, als daß der alte Mann auf Lady Mauds häufige Unterbrechungen der Beweisaufnahme überhaupt hätte milde reagieren können.

»Madam, Sie stellen die Geduld des Gerichts auf die

Probe«, informierte er sie, als sie gerade zum zehntenmal aufstand, um gegen das von Mr. Hoskins für die Planungsbehörde vorgetragene Projekt mit den Worten zu protestieren, es handle sich um einen Eingriff in die Freiheit des Individuums und in das Recht auf Eigentum. In ihren Tweedsachen schnaubte Lady Maud vor Zorn.

»Seit 1472 hat meine Familie Land in der Cleene-Schlucht«, rief sie. »Es wurde uns von Eduard dem Vierten anvertraut, der die Familie Handyman zu Hütern der Schlucht ernannte...«

»Was auch immer Seine Majestät, Eduard der Vierte, 1472 getan haben mögen«, sagte Lord Leakham, »für die von Mr. Hoskins erbrachten Beweise ist es irrelevant. Würden Sie die Güte haben, sich zu setzen.«

Lady Maud setzte sich. »Weshalb unternehmt ihr beiden Männer nicht was?« fragte sie laut. Sir Giles und Mr. Turnbull rutschten unruhig auf ihren Stühlen hin und her.

»Sie können jetzt fortfahren, Mr. Hoskins«, sagte der Richter. Mr. Hoskins drehte sich zu einem großen Reliefmodell der Grafschaft um, das auf einem Tisch stand. »Wie Sie anhand dieses Modells erkennen können, handelt es sich bei South Worfordshire um eine besonders schöne Grafschaft«, setzte er an.

»Jeder Trottel mit Augen im Kopf kann das sehen«, bemerkte Lady Maud mit lauter Stimme. »Dazu braucht man kein bescheuertes Modell.«

»Fahren Sie fort, Mr. Hoskins, fahren Sie fort«, sagte Lord Leakham mit einer Selbstbeherrschung, die vermuten ließ, daß er mit dem Gedanken spielte, Lady Maud einen Strick zu überreichen, damit sie sich daran aufhängen könne.

»Dessen eingedenk hat das Ministerium den Versuch unternommen, die Naturschönheiten der Gegend soweit wie irgend möglich zu erhalten...«

»So ein Stuß«, sagte Lady Maud.

»Hier haben wir«, setzte Mr. Hoskins erneut an, wobei er auf eine Hügelkette deutete, die im Norden und Süden der

Schlucht verlief, »den Cleene-Wald, ein vor allem wegen seiner Tierwelt bekanntes Naturschutzgebiet...«

»Wie kommt es eigentlich«, erkundigte sich Lady Maud bei Mr. Turnball, »daß die einzige Art, die anscheinend keinerlei Schutz genießt, der Mensch ist?«

Als die Untersuchung zur Mittagspause unterbrochen wurde, hatte Mr. Hoskins die Argumente des Ministeriums vorgetragen. Auf dem Weg nach draußen mußte Mr. Turnbull zugeben, daß er keineswegs optimistisch war.

»So wie ich es sehe, liegt der Haken bei den fünfundsiebzig Sozialbauten in Ottertown. Wenn die nicht wären, hätten wir, glaube ich, eine gute Chance, doch ich kann mir, ehrlich gesagt, nicht vorstellen, daß hier die Entscheidung getroffen wird, sie abzureißen. Dadurch entstünden gewaltige Kosten, und ohnehin muß man die zusätzlichen fünfzehn Kilometer in Betracht ziehen. Ganz ehrlich, große Hoffnungen mache ich mir nicht.«

Es war Markttag in Worford, und es wimmelte von Menschen. Vor dem Gerichtssaal hatte man zwei Fernsehkameras in Stellung gebracht.

»Ich habe nicht die Absicht, mich aus meinem Heim werfen zu lassen«, verkündete Lady Maud den Reportern von der BBC. »Seit fünfhundert Jahren lebt meine Familie nun schon in der Cleene-Schlucht, und...«

Mr. Turnbull wandte sich traurig ab. Es half alles nichts. Lady Maud konnte sagen, was sie wollte – ändern würde es überhaupt nichts. Man würde die Autobahn durch die Schlucht führen. Ohnehin hatte Lady Maud bei Lord Leakham einen schlechten Eindruck hinterlassen. Turnbull wartete, bis sie fertig war, dann bahnten sie sich einen Weg durch die Marktstände zum Handyman-Wappen.

»Ich frage mich, wo Giles sich rumtreibt«, sagte sie, als sie das Hotel betraten.

»Ich glaube, er ist mit Lord Leakham rüber ins Vier Federn gegangen«, erzählte ihr Mr. Turnbull. »Er sagte so etwas wie, er wolle ihn milder stimmen.«

Lady Maud sah ihn wütend an. »So, hat er das? Na, da werd' ich mich mal drum kümmern«, kläffte sie, ließ Mr. Turnbull im Foyer stehen, marschierte in das Büro des Direktors und rief im Vier Federn an. Als sie zurückkam, funkelten ihre Augen vor frischer Bosheit.

Sie gingen in den Speiseraum und nahmen Platz.

Im Salon der Vier Federn bestellte Sir Giles zwei Whiskys, ehe er sich die Speisekarte bringen ließ.

Lord Leakham nippte skeptisch an seinem Whisky.

»Zu dieser Tageszeit sollte ich das wirklich unterlassen«, sagte er. »Magengeschwüre, verstehen Sie. Aber schließlich war es ein anstrengender Morgen. Wer war eigentlich diese gräßliche Frau in der ersten Reihe, die uns permenent unterbrochen hat?«

»Vorneweg nehme ich Garnelen, glaube ich«, sagte Sir Giles rasch.

»Hat mich an das Geschworenengericht in Newbury erinnert, damals, 1928«, fuhr Lord Leakham fort. »Hatte da jede Menge Schwierigkeiten mit einer Frau. Die stand andauernd von der Anklagebank auf und brüllte rum. Wie hieß sie doch gleich?« Er kratzte sich mit fleckiger Hand am Kopf.

»Lady Maud ist ziemlich geradeheraus«, pflichtete Sir Giles bei. »In diesem Teil der Welt hat sie einen gewissen Ruf.«

»Das glaube ich gern«, meinte der Richter.

»Sie ist eine Handyman, wissen Sie.«

»Ach wirklich?« meinte Lord Leakham gleichgültig. »Man sollte meinen, sie könnte es sich leisten, einen ›Handyman‹ – so ein Mädchen für alles – zu beschäftigen.«

»Die Familie Handyman war schon immer sehr einflußreich«, erläuterte Sir Giles. »Die Brauerei gehört ihr, und eine Reihe von Gaststätten. Dies hier ist übrigens auch ein Handyman-Lokal.«

»Elsie Watson«, sagte Lord Leakham unvermittelt. »So hieß sie.« Sir Giles machte einen verwirrten Eindruck.

»Hatte ihren Mann vergiftet. Warf von der Anklagebank aus andauernd mit Beschimpfungen um sich. Hat nichts an der Sache geändert. Aufgehängt wurde sie trotzdem.« Bei dem Gedanken lächelte er.

Wehmütig studierte Sir Giles die Speisekarte und dachte krampfhaft nach, was man wohl einem Menschen mit Magengeschwüren empfahl. Ochsenschwanzsuppe á la Handyman oder klare Brühe? Andererseits war er über den bisherigen Verlauf des Verfahrens sehr zufrieden. Dank Mauds Verhalten war die Angelegenheit erledigt. Schließlich bestellte er sich Rinderfiletmedaillons, und Lord Leakham bestellte Fisch.

»Fisch ist aus«, sagte der Oberkellner.

»Aus?« fragte Sir Giles gereizt.

»Nicht da, Sir«, erläuterte der Mann.

»Was um alles in der Welt ist Bal de Boeuf Handyman?« fragte der Richter.

»Dicker Fleischklops.«

»Ich muß doch sehr bitten.«

»Frikadelle.«

»Und Brandade de Handyman?« erkundigte sich Lord Leakham.

»Kabeljaubällchen.«

»Kabeljau? Das klingt ganz gut. Ja, die nehme ich wohl.«

»Kabeljau ist aus«, sagte der Kellner.

Verzweifelt musterte Lord Leakham die Speisekarte. »Gibt's denn überhaupt irgendwas?«

»Ich kann den Poule au Pot Eduard der Vierte empfehlen«, sagte Sir Giles.

»Sehr passend«, kommentierte Lord Leakham grimmig. »Na schön, dann sollte ich das wohl besser nehmen.«

»Und eine Flasche Chambertin«, nuschelte Sir Giles undeutlich. Er war mit seinem Französisch nicht besonders zufrieden.

»Sehr seltsame Art, eine Gaststätte zu führen«, bemerkte Lord Leakham. Um seinen Ärger zu verbergen, bestellte Sir Giles noch zwei Whiskys.

In der Küche nahm der Koch die Bestellung entgegen.»Das Huhn können Sie vergessen«, sagte er. »Er bekommt Feuertopf Lancashire oder Fleischklopse á la Koch.«

»Es ist aber Lord Leakham, und er hat ausdrücklich Huhn bestellt«, protestierte der Kellner. »Läßt sich da nicht was machen?«

Der Küchenchef nahm eine Dose Cayennepfeffer vom Regal. »Ich werde schon was hinzaubern«, sagte er.

Inzwischen hatte der Weinkellner Schwierigkeiten, einen Chambertin aufzutreiben. Schließlich schnappte er sich die älteste Flasche, die er fand. »Wollen Sie auch wirklich, daß ich ihm die hier serviere?« fragte er den Geschäftsführer und hielt dabei eine Flasche in die Höhe, in der eine trüb-violette Flüssigkeit schwappte, die aussah wie die einer Leiche entnommene Blutprobe.

»Die Lady hat's nun mal so angeordnet«, sagte der Geschäftsführer. »Tauschen Sie nur das Etikett aus.«

»Das Ganze kommt mir verflucht merkwürdig vor.«

Der Geschäftsführer seufzte. »Machen Sie mir keine Vorwürfe«, murmelte er. »Wenn sie den alten Knilch vergiften will, ist das ihre Sache. Ich werde bloß dafür bezahlt, ihre Anweisungen auszuführen. Was ist da überhaupt drin?«

Der Weinkellner staubte die Flasche ab. »Da steht, es ist ein abgelagerter Portwein«, meinte er unsicher.

»Abgelagert ist genau das richtige Wort«, sagte der Geschäftsführer und ging wieder in die Küche, wo der Koch gerade ein paar übriggebliebene Fleischklopse auf ein halbes Brathähnchen bröselte. »Lassen Sie um Gottes willen keinen anderen Menschen von diesem Zeug probieren«, wies er den Chefkoch an.

»Geschieht ihm recht, was steckt er auch seine Nase in unsere Angelegenheiten«, sagte der Koch und goß die Soße aus dem Feuertopf Lancashire über das Gericht. Der Geschäftsführer ging nach oben und gab dem Oberkellner ein Zeichen. Sir Giles und Lord Leakham tranken ihre Whiskys aus und betraten den Speisesaal.

Im Handyman-Wappen beendete Lady Maud ihr Mittagessen und bestellte Kaffee. »Man kann sich auch all zu sehr auf Recht und Gesetz verlassen«, sagte sie. »Meine Familie hätte es nie so weit gebracht, wenn sie dauernd vor Gericht gezogen wäre.«

»Meine liebe Lady Maud«, meinte Mr. Turnbull, »ich flehe Sie an, machen Sie ja keine Dummheiten. Die Lage ist ohnehin schon schwierig genug, und Ihre Unterbrechungen heute morgen waren auch keine Hilfe, um ehrlich zu sein. Gut möglich, daß Lord Leakham jetzt gegen uns voreingenommen ist.«

Lady Maud schnaubte verächtlich. »Wenn er es jetzt noch nicht ist, dann wird er's bald sein«, sagte sie. »Sie glauben doch nicht im Ernst, daß ich vorhabe, seine Entscheidung anzunehmen? Der Mann ist ein Volltrottel.«

»Er ist außerdem ein hochangesehener pensionierter Richter«, wandte Mr. Turnbull skeptisch ein.

»Wie angesehen er ist, wird sich noch zeigen«, erwiderte Lady Maud. »Daß er entscheiden wüde, die Autobahn durch die Schlucht bauen zu lassen, war doch von Anfang an sonnenklar. Die Strecke durch Ottertown ist keine Alternative. Das war ein reines Täuschungsmanöver. Ich für mein Teil lasse mir das jedenfalls nicht bieten.«

»Mir ist nicht ganz klar, was Sie dagegen unternehmen können.«

»Weil Sie, Henry Turnbull, nämlich Anwalt sind und großen Respekt vor dem Gesetz haben. Aber ich nicht. Und da sich das Gesetz hier zum Affen macht, werde ich dafür sorgen, daß sich jeder dieser Tatsache bewußt wird.«

»Ich wünschte, ich könnte einen Ausweg aus dieser Situation erkennen«, meinte Mr. Turnbull traurig.

Lady Maud stand auf. »Wenn man den Stier bei den Hörnern packt, braucht man ihm keinen Honig um's Maul zu schmieren.« Dann ließ sie Mr. Turnbull allein, damit er über die Bedeutung dieser Bemerkung nachdachte, und stolzierte aus dem Speiseraum.

Der in den Vier Federn sitzende Lord Leakham hätte sofort begriffen, und ihm wäre im Moment ein Löffelchen Honig sehr lieb gewesen. Den Krabbencocktail, den er zwar nicht bestellt hatte, der ihm aber vom Oberkellner aufgedrängt worden war, hatte man anscheinend in Tabascosoße mariniert; aber das war noch gar nichts, verglichen mit dem Poule au Pot Eduard der Vierte. Beim ersten Bissen verschlug es ihm die Sprache, und er kam zur festen Überzeugung, er habe Ätznatron oder irgend eine ähnlich schreckliche, beißende Substanz verschluckt.

»Das Huhn sieht lecker aus«, bemerkte Sir Giles, während der Richter verzweifelt nach Atem rang. »Es handelt sich um eine Spezialität der Maison, verstehen Sie.«

Lord Leakham verstand gar nichts. Mit Tränen in den Augen griff er nach seinem Glas Wein und nahm einen großen Schluck. Einen Moment lang gab er sich der Illusion hin, der Wein würde ihm helfen – eine trügerische Hoffnung. Trotz der Verätzung durch das Poule au Pot war sein Gaumen immer noch empfindlich genug, um ihm eins mitzuteilen: Was auch immer er gerade zu schlucken im Begriff war, um 64er Chambertin handelte es sich ganz sicher nicht. Zum einen schien es eine Art Kies zu enthalten, der ihn an gemahlenes Glas erinnerte, und zum andern war das Zeug – soweit er schmecken konnte – ekelhaft süß. Seinen Brechreiz unterdrückend, hielt er das Glas gegens Licht und glotzte in die trübe Untiefe.

»Irgend etwas nicht in Ordnung?« wollte Sir Giles wissen.

»Was soll das Ihrer Meinung nach sein?« fragte der Richter.

Sir Giles warf einen Blick auf das Etikett. »64er Chambertin«, murmelte er. »Schmeckt er nach Kork oder irgendwas?«

»Irgendwas ist es ganz sicher«, sagte Lord Leakham, dem es lieber gewesen wäre, man hätte diese Brühe niemals in Flaschen abgefüllt, geschweige denn verkorkt.

»Ich bestelle eine neue Flasche«, sagte Sir Giles und winkte dem Weinkellner.

»Nicht wegen mir, ich flehe sie an.«

Doch es war zu spät. Als der Weinkellner forteilte, nahm Lord Leakham, durch die merkwürdigen Ablagerungen unter seiner oberen Gebißprothese abgelenkt, gedankenverloren noch einen Happen Poule au Pot zu sich.

»Ich selbst fand auch, daß er ein wenig dunkel aussah«, sagte Sir Giles, ohne die Verzweiflung in Lord Leakhams Augen zu beachten. »Ein Weinkenner bin ich nicht gerade, das muß ich allerdings zugeben.«

Immer noch um Atem ringend, schob Lord Leakham seinen Teller beiseite. Einen Augenblick noch widerstand er der Versuchung, die Flammen mit abgelagertem Portwein zu löschen, doch dann wischte die absolute Gewißheit, nie wieder sprechen zu können, falls er nichts unternahm, sämtliche geschmacklichen Erwägungen vom Tisch. Lord Leakham leerte sein Glas.

*

Im Schankraum des Handyman-Wappens verkündete Lady Maud, Getränke gingen auf Kosten des Hauses. Dann überquerte sie den Marktplatz und betrat die Gaststätte Ziege und Becher, wo sie ihre Anordnung wiederholte, ehe sie sich auf den Weg in die Rote Kuh machte. Hinter ihr füllten sich die Kneipen mit durstigen Bauern, und um zwei Uhr trank ganz Worford auf Lady Mauds Wohl und den Untergang der Autobahn. Vor dem alten Gerichtsgebäude machte sie für ein kurzes Schwätzchen bei den Fernsehleuten halt. Eine Menschenmenge hatte sich versammelt und bejubelte Lady Maud, als sie das Gebäude betrat.

»Ich muß schon sagen, die Öffentlichkeit haben wir offenbar auf unserer Seite«, meinte General Burnett auf dem Weg in den Sitzungssaal. »Heute morgen dachte ich allerdings, die Aussichten wären nicht so rosig.«

Lady Maud lächelte in sich hinein. »Ich glaube, Sie werden noch sehen, wie sie heute nachmittag so richtig aufblühen«, sagte sie und rauschte majestätisch in den Gerichtssaal, wo der Oberst nebst Mrs. Chapman mit den Bullett-Finches plauderten.

»In seiner Tätigkeit als Richter hat Leakham sehr gute Arbeit geleistet«, sagte Oberst Chapman gerade. »Ich glaube, wir können uns darauf verlassen, daß er unseren Standpunkt versteht.«

*

Als er das Mittagessen beendet hatte, war Lord Leakham keineswegs mehr fähig, irgendeinen Standpunkt außer seinem eigenen zu verstehen. Was Tabascokrabben und Poule au Pot begonnen hatten, war durch den 64er Chambertin und seinen Nachfolger (einen besseren Essig, auch wenn es Sir Giles vorzog, ihn für einen trockenen Weißburgunder zu halten) zum Abschluß gebracht worden. Und danach eine Pêche Maud, mit der Lord Leakham den Versuch unternommen hatte, seine geschwürbedingten Magenkrämpfe zu lindern. Die Dosenpfirsiche gingen ja noch an, aber die Eiskrem war mit einer Mischung aus Gewürznelken und Muskat durchsetzt worden, und was den Kaffee betraf...

Wie er nun die Stufen der Vier Federn hinunterhumpelte, in der vergeblichen Hoffnung, seinen Wagen zu erreichen – ein Verkehrspolizist hatte ihn entfernen lassen –, wie er so die Ferret Lane entlanghinkte und den Kirchhof überquerte, begleitet von seinem ekelhaften Gastgeber, da läuteten Lord Leakhams innere Organe das Totenglöcklein für das kleine bißchen Beherrschung, das er vor dem Essen noch an den Tag gelegt hatte. Als er schließlich am alten Gerichtsgebäude ankam, um dort von einer großen Menschenmenge aus Bauern und deren Frauen ausgebuht zu werden, war er kaum noch ein pensionierter Richter, sondern eher ein aktivierter Brandsatz.

»Sorgen Sie dafür, daß sich diese verfluchten Lümmel entfernen«, herrschte er Sir Giles an. »Ich werde mich hier keinem Rowdytum aussetzen.«

Sir Giles rief das Polizeirevier an und bat, man möge einige

Männer zum Gerichtsgebäude schicken. Als er neben Lady Maud Platz nahm, stand fest, daß sich die Dinge nicht so entwickelten, wie er es erwartet hatte. Lord Leakhams Teint war von furchtbaren Flecken verunstaltet, und als er mit dem Hammer auf den Richtertisch klopfte, zitterte seine Hand.

»Die Anhörung wird fortgesetzt«, sagte er mit heiserer Stimme. »Ruhe im Gerichtssaal.« Der Saal war überfüllt, und der Richter mußte ein zweites Mal hämmern, ehe es still wurde. »Der nächste Zeuge.«

Lady Maud erhob sich. »Ich will eine Stellungnahme abgeben«, sagte sie. Lord Leakham sah sie widerwillig an. Für entzündete Mägen war Lady Maud nicht der rechte Anblick. Sie war riesig groß, und ihr Benehmen ließ an etwas Unverdauliches denken.

»Wir sind nicht hier, um uns Meinungsäußerungen anzuhören«, stellte der Richter fest, »sondern um eine Beweisaufnahme abzuhalten.«

Mr. Turnbull stand auf. »Euer Ehren«, sagte er respektvoll, »im Rahmen dieser Untersuchung handelt es sich bei der Meinung meiner Klientin um Beweismaterial.«

»Meinungsäußerungen sind keine Beweise«, sagte Lord Leakham. »Ihre Klientin, wer auch immer sie sein mag...«

»Lady Maud Lynchwood vom Herrenhaus Handyman, Euer Ehren«, teilte Mr. Turnbull ihm mit.

»...ist berechtigt, jede Meinung zu vertreten, nach der ihr der Sinn steht«, fuhr Lord Leakham fort, wobei er die Urheberin des Poule au Pot Eduard der Vierte mit unverhohlenem Abscheu anstarrte, »aber vor diesem Gericht darf sie eine solche nicht äußern und erwarten, daß das als Beweis anerkannt wird. Die Beweisverfahrensordnung müßten Sie doch kennen, mein Herr.«

Trotzig rückte Mr. Turnbull seine Brille zurecht. »Die Regeln für das Beweisverfahren gelten, bei allem schuldigen Respekt vor der Auffassung Euer Ehren, nicht unter den gegebenen Umständen. Meine Klientin steht nicht unter Eid und...«

»Ruhe im Gerichtssaal«, knurrte der Richter, an einen betrunkenen Farmer aus Guildstead Carbonell gewandt, der sich mit seinem Nachbarn über Schweinepest unterhielt. Mit einem kläglichen Blick zu Lady Maud nahm Mr. Turnbull Platz.

»Nächster Zeuge«, sagte Lord Leakham.

Lady Maud gab nicht klein bei. »Ich erhebe Protest«, verkündete sie in einem derart gebieterischen Ton, daß es im Saal mucksmäuschenstill wurde. »Diese Untersuchung ist eine Farce...«

»Ruhe im Gerichtssaal«, schrie der Richter.

»Ich lasse mir nicht den Mund verbieten«, schrie Lady Maud zurück. »Das hier ist kein Gerichtssaal...«

»Und ob das einer ist«, knurrte der Richter.

Lady Maud zögerte. Natürlich war der Gerichtssaal ein Gerichtssaal. Daran war nicht zu rütteln.

»Was ich sagen wollte...«, fing sie an.

»Ruhe im Gerichtssaal«, brüllte Lord Leakham, dessen Magengeschwüre zielsicher auf die nächste Krise zusteuerten.

Lady Maud sprach die geheimsten Gedanken des Richters aus. »Sie sind nicht in der Lage, diese Untersuchung durchzuführen«, rief sie, unterstützt von etlichen Stimmen aus dem Publikum. »Sie sind ein seniler alter Trottel. Ich habe ein Recht, angehört zu werden.«

Auf dem Richterstuhl hatte Lord Leakhams fleckiger Kopf die Farbe reifer Pflaumen angenommen, und seine Hand griff zum Hammer. »Ich verurteile Sie wegen Mißachtung des Gerichts«, schrie er und hämmerte auf seinen Tisch. Lady Maud schlurfte drohend auf ihn zu. »Wachtmeister, nehmen Sie diese Frau fest.«

»Euer Ehren», sagte Mr. Turnbull, »Ich bitte Sie inständig...« Doch es war zu spät. Als Lady Maud ihren Vormarsch fortsetzte, wurde sie von zwei Polizisten an den Armen gepackt, die offenbar aufgrund der Annahme eingriffen, ein ehemaliger Richter am obersten Gerichtshof müsse seine

Gesetze besser kennen als sie. Es war ein schrecklicher Fehler. Sogar Sir Giles fiel das auf. Neben ihm schrie Mr. Turnbull, dies sei ein gesetzwidriger Akt, und hinter ihm war die Hölle los, da ein Teil des Publikums aufsprang und nach vorn drängte. Als seine Frau, immer noch Beschimpfungen ausstoßend, aus dem Gerichtssaal geschleift wurde, als Lord Leakham immer noch vergeblich und lauthals die Räumung des Saals verlangte, als es zu Schlägereien kam und Fenster zu Bruch gingen, da hing Sir Giles schlaff auf seinem Sitz und dachte über das Scheitern seiner Pläne nach.

Unten richteten die Fernsehleute, durch die Schreie und die aus den Saalfenstern auf ihre Köpfe regnenden Glasscherben alarmiert, ihre Kameras auf die Tür des Gerichtssaals, wo zwischen zwei Polizisten eine gerupfte und auf einmal überraschend friedliche Lady Maud auftauchte. Irgendwo zwischen Saal und Kameras war ihr Kostüm ziemlich obszön verrutscht, ein Schuh war abhanden gekommen, ihr Rock wies höchst anstößige Risse auf, und anscheinend hatte sie sogar zwei Vorderzähne verloren. Noch während sie tapfer zu lächeln versuchte, brach sie auf dem Gehsteig zusammen, dann zerrte man sie vor den laufenden Kameras quer über den Marktplatz zur Polizeiwache. »Hilfe«, schrie sie, während die Menge eine Gasse bildete. »Helft mir bitte.« Und Hilfe war unterwegs. Eine kleine, dunkle Gestalt kam aus dem Gerichtsgebäude gerast und stürzte sich auf den größeren der beiden Polizisten. Durch Klex' Vorbild inspiriert, warfen sich etliche Markthändler in das Getümmel. Von der Menschenmenge vor den Kameras geschützt, machte Lady Maud ihre Autorität wieder geltend. »Klex«, sprach sie streng, »laß die Ohren des Wachtmeisters los.« Klex ließ sich zu Boden fallen, und die Händler wichen gehorsam zurück. »Wachtmeister, walten Sie Ihres Amtes«, sagte Lady Maud und ging voran in Richtung Polizeirevier.

Die Menge hinter ihr wandte nun ihre Aufmerksamkeit dem Rolls-Royce Lord Leakhams zu. Äpfel und Tomaten prasselten gegen das alte Gerichtsgebäude. Unter zustimmendem Gebrüll der Zuschauer versuchte Klex im Alleingang, den Wagen umzukippen, und wurde sofort von einigen Dutzend Bauern unterstützt. Als Lord Leakham, von einem Polizeiaufgebot begleitet, das Gerichtsgebäude verließ, fand er seinen Rolls auf der Seite liegend vor. Etliche Schlagstockeinsätze waren nötig, um eine Gasse durch die Menge zu bahnen, und die ganze Zeit über zeichneten die Kameras die öffentliche Reaktion auf die geplante Autobahn durch die Cleene-Schlucht getreulich auf. In der Ferret Lane gingen Schaufenster zu Bruch. Vor dem Ziege und Becher angekommen, wurde Lord Leakham durch einen Eimer kaltes Wasser bis auf die Haut durchnäßt. Im Kirchhof brachte man ihm mittels eines abgebrochenen Grabsteins eine Gehirnerschütterung bei, und als er endlich das Vier Federn erreichte, mußte man die Feuerwehr rufen, damit sie durch Einsatz ihrer Spritzen, eine das Hotel belagernde Menschenmenge zerstreute. Inzwischen brannte der Rolls-Royce lichterloh, und Gruppen betrunkener Jugendlicher zogen durch die Straßen, um ihre Loyalität zur Familie Handyman zu demonstrieren, indem sie Straßenlaternen zerschlugen.

In ihrer Zelle auf dem Polizeirevier holte Lady Maud ihr Gebiß aus der Tasche und lächelte über die lautstarke Festivität. Falls der Preis für Gerechtigkeit das ewige Licht der Öffentlichkeit war, stand ihr ganz sicher eine faire Verhandlung bevor. Sie hatte das erreicht, was sie sich vorgenommen hatte.

6

In London begrüßte das Kabinett, das zusammengetreten war, um mit einer erneuten Verschlechterung in der Zahlungsbilanz fertigzuwerden, die Nachrichten über die Unruhen in Worford weit weniger begeistert. Die Schlagzeilen der Abendzeitungen meldeten die Verhaftung der Frau eines Unterhausabgeordneten, doch es blieb den Fernsehnachrichten überlassen, Millionen von Haushalten die Vorstellung zu suggerieren, Lady Maud sei das Opfer brutaler und verabscheuungswürdiger Polizeiübergriffe geworden.

»O mein Gott«, kommentierte der Premierminister, als er sie auf dem Fernsehschirm zu Gesicht bekam, »wie können die sich sowas überhaupt erlauben, verdammt noch eins?«

»Sieht mir ganz so aus, als hätte sie ein paar Zähne verloren«, meinte der Minister für Auswärtige Angelegenheiten. »Hängt da nicht eine Brustwarze raus?«

Lady Maud lächelte tapfer und brach auf dem Gehsteig zusammen.

»Ich werde umgehend eine ärztliche Untersuchung veranlassen«, sagte der Innenminister.

»Wer zum Teufel hat Leakham überhaupt mit diesem Amt betraut?« knurrte der Premierminister.

»Er schien damals für diese Aufgabe genau der richtige unvoreingenommene Mann zu sein«, murmelte der Umweltminister. »Soweit ich mich erinnern kann, ging man davon aus, eine Untersuchung würde die Öffentlichkeit in der Gegend zufriedenstellen.«

»Zufriedenstellen...?« setzte der Premierminister an, nur

um gleich darauf durch einen Anruf des Lordkanzlers unterbrochen zu werden, der sich beklagte, die Rechtsstaatlichkeit bräche zusammen, und auch als man ihm erklärte, Lord Leakham sei ein pensionierter Richter, murmelte er geheimnisvoll, Recht und Gesetz seien unteilbar.

Der Premierminister legte den Hörer auf und wandte sich an den Umweltminister. »Das ist Ihr Bier. Sie haben uns diese Suppe eingebrockt. Sie werden sie auch wieder auslöffeln. Man sollte doch meinen, wir hätten die absolute Mehrheit.«

»Ich werde sehen, was ich tun kann«, sagte der Premierminister mit grimmiger Miene. Auf dem Bildschirm brannte Lord Leakhams Rolls-Royce lichterloh.

Der Umweltminister eilte aus dem Zimmer und wählte die Privatnummer seines Staatssekretärs. »Ich will, daß ein Vermittler nach Worford geschickt wird, der diesen Schlamassel in Ordnung bringt«, sagte er.

»Ein Vermittler?« Mr. Rees, der grippekrank und mit fast 40 Grad Fieber im Bett lag, war nicht in der geeigneten Verfassung, um ministerielle Forderungen nach Vermittlern bewältigen zu können.

»Jemand mit einem Gespür für Public Relations.«

»Public Relations?« fragte Mr. Rees und kramte in seinem Gedächtnis nach einem Untergebenen, der irgendwas von Public Relations verstand. »Kann ich Sie das bis Mittwoch wissen lassen?«

»Nein«, sagte der Minister, »ich muß dem Premierminister melden können, wir hätten die Situation im Griff. Ich will, daß allerspätestens morgen früh jemand unterwegs ist. Wir brauchen da oben einen, der die Verhandlungen in die Hand nimmt. Ich verlasse mich darauf, daß Sie einen Menschen aussuchen, der wirklich Initiative zeigt. Keine Ihrer alten dilettantischen Durchschnittsexistenzen. Einen, der aus dem Rahmen fällt.«

Mit einem Seufzer legte Mr. Rees den Hörer auf. »Einen, der aus dem Rahmen fällt, also wirklich«, grummelte er. »Vermittler.« Er fühlte sich gekränkt. Er mochte es nicht, wenn man ihn zu Hause anrief, er mochte es nicht, wenn man ihm befahl, schnelle Entscheidungen zu treffen, er mochte den Minister nicht; und am allerwenigsten mochte er die Unterstellung, seine Abteilung bestünde aus alten dilettantischen Durchschnittsexistenzen.

Er nahm noch einen Löffel Hustensaft und dachte über einen geeigneten Kandidaten nach, den er nach Worford schikken könnte. Harrison hatte Urlaub. Beard war mit dem Tanker-Terminal in Scunthorpe beschäftigt. Dann war da noch Dundridge. Dundridge war völlig ungeeignet. Aber der Minister hatte unmißverständlich jemanden verlangt, der aus dem Rahmen fiel, und Dundridge fiel unbedingt aus dem Rahmen. Daran gab es nichts zu rütteln. Mr. Rees legte sich wieder ins Bett, den Kopf von der Grippe benebelt, und rief sich einige Projekte Dundridges ins Gedächtnis. Da hatte es ein System von Einbahnstraßen für das Zenrum Londons gegeben, das dermaßen inflexibel war, daß man unmöglich von Hyde Park Corner zum Piccadilly hätte fahren können, es sei denn über die Tower-Bridge und die Fleet Street. Außerdem hatte es da noch sein Pilotprojekt zur Einführung von Ampeln auf Halbleiterbasis in Clapham gegeben; die Anlagen hatten den Verkehr nicht einmal halb, sondern überhaupt nicht geleitet, so daß dieser Vorort fast eine Woche lang vom übrigen London abgeschnitten gewesen war. Rein praktisch betrachtet war Dundridge eine absolute Katastrophe. Andererseits hatte er wirklich ein Gespür für Public Relations. Seine Ideen klangen gut, und Jahr für Jahr war Dundridge befördert worden, nach oben gespült von einer unausweichlichen Welle der Inkompetenz und der Notwendigkeit, die Öffentlichkeit so lange vor den praktischen Konsequenzen seines neuesten Plans zu bewahren, bis er auf jener exklusiven Regierungsebene angelangt war, wo seine Projekte – dank der Trägheit seiner Untergebenen – nie und nimmer zur Ausführung gelangten.

Fast im Delirium und vollgepumpt mit Hustenmedizin entschied sich Mr. Rees für Dundridge. Er ging nach unten und diktierte seine Anweisungen telefonisch in das Tonbandgerät auf dem Schreibtisch seiner Sekretärin im Ministerium. Dann goß er sich einen großen Whisky ein, stellte sich Dundridge in Worford vor und trank darauf. »Vermittler«, sagte er und legte sich wieder ins Bett.

Dundridge fuhr mit der U-Bahn zur Arbeit. Seiner Meinung nach war es die vernünftigste Art der Fortbewegung, durch die er obendrein dem rauhen Wirrwarr der Realität aus dem Weg ging. Wenn er im Zugabteil saß, konnte er sich auf wirklich wichtige Dinge konzentrieren und so etwas wie Ordnung in der Welt oben erkennen, indem er den Streckenplan der Northern Line an der gegenüberliegenden Wand studierte. Über ihm herrschte nämlich das Chaos. Straßen, Häuser, Läden, Wohnblöcke, Brücken, Autos, Menschen – eine Unzahl miteinander unvereinbarer, perverser Phänomene, die sich einer einfachen Klassifizierung entzogen. Wenn er die Streckengrafik ansah, konnte er dieses Durcheinander vergessen. Nach der Station Chalk Farm kam Belsize Park, der wiederum folgte, im Rahmen einer absolut logischen Reihenfolge, Camden Town, so daß er genau wußte, wo er war und wohin die Reise ging. Außerdem hatte auf dem Plan jede Station genau den gleichen Abstand zu ihren Nachbarstationen; nun wußte er zwar, daß dies in Wirklichkeit nicht zutraf, doch diese schematische Anordnung deutete an, daß es so sein sollte. Ginge es nach Dundridge, so wären alle Stationen gleich weit voneinander entfernt. Er hatte sein ganzes Leben mit der Jagd nach Ordnung zugebracht, nach einer abstrakten Ordnung, die an die Stelle verwirrender Erfahrungen hätte treten sollen. Was ihn betraf, so verlieh Vielfalt dem Leben nicht die Würze, sondern einen sehr bitteren Geschmack. In Dundridges Privatphilosophie ließ sich alles in ein normiertes System einpassen. Auf der einen Seite gab es den Zufall, eine durch den Kampf bis aufs Messer bluttriefende Natur, und alles war reine Willkür; auf der anderen standen Wissenschaft, Logik und Numerierung.

Dundridge hatte ein besonderes Faible für die Numerierung, und seine Wohnung in Hendon entsprach diesem Ideal. Alles, was er besaß, wurde numeriert und auf einer Tabelle über seinem Bett eingetragen. Seine Socken beispielsweise hatten die Kennziffer 01-7, wobei sich die 01 auf Dundridge selbst und die 7 auf die Socken bezog, und befanden sich in der obersten linken Schublade (1) seiner Kommode 23, die an der Wand 4 seines Schlafzimmers 3 lehnte. Wenn er auf die Tabelle sah und nach 01-7-1-23-4-3 suchte, konnte er die Socken beinahe sofort ausfindig machen. Die Dinge außerhalb seiner Wohnung waren nicht so leicht erfaßbar, und seine Versuche, ein ähnliches System in seinem Büro im Ministerium einzuführen, waren auf erheblichen – Stärke 10 auf der Dundridge-Skala – Widerstand gestoßen und hatten mit dazu beigetragen, daß er so oft von einer Abteilung in die andere versetzt wurde.

Daher überraschte es ihn nicht im mindesten, daß Mr. Joynson ihn um 9 Uhr 15 in seinem Büro sprechen wollte. Um 9 Uhr 25 traf Dundridge ein.

»Ich wurde in der U-Bahn aufgehalten«, erklärte er verbittert. »Es ist wirklich sehr ärgerlich. Um 9 Uhr 10 hätte ich hier sein müssen, doch die Bahn war nicht pünktlich. Das ist sie nie.«

»Ist mir auch schon aufgefallen«, sagte Mr. Joynson.

»Es liegt an den ganz unterschiedlich langen Haltezeiten«, meinte Dundridge. »Manchmal hält sie eine Minute lang, dann wieder anderthalb Minuten. Also wissen Sie, ich finde wirklich, wir sollten uns über ein unterirdisches Transportmittel Gedanken machen, das den gleichmäßigen Verkehrsfluß garantiert.«

»Ich glaube kaum, daß es das geringste an der Sache ändern würde«, sagte Mr. Joynson müde. »Weshalb fahren Sie nicht einfach einen Zug früher?«

»Dann käme ich doch zu früh hier an.«

»Das wäre mal was anderes. Wie auch immer, ich habe Sie nicht zu mir gebeten, um über die Mängel des U-Bahn-Systems zu sprechen.« Er machte eine Pause und las Mr. Rees' Anweisungen durch. Abgesehen davon, daß ausgerechnet Dundridge ausgewählt worden war, um mit einer Situation fertigzuwerden, bei der Intelligenz, Flexibilität und Überzeugungskraft gefragt waren, überraschte ihn die ungewöhnlich wirre Syntax des Schreibens. Wie auch immer, es sprach eine Menge dafür, Dundridge eine Zeitlang aus London zu entfernen, und ihn, Joynson, konnte man für diese Berufung auch nicht persönlich verantwortlich machen.

»Ich habe hier«, sagte er schließlich, »Einzelheiten über Ihren neuen Aufgabenbereich. Mr. Rees möchte, daß Sie...«

»Mein neuer Aufgabenbereich?« fragte Dundridge. »Ich bin doch in der Abteilung Freizeitgestaltung.«

»Durchaus zu Recht«, sagte Mr. Joynson. »Aber jetzt kommen Sie zum Autobahnbau, Bereich Mittelengland. Und ich kann mir gut vorstellen, daß sich Ihnen im nächsten Monat eine Nische bei Parks und Gärten auftut.«

»Ich muß schon sagen, dieses ganze Herumgeschiebe finde ich doch recht störend. Ich begreife nicht, wie man von mir erwarten kann, daß ich irgendwas Konstruktives auf die Beine stelle, wenn ich permanent von einer Abteilung in die andere versetzt werde.«

»Ganz genau so ist es«, stimmte Mr. Joynson zu. »Allerdings gibt es in diesem Fall nichts Konstruktives für Sie auf die Beine zu stellen. Man verlangt lediglich von Ihnen, daß Sie einen mäßigenden Einfluß ausüben.«

»Einen mäßigenden Einfluß?« Dundridge horchte auf.

Mr. Joynson nickte. »Einen mäßigenden Einfluß», wiederholte er und las wieder in seinen Anweisungen nach. »Sie sind zum ministeriellen Vermittler in Worford ernannt worden.«

»Was?« sagte Dundridge, inzwischen gründlich beunruhigt. »Aber in Worford hat's doch gerade Unruhen gegeben.«

Mr. Joynson lächelte. Langsam machte ihm die Sache Spaß. »Na, wenn schon«, meinte er. »Also, Sie sollen dafür sorgen, daß es in Worford zu keinen weiteren Unruhen kommt. Soviel ich hörte, handelt es sich um eine bezaubernde Kleinstadt.«

»Gestern in den Abendnachrichten sah sie nicht gerade bezaubernd aus«, sagte Dundridge.

»Nun ja, wir wollen doch wohl nicht nach dem äußeren Anschein gehen, nicht wahr? Hier ist Ihr Ernennungsschreiben. Wie Sie sehen können, sind Sie dadurch voll und ganz befugt, Verhandlungen durchzuführen...«

»Aber ich dachte, Lord Leakham leitet die Untersuchung«, sagte Dundridge.

»Tja, das tut er. Aber so viel ich weiß, ist er im Augenblick gerade ein wenig indisponiert, und was seine Rolle betrifft, scheint er sich falsche Vorstellungen zu machen.«

»Sie meinen, er liegt im Krankenhaus, nicht wahr?« sagte Dundridge.

Mr. Joynson ignorierte die Frage. Er drehte sich zu einer hinter ihm hängenden Wandkarte um. »Sie müssen sich um eine im Grunde genommen ganz simple Angelegenheit kümmern«, sagte er. »Wie Sie hier sehen, existieren für die M 101 zwei denkbare Streckenführungen. Die eine Strecke führt dort durch die Cleene-Schlucht, die andere durch Ottertown. Aus verschiedenen Gründen kommt die Ottertown-Strecke nicht in Frage. Sie werden dafür sorgen, daß Leakham eine Entscheidung zugunsten der Strecke durch die Cleene-Schlucht trifft.«

»Aber die Entscheidung ist doch sicherlich seine Sache«, sagte Dundridge.

Mr. Joynson seufzte. »Mein lieber Dundridge, wenn Sie so lange im öffentlichen Dienst waren wie ich, dann wissen Sie, daß Untersuchungsausschüsse, Königliche Kommissionen und Schiedsstellen nur veranlaßt und eingerichtet werden, um Empfehlungen zu unterbreiten, die mit bereits von Experten getroffenen Entscheidungen übereinstimmen. Sie haben dafür zu sorgen, daß Lord Leakham die richtige Entscheidung fällt.«

»Was passiert, wenn er es nicht tut?«

»Das weiß Gott allein. Ich nehme an, im gegenwärtigen Meinungsklima müßten wir das verfluchte Ding einfach durch Ottertown bauen, und dann würden wir uns dumm und dämlich zahlen. Sie haben dafür zu sorgen, daß es nicht so weit kommt. Sie sind zu Verhandlungen mit den beteiligten Parteien autorisiert, und ich gehe davon aus, daß sich Leakham kooperativ zeigt.«

»Ich verstehe nicht, wie ich verhandeln kann, wenn ich keinerlei Verhandlungsmasse habe«, gab Dundridge in klagendem Tonfall zu bedenken. »Und überhaupt, Vermittler, was soll das eigentlich heißen?«

»Vermutlich das, was Sie daraus zu machen belieben«, sagte Mr. Joynson.

Dundridge nahm die Akte über die M 101 mit in sein Büro.

»Ich bin Vermittler im ministeriellen Auftrag für die Abteilung Mittelengland«, verkündete er seiner Sekretärin würdevoll, dann rief er die Fahrzentrale an und bestellte einen Wagen. Anschließend las er noch einmal sein Ernennungsschreiben durch. Es stand außer Frage, daß seine Fähigkeiten in den oberen Etagen anerkannt wurden. Dundridge besaß Macht, und er war fest entschlossen, sie auch zu nutzen.

*

Im Haus Handyman beglückwünschte sich Lady Maud dazu, wie raffiniert sie die Verhandlung gestört hatte. Nachdem sie auf ausdrücklichen Befehl des Polizeichefs aus dem Polizeigewahrsam entlassen worden war, zu dem man sie ihrer Meinung nach völlig zu Unrecht verdonnert hatte, kehrte sie nach Hause zurück, wo sie von Sympathiebekundungen überschüttet wurde. General Burnett kam vorbei und gratulierte. Mrs. Bullett-Finch rief an, um sich zu erkundigen, ob sie nach ihrem Martyrium in der Haft irgend etwas brauche; diese Formulierung fand Lady Maud fast so abstoßend wie Oberst Chapmans Kommentar, sie habe jede Menge Mumm. Sogar Mrs. Thomas schrieb und dankte ihr – wie sie es bescheiden formulierte – im Namen der einfachen Leute. Diese Huldigungen nahm Lady Maud eher schroff entgegen. Sie waren ihrem Gefühl nach völlig unnötig. Schließlich hatte sie nur ihre Pflicht getan. Oder, wie sie es gegenüber einem Journalisten des Observer ausdrückte: »Nur lokale Autoritäten können lokale Interessen wahrnehmen« – eine Formulierung, die in ihrer Zweideutigkeit ausreichte, den Reporter zufriedenzustellen, und gleichzeitig Lady Mauds Auffassung von ihrer Rolle in South Worfordshire präzise umriß.

»Haben Sie denn vor, die Polizei wegen ungesetzlicher Festnahme zu verklagen?« wollte der Reporter wissen.

»Auf keinen Fall. Ich hege den größten Respekt vor der Polizei. Sie leistet phantastische Arbeit. Ich mache einzig und allein Lord Leakham verantwortlich. Ich lasse mich wegen der Schritte, die ich gegen ihn einzuleiten gedenke, von meinen Anwälten beraten.«

*

Im städtischen Krankenhaus von Worford war Lord Leakham die Nachricht offenbar völlig gleichgültig, daß Lady Maud sich mit dem Gedanken trage, gerichtlich gegen ihn vorzugehen. Ihn quälten dringendere Probleme, zunächst einmal der Zustand seines Verdauungsapparats, die sechs Stiche in seiner Kopfhaut nicht zu vergessen, und außerdem litt er an einer Gehirnerschütterung. In lichten Momenten sehnte er den Tod herbei, im Delirium gab er Obszönitäten von sich.

*

War Lord Leakham zu sehr mit seinen eigenen Problemen beschäftigt, um sich über die Verhandlungsunterbrechung auch nur einen Gedanken zu machen, so konnte Sir Giles an kaum etwas anderes denken.

»Die ganze Situation ist höchst prekär«, erzählte er Hoskins, als sie am nächsten Morgen in dessen Büro miteinander beratschlagten. »Dieses verdammte Weib hat in ein Wespennest gestochen, und das nicht zu knapp. Sie hat die ganze Geschichte zu einer Angelegenheit von nationalem Interesse gemacht. Vor lauter Anrufen von Umweltschützern aus dem ganzen Land kann ich mich nicht mehr retten, und alle geben uns Rückendeckung. Es ist verdammt ärgerlich. Warum können die sich nicht um ihre eigenen gottverdammten Angelegenheiten kümmern?«

Mißmutig zündete sich Hoskins seine Pfeife an. »Das ist noch nicht alles«, sagte er, »sie schicken irgend so ein hohes Tier vom Ministerium her, und der Bursche soll die Verhandlungen in die Hand nehmen.«

»Genau was wir brauchen, irgend so einen verdammten Bürohengst, der seine Nase in unsere Angelegenheiten steckt.«

»Genau«,sagte Hoskins, »von jetzt an also keine Anrufe mehr an mich hier. Ich kann es mir nicht leisten, daß man mich mit Ihnen in Verbindung bringt.«

»Glauben Sie, er wird sich für die Strecke über Ottertown entscheiden?«

Hoskins zuckte die Achseln. »Keine Ahnug. Ich weiß nur eins: Verdammt will ich sein, wenn ich in seiner Haut steckte und die Schlucht empfehlen würde.«

»Lassen Sie mich wissen, was der Schnösel vorschlägt«, sagte Sir Giles und ging zu seinem Wagen.

7

Als Dundridge so die M1 hinauffuhr, hatte er absolut keine Ahnung von der Vielschichtigkeit der Situation in South Worfordshire. Zum ersten Mal in seinem Leben hatte man ihn wirklich mit Macht ausgestattet, und er hatte vor, sie auch zu benutzen. Vorbei war die jahrelange Frustration. Wenn er nach London zurückkehrte, würde er sich einen Namen als rasch entschlossener Mann der Tat geschaffen haben.

Gegen Mittag machte er in Warwick Halt, und während er aß, studierte er die Autobahnakte. Dort fand er eine Karte der Gegend, eine Planungsskizze der beiden Strecken sowie eine Liste aller Personen, durch deren Grundstücke die Autobahn führen sollte, samt der vorgesehenen Entschädigungssummen. Letzterer schenkte Dundridge seine Aufmerksamkeit. Ein einziger Blick verdeutlichte ihm die Dringlichkeit seiner Ernennung und die Schwere seiner Aufgabe. Die Liste las sich wie eine Aufzählung der Oberschicht dieser Grafschaft. Sir Giles Lynchwood, General Burnett, Oberst Chapman, Mr. Bullett-Finch, Miss Percival. Unangenehm berührt starrte Dundridge auf die Namen, ungläubig auf die Beträge, die man ihnen bot. Eine Viertelmillion Pfund für Sir Giles. Einhundertfünfzigtausend an General Burnett. Einhundertzwanzigtausend an Oberst Chapman. Sogar Miss Percival, augenscheinlich Lehrerin von Beruf, bot man fünfundfünfzigtausend an. Dundridge verglich diese Summen mit seinem eigenen Einkommen und spürte, wie ihn unversehens der Neid packte. Auf dieser Welt gab es keine Gerechtigkeit, und Dundridge (dessen privater Sozialismus sich in der Maxime

»Jedem nach seinen Fähigkeiten, von jedem nach seinen Bedürfnissen« widerspiegelte, wobei das »seinen« sich jeweils auf Dundridge persönlich bezog) bemerkte, wie seine Gedanken in Richtung Geld schweiften. Seine Mutter hatte ihm die Redensart »Heirate nicht reich, geh direkt dorthin, wo das Geld ist« eingeimpft, und da dies leichter gesagt als getan war, blieb Dundridges Sexualleben weitgehend auf seine Vorstellungskraft beschränkt. Dort, vor der lästigen Vielschichtigkeit des wirklichen Lebens geschützt, hatte er seinen diversen Leidenschaften gefrönt. In seiner Phantasie war Dundridge nicht nur reich, Dundridge war auch mächtig und Dunridge befand sich im Besitz einer ganzen Kollektion tadelloser Frauen – oder einer Frau, um genau zu sein, einem Mischgeschöpf, bestehend aus einzelnen Stücken real existierender Frauen, die einmal anziehend auf ihn gewirkt hatten, doch ohne deren nachteilige Begleiterscheinungen. Jetzt ging er zum erstenmal dorthin, wo das Geld war. Es war eine bestrikkende Aussicht. Er beendete sein Mittagessen und fuhr weiter.

Während er so dahinfuhr, wurde ihm zunehmend bewußt, daß sich die Landschaft verändert hatte. Er hatte die Autobahn verlassen und befand sich nun auf einer kleineren Straße, die sich durch die Gegend schlängelte. Die Hecken wucherten höher und üppiger. Hügel stiegen empor und fielen ab in leere Täler, die Wälder sahen wilder, weniger kultiviert aus. Selbst den Häusern war der heimelige Einheitslook der Vororte im Norden Londons abhanden gekommen. Entweder waren es große, isolierte, von Parkanlagen umgebene Gebäude, oder von dunklen verrosteten Eisenschuppen und Scheunen umgebene Bauernhäuser aus Stein. Dann und wann kam er durch Dörfer, seltsame Ansammlungen von Landhäusern, Läden und Gebäuden, die unförmig über die Straße ragten oder sich hinter Hecken versteckten und mit exzentrischen Verzierungen überladen waren, die er als störend empfand. Und schließlich gab es auch noch Kirchen. Kirchen konnte Dundridge am allerwenigsten leiden. Sie erinnerten ihn an Tod und Begräbnis, Schuld und Sühne und an das Jenseits. Archaische Erinnerungen an eine abergläubische Vergangenheit. Und da Dundridge entweder für die Gegenwart oder doch zumindest für die unmittelbare Zukunft lebte, fand er diese Mahnmale des Todes kein bißchen reizvoll. Sie ließen schreckliche Zweifel am rationalen Wesen der Existenz aufkommen. Nicht, daß Dundridge an die Vernunft glaubte. Sein volles Vertrauen galt Wissenschaft und Numerierung.

Wie er nun so gen Norden fuhr, mußte er sich eingestehen, daß er in eine von seinem Ideal weit entfernte Welt vordrang. Sogar der Himmel hatte sich mitsamt der Landschaft verändert: Die Schatten großer Wolken glitten ziellos über Felder und Hügel. Als er endlich South Worfordshire erreichte, war er ausgesprochen beunruhigt. Wenn die Stadt Worford auch nur im entferntesten der sie umgebenden Landschaft glich, mußte es sich um einen Ort des Grauens handeln, in dem es von gewalttätigen, irrationalen, von den eigenartigsten Antrieben gesteuerten Kreaturen nur so wimmelte. Genau so war es. Beim Passieren der Cleene-Brücke schien er aus dem zwanzigsten Jahrhundert in eine frühere Epoche zu geraten. Unterhalb des Stadttors drängten sich die Häuser wie Kraut und Rüben durcheinander, und nur die blankgeschrubbten Stufen wogen ihren verwahrlosten Mangel an Gleichförmigkeit einigermaßen wieder auf. Vor ihm erhob sich das Stadttor, ein großer, stuckverzierter Turm mit dunkler, enger Toreinfahrt. Nervös fuhr er hindurch und landete in einer von Häusern aus dem achtzehnten Jahrhundert gesäumten Straße. Hier fühlte er sich vorübergehend heimischer, doch seine Erleichterung verflog, als er die Innenstadt erreichte. Dunkle, enge Gassen, mittelalterliche Fachwerkhäuser ragten in den Bürgersteig hinein, kopfsteingepflasterte Straßen und Ladenfronten, deren Aufmachung aus einem vergangenen Zeitalter stammte. Vor einer Eisenwarenhandlung baumelten Töpfe und Pfannen, Spaten und Sicheln. Dufflecoats, Kordhosen und Hosenträger lagen vor einem Herrenausstattungsgeschäft. Auf der Marmorplatte eines Fischhändlers glitzerte eine Makrele, während Zügel, Zaumzeug und Lederriemen einen Sattlerladen schmückten. Kurz gesagt, Worford war ein völlig normaler Marktflecken, doch für Dundridge, der die wohltuende Anonymität von Supermärkten gewohnt war, hatte der Ort etwas Beunruhigendes, Archaisches. Er fuhr auf den Marktplatz und fragte den Parkwächter, wo das Regionale Planungsamt sei. Der Mann wußte es nicht, oder falls doch, war Dundridge trotzdem nicht klüger als zuvor. In South Worfordshire trafen die walisischen und englischen Dialekte aufeinander, sie trafen sich und wurden zu einem unverständlichen Mischmasch. Dundridge parkte und betrat eine Telefonzelle. Laut Telefonbuch befand sich die Planungsbehörde in Knacker's Yard.

»Wo liegt Knacker's Yard?« fragte er den Parkwächter.

»Giblet Walk runter.«

»Höchst informativ«, sagte Dundridge und schüttelte sich. »Und wo ist Giblet Walk?«

»Tja, also, warten Sie, entweder gehen Sie unten am Ziege und Becher vorbei, oder Sie nehmen 'ne Abkürzung durch die Trümmergasse«, sagte der Alte und spuckte in den Rinnstein.

Dundridge dachte über diese nicht sehr verlockende Alternative nach. »Wo finde ich die Trümmergasse?« fragte er schließlich.

»Hinter Ihnen«, sagte der Parkwächter.

Dundridge drehte sich um und blickte in den Schatten einer schmalen Gasse. Sie war mit Kopfsteinen gepflastert, führte den Hügel hinunter und verschwand in der Ferne. Mit einem unguten Gefühl betrat er die Gasse. Etliche Häuser waren mit Brettern vernagelt, eins oder zwei schon in sich zusammengefallen, und ihm strömte ein seltsamer Geruch entgegen, der ihn an Wege und Unterführungen denken ließ, die unter Bahngeleisen hindurch verliefen. Mit angehaltenem Atem eilte Dundridge weiter und kam schließlich zum Knacker's Yard, wo vor einem großen Backsteingebäude auf einem Schild die Worte »Regionale Planungsbehörde« standen. Er öffnete ein eisernes Tor und ging auf einem Fußweg bis zum Eingang.

»Planungsbehörde ist im zweiten Stock«, meinte eine Zahnarzthelferin, die, eine Metallschüssel in den Händen, worin ein falsches Gebiß rosig ruhte, aus einem Zimmer auftauchte. »Wenn dort geöffnet ist, haben Sie allerdings wirklich Glück. Suchen Sie jemand Bestimmten?«

»Mr. Hoskins«, antwortete Dundridge.

»Versuchen Sie's im Club«, sagte die Frau. »Zu dieser Tageszeit ist er in der Regel dort. Der ist im ersten Stock.«

»Danke sehr«, sagte Dundridge und stieg die Treppe hoch. Auf dem ersten Absatz befand sich eine Tür mit der Aufschrift Gladstone Club, Worford und Umgebung. Dundridge musterte sie unschlüssig und ging weiter. Wie von der Frau angekündigt, war die Regionale Planungsbehörde geschlossen. Er marschierte wieder hinunter und blieb unsicher auf dem Treppenabsatz stehen. Dann rief er sich in Erinnerung, daß er schließlich Generalbevollmächtigter und Vermittler im ministeriellen Auftrag war, öffnete die Tür und schaute hinein.

»Suchen sie wen?« fragte ein großer rotgesichtiger Mann, der neben einem Billardtisch stand.

»Ich suche Mr. Hoskins, den leitenden Planungsbeamten«, sagte Dundridge. Der Mann mit dem roten Kopf setzte sein Queue ab und trat einen Schritt vor.

»Da sind Sie hier richtig«, sagte er. »Bob, hier ist 'n Kerl, der dich sprechen will.«

Ein anderer rotgesichtiger Mann, der in einer Ecke an der Theke saß, drehte sich um und glotzte Dundridge an. »Was kann ich für Sie tun?« erkundigte er sich.

»Ich komme vom Umweltministerium«, sagte Dundridge.

»Du lieber Himmel«, sagte Mr. Hoskins und stieg von seinem Barhocker. »Sie sind aber früh dran, was? Hab' nicht vor morgen mit Ihnen gerechnet.«

»Der Minister legt großen Wert darauf, daß ich mich so rasch wie irgend möglich an die Arbeit mache.«

»Wie recht er hat«, meinte Mr. Hoskins nun freundlicher,

als er sah, daß Dundridge keine sechzig war, keine Brille mit Goldrand trug und mitnichten von einer Aura von Autorität umgeben war. »Was darf ich Ihnen anbieten?«

Dundridge zögerte. Er war es nicht gewohnt, am hellichten Nachmittag zu trinken. »Ein kleines Bitter«, sagte er schließlich.

»Zwei Halbe hierher«, verkündete Hoskins dem Zapfer. Sie gingen mit ihren Gläsern zu einem kleinen Ecktisch und nahmen Platz. Die Männer am Billardtisch nahmen ihr Spiel wieder auf.

»Unangenehme Geschichte das Ganze«, befand Mr. Hoskins. »Ich beneide Sie nicht um Ihre Aufgabe. Keine besonders gute Stimmung hier.«

»Das habe ich bemerkt«, sagte Dundridge und nippte an seinem Bier. Wie er vorausgeahnt hatte, schmeckte es sowohl stark als auch unangenehm organisch. Von der Wand gegenüber blickte ein Porträt Mr. Gladstones unbarmherzig auf diesen Verstoß gegen die Schankverordnung herab. Durch dessen Vorbild angespornt, machte Dundridge den Versuch, seine Mission zu erläutern. »Der Minister legt besonderen Wert darauf, daß die Verhandlungen mit Fingerspitzengefühl abgewickelt werden. Meine Aufgabe ist es, dafür zu sorgen, daß das Resultat dieser Verhandlungen von allen beteiligten Parteien getragen wird.«

»Ach ja?« sagte Mr. Hoskins. »Tja, dazu kann ich nur bemerken: Da haben Sie ja ein schönes Stück Arbeit vor sich.«

»Meiner Meinung nach wäre die beste Methode, eine Ersatzstrecke anzubieten«, fuhr Dundridge fort.

»Das haben wir bereits getan. Durch Ottertown.«

»Kommt nicht in Frage«, befand Dundridge.

»Da bin ich absolut Ihrer Meinung«, sagte Mr. Hoskins. »Also bleibt die Cleene-Schlucht.«

»Oder die Hügel im Süden?« schlug Dundridge hoffnungsvoll vor. Mr. Hoskins schüttelte den Kopf. »Der Cleene-Wald ist ein Erholungsgebiet, steht unter Naturschutz. Können Sie gleich wieder vergessen.«

»Tja, da bleiben uns ja nicht viele Alternativen, oder?«

»Da bleibt uns überhaupt keine«, sagte Mr. Hoskins.

Dundridge trank noch etwas Bier. Der Optimismus, mit dem er den Tag begonnen hatte, war ihm abhanden gekommen. Über Verhandlungen zu reden war ja gut und schön, aber da gab es gar keine Verhandlungen, die er hätte führen können. Vor ihm lag die wenig beneidenswerte Aufgabe, eine durch und durch unpopuläre Entscheidung einer Gruppe äußerst einflußreicher, feindlich gesinnter Grundbesitzer aufzuzwingen, und von dieser Aussicht war er nicht gerade begeistert. »Es besteht wohl kaum eine Chance, daß Sir Giles Lynchwood und General Burnett ihren Widerstand aufgeben, nehme ich an«, meinte er ohne große Hoffnung.

»Die Chance ist gleich null«, erfuhr er von Hoskins, »und selbst wenn sie es täten, würde das nicht den geringsten Unterschied machen. Wegen Lady Maud müssen Sie sich Sorgen machen. Und die wird weder wanken noch weichen.«

»Ich muß schon sagen, wie Sie das schildern, klingt es überaus schwierig«, gab Dundridge zu und trank sein Bier aus. Als er den Gladstone Club verließ, hatte er eine genaue Vorstellung von der Lage. Das Haupthindernis bestand aus Haus Handyman und Lady Maud. Auf diesem Gebiet wollte er am Morgen gründlichere Untersuchungen anstellen. Durch Trümmergasse und Giblet Walk ging er wieder zum Marktplatz hinauf und nahm sich ein Zimmer im Handyman-Wappen.

*

Im Herrenhaus verbrachte Sir Giles den Tag zurückgezogen in seinem Arbeitszimmer. Diese Abkapselung ließ sich nur teilweise dadurch erklären, daß sich im Haus und auf dem Grundstück ein halbes Dutzend Wachhunde herumtrieben, die ihn offenbar für einen Eindringling in seinem eigenen Heim hielten. Eine zutreffendere Erklärung lieferte die Tatsache, daß sich Lady Maud sehr nachdrücklich über sein Essen mit Lord Leakham ausgelassen hatte. Wenn der Richter dieses

Mittagessen bereute, und laut ärztlichem Bulletin aus dem Krankenhaus hatte er allen Grund dazu, so war er nicht der einzige.

»Ich habe doch nur versucht, zu helfen«, hatte Sir Giles erklärt. »Ich dachte mir ,wenn ich ihm ein gutes Essen verabreiche, wäre er vielleicht eher geneigt, unseren Standpunkt in diesem Fall zu bedenken.«

»Unseren Standpunkt in diesem Fall?« schnaubte Lady Maud. »Wenn man sich's genau überlegt, war der Fall für uns schon längst gegessen. Daß er die Strecke durch die Schlucht empfehlen würde, war doch sonnenklar.«

»Es gibt noch die Alternative durch Ottertown«, gab Sir Giles zu bedenken.

»Alternative – alles Quatsch«, sagte Lady Maud. »Falls du eine Finte nicht mal erkennst, wenn man sie dir unter die Nase reibt, dann bist du ein größerer Trottel, als ich gedacht hatte.«

Sir Giles hatte den Rückzug in sein Arbeitszimmer angetreten und seine Frau für ihren Scharfblick verflucht. Als der Name Ottertown fiel, lag so ein bösartiges Glitzern in ihren Augen, und beim Frühstück hatte sich ihm nach dem einen oder anderen Seitenhieb ihrerseits über Grundstücksspekulanten die Frage aufgedrängt, ob sie womöglich irgendwie von Hoskins' neuem Haus Wind bekommen habe. Jetzt kam aus Whitehall auch noch dieser verfluchte Beamte, um seine Nase in die Angelegenheit zu stecken! Schließlich – und das beunruhigte ihn am allermeisten – waren da noch diese Stimmen gewesen. Oder besser gesagt, eine Stimme: seine eigene. Als er vor dem Mittagessen seinen Wagen parkte, hatte er ganz deutlich gehört, wie er irgend jemandem versicherte, er könne sich darauf verlassen, daß er dafür sorgen werde, daß nichts unternommen würde, was in irgend einer Weise eine Gefahr für... Sir Giles hatte sich erstaunt im Hof umgeschaut und wilde Vermutungen angestellt. Einen Augenblick lang hatte er den Verdacht, er führe Selbstgespräche, doch die Zigarre in seinem Mund hatte diese Erklärung widerlegt. Außerdem war die Stimme ganz deutlich zu hören gewesen. Es handelte sich also um ein höchst beunruhigendes Erlebnis, für das es keinerlei rationale Erklärung gab. Zwei stramme Whiskys hatten ihn davon überzeugen müssen, daß er sich das Ganze bloß eingebildet hatte. Um sich nach diesem Ereignis auf andere Gedanken zu bringen, saß er jetzt an seinem Schreibtisch und konzentrierte sich auf die Autobahn.

»Finte, also wirklich«, murmelt er vor sich hin. »Ich frage mich, was sie gesagt hätte, wenn Leakhams Entscheidung für Ottertown ausgefallen wäre.« Der Gedanke war müßig, das kam schließlich gar nicht in Frage. Man würde nie und nimmer eine Autobahn durch Ottertown bauen. Sonst bekäme der alte Francis Puckerington seinen nächsten Herzinfarkt. Der alte Francis Puckerington... Sir Giles machte eine gedankliche Vollbremsung, überwältigt von seiner brillanten Intuition. Francis Puckerington, Abgeordneter für den Wahlkreis Ottertown, lag im Sterben. Was hatten die Ärzte doch gleich gesagt? Er hätte Glück, wenn er bis zur nächsten Unterhauswahl am Leben bliebe. Es zirkulierten Gerüchte, er würde sein Mandat zurückgeben. Und sein Vorsprung bei der letzten Wahl war minimal gewesen, irgendwas um fünfzig Stimmen herum. Wenn sich Leakham für die Strecke durch Ottertown entschieden hätte, wäre das der Todesstoß für den alten Francis gewesen. Und damit wäre eine Nachwahl notwendig geworden. Sir Giles' durchtriebenes Hirn ging die Konsequenzen durch. Eine Nachwahl, bei der das Thema Autobahnbau und Zerstörung von fünfundsiebzig Sozialbauten im Mittelpunkt stünde, und das mit einem Vorsprung von fünfzig Stimmen bei der letzten Wahl. Gar nicht auszudenken? Sein Fraktionsvorsitzender würde schier ausrasten. Leakhams Beschluß würde man aufheben und die Autobahn zu guter Letzt doch durch die Cleene-Schlucht führen. Aber am allerbesten war, daß nicht der leiseste Verdacht auf Sir Giles fiele. Es war ein genialer Trick. Dadurch behielt er eine weiße Weste. Gerade wollte er zum Telefon greifen und Hoskins anrufen, als ihm der Gedanke kam, er solle vielleicht abwarten, was der Mensch vom Ministerium zu sagen hatte. Er durfte jetzt nichts übereilen. Morgen früh wollte er Hoskins aufsuchen. Von frischem Widerstandsgeist durchdrungen, verließ er sein Arbeitszimmer, suchte sich aus dem Ständer im Flur einen großen Spazierstock aus und ging im Garten spazieren.

Es war ein herrlicher Nachmittag. Aus einem wolkenlosen Himmel strahlte die Sonne. Vögel sangen. Die blühenden Kirschbäume am Küchengarten blühten vor sich hin, und Sir Giles persönlich erblühte vor blasierter Selbstzufriedenheit. Er blieb einen Moment stehen, um die Goldfische im Zierteich zu bewundern, und dachte nebenbei darüber nach, wie er die Entschädigungssumme möglicherweise auf dreihunderttausend hochtreiben könne, als er sich zum zweitenmal an diesem Tag selbst reden hörte. »Verdammt will ich sein, wenn ich zulasse, daß diese Landschaft von einer Autobahn entweiht wird. Ich werde die Angelegenheit so bald wie möglich im Unterhaus zur Sprache bringen.« Von panischem Schrecken erfaßt, blickte er um sich, doch im Garten war niemand zu sehen. Er drehte sich um und musterte das Haus, aber sämtliche Fenster waren geschlossen. Zu seiner Rechten befand sich die Küchengartenmauer. Sir Giles eilte quer über den Rasen zur Mauertür und spähte in den Garten. Klex machte sich an einem Gurkenbeet zu schaffen.

»Sagten Sie irgend etwas?« fragte Sir Giles.

»Ich?« sagte Klex. »Ich hab' nichts gesagt. Sie vielleicht?«

Sir Giles eilte zum Haus zurück. Der Nachmittag war nicht mehr herrlich. Es handelte sich um einen ziemlich schrecklichen Nachmittag. Er marschierte in sein Arbeitszimmer und schloß die Tür.

8

Im Handyman-Wappen verbrachte Dundridge eine durch und durch miese Nacht. Sein Zimmer hatte einen schrägen Fußboden, eine vergilbte Decke, eine ockerfarbene Kommode und einen Schrank, dessen Tür sich zehn Minuten, nachdem er sie geschlossen hatte, selbsttätig öffnete. Sie tat dies unter furchtbarem Quietschen und knarrte dann leise vor sich hin, bis er aufstand und sie wieder zumachte. Die halbe Nacht verbrachte er damit, sich irgend eine Methode auszudenken, wie er sie auf Dauer schließen könnte, und die andere Hälfte lauschte er den Geräuschen aus dem Zimmer nebenan. Sie klangen äußert beunruhigend und ließen auf eine Unvereinbarkeit von Größe und Temperament schließen, die seiner Phantasie übel mitspielte. Um zwei Uhr nachts schlief er endlich ein, bis ihn um drei eine plötzliche Eruption im Abflußrohr seines Waschbeckens weckte, das offenbar unhygienischerweise mit dem Waschbecken nebenan in Verbindung stand. Um halb vier rüttelte ein frühmorgendlicher Wind am Straßenschild vor seinem Fenster. Um vier fragte der Mann nebenan, ob jemand es noch mal wolle. »Um Gottes willen«, murmelte Dundridge und vergrub seinen Kopf unter einem Kissen, um diese Beweise sexueller Exzesse von sich fernzuhalten. Als Reaktion auf die seismischen Erschütterungen im Nachbarzimmer ging um zehn nach vier die Schranktür wieder auf und knarrte leise. Dundridge ließ sie knarren und widmete sich zur Entspannung seiner imaginären Mischfrau. Mit ihrer Unterstützung schaffte er es, einzuschlafen, bis er um sieben von einem abstoßend häßlichen Mädchen mit einem

Teetablett geweckt wurde. »Kann ich Ihnen sonst noch irgendwie behilflich sein?« fragte sie affektiert.

»Auf keinen Fall«, sagte Dundridge und fragte sich, was er wohl an sich habe, das nur die häßlichsten Frauen dazu brachte, ihm ihre Dienste anzubieten. Er stand auf und ging ins Bad, wo er sich mit einem Gasdurchlauferhitzer abmühte, der offensichtlich fest entschlossen war, ihn entweder zu ersticken oder in die Luft zu jagen. Am Ende wusch er sich mit kaltem Wasser.

Als er schließlich sein Frühstück beendet hatte, war er außerordentlich schlechter Laune. Er hatte sich nicht nur keine einheitliche Strategie zurechtlegen können, sondern auch keine Ahnung, was er als nächstes unternehmen sollte. Hoskins hatte ihm geraten, er solle sich mit Sir Giles Lynchwood unterhalten; Dundridge beschloß, dies aufzuschieben. Als erstes würde er Lord Leakham im Krankenhaus einen Besuch abstatten.

Nachdem er durch schmale Sträßchen und hinter dem Worforder Museum eine Treppe hoch gegangen war, fand er das Krankenhaus, ein graues, tristes Gebäude aus Stein, das aussah, als sei es früher mal das Armenhaus gewesen. Es lag direkt gegenüber von der Abteikirche, und in dem kleinen Garten vor der Klinik saßen eine Reihe altersschwacher Patienten in Bademänteln herum. Dundridge unterdrückte seinen Abscheu, ging in das Haus und fragte nach Lord Leakham.

»Besuchszeit ist zwischen zwei und drei«, sagte die Schwester am Empfang.

»Ich bin hier im Regierungsauftrag«, sagte Dunridge im Bewußtsein, langsam müsse jemand begreifen, daß er nicht mit sich spaßen lasse.

»Da muß ich erst die Oberschwester fragen«, meinte die Schwester. Dundridge ging nach draußen und wartete im Sonnenschein. Krankenhäuser konnte er nicht leiden. Sie waren, fand er, nicht seine Stärke, vor allem nicht Krankenhäuser mit Blick auf Friedhöfe, Krankenhäuser, die nach Desinfektionsmitteln stanken und die Chuzpe besaßen, sich »Landkliniken« zu nennen, obwohl sie mitten in Städten lagen. Er dachte gerade über die entsetzliche Aussicht nach, wegen eines ernsten Leidens in so einem tristen Loch behandelt zu werden, als die Oberschwester auftauchte. Sie war grauhaarig, trist und grimmig. »Wie ich höre, wollen Sie Lord Leakham besuchen«, sagte sie.

»Im Regierungsauftrag«, sagte Dundridge wichtigtuerisch.

»Sie haben fünf Minuten Zeit«, sagte die Oberschwester und ging den Gang voraus zu einem Einzelzimmer. »Er leidet immer noch an der Gehirnerschütterung und steht unter Schock.« Sie öffnete die Tür, und Dundridge trat ein. »Aber nichts, was ihn aufregt«, befahl die Oberschwester. »Wir wollen doch nicht, daß er einen Rückfall bekommt, oder?«

Auf seinem Bett lag mit aschfahlem Gesicht und bandagiertem Kopf Lord Leakham und betrachtete sie gehässig. »Abgesehen von einer Lebensmittelvergiftung fehlt mir überhaupt nichts«, sagte er. Dundridge nahm neben dem Bett Platz.

»Mein Name ist Dundridge«, sagte er. »Der Umweltminister bat mich, hier in der Gegend vorbeizuschauen, damit ich herausfinde, ob ich irgend etwas unternehmen kann, um... ähem... nun ja, eine Art Übereinkommen wegen der Autobahn auszuhandeln.«

Über seinen Brillenrand hinweg betrachtete ihn Lord Leakham strafend. »Ach ja? Nun, dann möchte ich Ihnen als erstes erzählen, was ich bezüglich der Autobahn vorhabe, und dann können Sie ihn darüber informieren.« Er setzte sich, an seine Kissen gelehnt, im Bett auf und beugte sich zu Dundridge vor. »Ich wurde berufen, die Untersuchung über den Autobahnbau durchzuführen, und habe nicht die Absicht, diese Verantwortung abzutreten.«

»O, gewiß«, sagte Dundridge.

»Des weiteren«, fuhr der Richter fort, »habe ich keinesfalls die Absicht, mich durch Rowdytum und Aufruhr davon abhalten zu lassen, meine Pflicht so zu tun, wie ich es für richtig halte.«

»Unbedingt«, sagte Dundridge.

»Sobald diese verflixten Ärzte in ihre Dickschädel hineinbekommen, daß mir außer einem Magengeschwür nichts fehlt, werde ich die Untersuchung wieder aufnehmen und meine Entscheidung bekanntgeben.«

Dundridge nickte. »Und so soll es auch sein«, sagte er. »Wie wird Ihre Entscheidung denn ausfallen? Oder ist diese Frage verfrüht?«

»Das ist sie auf gar keinen Fall«, brüllte Lord Leakham. »Ich beabsichtige zu empfehlen, daß die Autobahn durch die Cleene-Schlucht geführt wird, schnurgerade durchsticht, verstehen Sie? Ich beabsichtige, dafür zu sorgen, daß das Haus von diesem verdammten Weib dem Erdboden gleichgemacht, Stein für Stein abgetragen wird. Ich beabsichtige...« Von seinem Ausbruch erschöpft, sank er wieder aufs Bett.

»Ich verstehe«, sagte Dundridge und fragte sich, welchen Sinn wohl ein Vermittlungsversuch mit dem Ziel haben könnte, einen Kompromiß zwischen einer unaufhaltsamen Kraft und einem unbeweglichen Objekt zu erreichen.

»O nein, das tun Sie nicht«, widersprach Lord Leakham. »Diese Frau hat vorsätzlich ihren Mann angestiftet, mich zu vergiften. Sie hat die Verhandlung unterbrochen. Sie hat mich in meinem eigenen Gerichtssaal beleidigt. Sie hat einen Aufruhr angezettelt. Sie hat die Gerichtsbarkeit zum Gespött der Leute gemacht, und diesen Tag wird sie noch verwünschen. Nie und nimmer wird das Gesetz dem Gespött preisgegeben werden, Sir.«

»O, gewiß«, sagte Dundridge.

»Von mir aus können Sie losziehen und verhandeln, so viel Sie wollen, aber vergessen Sie eins nicht: Ich fälle die Entscheidung, daß diese Straße durch die Schlucht führt, und ich trage mich keinen Augenblick lang mit dem Gedanken, auf dieses Vergnügen zu verzichten.«

Dundridge trat auf den Flur und beriet sich mit der Oberschwester.

»Anscheinend glaubt er, daß jemand versucht hat, ihn zu

vergiften«, sagte er in geschickter Umgehung etwaiger übler Nachreden.

Die Oberschwester lächelte liebenswürdig. »Das ist die Gehirnerschütterung«, erklärte sie. »In ein bis zwei Tagen hat er sich davon erholt.«

Dundridge ging an den altersschwachen Patienten vorbei auf den Kirchhof, spazierte deprimiert die Stufen hinunter und betrat die Market Street. Er hielt es für eher unwahrscheinlich, daß sich Lord Leakham von seiner Überzeugung erholen werde, Lady Maud habe versucht, ihn zu vergiften, und er hegte den deutlichen Verdacht, daß der Richter auf eine gewisse verquere Weise den Zwischenfall bei der Verhandlung genossen hatte und sich darauf freute, seine Vendetta fortzusetzen, sobald er wieder auf den Beinen war. Er dachte gerade über seine nächsten Schritte nach, als er sein Spiegelbild in einem Ladenfenster entdeckte. Es war nicht das eines Mannes, der Autorität ausstrahlt. Etwas Niedergeschlagenes hatte es an sich, etwas Trübsinniges, das zu seiner Rolle als Vermittler im ministeriellen Auftrag so gar nicht passen wollte. Es war an der Zeit, den Stier bei den Hörnern zu pakken. Er nahm Haltung an, marschierte über die Straße ins Postamt und rief das Haus Handyman an. Es meldete sich Lady Maud, der er erklärte, er würde gern mit Sir Giles einen Termin verabreden.

»Sir Giles ist zur Zeit leider nicht im Hause«, sagte sie in einem Tonfall, der auf eine Sekretärin schließen ließ. »Er kommt in Kürze wieder. Wäre Ihnen elf Uhr angenehm?«

Dundridge sagte zu. Er verließ das Postamt, schlängelte sich zwischen den Marktständen zum Parkplatz durch und holte seinen Wagen ab.

*

Im Haus Handyman gratulierte sich Lady Maud zu ihrem Auftritt. Einem privaten Plausch mit dem Mann vom Ministerium sah sie recht erwartungsvoll entgegen. Dundridge sei sein Name, hatte er gesagt. Vom Ministerium. Sir Giles hatte erwähnt, daß jemand aus London auf Erkundungsmission unterwegs sei. Und da Sir Giles erklärt hatte, er werde erst am späten Nachmittag nach Hause kommen, schien dies die ideale Gelegenheit, Mr. Dundridge jene Informationen zu liefern, die ihr in den Kram paßten. Sie ging nach oben, um sich umzuziehen und sich eine Taktik zurechtzulegen. Lord Leakham hatte sie mittels Frontalangriff einen Strich durch die Rechnung gemacht, aber Dundridge hatte am Telefon gar nicht so selbstsicher geklungen, wie sie erwartete. Unter Umständen war es besser, es mit Überredung zu probieren, vielleicht sogar mit ein wenig Charme. Das brächte etwas Verwirrung in die Chose. Lady Maud entschied sich für ein Baumwollkleid und tupfte sich einen Hauch Lavendelwasser hinter die Ohrläppchen. Sie wollte es bei Mr. Dundridge mit dem Schmeichelverfahren versuchen, mit der Ich-hilfloses-kleines-Mädchen-Methode. Falls das schiefging, konnte sie immer noch zu härteren Maßnahmen greifen.

*

Im Gewächshaus nahm Klex die Kopfhörer ab und ging wieder zu seinen Saubohnen. Ein Beamter war also unterwegs, um Sir Giles zu sprechen? Ein Beamter. Klex wußte genau, was er von Beamten zu halten hatte. Sie waren für seine elende Jugend verantwortlich, und er hatte keine Zeit für sie. Und doch hatte Lady Maud den hier eingeladen, also wußte sie vermutlich, was sie tat. Es war jammerschade. Wie gern hätte Klex den Befehl erhalten, diesem Dundridge den Empfang zu bereiten, den er verdiente, aber als er gerade überlegte, was für einen Empfang er veranstaltet hätte, betrat Lady Maud den Garten. Klex richtete sich auf und glotzte sie an. Sie trug ein Baumwollkleid und sah – jedenfalls in seinen Augen – wunderschön aus. Kein anderer hätte diese Ansicht geteilt, doch Klex' Schönheitsideal wurde nicht durch irgendwelche Moden beeinflußt. Große Brüste, mächtige Oberschenkel und Hüften waren die Attribute einer guten oder wenigstens akzeptablen Mutter, und da Klex nach seiner Geburt keine gute, akzeptable oder überhaupt *irgendeine* Mutter gehabt hatte, legte er besonderen Wert auf diese äußeren Anzeichen potentieller Mutterschaft. Wie er nun so zwischen den Saubohnen stand, übermannte ihn plötzlich ein sinnliches Begehren. Lady Maud in einem Baumwollkleid mit Blümchenmuster verkörperte die Verbindung von Botanik und Biologie. Klex glotzte.

»Klex«, sagte Lady Maud, die sich ihrer Wirkung auf den Gärtner nicht bewußt war, »ein Mann vom Umweltministerium kommt zum Mittagessen. Ich möchte ein paar Blumen im Haus haben. Ich will einen guten Eindruck auf ihn machen.«

Während Klex ins Gewächshaus ging und nach etwas Geeignetem suchte, beugte sich Lady Maud weit vor, um einen Salatkopf für das Mittagessen auszuwählen. Gerade in dem Moment warf Klex einen Blick aus der Gewächshaustür. Es war der Wendepunkt in seinem Leben. Die stumme Ergebenheit gegenüber der Handyman-Familie, für einen so langen Zeitraum die passive Triebfeder seiner ganzen Existenz, war verschwunden und hatte einer aktiv drängenden Empfindung Platz gemacht.

Klex war verliebt.

9

Dundrige verließ Worford durch das Stadttor, überquerte den Fluß und schlug die Straße nach Ottertown ein. Zu seiner Linken schlängelte sich der Cleene durch Wiesen, und zu seiner Rechten stiegen die Cleene-Berge bis zu einem bewaldeten Kamm steil empor. Nach fünf Kilometern bog er an einem Hinweisschild mit der Aufschrift »Guildstead Carbonell« in eine Seitenstraße ein und befand sich damit offenbar in feindlichem Gebiet. Jeder Schuppen trug in weißer Farbe den Slogan »Rettet die Schlucht«, und ähnliche Auffassungen hatte man auch auf den Straßenasphalt gemalt. An einer Buchenallee fanden sich auf den Bäumen Buchstaben, die zusammen den Spruch »Nein zur Autobahn« ergaben, so daß Dundridge auf seiner Fahrt den festen Eindruck gewann, die Einheimischen seien gegen die Planungen. Doch Dundridge wäre auch ohne die Slogans beunruhigt gewesen. Der Cleenewald war wilde Natur. Es fehlte die Ordnung, die Dundridge in Middlesex so beruhigend fand. Die Hecken waren verwildert, die wenigen Bauernhäuser, an denen er vorbeikam, wirkten wie Relikte aus dem Mittelalter, und im Wald standen dicht an dicht große, klotzig-knorrige Bäume, unter denen Farngestrüpp wucherte. Als die Straße in ein offenes Tal voller Hecken und kleiner Felder führte, wurde ihm leichter ums Herz. Die Atempause war jedoch nur von kurzer Dauer. Auf dem nächsten Hügel kam er zu einer Kreuzung, an der nichts Informativeres als ein morscher Galgen stand.

Dundridge hielt den Wagen an und konsultierte seine Karte. Wenn seine Berechnungen stimmten, ging es links nach Guildstead Carbonell, während die Schlucht und Haus Handyman geradeaus lagen. Dundridge war das gar nicht recht. Vor ihm war der Wald dichter als vorher und die Straße mit weniger Schotter beschichtet; den Mittelstreifen bildete ein durchgängiger Gras- und Moosbewuchs. Nach anderthalb Kilometern begann er sich zu fragen, ob die Karte ihn in die Irre geführt hatte, als sich die Bäume plötzlich lichteten und er in die Schlucht hinabblickte.

Er hielt an und stieg aus. Unter ihm, zwischen brombeer-, efeu- und schlingpflanzenbewachsenen Felsen, floß der Cleene. Vor ihm lag Haus Handyman – ein Konglomerat aus Quadern und Backsteinen, Balken, Fliesen und Türmchen, ein Monument all dessen, was in der englischen Architektur am eklektischsten und unattraktivsten war. Für Dundridge, den überzeugten Funktionalisten, war es ein Alptraum. Ruskin und Morris, Gilbert Scott, Vanbrugh, Inigo Jones und Wren, um nur einige zu nennen, hatten Pate gestanden für ein Gebäude, das die Nützlichkeit eines Wasserturms mit der Gemütlichkeit eines Bahnhofswartesaals verband. Ein nur wenige Morgen großer Park und eine Mauer umgaben das Haus, und jenseits der Mauer lag eine dicht bewaldete Hügelkette. Der ganzen Szenerie entströmte das Gefühl von Vereinsamung. Irgendwo im Westen gab es vermutlich Städte und Häuser, Läden und Autobusse, aber Dundridge hatte den Eindruck, er stünde am Rande der Zivilisation, falls er sie nicht sogar schon hinter sich gelassen hatte. Mit dem beklommenen Gefühl, sich dem Unbekannten auszuliefern, stieg er wieder ins Auto und fuhr weiter, den Hügel hinunter und in die Schlucht. Bald darauf kam er zu einer kleinen eisernen Hängebrücke, die klapperte, als er drüber fuhr. Auf der anderen Seite wurde durch die Bäume hindurch etwas Großes, Seltsames und Bedrohliches sichtbar. Es war das Pförtnerhaus. Dundridge hielt und gaffte das Gebäude mit offenem Mund durch die Windschutzscheibe an.

Das 1904 zur Feier des Besuchs von Eduard dem Siebten erbaute Pförtnerhaus war, aus Ehrfurcht vor des Königs Frankophilie, dem Arc de Triomphe nachempfunden worden. Es gab allerdings Unterschiede: Das Pförtnerhaus war etwas kleiner, und sein Fries stellte keine Schlachtszenen dar; aber davon abgesehen war die Ähnlichkeit frappierend, und die Existenz dieses Baus im Herzen von Worfordshire bewies in Dundridges Augen ein für allemal, daß der Erbauer von Haus Handyman ein architektonischer Kleptomane gewesen war. Vor allem zeugte dieser Pförtnerbogen von einer hochmütigen Arroganz, die, so kurz nach Lord Leakhams Gefühlsausbruch, ein taktvolles Vorgehen noch viel notwendiger machte. Während er noch das Gebäude betrachtete, fiel Dundridge seine Aufgabe wieder ein. Er mußte unbedingt eine Art Kompromiß finden, um nicht in eine äußerst unangenehme Situation zu geraten. Wenn die Strecke über Ottertown nicht in Frage kam, was man ihm von höchster Stelle mitgeteilt hatte, und wenn die Schlucht... Was die Schlucht betraf, so gab es kein Wenn und Aber, davon war Dundridge inzwischen überzeugt; also war eine dritte Strecke dringend erforderlich. Nur gab es keine dritte Strecke. Dundridge stieg in seinen Wagen und fuhr nachdenklich durch den großen Bogen. In diesem Augenblick tauchte vor seinem inneren Auge die dritte Streckenführung auf. Ein Tunnel. Ein Tunnel durch die Cleene-Berge. Für einen Tunnel sprachen seine Einfachheit, seine Direktheit und – was am allerwichtigsten war –, daß er diese scheußliche Landschaft unberührt ließ, die so viele zornige und einflußreiche Bürger aus unerfindlichen Gründen schützten. Damit gäbe es keine Streitereien über Eigentumsrechte mehr, keine Entschädigungszahlungen, keinen Ärger. Dundridge hatte die ideale Lösung gefunden.

In der Eingangshalle schlich die in ein Prachtgewand gekleidete Lady Maud zwischen den Farngewächsen herum. Das Oberlicht aus Buntglas hoch über ihrem Kopf warf einen rötlichen Schimmer auf die Marmortreppe und verlieh den gesunden Gesichtern ihrer Vorfahren, die grimmig von den Wänden blickten, den Anschein, als stünden die Herrschaften kurz vor einem Schlaganfall. Lady Maud ordnete noch einmal ihr Haar – sie war bereit. Ihr Plan stand fest. Sie würde es bei Mr. Dundridge auf die liebenswürdige Tour versuchen, jedenfalls für den Anfang, und erst einmal abwarten, wie er darauf ansprach. Als sein Wagen draußen auf dem Kies knirschte, rückte sie ihren Schlüpfer zurecht und warf einer Vase mit Löwenmäulchen ein Probelächeln zu. Dann trat sie zur Haustür und öffnete.

*

»Trottel? Trottel? Sagten Sie Trottel?« fragte Sir Giles. Er saß in seinem bequemerweise in der Nähe von Hoskins' Planungsamt gelegenen Wahlkreisbüro, und das Wort klang in seinen Ohren beruhigend.

»Ein Volltrottel«, sagte Hoskins.

»Sind Sie sicher?«

»Absolut sicher. Ein Trottel erster Güte, Handelsklasse A.«

»Das klingt zu schön, um wahr zu sein«, meinte Sir Giles skeptisch. »Man kann nicht immer nach dem Äußeren gehen. Ich kenne ein paar sehr gerissene Kunden, die wie Idioten aussehen.«

»Ich gehe nicht nach dem Äußeren«, sagte Hoskins. »Er sieht nicht aus wie ein Idiot. Er ist einer. Könnte ein Ende von der Autobahn nicht vom anderen unterscheiden.«

Sir Giles dachte über diesen Satz nach. »Ich weiß nicht genau, ob ich das könnte, wenn ich's mir recht überlege.«

»Sie wissen, was ich meine«, sagte Hoskins. »Er ist genausowenig Autobahnexperte wie ich.«

Sir Giles legte die Stirn in Falten. »Wenn er so ein Blödmann ist, wieso hat ihn der Minister dann hergeschickt? Er hat ihn mit sämtlichen Verhandlungsvollmachten ausgestattet.«

»Ich sag immer: Einem geschenkten Gaul guckt man nicht ins Maul.«

»Da ist allerdings was dran«, meinte Sir Giles. »Sie glauben also, es besteht kein Grund zur Sorge?«

Hoskins lächelte. »Nicht im geringsten. Er wird ein bißchen rumschnüffeln und dann genau das tun, was wir wollen.

Ich sage Ihnen, dieser Bursche schießt den Vogel ab. Der könnte kein Wässerchen trüben.«

Sir Giles dachte über diese Kombination blumiger Redewendungen nach und entschied, daß sie ihm zusagte. »Wie ich hörte, hat Lord Leakham immer noch Schaum vor dem Mund.«

»Er kann's kaum erwarten, die Überprüfung wiederaufzunehmen. Will die Autobahn durch die Schlucht führen, sagt er, und wenn's das letzte ist, was er tut.«

»Das wird es wohl auch sein, wenn es nach Maud geht«, sagte Sir Giles. »Sie ist äußerst schlechter Laune.«

»Wenn die Entscheidung erst einmal gefallen ist, kann sie nicht mehr viel unternehmen«, sagte Hoskins.

»Da wäre ich nicht so sicher.« Sir Giles stand auf, schaute aus dem Fenster und dachte über seinen Ausweichplan nach. »Sie glauben doch nicht, daß dieser Dundridge von der Schluchtroute abraten wird?« fragte er schließlich.

»Und wenn schon, Lord Leakham würde nicht auf ihn hören. Er hat sich in den Kopf gesetzt, daß Sie versucht haben, ihn zu vergiften«, sagte Hoskins, ging in sein Büro und überließ es Sir Giles, gedankliche Variationen über das Thema ›Erstens kommt es anders, zweitens als man denkt‹ anzustellen. Hoskins hatte gut reden und über Trottel vom Ministerium jubilieren. Er hatte schließlich nichts zu verlieren – wie Sir Giles. Seinen Sitz im Parlament beispielsweise. Na, wenn alle Stricke rissen und Maud ihre Drohung wahr machte, konnte er sich immer noch ein neues Mandat zulegen. Es lohnte sich, dieses Risiko einzugehen. Mit dem beruhigenden Gedanken, daß Lord Leakham wild entschlossen sei, die Autobahn durch die Schlucht zu erzwingen, ging Sir Giles essen.

*

Im Haus Handyman hatte Lady Mauds liebenswürdige Tour Wunder gewirkt. Dundridge war aufgeblüht wie eine empfindliche Pflanze, die dringend Wasser brauche. Er war in der Erwartung gekommen, Sir Giles anzutreffen; doch nachdem der erste Schock darüber abgeklungen war, daß er sich in einem großen Haus allein mit einer großen Frau befand, amüsierte Dundridge sich prächtig. Zum erstenmal seit seiner Ankunft in Worfordshire nahm man ihn ernst. Lady Maud behandelte ihn als einflußreiche Persönlichkeit.

»Es ist wirklich gut zu wissen, daß Sie gekommen sind, um Lord Leakham abzulösen«, meinte Lady Maud, als sie ihn durch einen Flur in den Salon führte.

Dundridge erwiderte, er sei eigentlich nicht als Ablösung gekommen. »Ich bin hier lediglich in beratender Funktion«, sagte er bescheiden. Lady Maud lächelte wissend. »O ja, und was das bedeutet, ist uns schließlich allen klar, nicht wahr?« raunte sie, Dundridge in eine Komplizenschaft einbeziehend, die ihm recht gut gefiel.

Auf dem Sofa lehnte er sich daher entspannt zurück. »Dem Minister liegt sehr am Herzen, daß die geplante Autobahn soweit wie möglich mit den Bedürfnissen der hiesigen Anwohner harmoniert.«

Maud unterdrückte standhaft lächelnd ein Zähnefletschen. Bei der Vorstellung, daß sie eine hiesige Anwohnerin war, kam ihr die Galle hoch; aber sie hatte sich entschlossen, diesen jämmerlichen Beamten bei Laune zu halten und das würde sie auch tun. »Und die Landschaft darf man auch nicht vergessen«, sagte sie. »Schließlich ist der Cleenewald einer der wenigen noch existierenden Urwälder in England. Es wäre doch eine Schande, ihn durch eine Autobahn zu verhunzen, meinen Sie nicht auch?«

Dundridge war ganz und gar nicht dieser Meinung, was er aber wohlweislich für sich behielt, und außerdem konnte er genausogut sofort seine Untertunnelungstheorie ausprobieren. »Ich glaube, ich habe eine Lösung für dieses Problem gefunden«, sagte er. »Natürlich ist es lediglich eine Idee, nicht wahr, und völlig inoffiziell, aber es müßte möglich sein, durch die Cleene-Berge einen Tunnel zu bauen.« Er hielt inne. Lady Maud gaffte ihn unverwandt an. »Wie ich schon sagte, es handelt sich natürlich nur um eine Idee ...«

Lady Maud war aufgestanden, und Dundridge dachte einen entsetzlichen Augenblick lang, sie wolle ihn angreifen. Doch sie neigte sich vor und ergriff seine Hand. »O wie wunderbar«, sagte sie. »Einfach genial. Sie lieber, lieber Mensch«, und dann setzte sie sich neben ihn aufs Sofa und blickte ihm entzückt ins Gesicht. Dundridge errötete und schaute auf seine Schuhe hinunter. Daß verheiratete Frauen seine Hand ergriffen, ihm entzückt ins Gesicht blickten und ihn ›lieber, lieber Mensch‹ nannten, war er nicht gewohnt. »Nicht der Rede wert, nur eine Idee.«

»Eine glänzende Idee«, sagte Lady Maud und hüllte ihn in eine Lavendelwolke. Aus einem Augenwinkel sah Dundridge, wie unter einem Ringelblumenstrauß ihr Busen erbebte. Er drückte sich ins Sofa.

»Natürlich müßte man eine Planungsstudie erstellen...«, setzte er an, doch Lady Maud tat seine Bemerkung mit einer Handbewegung ab.

»Natürlich müßte man, aber das würde doch eine Weile dauern, nicht wahr?«

»Monate«, sagte Dundridge.

»Monate!«

»Mindestens sechs Monate.«

»Sechs Monate!« Lady Maud ließ seine Hand mit einem Seufzer los und dachte über einen sechs Monate langen Aufschub nach. In einem halben Jahr konnte eine Menge passieren, und das würde es auch, wenn es nach ihr ginge. Entweder Giles setzte seinen Einfluß für den Tunnel ein, oder sie wußte, woran sie war. Sie würde landesweit die Umweltschützer zur Unterstützung zusammentrommeln. In sechs Monaten konnte sie wahre Wunder vollbringen. Und das alles verdankte sie diesem unscheinbaren kleinen Mann mit seinen Plastikschuhen. Als sie ihn sich jetzt noch einmal ansah, wurde ihr klar, daß sie ihn falsch eingeschätzt hatte. Seine Verletzlichkeit hatte direkt etwas Ansprechendes. »Sie bleiben zum Essen«, sagte sie.

»Nun... ähem... ich sollte wirklich...«

»Natürlich bleiben Sie«, sagte Lady Maud. »Ich bestehe darauf. Und wenn Giles heute nachmittag zurückkommt, können Sie ihm alles über den Tunnel erzählen.« Lady Maud erhob sich, überließ es Dundridge, sich zu wundern, wie es kam, daß sich Sir Giles' ursprünglich für elf Uhr angekündigte Heimkehr bis zum Nachmittag verzögerte, und rauschte aus dem Zimmer. Durch die Begeisterung, die sein Vortrag hervorgerufen hatte, saß Dundridge da wie vom Donner gerührt. Wenn Sir Giles' Reaktion so positiv ausfiele wie die seiner Frau, hätte er einige einflußreiche Freunde gewonnen – die obendrein auch noch reich waren. Er fuhr mit seinen Fingern anerkennend über einen Rosenholztisch. So lebt also die andere Hälfte, dachte er, ehe im auffiel, daß dieses Klischee nicht zutraf. Die anderen zwei Prozent. Leute, die zu kennen sich lohnte.

*

Als Sir Giles um vier Uhr nachmittags nach Hause kam, fand er Lady Maud auffallend gut gelaunt vor.

»Ein merkwürdiger junger Mann hat mich besucht«, teilte sie ihm mit, als er wissen wollte, was denn los sei.

»Ach ja?«

»Er heißt Dundridge. Er kommt vom Ministerium für –«

»Dundridge? Sagtest du Dundridge?«

»Ja. Ein sehr interessanter Mann...«

»Interessant? Ich hörte, er sei ein Trot... ist ja egal. Was hatte er denn zu erzählen?«

»Oh, dies und das«, sagte Lady Maud, erfreut, daß ihr Mann so aufgeregt war.

»Was soll das heißen, ›dies und das‹?«

»Wir sprachen darüber, wie absurd es ist, eine Autobahn durch die Schlucht zu bauen«, sagte Lady Maud.

»Ich nehme an, er favorisiert die Strecke durch Ottertown.«

Lady Maud schüttelte den Kopf. »Eigentlich nicht.«

»Das tut er nicht?« sagte Sir Giles, inzwischen gründlich

aufgeschreckt. »Wofür ist er, verdammt noch mal, dann?«

Lady Maud genoß seine Besorgnis. »Er dachte an eine dritte Strecke«, sagte sie, »mit der man sowohl Ottertown als auch die Schlucht meidet.«

Sir Giles erbleichte. »Eine dritte Strecke? Aber es gibt doch gar keine dritte Strecke. Es kann keine geben. Er hat doch wohl nicht vor, durch den Wald zu bauen, oder? Das ist ein Landschaftsschutzgebiet.«

»Nicht durch den Wald. Drunter durch«, verkündete Lady Maud triumphierend.

»Drunter durch?«

»Ein Tunnel. Ein Tunnel unter den Cleene-Bergen durch. Ist das nicht eine wundervolle Idee?«

Sir Giles ließ sich auf eine Sitzgelegenheit fallen. Er sah elend aus.

»Ich sagte: ›Ist das nicht eine wundervolle Idee?‹« wiederholte Lady Maud.

Sir Giles gab sich einen Ruck. »Äh... was... oh ja... ausgezeichnet«, murmelte er. »Ganz ausgezeichnet.«

»Du klingst nicht sehr begeistert«, meinte Lady Maud.

»Ich kann mir nur nicht vorstellen, daß so etwas finanziell machbar ist«, sagte Sir Giles. »Es wäre mit enormen Kosten verbunden. Ich kann mir nicht denken, daß sich das Ministerium mit dieser Idee ohne weiteres anfreundet.«

»Aber ich«, sagte Lady Maud, »wenn man ein wenig nachhilft.« Sie trat auf die Terrasse hinaus und warf einen zärtlichen Blick auf den Park. Mit Dundridges Hilfe hatte sie ein Problem gelöst. Das Haus war gerettet. Was blieb, war die Frage nach einem Erben, und gerade war ihr der Gedanke gekommen, daß Dundridge da ebenfalls von unschätzbarem Wert sein könnte. Beim Essen hatte er recht begeistert und ausdrucksvoll über seine Arbeit geplaudert. Ein- oder zweimal hatte er von Sperrmarkierungen gesprochen. Das Wort hatte sie an etwas erinnert. Als sie sich nun über die Brüstung lehnte und in die Tiefen der Kiefernschonung starrte, fiel es ihr sofort wieder ein. »Spermakierung«, murmelte sie, »Spermakierung.« Der Begriff war ihr neu und klang merkwürdig theoretisch für einen so intimen Akt, aber Lady Maud war nicht zu Kritteleien aufgelegt.

*

Ganz anders Sir Giles. Er watschelte ins Arbeitszimmer und rief Hoskins an. »Was sollte das heißen, dieser Scheißkerl Dundridge ist ein Trottel?« fauchte er. »Wissen Sie, was er sich jetzt ausgedacht hat? Einen Tunnel. Kein Witz. Einen verfluchten Tunnel durch die Cleene-Berge.«

»Einen Tunnel?« sagte Hoskins. »Das kommt überhaupt nicht in Frage. Sie können unter dem Wald keinen Tunnel bohren.«

»Wieso nicht? Sie bohren einen unter dem verflixten Ärmelkanal durch. Heutzutage können sie Tunnel bauen, wo immer sie verdammt noch mal wollen.«

»Das weiß ich, es verbietet sich aber aus Kostengründen«, sagte Hoskins.

»Verbietet sich aus Kostengründen – am Arsch. Wenn dieser Heini rumläuft und was von Tunnel blökt, unterstützt ihn doch jeder Umweltfreak im Land. Man muß ihn aufhalten.«

»Ich werde mein Bestes tun«, meinte Hoskins zweifelnd.

»Sie werden noch mehr tun«, fuhr ihn Sir Giles an. »Sie machen ihm Ottertown schmackhaft.«

»Aber was ist mit den fünfundsiebzig Sozialbauten –«

»Stecken Sie sich ihre fünfundsiebzig Sozialbauten sonstwohin. Bringen Sie ihn bloß von diesem Tunnel ab.« Sir Giles legte den Hörer auf und sah böse aus dem Fenster. Wenn er nicht zu drastischen Mitteln griff, würde er Haus Handyman ewig am Hals haben; und Lady Maud obendrein. Er stand auf und gab dem Papierkorb einen Tritt, daß er in die Ecke flog.

10

Ohne die Landschaft eines Blickes zu würdigen, fuhr Dundridge nach Worford zurück. Seine Begegnung mit Lady Maud hatte ihn schwer beeindruckt und sein Selbstwertgefühl mächtig gesteigert. Das Essen war wirklich angenehm verlaufen, und mit zwei großen Gins intus hatte Dundridge in Lady Maud ein überaus verständnisvolles Publikum gefunden. Als er seine Theorie vom unterbrechungsfreien, gleichmäßigen Verkehrsfluß darlegte, hatte sie mit offenkundiger Inbrunst gelauscht, was unter seinen Zuhörern in der Regel nicht vorkam, und ihre Begeisterung hatte auf Dundridge überaus erfrischend gewirkt. Außerdem strahlte sie Vertrauen aus, ein gesteigertes Selbstvertrauen, das ansteckend wirkte und eine starke Faszination auf ihn ausübte. Trotz ihrer mangelnden Symmetrie und Schönheit, trotz der augenscheinlichen Diskrepanz zwischen ihrem Körperbau und dem der Idealfrau seiner Phantasie mußte er zugeben, daß er sie anziehend fand. Nach dem Mittagessen hatte sie ihm Haus und Garten gezeigt, und Dundridge war ihr mit unerklärlicherweise vor Aufregung weichen Knien von einem Zimmer ins andere gefolgt. Einmal war er im Steingarten gestolpert; da hatte Lady Maud ihn am Arm ergriffen, und er hatte sich vor Freude ganz schlapp gefühlt. Als er sich dann in der Badezimmertür an ihr vorbeigedrückt hatte, war ihm ihre Passivität angenehm aufgefallen. Bei seiner Abfahrt umfing ihn ein kindliches Glücksgefühl. Man wußte ihn zu schätzen. Das ließ die Sache in neuem Licht erscheinen. Bei seiner Ankunft im Handyman-Wappen erwartete ihn Hoskin im Salon.

»Ich dachte, ich schaue mal vorbei und frage, wie Sie vorankommen.«

»Bestens. Bestens. Einfach bestens«, sagte Dundridge.

»Haben Sie sich mit Leakham gut verstanden?«

Dundridges angenehm warmes Gefühl kühlte merklich ab. »Ich kann nicht behaupten, daß mir seine Einstellung gefällt«, sagte er. »Anscheinend ist er entschlossen, die Strecke durch die Schlucht zu genehmigen. Offenbar hat er einen ganz und gar irrationalen Haß auf Lady Maud. Ich finde seine Haltung wirklich unerklärlich. Lady Maud scheint mir eine ganz bezaubernde Frau zu sein.«

Hoskins starrte ihn ungläubig an. »Tatsächlich?«

»Reizend«, sagte Dundridge, und das warme Gefühl machte sich wieder zart bemerkbar.

»Reizend?«

»Bezaubernd«, meinte Dundridge verträumt.

»Allmächtiger«, sagte Hoskins, der seiner Verblüffung nicht länger Herr wurde. Die Vorstellung, daß irgend jemand Lady Maud bezaubernd und reizend fand, ging über seinen Horizont. Er musterte Dundridge mit neuem Interesse. »Sie ist ein wenig massig, meinen Sie nicht auch?« gab er zu bedenken.

»Wohlproportioniert«, sagte Dundridge liebenswürdig, »einfach wohlproportioniert.«

Hoskins gruselte es, und er wechselte das Thema. »Nun zu diesem Tunnel«, begann er.

Dundridge sah ihn erstaunt an. »Woher wissen Sie denn davon?«

»In dieser Gegend sprechen sich Neuigkeiten eben schnell herum.«

»Zweifellos«, sagte Dundridge, »heute morgen habe ich zum erstenmal davon gesprochen.«

»Sie wollen doch wohl nicht allen Ernstes vorschlagen, daß man einen Tunnel durch die Cleene-Berge baut, oder?«

»Wieso eigentlich nicht?« sagte Dundridge. »Das scheint mir ein vernünftiger Kompromiß zu sein.«

»Ein verdammt teurer«, meinte Hoskins, »ein Tunnel würde Millionen verschlingen, und der Bau dauert Jahre.«

»Jedenfalls würden wir so verhindern, daß es zu neuen Unruhen kommt. Meine Aufgabe hier lautet, möglichst eine Lösung zu finden, mit der alle Beteiligten zufrieden sind. Ich habe den Eindruck, ein Tunnel wäre eine sehr vernünftige Alternative. Wie auch immer, der Plan ist noch nicht ausgereift.«

»Ja aber...«, setzte Hoskins an, doch Dundridge war aufgestanden, machte eine lässige Bemerkung über den nötigen Weitblick und begab sich auf sein Zimmer. Nachdenklich ging Hoskins zum Regionalen Planungsamt zurück. Er hatte Dundridge falsch eingeschätzt. Eigentlich war der Mann doch kein Trottel. Andererseits fand er Lady Maud bezaubernd und reizend. »Scheiß-Perverser«, murmelte Hoskins, als er den Hörer abnahm. Sir Giles würde das gar nicht gefallen.

*

Das gleiche galt für Klex. Er hatte im Küchengarten einen relativ telefonarmen Tag verbracht. Morgens hatte Dundridge angerufen, aber die meiste Zeit über war er in Ruhe gelassen worden. Um halb fünf am Nachmittag hatte er mitgehört, wie Sir Giles Hoskins anrief und ihm von dem Tunnel berichtete. Eine Stunde später goß er gerade die Tomaten, als Hoskins zurückrief, um zu berichten, Dundridge meine es ernst mit dem Tunnel.

»Das kann nicht sein«, fauchte Sir Giles. »Die Idee ist hanebüchen, eine unglaubliche Verschwendung von Steuergeldern.«

Klex schüttelte den Kopf. Die Idee mit dem Tunnel fand er ausgezeichnet.

»Versuchen Sie doch, ihm das klarzumachen«, schlug Hoskins vor.

Was ist mit Leakham?« fragte Sir Giles. »Der wird doch dafür kein grünes Licht geben, oder?«

»Darauf würde ich mich nicht verlassen. Hängt davon ab, was dieser Dundridge in London zu melden hat. Möglicherweise wird das Ministerium Leakham unter Druck setzen.«

Eine Gesprächspause entstand, in der Sir Giles nachdachte. Im Gewächshaus rang Klex mit den Verzwicktheiten der englischen Sprache. Weshalb sollte Lord Leakham für den Tunnel grünes Licht geben? Was sollte Dundridge in London melden? Und warum hatte Sir Giles überhaupt etwas gegen einen Tunnel? Es war alles sehr merkwürdig.

»Dann hab' ich noch eine Neuigkeit für Sie«, sagte Hoskins schließlich. »Er ist spitz auf Ihre Alte.«

Sir Giles gab einen erstickten Laut von sich. »Was ist er?« schrie er.

»Maud hat es ihm angetan«, berichtete Hoskins. »Er sagt, er findet sie bezaubernd und reizend.«

»Bezaubernd und reizend?« fragte Sir Giles. »Maud?«

»Und wohlproportioniert.«

»Herr im Himmel. Kein Wunder, daß sie aussieht wie die Katze, die den Kanarienvogel verspeist hat.«

»Ich dachte bloß, das sollten Sie wissen«, sagte Hoskins. »Vielleicht gibt uns das eine Art Druckmittel in die Hand.«

»Abartig?«

»Schon möglich«, sagte Hoskins.

»Wir treffen uns um neun im Club«, sagte Sir Giles kurz entschlossen. »Das muß man überdenken.« Er legte auf.

*

Im Gewächshaus starrte Klex mit aschfahlem Gesicht in die Geranien. Sir Giles war zwar überrascht gewesen, aber Klexens Reaktion fiel noch weit heftiger aus. Die plötzliche Entdeckung, in Lady Maud verliebt zu sein, hatte sein Leben verschönert. Der Gedanke, daß Dundridge seine Gefühle teilte, versetzte ihn in Wut. Sir Giles zählte nicht. Zweifellos verachtete Lady Maud ihren Mann, und Klex hatte aus dem, was sie sagte, herausgehört, daß es da eine andere Frau in London gab. Er verließ das Gewächshaus, räumte auf und ging heim.

Sein Heim war das Pförtnerhaus. Dem Architekten des Bogens war es gelungen, das Monumentale mit dem Nützlichen zu verbinden, so daß hier früher einmal mehrere Gutsarbeiterfamilien unter ziemlich beengten und unhygienischen Verhältnissen gewohnt hatten. Klex hatte das Gebäude für sich allein und fand es annehmbar. Der Bogen wies zwar einige Unbequemlichkeiten auf – die Fenster waren extrem klein und zwischen den Außendekorationen versteckt, es gab nur eine einzige Tür, so daß man die Treppe nach oben klettern und dann »umsteigen« mußte, wollte man von einer Seite des Bogens auf die andere wechseln –, aber Klex hatte es sich in dem großen Zimmer oben im Bogen sehr gemütlich gemacht. Durch ein rundes Fenster auf einer Seite konnte er das Gutshaus im Auge behalten und durch ein anderes Besucher überprüfen, die die Brücke überquerten. Einen kleinen Raum hatte er in ein Badezimmer und einen anderen in eine Küche verwandelt; in einigen anderen Zimmern lagerte er Äpfel, die im ganzen Gebäude einen angenehmen Duft verbreiteten. Und schließlich war da noch seine Bibliothek, angefüllt mit Büchern, die er an den Marktständen in Worford oder in dem Antiquariat in der Ferret Lane erstanden hatte. In Klex' Bibliothek standen keine Romane und keine Unterhaltungsliteratur, sondern ausschließlich Bücher über englische Geschichte. Sie war, wenn man so will, die Frucht der geballten Neugier eines Forschers, der alles über das Land erfahren will, das ihn aufgenommen hat. Wenn sich das Geheimnis, was es bedeutet, ein Engländer zu sein, überhaupt ergründen ließ, so mußte man Klex' Meinung nach in der Vergangenheit danach suchen. An langen Winterabenden saß er, vom Zauber Englands gefesselt, vor seinem Ofen. Bestimmte Personen spielten in seiner Phantasie eine besonders große Rolle – Heinrich VIII., Drake, Cromwell, Eduard I. –, und er neigte dazu, wenn nicht sich selbst, so doch andere mit den Helden und Bösewichtern der Geschichte zu identifizieren. Trotz ihrer Ehe verkörperte Lady Maud für ihn die jungfräuliche Königin, Elisabeth I., während Sir Giles die weniger angenehmen Eigenschaften Sir Robert Walpoles in sich zu vereinen schien.

Doch das war im Winter. Im Sommer war er auf Achse. Zweimal die Woche radelte er nach Guildstead Carbonell in den Royal George und saß im Schankraum, bis es Zeit wurde, ins Bett zu gehen; das fragliche Bett gehörte der Eigentümerin dieser Kneipe, einer Mrs. Wynn, die von ihrem Ehemann infolge Feindeinwirkung am Tag X netterweise als Witwe zurückgelassen worden war. Mrs. Wynn war Klexens letzte Kundin aus Kriegstagen, und daß die Affäre noch Bestand hatte, beruhte mehr auf Gewohnheit als auf gegenseitiger Zuneigung. In Mrs. Wynns Augen war Klex nützlich – er trocknete Gläser ab und schleppte Flaschen-, und in Klex' Augen war Mrs. Wynn angenehm, anspruchslos, und sie versorgte ihn mit Bier. Er hatte eine Schwäche für die Sorte Handyman Brown.

Aber als er sich nun den Hals wusch – es war Freitagabend, und Mrs. Wynn erwartete ihn – war er sich darüber im klaren, daß er nicht mehr dasselbe für sie empfand. Nicht daß er je sehr viel empfunden hatte, aber auch dieses bißchen war durch die plötzliche Gefühlsaufwallung für Maud beiseitegefegt worden. Er hegte keinerlei Hoffnungen, in der Richtung etwas unternehmen zu können, dazu war er zu vernünftig. Es kam ihm nur einfach nicht mehr richtig vor, Mrs. Wynn weiterhin Besuche abzustatten. Auf jeden Fall war das alles sehr merkwürdig. Er hatte zwar schon immer eine Schwäche für Lady Maud gehabt, aber diesmal war es anders; ihm kam der Gedanke, daß er womöglich krank werde oder sowas Ähnliches. Klex streckte die Zunge heraus und musterte sie im Badezimmerspiegel, aber sie machte einen ganz normalen Eindruck. Vielleicht war das Wetter schuld. Er hatte mal jemanden etwas über den Frühling und junge Männer sagen hören, deren Säfte stiegen, aber Klex war kein junger Mann. Er war fünfzig. Fünfzig und verliebt. Verrückt.

Er ging nach unten, holte sein Fahrrad und radelte über die Brücke in Richtung Guildstead Carbonell. Gerade war er an der Kreuzung angekommen, da hörte er von hinten ein Auto heranbrausen. Er stieg ab und ließ es vorbei. Es war Sir Giles in seinem Bentley. »Fährt in den Golf Club, um sich mit Hoskins zu treffen«, dachte er und sah dem Wagen mißtrauisch nach. »Der führt was im Schilde.« Er stieg wieder auf und fuhr schweren Herzens im Leerlauf den Hügel hinunter und auf den Royal George und Mrs. Wynn zu. Vielleicht sollte er Maud berichten, was er gehört hatte. Doch diese Idee sagte ihm nicht sonderlich zu, und er wollte ihr ohnehin nicht erzählen, daß Dundridge sich zu ihr hingezogen fühlte. »Jeder ist seines eigenen Glückes Schmied«, sagte er sich, erfreut über seine Sprachkenntnisse.

*

Im Golf Club von Worford erörterten Sir Giles und Hoskins ihre Taktik.

»Er muß einen schwachen Punkt haben«, sagte Sir Giles. »Jeder Mensch hat seinen Preis.«

»Maud?« meinte Hoskins.

»Seien Sie nicht kindisch«, sagte Sir Giles. »Wo es um diese Anwartschaftsklausel im Vertrag geht, wird sie doch wohl nicht mit einem schäbigen Beamten rumturteln. Außerdem glaub ich's nicht.«

»Ich habe deutlich gehört, wie er sagte, er fände sie bezaubernd. Und wohlproportioniert.«

»Meinetwegen, ihm gefallen also dicke Frauen. Was gefällt ihm sonst noch?«

Hoskins zuckte die Achseln. »Schwer zu sagen. Das herauszukriegen, braucht seine Zeit.«

»Zeit haben wir keine. Sobald er das von diesem verfluchten Tunnel rumerzählt, ist der Teufel los. Nein, wir müssen rasch handeln.«

Hoskins beäugte ihn mißtrauisch. »Was soll dieses ganze ›Wir‹-Gefasel?« fragte er. »Es ist Ihr Problem, nicht meines.« Sir Giles knabberte nachdenklich an einem Fingernagel. »Wieviel?«

»Fünftausend.«

»Für was?«

»Was immer Sie beschließen.«

»Sagen wir fünf Prozent der Entschädigungssumme. Wenn sie ausgezahlt wird.«

Hoskins stellte eine kurze Berechnung an und verlangte zwölfeinhalbtausend. »Bar auf die Kralle«, sagte er.

»Sie sind ein harter Brocken, Hoskins, ein harter Brokken«, sagte Sir Giles traurig.

»Egal, was verlangen Sie nun von mir? Soll ich ihn aushorchen?«

Sir Giles schüttelte den Kopf. Seine Augen funkelten. »Abartig«, sagte er. »Abartig. Weshalb haben Sie das gesagt?«

»Keine Ahnung. Nur laut gedacht«, sagte Hoskins.

»Jungs, meinen Sie das?«

»Schwer zu sagen«, meinte Hoskins. »Solche Sachen herauszufinden, dauert seine Zeit.«

»Schnaps, Drogen, Jungs, Weiber, Geld. Es muß irgendwas geben, was er unbedingt haben will.«

»Wir *könnten* ihm natürlich was anhängen«, sagte Hoskins. »Ist alles schon mal dagewesen.«

Sir Giles nickte. »Das ungebetene Geschenk. Der anonyme Spender. Das hat es allerdings schon gegeben. Es ist nur zu riskant. Was ist, wenn er zur Polizei rennt?«

»Wer wagt, gewinnt«, sagte Hoskins. »Jedenfalls bekäme er keinen Hinweis, von wem es stammt. Ich könnte wetten, daß er den Köder schluckt.«

»Und wenn nicht, geht er uns durch die Lappen. Nein, es muß etwas Narrensicheres sein.«

Sie schwiegen und dachten über eine angemessen kompromittierende Zukunft für Dundridge nach.

»Halten Sie ihn für ehrgeizig?« fragte Sir Giles nach einer Weile.

Hoskins nickte. »Sehr.«

»Kennen Sie irgendwelche Schwulen?«

»In Worford? Sie machen wohl Witze«, sagte Hoskins.

»Egal wo.«

Hoskins schüttelte den Kopf. »Wenn Sie denken, was ich denke...«

»Das tue ich.«

»Fotos?«

»Fotos«, stimmte Sir Giles zu. »Hübsche kompromittierende Fotos.«

Hoskins ließ sich die Angelegenheit durch den Kopf gehen. »Da haben wir Bessie Williams«, sagte er. »War mal Modell, Sie wissen schon. Hat einen Fotografen in Bridgeminster geheiratet. Sie würde's machen, wenn die Bezahlung stimmt.« Er dachte zurück und lächelte. »Ich kann mal mit ihr reden.«

»Tun Sie das«, sagte Sir Giles. »Ich zahle bis zu fünfhundert für eine anständige Fotoserie.«

»Überlassen Sie das mir«, riet ihm Hoskins. »Und nun zum Bargeld.«

Als Sir Giles den Golf Club verließ, war die Sache soweit geregelt. Whiskybenebelt fuhr er nach Hause. »Erst der Stock und dann die Mohrrübe«, murmelte er. Morgen würde er nach London fahren und Mrs. Forthby einen Besuch abstatten. Es war ohnehin ratsam, aus der Gegend zu verschwinden, wenn die Sache ins Rollen kam.

11

Den folgenden Vormittag verbrachten Dundridge und Hoskins im Regionalen Planungsamt mit dem Studium von Landkarten und Gesprächen über den Tunnel. Dundridge war ziemlich erstaunt, daß Hoskins eine Sinnesänderung durchgemacht hatte und das Projekt jetzt auf einmal guthieß. »Es ist eine geniale Idee. Schade, daß wir nicht früher daran gedacht haben. Hätte uns endlose Scherereien erspart«, sagte Hoskins; Dundridge hingegen fühlte sich geschmeichelt, war aber nicht mehr so überzeugt. Inzwischen hatte er so seine Zweifel, ob ein Tunnel wirklich durchsetzbar war. Das Ministerium würde von den Kosten nicht gerade begeistert sein, die Verzögerung wäre ernorm, und dann mußte immer noch Lord Leakham überredet werden. »Glauben Sie nicht, daß wir eine Ausweichstrecke finden könnten?« fragte er, doch Hoskins schüttelte den Kopf.

»Es läuft auf die Cleene-Schlucht, auf Ottertown oder auf Ihren Tunnel heraus.« Beim Kartenstudium mußte Dundridge zugeben, daß es keine andere Strecke gab. Abgesehen von der Schlucht erstreckten die Cleene-Berge sich ohne Unterbrechung von Worford bis Ottertown.

»Die Leute machen ja ein lächerliches Theater um dies Stückchen Wald«, beschwerte sich Dundridge. »Sind doch bloß Bäume. Was ist denn so besonders an Bäumen?«

Sie aßen in einem Restaurant in der River Street zu Mittag. Auf ein Paar in den Dreißigern, das am Nebentisch saß, schien Dundridge eine gewisse Faszination auszuüben, und wenn er aufschaute, bemerkte er mehr als einmal, daß ihn die

Frau mit einem leisen Lächeln musterte. Sie war recht attraktiv und hatte mandelförmige Augen.

Nachmittags nahm Hoskins ihn mit auf eine Fahrt entlang der zur Diskussion stehenden Strecke durch Ottertown. Sie besichtigten die Sozialbauten und fuhren auf dem Rückweg über Guildstead Carbonell; dabei hielt Hoskins immer mal wieder an und bestand darauf, daß sie irgendwelche Hügel erklommen, um einen besseren Blick auf die eventuelle Strecke zu bekommen. Als sie schließlich wieder in Worford eintrafen, war Dundridge fix und fertig. Außerdem war er ziemlich betrunken. Sie waren unterwegs in etliche Kneipen eingekehrt, und da Hoskins darauf bestand, Halbe seien was für Männer, und nur Knaben tränken kleine Biere – wobei seine Stimme bei Knaben einen ziemlich unangenehmen Tonfall annahm –, hatte Dundridge weit mehr Handyman Triple XXX zu sich genommen, als er gewohnt war.

»Wir haben heute abend eine kleine Fete im Golf Club«, sagte Hoskins, als sie durchs Stadttor fuhren. »Wenn Sie mal reinschauen möchten ...«

»Ich glaube, ich gehe heute früh zu Bett«, sagte Dundridge.

»Schade«, meinte Hoskins. »Sie könnten eine Reihe einflußreicher Leute aus der Gegend kennenlernen. Ist gar nicht ratsam, wenn die Einheimischen den Eindruck kriegen, man sei hochnäsig.«

»Also schön«, sagte Dundridge widerwillig. »Ich werde ein Bad nehmen, etwas essen und dann weitersehen.«

»Bis später dann, alter Junge«, sagte Hoskins, als Dundridge aus dem Auto stieg und in sein Zimmer im Handyman-Wappen ging. Ein Bad und eine warme Mahlzeit – danach ginge es ihm vielleicht wieder gut. Als er aus der Wanne stieg, wo er kurzzeitig in das lauwarme Badewasser getaucht war – der Durchlauferhitzer weigerte sich immer noch, ordentlich zu funktionieren –, fühlte er sich besser. Er aß zu Abend und entschied, daß Hoskins wahrscheinlich recht habe. Es könnte durchaus nützlich sein, einige der einflußreicheren Einheimischen kennenzulernen. Dundridge stieg in seinen Wagen und fuhr zum Golf Club.

»Freut mich sehr, daß Sie es möglich gemacht haben«, sagte Hoskins, als Dundridge sich durch das Gedränge bis zu ihm vorgearbeitet hatte. »Wie heißt Ihre Droge?«

Dundridge gab einen Gin Tonic in Auftrag. Für heute hatte er genug Bier getrunken. Um ihn herum riefen sich große Männer etwas über Doglegs auf dem Dritten und Wasserhindernisse auf dem Fünften zu. Dundridge kam sich deplaziert vor. Hoskins brachte ihm seinen Drink und stellte ihn einem Mr. Snell vor. »Ist mir ein Vergnügen, Chef«, war hinter einem großen Schnurrbart hervor herzlich von Mr. Snell zu hören. »Welches Handicap haben Sie?« Dundridge war zunächst versucht, ihm zu sagen, er solle sich um seine eigenen Angelegenheiten kümmern, unterdrückte diese Reaktion jedoch und antwortete, soweit er wisse, habe er keins. »Ein Anfänger, wie? Na, macht nichts. Lassen Sie sich Zeit. Wir haben alle mal klein angefangen.« Er ging fort, und Dundridge wanderte in die entgegengesetzte Richtung. Wie er so durch den Raum und auf die geäderten Gesichter der Männer und die hennagefärbten Haare der Frauen sah, verwünschte er sich, daß er gekommen war. Wenn Hoskins sich das hier unter einflußreichen Einheimischen vorstellte, konnte er sie für sich behalten. Kurz darauf trat er auf die Terrasse und schaute ärgerlich das Achtzehnte hinunter. Er würde austrinken und dann nach Hause fahren. Er leerte sein Glas und wollte gerade ins Haus gehen, als eine Stimme neben ihm sagte: »Falls Sie zur Bar gehen, könnten Sie mir noch einen mitbringen.« Die Stimme klang leise und verführerisch. Dundridge drehte sich um und blickte in ein mandelförmiges Augenpaar. Auf einmal wollte er doch nicht mehr nach Hause fahren. Dundridge ging zur Bar und holte noch zwei Drinks.

»Solche Veranstaltungen sind immer schrecklich öde«, sagte das Mädchen. »Sind Sie ein guter Golfer?«

Dundridge antwortete, er sei überhaupt kein Golfer.

»Ich auch nicht. Was für ein langweiliges Spiel.« Sie setzte sich und schlug ihre Beine übereinander. Es waren ausgesprochen hübsche Beine. »Außerdem mag ich keine sportlichen Typen. Ich ziehe Intellektuelle vor.« Sie lächelte Dundridge an. »Ich heiße Sally Boles. Und Sie?«

»Dundridge«, sagte Dundridge und setzte sich so, daß er mehr von ihren Beinen sehen konnte. Zehn Minuten später holte er noch zwei Drinks. Zwanzig Minuten später die nächsten beiden. Endlich amüsierte er sich.

Miss Boles, so erfuhr er, sei zu Besuch bei ihrem Onkel. Sie kam ebenfalls aus London, wo sie für eine Schönheitsberatungsfirma tätig war. Dundridge sagte, das glaube er gern. Sie fand es auf dem Land so langweilig. Das sah Dundridge genauso. Er erging sich in Schwärmereien über die Freuden, in London zu leben, und die ganze Zeit über strahlten ihn Miss Boles' mandelförmige Augen in der hereinbrechenden Abenddämmerung verführerisch an. Als Dundridge vorschlug, noch einen Drink zu nehmen, bestand Miss Boles darauf, ihn zu holen.

»Ich bin dran«, sagte sie, »und außerdem muß ich mal kurz verschwinden.« Dundridge blieb wie benommen vor Glück auf der Terrasse sitzen. Als sie mit den Drinks zurückkam, machte sie einen nachdenklichen Eindruck.

»Mein Onkel ist ohne mich gegangen«, sagte sie. »Er hat wohl angenommen, ich sei schon nach Hause gefahren. Würde es Ihnen etwas ausmachen, mich ein Stück mitzunehmen?«

»Natürlich nicht. Mit Vergnügen«, sagte Dundridge und nippte an seinem Drink. Er schmeckte ungewöhnlich bitter.

»Tut mir wirklich leid, da ist Campari drin«, sagte Miss Boles zur Erklärung. Das sei schon in Ordnung, meinte Dundridge. Er trank aus, und sie schlenderten zum Parkplatz. »Ein wirklich netter Abend«, sagte Miss Boles, als sie in Dundridges Wagen stieg. »Sie müssen mich in London besuchen.«

»Das mache ich gern«, gestand Dundridge. »Ich würde Sie gern viel öfter sehen.«

»Also abgemacht«, sagte Miss Boles.

»Ist das Ihr Ernst?«

»Nenn mich doch Sally«, sagte Miss Boles und lehnte sich an ihn.

»O Sally ...«, setzte Dundridge an und fühlte sich plötzlich ausgesprochen müde, »... ich würde Sie wirklich gern viel öfter sehen.«

»Das wirst du, mein Schatz, das wirst du«, sagte Miss Boles und nahm die Autoschlüssel aus seinen reglosen Fingern. Dundridge hatte das Bewußtsein verloren.

*

In London lag Sir Giles auf dem Rücken im Bett, während Mrs. Forthby die Riemen fester zog. Damit es echter wirkte, zappelte er gelegentlich kurz und gab ein heiseres Wimmern von sich, aber Mrs. Forthby war, wenigstens nach außen, unnachgiebig. Das Drehbuch in Sir Giles' Phantasie legte Wert auf brutale Unnachgiebigkeit, und Mrs. Forthby gab sich alle Mühe. Besonders gut konnte sie es nicht; sie war eine Seele von einem Menschen, und eigentlich war es gar nicht ihre Art, Leute zu fesseln und auszupeitschen, ja, sie lehnte die Prügelstrafe sogar prinzipiell ab. Daß sie auf Sir Giles' Wünsche überhaupt einging, lag in erster Linie an ihrer Progressivität. »Wenn es dem armen Mann Spaß macht, habe ich nicht das Recht, nein zu sagen«, lautete ihre Devise. Wenn Sir Giles mitten in seinem Ritual steckte, mußte sie allerdings regelmäßig nein sagen. Und obwohl Mrs. Forthby nicht von Natur aus brutal war, konnte man es sich bei gedämpftem Licht wenigstens gut vorstellen, und man mußte ihr lassen, daß sie recht kräftig war und ihr Kostüm – es gab mehrere – sehr überzeugend zur Schau trug. Heute abend war sie die Katzenfrau, Miss Dracula, die mit ihrem hilflosen Opfer experimentierende grausame Geliebte.

»Nein, nein«, wimmerte Sir Giles.

»Doch, doch«, entgegnete Mrs. Forthby.

»Nein, nein.«

»Doch, doch.«

Mit Gewalt öffneten Mrs. Forthbys Finger Sir Giles den Mund und stopften einen Knebel hinein. »Nein...« Es war zu spät. Mrs. Forthby pumpte den Knebel auf und lächelte tückisch auf ihn herab. Ihre schweren Brüste schwebten bedrohlich über ihm. Ihre behandschuhten Hände...

Mrs. Forthby ging in die Küche und machte eine Kanne Tee. Während sie wartete, daß das Wasser im Kessel kochte, knabberte sie gedankenverloren an einem verdauungsfördernden Keks. Manchmal hatte sie die oberflächliche Bindung zu Sir Giles satt und sehnte sich nach einer festeren Beziehung. Sie mußte mal mit ihm darüber reden. Sie wärmte die Teekanne vor, tat zwei Teebeutel hinein, noch einen dritten für die Kanne, und goß das kochende Wasser hinein. Schließlich wurde sie allmählich alt und fand Gefallen an der Vorstellung, Lady Lynchwood zu sein. Sie schaute sich in der Küche um. Wo hatte sie bloß den Deckel der Teekanne hingelegt?

Auf dem Bett kämpfte Sir Giles mit seinen Fesseln und blieb dann still liegen. Angenehm erschöpft legte er sich auf den Rücken und wartete auf seine grausame Geliebte. Er mußte lange warten. Zwischen einzelnen Erregungsschüben mußte er wieder an Dundridge denken. Hoffentlich hatte Hoskins nicht alles versaut. Das war nämlich das Ärgerliche bei Untergebenen, man konnte ihnen nicht trauen. Sir Giles zog es vor, sich persönlich um alles zu kümmern, aber es stand zu viel auf dem Spiel für ihn, da konnte er sich an der Ausführung dieser Operation nicht eigenhändig beteiligen. Erst der Stock und dann die Möhre. Er fragte sich, was die Möhre wohl kosten würde. Zwei-, drei-, viertausend Pfund? Teuer. Dann kamen noch Hoskins' fünftausend hinzu. Aber die Sache war es wert. Ein Profit von 150000 Pfund, das war es wert. Gleiches galt für die Aussicht auf Mauds Wut, wenn ihr klar würde, daß man die Autobahn durch die Schlucht baute. Geschah dem Miststück recht. Aber wo blieb Mrs. Forthby? Warum kam sie nicht wieder?

Mrs. Forthby trank ihre Tasse Tee aus und goß nach. Ihr

wurde ziemlich heiß in dem engen Kostüm. Vielleicht sollte sie ein Bad nehmen. Sie stand auf, ging ins Bad und drehte den Wasserhahn auf, ehe ihr einfiel, daß sie noch etwas erledigen mußte. »Altes Dummchen, sowas von vergeßlich«, murmelte sie und hob den dünnen Rohrstock auf. Die grausame Geliebte, Miss Dracula, begab sich ins Schlafzimmer und schloß die Tür.

*

Klex saß in seiner Bücherei im Pförtnerhaus und las Sir Arthur Bryant. Doch seine Gedanken waren nicht beim Zeitalter der Anmut. Sie glitten immer wieder zu Maud, Mrs. Wynn, Dundridge und Sir Giles zurück. Außerdem konnte er den Prinzregenten nicht besonders leiden. Ein schlimmer Finger, wenn man Klex fragte. Andererseits hatte Klex auch gar nicht die Zeit für irgend so einen Georg. All seine Sympathien galten den Jakobiten, der verlorenen Sache und Bonnie Prince Charlie. In seiner von romantischer Verehrung durchdrungenen Verfassung sehnte er sich danach, vor Lady Maud hinzuknien und ihr seine Liebe zu gestehen. Die Vorstellung war absurd. Sie würde zornig auf ihn sein; schlimmer noch, vielleicht lachte sie ihn aus. Beim Gedanken an ihr verächtliches Lachen legte er das Buch beiseite und ging nach unten. Es war ein herrlicher Abend. Die Sonne war hinter den Hügeln im Westen versunken, doch der Himmel leuchtete noch. Klex war nach einem Bier. Dafür wollte er aber nicht nach Guildstead Carbonell fahren. Mrs. Wynn würde erwarten, daß er die Nacht über bliebe, und er war nicht in der Stimmung, noch eine Nacht mit ihr zu verbringen. Den Abend zuvor hatte er mit seinem Gewissen gehadert und sich zu dem Geständnis durchzuringen versucht, daß zwischen ihnen alles aus sei. Am Ende hatte sein Realismus obsiegt. Lady Maud war nicht für jemanden wie Klex bestimmt. Ihm blieb nur übrig, von ihr zu träumen. Dies hatte er getan, als er mit Mrs. Wynn schlief, und die war über seine frisch entflammte Leidenschaft nicht schlecht erstaunt gewesen. »Wie in alten

Zeiten«, hatte sie versonnen gemeint, als Klex sich ankleidete, um zum Pförtnerhaus zurückzuradeln. Nein, ihm war auf keinen Fall danach zumute, noch eine Nacht im Royal George zu verbringen. Spazierengehen wollte er. Drüben in der Fichtenschonung trieben sich ein paar Karnickel rum. Klex schnappte sich sein Gewehr und marschierte durch den Park. Neben ihm plätscherte der Fluß sanft vor sich hin, und in der Luft lag ein sommerlicher Duft. Aus einem Busch rief eine Amsel. Klex beachtete die Umgebung überhaupt nicht. Er träumte von veränderten Umständen, von Lady Maud, die in Gefahr schwebte, von einer Heldentat, die er vollbrachte, ihr seine wahren Gefühle enthüllte und sie beide in Liebe und Glück vereinte. Als er an der Schonung ankam, war es zu dunkel, um irgendwelche Karnickel zu erkennen. Aber Klex war an Kaninchen nicht mehr interessiert. In Lady Mauds Schlafzimmer war das Licht angegangen. Er schlich über den Rasen und blickte so lange nach oben, bis das Licht wieder ausging. Dann ging er nach Hause und zu Bett.

12

Dundridge wachte auf einem Parkplatz an der Straße nach London auf. Er hatte heftige Kopfschmerzen, war völlig durchgefroren, und der Schaltknüppel bohrte sich in seine Rippen. Er setzte sich auf, kramte seine Beine unter dem Lenkrad hervor und überlegte, wo er sich befinde, wie er dahin gekommen sei und was zum Teufel passiert war. Er konnte sich ganz genau an die Party im Golf Club erinnern und wußte noch, daß er sich mit Miss Boles auf der Terrasse unterhalten hatte. Er wußte sogar noch, daß er mit ihr zu seinem Auto gegangen war. Danach – nichts.

Er stieg aus dem Wagen und versuchte, die Zirkulation in seinen Beinen wieder in Gang zu bringen, wobei ihm auffiel, daß sein Hosenstall offenstand. Als er ihn eilig zugeknöpft hatte und automatisch und um seine Verlegenheit zu verbergen nach oben griff, wo er seinen Krawattenknoten festziehen wollte, stellte er fest, daß er gar keine Krawatte trug. Er tastete nach seinem offenen Hemdkragen und dem Unterhemd. Das hatte er verkehrt herum an. Er zog das Unterhemd ein wenig raus warf einen Blick auf das Etikett. Dort stand »100% Makobaumwolle«. Keine Frage, er hatte es verkehrt herum an. Wenn er es recht bedachte, fühlte sich auch seine Unterhose komisch an. Er trat einen Schritt vor und stolperte über einen Schnürsenkel. Seine Schuhe waren nicht zugeschnürt. Ernsthaft beunruhigt taumelte Dundridge gegen das Auto. Er befand sich in einer gottverlassenen Gegend, um ... Er schaute auf seine Uhr. Um sechs Uhr morgens, mit nicht zugeschnürten Schuhen, er trug Unterhemd und Unterhose verkehrtrum, sein Hosenstall stand offen, und er wußte lediglich noch, daß er und ein Mädchen mit mandelförmigen Augen und entzückenden Beinen ins Auto gestiegen waren.

Plötzlich sah Dundridge ein furchtbares Bild von den Ereignissen der letzten Nacht vor seinem inneren Auge: Vielleicht hatte er das Mädchen vergewaltigt. Ein plötzlicher Anfall von Geisteskrankheit. Das würde auch die Kopfschmerzen erklären. Die jahrelange Zügellosigkeit mit seiner idealen Mischfrau war auf den Erfinder zurückgefallen. Er war durchgedreht und hatte Miss Boles vergewaltigt, sie womöglich umgebracht. Er blickte auf seine Hände. Blut klebte nicht an ihnen. Vielleicht hatte er sie ja erwürgt, diese Möglichkeit bestand. Es gab jede Menge entsetzlicher Möglichkeiten. Unter Schmerzen beugte Dundridge sich vor, band sich die Schuhe zu, stieg – nach einem Blick in den Straßengraben, um sich zu vergewissern, daß dort keine Leiche lag – in sein Auto und fragte sich, was zu tun sei. Es war natürlich sinnlos, auf dem Parkplatz herumzusitzen. Dundridge ließ den Motor an und fuhr bis zu einem Verkehrsschild, auf dem stand, daß er in Richtung London fuhr. Er wendete, fuhr nach Worford zurück, parkte auf dem Hof des Handyman-Wappens und ging leise in sein Zimmer. Als ihm das Mädchen den Tee brachte, lag er im Bett.

»Wieviel Uhr ist es?« fragte er schläfrig. Das Mädchen sah ihn hämisch lächelnd an.

»Das müßten Sie doch selbst am besten wissen«, sagte sie, »sind doch eben erst gekommen. Ich hab' Sie die Treppe hochschleichen sehen. Wohl ordentlich einen draufgemacht, hä?«

Sie setzte das Tablett ab und ging hinaus, und Dundridge schimpfte sich selbst einen Trottel. Er trank etwas Tee und fühlte sich noch elender. Es hatte keinen Zweck, irgendwas zu unternehmen, bevor er sich besser fühlte. Er drehte sich auf die Seite und schlief ein. Als er aufwachte, war es Mittag. Er wusch und rasierte sich, wobei er sein Gesicht im Spiegel musterte, um irgendwelche Anzeichen der von ihm vermuteten sexuellen Raserei zu entdecken. Ein stinknormales Gesicht glotzte ihn an, doch Dundridge war keineswegs beruhigt. Mörder hatten in der Regel stinknormale Gesichter. Vielleicht war er ja einfach ohnmächtig geworden oder litt an Gedächtnisschwund. Das würde jedoch nicht erklären, weshalb er sein Unterhemd verkehrt herum anhatte, von seiner Unterhose ganz zu schweigen. Er hatte sich irgendwann im Lauf der Nacht ausgezogen; schlimmer noch, er hatte sich dermaßen hastig wieder angekleidet, daß er alles durcheinandergebracht hatte. Das ließ auf eine Panik oder wenigstens auf ungewöhnliche Dringlichkeit schließen. Er ging nach unten und aß zu Mittag. Anschließend wollte er sich ein Telefonbuch besorgen und unter Boles nachsehen. Natürlich mußte ihr Onkel nicht unbedingt Boles heißen, aber es war den Versuch wert. Falls es nicht funktionierte, würde er es bei Hoskins oder im Golf Club versuchen. Wenn er es sich recht überlegte, war diese Idee gar nicht einmal so gut. Es brauchte schließlich nicht jeder zu wissen, daß er Miss Boles nach Hause gefahren hatte – oder auch nicht.

Er brauchte dann doch nicht im Telefonbuch nachzuschlagen. Als er an der Rezeption vorbeikam drückte ihm der Portier einen großen Umschlag in die Hand. Er war an Mr. Dundridge adressiert, mit dem Vermerk »Privat und Vertraulich«. Dundridge nahm ihn ungeöffnet mit auf sein Zimmer und war höchst dankbar, daß er ihn nicht in der Halle geöffnet hatte. Jetzt wußte Dundridge, wo er die Nacht verbracht hatte.

Er ließ die Fotos aufs Bett fallen und plumpste in einen Sessel. Einen Augenblick später stand er wieder auf und schloß die Tür ab. Dann drehte er sich um und starrte die Bilder an. Es waren ziemlich widerliche Hochglanzfotos im Format 20 mal 25. Sie waren mit Blitzlicht aufgenommen, gestochen scharf und zeigten deutlich und unverkennbar den nackten Dundridge, der sich ganz offensichtlich ohne jedes Schamgefühl einer Reihe von widernatürlichen Akten mit Miss Boles hingab, die seine wildeste Vorstellungskraft überstiegen. Jedenfalls nahm er an, daß es sich um Miss Boles handelte. Dadurch, daß sie anscheinend… nein, nicht anscheinend, daß sie eine Maske trug, eine Art Kapuze, war eine Identifikation unmöglich. Er blätterte die Bilder durch und stieß auf einen Mann mit Kapuze. Hastig steckte Dundridge sie in den Umschlag zurück und setzte sich schwitzend auf die Bettkante. Man hatte ihn reingelegt. Das Wort schien ihm allerdings absolut fehl am Platz zu sein. Nichts auf Gottes weitem Erdboden würde ihn dazu bringen, diese Bilder in sein Fotoalbum zu legen. Jemand versuchte, ihn zu erpressen.

Versuchte? Es war ihnen verdammt gut gelungen; aber Dundridge hatte kein Geld, er konnte nicht zahlen. Dundridge öffnete den Umschlag noch einmal und gaffte die Beweise seiner Lasterhaftigkeit an. Miss Boles? Miss Boles? Das war garantiert nicht ihr richtiger Name. Sally Bowles. Den Namen hatte er irgendwo schon einmal gehört. Natürlich, Sally Bowles in *Ich bin eine Kamera*. Dundridge wußte Bescheid: Man hatte es ihm ordentlich besorgt. Wenn er nach den Fotos ging, sogar in allen möglichen Varianten.

Während er noch überlegte, was nun zu tun sei, klingelte das Telefon. Dundridge schnappte sich den Hörer. »Ja«, sagte er.

»Mr. Dundridge?« fragte eine Frauenstimme.

»Am Apparat«, sagte Dundridge unsicher.

»Hoffentlich gefallen Ihnen die Abzüge.«

»Abzüge, du Miststück?« fauchte Dundridge.

»Nenn mich ruhig Sally«, sagte die Stimme. »Bei mir kannst du dir diese Förmlichkeiten doch jetzt sparen.«

»Was willst du?«

»Tausend Pfund… für's erste.«

»Tausend Pfund? Ich hab' keine tausend Pfund.«

»Dann beschaffst du sie dir am besten, nicht wahr, Schatzi?«

»Ich werd' dir verraten, was ich mache«, brüllte Dundridge, »ich gehe zur Polizei.«

»Wenn du das tust«, sagte eine Männerstimme barsch,

»wirst du zu Hackfleisch verarbeitet. Du hast's hier nicht mit kleinen Fischen zu tun, Freundchen. Wir gehören zur ersten Liga, damit das klar ist.«

Dundridge war das mehr als klar. Nun war die Frauenstimme wieder in der Leitung. »Wenn du zur Polizei gehst, dann vergiß nicht, daß wir da den einen oder anderen Kunden hatten. Wir kriegen es zu Ohren. Du kümmerst dich jetzt mal schön um deine tausend Pfund.«

»Ich kann nicht –«

»Sie brauchen nicht anzurufen, wir rufen Sie an«, sagte Miss Boles und legte den Hörer auf. Dundridge legte seinen Hörer langsamer auf. Dann beugte er sich vor und stützte seinen Kopf in beide Hände.

Sir Giles kam in Hochstimmung aus London zurück. Mrs. Forthby hatte sich selbst übertroffen, und ihn kribbelte es immer noch vor Lust. Am allerbesten aber war Hoskins' rätselhafte telefonische Nachricht gewesen. »Der Fisch hängt an der Angel«, hatte er gesagt. Jetzt mußte man nur noch für ein Netz sorgen, in dem Mr. Dundrige zappeln konnte. Sir Giles parkte, ging in sein Wahlkreisbüro hinauf und ließ Hoskins kommen. »Da sind sie. Schönere Abzüge hätte man sich wirklich nicht wünschen können«, sagte Hoskins, als er die Fotos auf den Schreibtisch legte.

Sir Giles musterte sie wohlwollend. »Sehr nett«, sagte er endlich. »Wirklich sehr nett. Und was hat unser kleiner Rammler dazu zu sagen?«

»Sie verlangen tausend Pfund von ihm. Er sagt, er hat sie nicht.«

»Die bekommt er, keine Angst«, sagte Sir Giles. »Er kriegt seine tausend Pfund, und wir kriegen ihn. In Zukunft wird nicht mehr über Tunnels geredet. Von jetzt an heißt die Devise Ottertown.«

»Ottertown?« sagte Hoskins total verblüfft. »Aber ich dachte, Sie wollten, daß die Autobahn durch die Schlucht führt. Ich dachte –«

»Das Ärgerliche an Ihnen ist, Hoskins«, sagte Sir Giles,

steckte die Fotos wieder in den Umschlag und den Umschlag in seinen Aktenkoffer, »daß Sie nur bis zu Ihrer Nasenspitze sehen können, weiter nicht. Sie glauben doch nicht ernsthaft, daß ich mein herrliches Haus und meine wunderschöne Frau verlieren will, oder? Sie glauben doch nicht etwa, daß mir die Interessen meiner Wähler wie General Burnett und Mr. Bullett-Arschloch-Finch nicht am Herzen liegen, oder? Natürlich tun sie das. Ich bin der ehrliche Sir Giles, der Rächer der Enterbten«; sprach's, ging aus dem Haus und ließ einen durch diese seltsame Richtungsänderung völlig verwirrten Hoskins zurück.

Nichts war so angenehm, wie Leute von der richtigen Spur abzubringen. Zwei Fliegen mit einer Klappe schlagen, dachte er, als er in den Bentley stieg. Die Entscheidung für die Strecke durch Ottertown würde Puckerington bestimmt erledigen. Auf dessen Hinscheiden freute Sir Giles sich ausgesprochen. Dieser snobistische Scheißkerl Puckerington war nicht gerade ein Freund von ihm. Tja, das war Fliege Nummer eins. Dann kam die Nachwahl in Ottertown, sie würden die Streckenänderung durch die Schlucht beschließen müssen, und Haus Handyman müßte dran glauben – Fliege Nummer zwei. Dann konnte er sogar noch mehr Entschädigung verlangen, und niemand, am allerwenigsten Maud, konnte behaupten, er habe sich nicht alle erdenkliche Mühe gegeben. Es gab nur einen Haken: Leakham, dieser alte Blödmann, würde vielleicht immer noch auf der Strecke durch die Schlucht bestehen. Doch das war weiter kein Problem; ein etwas schwererer Bocken war da schon Maud. Möglicherweise verlöre er sogar sein Unterhausmandat, aber er wäre um 150000 Pfund reicher, und Mrs. Forthby stand auf der Warteliste. Wie zerronnen, so gewonnen, Sir Giles konnte einfach nicht verlieren. Am wichtigsten war, dafür zu sorgen, daß das Tunnelprojekt abgeblasen wurde. Sir Giles parkte vor dem Handyman-Wappen, ging ins Hotel und ließ Dundridge ausrichten, Sir Giles Lynchwood würde sich sehr freuen, wenn er ihm im Salon Gesellschaft leiste.

Dundridge ging in gedrückter Stimmung nach unten. Der örtliche Abgeordnete war der letzte Mensch, dem er begegnen wollte. Den konnte er wohl kaum bei Erpressung um Rat fragen. Sir Giles begrüßte ihn mit einer Herzlichkeit, die Dundridge bei seiner jetzigen Lage gar nicht mehr für angebracht hielt. »Mein Lieber, ich freue mich sehr, Sie zu sehen«, sagte er und schüttelte Dundridge energisch die schlaffe Hand. »Hatte vor, mit Ihnen zu plaudern. Mußte leider nach London fahren. Kümmert man sich hier ordentlich um Sie? Ist eins unserer Häuser, müssen Sie wissen. Haben Sie Klagen, lassen Sie's mich wissen, und ich kümmere mich drum. Wir nehmen den Tee im Privatsalon ein.« Er ging voran und führte ihn ein paar Stufen hoch in einen kleinen Salon mit einem Fernsehgerät in einer Ecke. Sir Giles ließ sich in einen Sessel fallen und nahm sich eine Zigarre. »Rauchen Sie?«

Dundridge schüttelte den Kopf.

»Sehr klug von Ihnen. Es heißt allerdings, Zigarren schaden nichts, und schließlich hat man ein Recht auf das eine oder andere kleine Laster, was?« sagte Sir Giles und schnitt das Zigarrenende mit einem silbernen Messer ab. Dundridge zuckte zusammen. Die Zigarre erinnerte ihn an etwas, das bei seinen Aktivitäten mit Miss Boles eine viel zu herausragende Rolle gespielt hatte, und was die Laster betraf...

»Also, was diese Autobahngeschichte angeht«, sagte Sir Giles, »da können wir meiner Meinung nach unsere Karten genausogut auf den Tisch legen. Ich bin kein Mann, der wie die Katze um den heißen Brei schleicht, das können Sie mir glauben. Ich nenne das Kind beim Namen. Was ich heute kann besorgen, das verschieb' ich nicht auf morgen. Wenn ich's täte, wäre ich nicht so weit gekommen.« Er machte eine kurze Pause, um Dundridge Zeit zu geben, seine blumige Sprache und seine plump-vertrauliche Unredlichkeit zu genießen. »Und ich sage Ihnen ganz offen, daß mir diese Idee von Ihnen, eine Autobahn durch mein verflixtes Land zu bauen, nicht im geringsten zusagt.«

»Meine Idee war das wohl kaum«, sagte Dundridge.

»Nicht direkt Ihre«, räumte Sir Giles ein, »aber ihr Burschen im Ministerium seid doch wild entschlossen, das verfluchte Ding – rumms – durch die Schlucht zu knallen. Erzählen Sie mir bloß nicht, das sei nicht wahr.«

»Nun ja, genaugenommen...«

»Sehen Sie. Was habe ich Ihnen gesagt? Ich hab's Ihnen doch gesagt. Mir kann man keinen Sand in die Augen streuen.«

»Genaugenommen bin ich gegen die Streckenführung durch die Schlucht«, sagte Dundridge, als er die Chance bekam. Sir Giles sah ihn skeptisch an.

»Ach ja?«, sagte er. »Verdammt froh, das zu hören. Ich nehme an, Sie ziehen Ottertown vor. Das kann ich Ihnen nicht mal verdenken. Bei weitem die beste Strecke.«

»Nein«, erwiderte Dundridge, »nicht durch Ottertown. Ein Tunnel durch die Cleene-Berge...«

Sir Giles heuchelte Erstaunen. »Augenblick mal«, sagte er, »der Cleenewald ist ein Landschaftsschutzgebiet. Dort können Sie nicht so ohne weiteres herummurksen.« Sein Akzent, so flexibel wie eine Wetterfahne, hatte sich in Richtung Huddersfield gedreht. »Ums Herummurksen geht es dabei gar nicht...«, begann Dundridge, aber Sir Giles beugte sich über den Tisch vor und setzte eine sehr böse Miene auf.

»Das können Sie laut sagen«, meinte er und piekte mit seinem Zeigefinger in Dundridges Hemdbrust. »Jetzt hören Sie mir mal gut zu, junger Mann. Das mit den Tunnels und dergleichen können Sie vergessen. Mir gefällt es absolut nicht, wenn man mich warten läßt, während Burschen wie Sie jede Menge Zeit mit sinnlosem Gewäsch über Tunnels vergeuden. Bei meiner Alten geht das in Ordnung, die ist eine leichtgläubige Frau, aber bei mir zieht sowas nicht. Ich will eine klare Antwort – Ja oder Nein. Ja zu Ottertwon und Nein zur Schlucht.« Er lehnte sich zurück und paffte seine Zigarre.

»Wenn das so ist«, sagte Dundridge hölzern, »sollten Sie am besten mit Lord Leakham reden. Er fällt die endgültige Entscheidung.«

»Leakham? Leakham? Fällt die endgültige Entscheidung?« sagte Sir Giles. »Versuchen Sie bloß nicht, mich auf die Schippe zu nehmen, Bürschchen. Der Minister hat Sie doch nicht hierhergeschickt, damit dieser dröge Stockfisch Entscheidungen fällt. Er hat Sie hergeschickt, damit Sie ihm klarmachen, was er zu verkünden hat. Mich können Sie nicht verschaukeln, ich erkenne einen Experten, wenn ich einen sehe. Er wird tun, was Sie ihm sagen.«

Dundridge fühlte sich besser. Auf solche Anerkennung hatte er gewartet. »Nun, einen gewissen Einfluß kann ich geltend machen, nehme ich an«, räumte er ein.

Sir Giles strahlte. »Was habe ich Ihnen gesagt? Führungskräfte wachsen nicht auf Bäumen, und ich besitze einen Riecher für Talente. Schauen Sie doch nach Ihrem Plausch mit Lord Leakham mal auf einen Sprung bei mir vorbei. Ich werde dafür sorgen, daß Sie nicht zu kurz kommen.«

Dundridge starrte ihn verblüfft an. »Sie wollen doch nicht sagen –«

»Den wohltätigen Zweck bestimmen Sie selbst«, sagte Sir Giles mit einem überdeutlichen Augenzwinkern. »Allerdings sage ich immer: ›Jeder ist sich selbst der Nächste.‹ Klar? Ich bin kein Geizkragen, ich bezahle, was ich bekomme.« Er zog an seiner Zigarre und beobachtete Dundridge durch die Rauchwolke. Es war die Stunde der Wahrheit. Dundridge schluckte nervös.

»Das ist sehr freundlich von Ihnen...«, fing er an.

»Kein Wort mehr«, sagte Sir Giles. »Kein Wort mehr. Ich bin jederzeit für Sie zu sprechen, entweder in meinem Wahlkreisbüro oder draußen im Herrenhaus. Am besten erwischen Sie mich morgens im Büro.«

»Aber was soll ich Lord Leakham denn sagen?« wollte Dundridge wissen. »Er ist wild entschlossen, die Strecke durch die Schlucht zu befürworten.«

»Sagen Sie ihm, meine bessere Hälfte beabsichtige, ihn wegen der widerrechtlichen Festnahme an den Bettelstab zu bringen, falls er sich nicht für Ottertown entscheidet.«

»Ich kann mir nicht vorstellen, daß Lord Leakham dafür sehr viel Verständnis aufbringt«, meinte Dundridge nervös. Ihm war nicht besonders wohl bei dem Gedanken, den alten Richter zu bedrohen.

»Sagen Sie ihm, ich verklage ihn um seinen letzten roten Heller. Und vergessen Sie nicht, ich habe Zeugen. Einflußreiche Zeugen, die vor Gericht aufstehen werden und beschwören, daß er bei der Anhörung betrunken war, sich ungebührlich benommen hat und auch noch ausfallend wurde. Sagen Sie ihm, wenn wir mit ihm fertig sind, wird er weder einen Ruf noch einen Penny haben. Dafür sorge ich persönlich.«

»Ich bezweifle, daß ihm das gefallen wird«, sagte Dundridge, der selbst alles andere als begeistert war.

»Das kann ich mir denken«, sagte Sir Giles. »Ich bin kein Mann, dem man sich widersetzt.«

Das leuchtete Dundridge ein. Als Sir Giles schließlich ging, hatte Dundridge in dieser Hinsicht keinerlei Zweifel mehr. Er ging auf sein Zimmer und sah sich noch einmal die Fotos an. Angespornt durch ihre Obszönität, nahm er ein Aspirin und machte sich langsam auf den Weg zur Landklinik. Er würde dafür sorgen, daß Lord Leakham es sich mit der Schlucht anders überlegte. Sir Giles hatte gesagt, er bezahle, was er bekomme, und Dundridge wollte sicherstellen, daß er etwas bekam, wofür Sir Giles zahlen mußte. Er hatte keine andere Wahl. Entweder das, oder er war ruiniert.

*

Auf der Rückfahrt zum Haus Handyman hielt Sir Giles an, schloß seinen Aktenkoffer auf und nahm die Fotos heraus. Sie waren wirklich sehr interessant. Mrs. Williams war eine phantasievolle Frau, so viel stand fest. Und attraktiv dazu; höchst attraktiv. Vielleicht würde er dieser Tage mal bei ihr vorbeischauen. Er steckte die Fotos weg und fuhr nach Hause.

13

Im Krankenhaus hatte Dundridge gewisse Schwierigkeiten, Lord Leakham zu finden. In seinem Zimmer war er nicht. »Es ist sehr ungezogen von ihm, einfach so herumzulaufen«, sagte die Oberschwester. »Wahrscheinlich finden sie ihn in der Abteikirche. Er hat sich angewöhnt, dort hinüberzugehen, wenn er es eigentlich nicht tun sollte. Sieht sich gern die Grabsteine an, sagt er. Sowas nenn' ich morbide.«

»Sie glauben doch nicht, daß sein Verstand angegriffen ist, oder?« fragte Dundridge hoffnungsvoll.

»Nicht so, daß es auffällt. Meiner Erfahrung nach haben alle Lords 'ne Macke«, verriet ihm die Oberschwester.

Schließlich fand Dundridge ihn im Garten, wo er einem Tierarzt im Ruhestand, der zu seinem Glück taub war, die Vorzüge einer neunschwänzigen Katze erläuterte.

»Was wollen Sie denn schon wieder?« fragte Lord Leakham gereizt, als Dundridge ihn unterbrach.

»Nur kurz mit Ihnen sprechen«, sagte Dundridge.

»Ja und, worum geht's?« fragte Lord Leakham.

»Es geht um die Autobahn«, erklärte Dundridge.

»Was ist damit? Ich setze die Untersuchung am Montag fort. Hat es nicht so lange Zeit?«

»Leider nein«, sagte Dundridge. »Die Sache ist die, daß wir als Ergebnis einer gründlichen wissenschaftlichen Untersuchung der sozioökologischen und ergänzenden geognostischen Faktoren vor Ort...«

»Großer Gott«, sagte Lord Leakham, »wollten Sie nicht *kurz* mit mir sprechen...«

»Nach reiflicher Überlegung sind wir zu dem Schluß gekommen«, fuhr Dundridge, mannhaft um eine zum Anlaß passende Ausdrucksweise ringend, fort, »daß, ausgehend von –«

»Wo soll's lang gehen? Ottertown oder die Cleene-Schlucht? Spucken Sie's schon aus, Mann!«

»Ottertown«, gestand Dundridge.

»Nur über meine Leiche«, sagte Lord Leakham.

»Ich hoffe nicht«, sagte Dundridge, seine wahren Gefühle verbergend. »Da gibt's allerdings noch etwas, worüber Sie meiner Meinung nach Bescheid wissen sollten. Wahrscheinlich ist Ihnen klar, daß die Regierung äußerst großen Wert darauf legt, neue negative Schlagzeilen über die Autobahn zu vermeiden...«

»Sie können nicht erwarten, daß fünfundsiebzig nagelneue gemeindeeigene Sozialbauten abgerissen werden, ohne daß es zu negativen Schlagzeilen kommt«, gab Lord Leakham zu bedenken.

»Und der Schadensersatzprozeß«, fuhr Dundridge fort, »den Lady Lynchwood gegen Sie anzustrengen beabsichtigt, wird zwangsläufig –«

»Gegen *mich*?« schrie der Richter. »Sie beabsichtigt –«

»Wegen widerrechtlicher Festnahme«, sagte Dundridge.

»Das ist Sache der Polizei. Wenn sie irgendwelche Beschwerden hat, soll sie gefälligst die Verantwortlichen verklagen. Wie auch immer, kein normaler Richter würde zu ihren Gunsten entscheiden.«

»Soviel ich weiß, will sie einige recht prominente Bürger als Zeugen benennen«, sagte Dundridge. »Deren Aussage lauten wird, Sie seien betrunken gewesen.«

Lord Leakham lief puterrot an.

»Und gegen Anwesende ausfallend geworden«, ergänzte Dundridge und biß die Zähne zusammen. »Ungebührliches Benehmen nicht zu vergessen. Sie seien sogar nicht einmal mehr fähig gewesen...«

»WAS?« brüllte der Richter derart ungestüm, daß sich etliche ältere Patienten eilig in Sicherheit brachten und diverse Tauben vom Krankenhausdach flatterten.

»Kurz gesagt«, fuhr Dundridge fort, als das Echo auf der anderen Seite des Kirchhofs verhallt war, »sie ist entschlossen, Ihren Ruf zu schädigen. Natürlich muß der Minister das alles mit in Betracht ziehen, das sehen Sie doch auch so?«

Es war jedoch fraglich, ob Lord Leakham irgend etwas sah. Er hatte sich auf eine Bank fallen lassen und starrte mit aschfahlem Gesicht auf seine Pantoffeln.

»Natürlich«, sagte Dundridge, seinen Vorteil nutzend, »ist auch der Eindruck recht weit verbreitet, daß Sie ihr gegenüber voreingenommen sind, was die Schlucht betrifft.«

»Voreingenommen?« schniefte Lord Leakham. »Die Strecke durch die Schlucht bietet sich an.«

»Nämlich wegen des Zivilprozesses, den sie einleiten will. Wenn Sie sich allerdings für Ottertown entschieden ...« Dundridge ließ die Folgerung offen.

»Sie glauben, dann würde sie ihren Entschluß noch einmal überdenken?«

»Da bin ich ziemlich sicher«, sagte Dundridge. »Genauer gesagt, ich bin davon überzeugt.«

Als er zum Handyman-Wappen zurückging, war Dundridge ganz zufrieden mit seiner Leistung. Seine Verzweiflung hatte ihm eine völlig ungewohnte Redegewandtheit verliehen. Am Morgen würde er mit Sir Giles über die tausend Pfund sprechen. Er aß früh zu Abend, ging auf sein Zimmer, verriegelte die Tür und sah sich die Fotos noch einmal an. Dann knipste er das Licht aus und dachte über verschiedenes nach, was er mit Miss Boles nicht angestellt hatte, ein Versäumnis, das er im nachhinein bereute. Dieses Miststück zu erdrosseln, beispielsweise.

*

Im Haus Handyman speisten Sir Giles und Lady Maud allein. Ihre Tischgespräche sprühten nur selten vor Geist und beschränkten sich in der Regel auf einen erbittert geführten

Meinungsaustausch, doch diesmal waren sie alle beide gut gelaunt. Dundridge hieß der Grund für ihre Hochstimmung.

»Welch ein vernünftiger junger Mann«, sagte Lady Maud und nahm sich etwas Spargel. »Der Tunnel ist die richtige Lösung, da bin ich sicher.«

Sir Giles hatte so seine Zweifel. »Ich tippe auf Ottertown«, meinte er. Lady Maud sagte, sie hoffe nicht. »Ich finde, es ist ein Jammer, diese armen Menschen aus ihren Häusern zu werfen. Sie wären bestimmt genauso erbost darüber wie ich im Fall von Haus Handyman.«

»Man baut ihnen neue Häuser«, sagte Sir Giles. »Sie werden schließlich nicht auf die Straße gesetzt. Außerdem verdienen Leute, die in gemeindeeigenen Sozialsiedlungen wohnen, so ein Schicksal. Die liegen dem Steuerzahler doch nur auf der Tasche.«

Lady Maud wandte ein, manche Menschen könnten nichts dazu, daß sie arm seien. Es liege nun mal in ihrer Natur, wie bei Klex. »Der gute Klex«, sagte sie. »Weißt du, er hat heute morgen etwas ganz Seltsames gemacht; er überreichte mir ein Geschenk, eine kleine Figur, die er aus Holz geschnitzt hat.«

Aber Sir Giles hörte nicht zu. Er dachte immer noch über Leute nach, die in gemeindeeigenen Sozialbauten wohnten. »Anscheinend bekommt der Mann auf der Straße nicht in seinen Dickschädel, daß die Welt nicht verpflichtet ist, für seinen Lebensunterhalt zu sorgen.«

»Ich fand das wirklich lieb von ihm«, sagte Lady Maud.

Sir Giles nahm sich eine Portion Käseauflauf. »Die Leute begreifen einfach nicht, daß wir nun mal Tiere sind«, sagte er. »Die Welt ist ein verdammter Dschungel. Dieses Hundeleben ist ein Kampf aller gegen alle, daran gibt's nichts zu rütteln.«

»Hunde?« sagte Lady Maud, die das Wort aus ihren Tagträumen gerissen hatte. »Dabei fällt mir etwas ein. Da muß ich jetzt wohl alle Schäferhunde zurückgeben; gerade wo ich anfing, sie ins Herz zu schließen. Bist du ganz sicher, daß Mr. Dundridge eine Empfehlung zugunsten von Ottertown aussprechen wird?«

»Hundertprozentig«, sagte Sir Giles, »darauf gehe ich jede Wette ein.«

»Also wirklich«, meinte Lady Maud nachdenklich, »ich verstehe nicht, wie du da so sicher sein kannst. Hast du mit ihm gesprochen?«

Sir Giles zögerte. »Ich weiß es aus bester Quelle.«

»Hoskins«, sagte Lady Maud, »dieser schreckliche Mensch. Dem würde ich nicht weiter trauen, als ich ein Klavier schmeißen kann. Der würde doch alles behaupten.«

»Er behauptet auch, dieser Bursche, Dundridge, habe sich in dich verguckt«, sagte Sir Giles. »Anscheinend hast du enormen Eindruck auf ihn gemacht.«

Lady Maud dachte über diese Bemerkung nach und fand sie faszinierend. »Da ist bestimmt nichts dran. Hoskins hat sich das bloß ausgedacht.«

»Vielleicht erklärt das, weshalb er die Strecke durch Ottertown befürwortet«, sagte Sir Giles. »Du hast ihn einfach überrollt mit deinem Charme.«

»Sehr witzig«, sagte Lady Maud.

Doch später, beim Abwaschen, ertappte sie sich dabei, daß sie, wenn schon nicht liebevoll, so doch mit neuem Interesse an Dundridge dachte. Dieser kleine Mann hatte so etwas Ansprechendes, eine Verletzlichkeit, die sie Sir Giles' ekelhafter Überheblichkeit vorzog... und sie hatte es Dundridge angetan. Es war nützlich, solche Sachen zu wissen. Den würde sie sich warmhalten. Sie lächelte vor sich hin. Wenn Sir Giles seine kleinen Affären in London haben konnte, gab es keinen Grund, weshalb sie seine Abwesenheit nicht zu ihren Zwekken nutzen sollte. Aber in erster Linie hatte Dundridge etwas Anonymes an sich, das ihr gefiel. »Der tut's auch«, dachte sie und trocknete sich die Hände ab.

*

Am nächsten Morgen besuchte Dundridge Sir Giles in dessen Wahlkreisbüro. »Ich habe mit Lord Leakham gesprochen und glaube, daß er mitspielt«, sagte er.

»Ausgezeichnet, mein Lieber, ausgezeichnet. Freut mich sehr, das zu hören. Ich wußte, Sie würden es schaffen. Da fällt mir ein schwerer Stein vom Herzen, das können Sie mir glauben. Also, kann ich irgend etwas für Sie tun?« Sir Giles lehnte sich breit in seinem Sessel zurück. »Eine Hand wäscht ja schließlich die andere.« Dundridge nahm seinen ganzen Mut zusammen, um die Forderung zu stellen. »Wenn ich ehrlich sein soll, ja«, sagte er und zögerte, ehe er fortfuhr.

»Ich mache Ihnen einen Vorschlag«, kam Sir Giles ihm zu Hilfe. »Ich weiß zwar nicht, ob Sie gern wetten, ich jedenfalls schon. Ich setze tausend Pfund gegen einen Penny, daß der alte Leakham entscheidet, die Autobahn soll durch Ottertown führen. Was sagen Sie dazu? Fairer geht's doch wirklich nicht, was?«

»Tausend Pfund gegen einen Penny?« sagte Dundridge, der seinen Ohren nicht traute.

»Richtig. Tausend Pfund gegen einen Penny. Machen Sie mit oder lassen Sie's bleiben.«

»Ich mache mit«, sagte Dundridge.

»So ist's recht. Habe ich nicht anders erwartet«, sagte Sir Giles. »Und nur um zu zeigen, daß ich Ihnen vertraue, bekommen Sie meinen Einsatz sofort.« Er griff in eine Schreibtischschublade und holte einen Umschlag heraus. »Sie können es bei Gelegenheit nachzählen.« Er legte den Umschlag auf seinen Schreibtisch. »Eine Quittung brauche ich nicht. Geben Sie es nur nicht aus, bevor Leakham seine Entscheidung bekanntgibt.«

»Natürlich nicht«, sagte Dundridge. Er steckte den Umschlag in die Tasche.

»Hat mich sehr gefreut«, sagte Sir Giles. Dundridge verließ das Büro und ging die Treppe hinunter. Zum ersten Mal in seinem Leben hatte er sich bestechen lassen. Hinter ihm stellte Sir Giles das Tonbandgerät ab. Eine Quittung war nie verkehrt. Wenn die Untersuchung erst einmal beendet war, würde er das Band verbrennen, doch bis dahin galt die Devise: Vorsicht ist die Mutter der Porzellankiste.

14

Das Echo auf Lord Leakhams Bekanntgabe, daß er die Strecke durch Ottertown empfehle, war gemischt. In Worford kam es zu Freudenfesten, und die Kneipen der Handyman-Kette schenkten Freibier aus. In Ottertown wurde der Parlamentsabgeordnete Francis Puckerington von Anrufen und Protestschreiben überschwemmt und erlitt daraufhin einen Rückfall. In London beglückwünschte der Premierminister aus Erleichterung, daß es zu keinen neuen Unruhen in Worford gekommen war, den Umweltminister für die geschickte Behandlung der Angelegenheit durch dessen Ressort, und der Minister beglückwünschte Mr. Rees für seine glückliche Hand bei der Auswahl des Vermittlers. Kein Mensch im Ministerium teilte seine Begeisterung.

»Diesmal hat uns dieser verfluchte Idiot Dundridge aber reingeritten«, sagte Mr. Joynson. »Ich wußte doch, daß es ein Fehler war, ihn hinzuschicken. Die Strecke über Ottertown kostet uns zehn Millionen extra.«

»Wer A sagt, muß auch bezahlen«, meinte Rees. »Wenigstens sind wir ihn jetzt los.«

»Wir ihn los? Morgen ist er wieder hier und prahlt mit seinem Erfolg als Vermittler.«

»Genau das wird er nicht tun«, teilte ihm Rees mit. »Er hat uns in diesen Schlamassel reingeritten, er kann uns auch wieder rausholen. Der Minister hat seiner Ernennung zum Autobahnkontrolleur für Mittelengland zugestimmt.«

»Autobahnkontrolleur für Mittelengland? Wußte nicht, daß es so einen Posten gibt.«

»Den gab's auch noch nicht. Man hat ihn extra für ihn geschaffen. Fragen Sie mich nicht, warum. Ich weiß nur, daß Dundridge bei ein paar einflußreichen Leuten in South Worfordshire gut angeschrieben ist. Da existieren gewisse Verbindungen«, sagte Mr. Rees.

*

In Worford reagierte Dundridge auf die Nachricht von seiner Ernennung konsterniert. Er hatte ein unruhiges Wochenende auf seinem Zimmer im Handyman-Wappen verbracht. Der Grund für seine Abkapselung war zum einen die Angst, Anrufe von Miss Boles zu verpassen, und zum anderen hatte er nicht vor, das Geld, das er von Sir Giles erhalten hatte, in seinem Koffer liegen zu lassen oder es mit sich herumzutragen. Die Telefonate waren jedoch ausgeblieben. Zu seinen Sorgen kam noch das Wissen hinzu, daß er sich hatte bestechen lassen. Er versuchte, sich einzureden, er sei lediglich eine Wette eingegangen, aber es half nichts.

»Dafür könnte ich drei Jahre kriegen«, sagte er sich und überlegte ernsthaft, das Geld zurückzugeben. Was ihn davon abhielt, waren die Fotos. Er hatte keine Ahnung, wieviele Jahre ihm die Handlungen einbringen konnten, auf die die Fotos schließen ließen.

Als die Untersuchung am Montag wiederaufgenommen wurde, waren Dundridges Nerven zum Zerreißen gespannt. Er hatte sich unauffällig im hinteren Teil des Gerichtssaales niedergelassen und der Beweisaufnahme kaum zugehört. Die Anwesenheit zahlreicher Polizisten, die man aufgeboten hatte, um jeden weiteren Ausbruch von Gewalt zu verhindern, trug nicht zu seiner Beruhigung bei. Dundridge hatte ihre Funktion fehlinterpretiert und schließlich sogar den Saal verlassen, ehe Lord Leakham seine Entscheidung verkündete. Er stand unten im Foyer, als lauter Jubel das Ende der Untersuchung anzeigte.

Als erste beglückwünschten ihn Sir Giles und Lady Maud. Sie kamen aus dem Gerichtssaal die Treppe hinunter, gefolgt von General Burnett und dem Ehepaar Bullett-Finch.

»Prächtige Neuigkeiten«, sagte Sir Giles. Lady Maud bemächtigte sich Dundridges Arm.

»Ich finde, wir sind Ihnen zu großem Dank verpflichtet«, sagte sie und blickte ihm vielsagend in die Augen.

»Nicht der Rede wert«, murmelte Dundridge bescheiden.

»Schnickschnack«, sagte Lady Maud. »Sie haben mich sehr glücklich gemacht. Sie müssen uns besuchen kommen, bevor Sie abreisen.«

Sir Giles hatte kräftig geblinzelt – inzwischen haßte Dundridge dieses Blinzeln – und etwas von einer Wette geflüstert, die eben eine Wette sei, und Hoskins hatte darauf bestanden, daß sie zur Feier des Tages einen trinken gingen. Dundridge sah nicht den geringsten Grund zum Feiern.

»Sie haben einflußreiche Fürsprecher«, erläuterte Hoskins. »Einflußreiche Fürsprecher?« sagte Dundridge. »Was, um alles in der Welt, soll das heißen?«

»Ein Vögelchen hat mir ins Ohr gezwitschert, daß jemand ein gutes Wort für Sie eingelegt hat. Abwarten und Tee trinken!«

Dundridge hatte gewartet und gehofft (obwohl das Wort hier fehl am Platz war), daß Miss Boles anriefe, doch statt einer Forderung von tausend Pfund war ein Ernennungsschreiben eingetroffen. »Autobahnkontrolleur für Mittelengland, dessen Verantwortungsbereich die Koordination... Großer Gott!« murmelte er. In mehreren verzweifelten Telefonaten mit dem Ministerium drohte er mit seiner Kündigung, falls man ihn nicht nach London zurückhole, doch der Enthusiasmus, mit dem Mr. Rees seinen Entschluß begrüßte, bewog ihn, die Drohung zurückzunehmen.

Sogar Hoskins, von dem man hätte annehmen können, daß er über die Ernennung Dundridges zu seinem Vorgesetzten verstimmt reagieren würde, schien erleichtert zu sein. »Was habe ich Ihnen gesagt, alter Junge«, tönte er, als Dundridge ihm die Neuigkeit mitteilte. »Einflußreiche Fürsprecher. Einflußreiche Fürsprecher.«

»Ich habe aber doch keine Ahnung vom Autobahnbau. Ich bin Verwaltungsbeamter und kein Ingenieur.«

»Sie müssen nur darauf achten, daß die Bauunternehmen den Zeitplan einhalten«, erklärte Hoskins. »Das ist ganz einfach. Alles andere überlassen Sie mir. Ihre Funktion liegt im wesentlichen auf dem Gebiet der Öffentlichkeitsarbeit.«

»Aber ich bin doch für die Koordination der Bauarbeiten verantwortlich. Das steht hier drin«, protestierte Dundridge und wedelte mit seinem Ernennungsschreiben, »›insbesondere für Probleme, die mit Fragen des Umweltschutzes und der Humanökologie zusammenhängen‹. Das bedeutet doch wohl, daß ich mich um diese Sozialmieter in Ottertown kümmern soll.«

»Sowas in der Art«, sagte Hoskins. »Ich würde mir da nicht zu sehr den Kopf zerbrechen. Meine Devise lautet, man soll die Dinge auf sich zukommen lassen.«

»Tja, daran werde ich mich dann wohl gewöhnen müssen.«

»Ich besorge Ihnen hier ein Büro. Sie sollten sich am besten eine Bleibe suchen.«

Nachdem er sich zwei Tage lang Wohnungen in Worford angesehen hatte, mietete Dundridge ein Apartment mit Blick auf Schloß Worford. Es sagte ihm zwar nicht besonders zu, aber es war immerhin vergleichsweise modern und auf jeden Fall besser als einige der anderen verwahrlosten Räumlichkeiten, die er besichtigt hatte; außerdem hatte es Telefon und war teilmöbliert. Besonders großen Wert legte Dundridge auf das Telefon. Er wollte vermeiden, daß Miss Boles den falschen Eindruck gewänne, daß er nicht bereit sei, für die Fotos und Negative tausend Pfund zu zahlen. Aber als die Zeit verging und sie immer noch keine Forderungen stellte, legte sich seine Nervosität allmählich. Vielleicht hatte man ihm ja auch bloß eine Art schmutzigen Streich gespielt. Er fragte sogar Hoskins, ob er irgend etwas über das Mädchen auf der Party wisse; aber Hoskins erwiderte, er könne sich an den Abend nicht mehr besonders gut erinnern und habe ohnehin kaum die Hälfte der Anwesenden gekannt.

»Ich weiß von dem ganzen Abend nichts mehr, alter Knabe«, sagte er. »Hab' mich allerdings prima amüsiert, daran erinnere ich mich. Wieso? Wollen Sie sich mit ihr in Verbindung setzen?«

»Hätte nur gern gewußt, wer sie ist«, sagte Dundridge und ging wieder in sein Büro, um Pläne für die Eröffnungszeremonie zu schmieden, mit der man den Beginn der Bauarbeiten an der Autobahn feiern wollte. Es sollte eine Riesen Affäre werden, das hatte er beschlossen.

*

Das hatte auch Lady Maud beschlossen, obwohl sie dabei an eine ganz andere Affäre dachte. Sie wartete, bis Sir Giles ankündigte, er müsse für vierzehn Tage nach London, dann lud sie Dundridge zum Abendessen ein. Sie schickte ihm eine förmliche Einladung.

Dundridge lieh sich einen Smoking und rechnete damit, einer unter mehreren Gästen zu sein. Er war hypernervös und hatte sich schon vorher mit zwei starken Gins gestärkt. Wie sich herausstellte, hätte er sich die Sorgen sparen können. Als er eintraf, fand er eine Lady Maud vor, die zwar nicht unbedingt aufgedonnert war, aber doch so schreiend gekleidet, daß jeder, der in ihre Nähe kam, mit Trommelfellschäden rechnen mußte.

»Ich freue mich so, daß Sie kommen konnten«, sagte sie und hängte sich, kaum daß er das Haus betreten hatte, bei ihm ein. »Leider mußte mein Mann geschäftlich nach London. Hoffentlich stört es Sie nicht, daß Sie mit mir vorlieb nehmen müssen.«

»Keineswegs«, sagte Dundridge, der wieder spürte, wie ihm die Knie weich wurden, was an Lady Mauds Gegenwart zu liegen schien. Sie gingen in den Salon, wo Lady Maud Drinks mixte. »Ich habe mit dem Gedanken gespielt, General Burnett und die Bullett-Finches einzuladen, aber der General neigt dazu, die Unterhaltung an sich zu reißen, und Ivy Bullett-Finch ist eine ziemlich fade Zeitgenossin.«

Dundridge nippte an seinem Drink und fragte sich, was sie um alles in der Welt reingekippt hatte, denn der harmlose Eindruck täuschte gewaltig. Lady Mauds Kleid hingegen lag eine derartige Irreführung fern. Das zur Betonung weiblicher Kurven entworfene seidene Etwas war zweifellos für eine etwas gazellenartigere Person kreiert worden. Wo es hätte herabfallen sollen, wölbte es sich und wenn es hätte knistern sollen, hörte man ein Pfeifgeräusch. Doch vor allem war es in seiner überwältigenden Enge dermaßen atemberaubend, daß Dundridge sich dabei ertappte, wie er vor Begierde fast japste. Außerdem klang Lady Mauds Stimme seltsam verändert. Sie war so merkwürdig kehlig.

»Wie gefällt Ihnen Ihre neue Wohnung?« fragte sie und setzte sich neben ihn, wobei die bereits straff gespannte Seide quietschte.

»Wohnung?« fragte Dundridge, dem es im Moment sichtlich schwerfiel, den Übergang von der nahen Leibesfülle zu profanen Dingen wie seiner Unterkunft zu vollziehen. »Ach, Wohnung, ja. Ganz prima.«

»Ich würde Sie gern irgendwann einmal besuchen«, sagte Lady Maud. »Natürlich nur, wenn Sie nicht das Gefühl haben, ich könnte Sie womöglich kompromittieren.« Sie seufzte, und ihr mächtiger Busen hob sich wie eine heranrollende Sturzwelle.

»Kompromittieren?« sagte Dundridge, der sich beim besten Willen nicht vorstellen konnte, daß er sich durch das Alleinsein mit ihr in seinem Apartment noch mehr kompromittieren könnte, als er es durch diese widerlichen Fotos ohnehin schon getan hatte. »Sie sind herzlich eingeladen.«

Lady Maud kicherte kokett. »Das aufregende Leben in London wird Ihnen wohl sehr fehlen«, murmelte sie. »Wir müssen alles in unserer Macht Stehende unternehmen, damit Sie sich nicht langweilen.«

Nichts schien Dundridge ferner zu liegen. Er saß stocksteif auf dem Sofa und gab sich Mühe, seine Augen von ihrem unvorstellbar faszinierenden Körper abzuwenden.

»Ich hole Ihnen noch einen Drink«, hauchte sie, und er konnte sich wieder einmal des Gefühls nicht erwehren, daß er die Kontrolle über sich verlor. Zum Teil lag es an dem Drink, zum Teil auch am Duft ihres Parfüms, doch am allermeisten faszinierte ihn ihr grenzenloses Selbstbewußtsein. Trotz ihrer Leibesfülle, trotz ihres anmaßenden Verhaltens, trotz allem an ihr, was seiner Vorstellung von einer schönen Frau widersprach, wirkte Lady Maud ungemein selbstsicher. Auf Dundridge, der dies nicht war – oder höchstens teilweise; denn seine Vollkommenheit hing von Leistung und Geld ab und lag noch in der Zukunft –, übte ihre Anwesenheit eine berauschende Wirkung aus. Wenn die Vergangenheit einem Menschen solche Sicherheit verleihen konnte, sprach mehr für sie, als Dundridge bisher vermutet hatte. Dundridge schlürfte seinen Drink und lächelte Lady Maud an. Sie lächelte zurück.

Als es Zeit wurde, zum Abendessen zu schreiten, war Dundridge geradezu ungehörig vergnügt. Er hielt ihr die Tür auf und hängte sich bei ihr ein, er zog ihren Stuhl zurück und schob ihn vielsagend an ihre Oberschenkel, er öffnete den Champagner mit einer Nonchalance, die vermuten ließ, daß er nur selten andere Getränke zu sich nähme, und lachte vergnügt, als der Korken in den gläsernen Kronleuchter schoß und ihn zum Klirren brachte. Und beim Essen – Austern gefolgt von kalter Ente – war es Dundridge schon vollkommen egal, was die Welt von ihm halten mochte. Lady Mauds verständnisvolles Lächeln, halb Gähnen und halb unergründliche Tiefe, bedeutete ihm, er solle ganz er selbst sein. Dundridge ließ sich nicht lange bitten. Zum ersten Mal in seinem Leben wurde er seinen eigenen Erwartungen gerecht, er wurde ihnen gerecht und übertraf sie bei weitem. Ein zweiter Champagnerkorken schoß in die höheren Regionen des Zimmers, die Ente verschwand, um von Erdbeeren mit Schlagsahne gefolgt zu werden, und Dundridge verlor selbst die letzten kümmerlichen Reste von Hemmungen und sogar das Gefühl, an der Tatsache, daß er mit einer verheirateten Frau, deren Ehemann geschäftlich verreist war, allein zu Abend speiste, könnte irgend etwas ungewöhnlich sein. Angesichts seiner überschäumenden Fröhlichkeit und Lady Mauds Zustimmung war für derartige Erwägungen kein Platz. Unter dem Tisch bekräftigte ihr Knie die versteckten Andeutungen ihres Lächelns, auf dem Tisch lag ihre Hand schwer auf der seinen und zeichnete die Umrisse seiner Finger nach, und als sie nach dem Kaffee seinen Arm ergriff und ein Tänzchen vorschlug, hörte Dundridge sich sagen, es sei ihm ein Vergnügen. Arm in Arm gingen sie durch den Korridor zum Ballsaal mit dem federnden Parkettboden. Erst dort, als die Lüster den großen Saal hell erleuchteten und eine Schallplatte sich auf dem Plattenspieler drehte, wurde Dundridge klar, auf was er sich eingelassen hatte. Er hatte in seinem ganzen Leben noch nie das Tanzbein geschwungen.

*

Klex kam den Hügel von Wilfred's Castle hinunter. Eine Woche lang hatte er den Royal George in Guildstead Carbonell und Mrs. Wynn gemieden. Er hatte sich an eine andere Kneipe gewöhnt, die am Weg von der Kirche zur Straße nach Ottertown lag. Sie hatte zwar nicht die Qualität des Royal George, sondern bestand lediglich aus einem Raum mit Bänken an den Wänden und einem Faß Handyman-Bier in einer Ecke, doch ihre bedrückende Atmosphäre paßte zu Klexens Stimmung. Nachdem er schweigend acht Halbe konsumiert hatte, war die nötige Bettschwere erreicht. Er schwankte den Hügel hoch an der Kirche vorbei und starrte verblüfft auf das Herrenhaus: Im Ballsaal waren die großen Lampen eingeschaltet. Klex konnte sich nicht erinnern, wann er sie das letzte Mal in Aktion gesehen hatte; jedenfalls nicht nach Lady Mauds Hochzeit. Sie warfen gelbe Rechtecke auf den Rasen, und der an den Ballsaal grenzende Wintergarten mit seinen Farnen und Palmen leuchtete grün. Er stolperte den Weg hinunter und über die Brücke in die Schonung. Hier war es zwar stockfinster, aber Klex fand sich instinktiv zurecht. Am Tor verließ er die Schonung und ging über den Rasen zur Terrasse.

Musik, altmodische Musik, drang zu ihm heraus. Er ging um die Ecke und spähte durch das Fenster.

Im Saal tanzte Lady Maud; oder sie lernte tanzen; oder sie brachte jemandem das Tanzen bei. Klex fiel es schwer, sich zu entscheiden. Unter den großen Kronleuchtern vollführte sie derart behutsame und ungraziöse Bewegungen, daß es ihm den Atem verschlug. Auf und nieder, rundherum, mit mächtigen Schwüngen und doppelten Drehungen fegte sie durch den Raum, was das Parkett unter ihr in sichtbare Schwingungen versetzte, und in ihren Armen hielt sie einen kleinen dünnen Mann mit einem Ausdruck gespannter Konzentration im Gesicht. Klex erkannte ihn wieder. Es war der Mann vom Ministerium, der vor einer Woche zum Mittagessen geblieben war. Er hatte ihn schon damals nicht ausstehen können, doch jetzt war er ihm noch eindeutiger zuwider. Und Sir Giles war verreist. Als Klex vom Blumenbeet herunter- und vom Fenster wegstolperte, fühlte er sich ganz elend vor Abscheu. Er war nahe daran, ins Haus zu gehen und ihnen die Meinung zu sagen. Das würde allerdings nichts bringen. Unsicheren Schrittes ging er zur Vorderseite des Hauses. Dort stand ein Auto. Er sah es sich genauer an. Der Wagen des Mannes. Geschah dem Scheißkerl recht, wenn er nach Hause laufen mußte. Klex kniete sich neben einen Vorderreifen und schraubte das Ventil ab. Dann ging er zum Kofferraum und ließ die Luft aus dem Reservereifen. Das würde dieses Schwein lehren, mit anderer Leute Frauen herumzuturteln. Klex torkelte die Einfahrt hinunter zum Pförtnerhaus und kletterte ins Bett. Durch das kreissrunde Fenster sah er das Licht aus dem Herrenhaus. Als er einschlief, leuchtete es immer noch, und durch die Nachtluft schwebten zarte Posaunenklänge.

15

Was die Drinks, das Dinner und Lady Mauds unverdrossene Koketterie bei Dundridge bewirkt hatten, war durchs Tanzen wieder verflogen. Das galt in erster Linie für ihre Darbietung eines langsamen Walzers, bei dem Dundridge sich innerlich auf einen Bandscheibenvorfall einstellte, während ihr Tango ihn an den Rand eines Leistenbruches brachte. Alle seine Versuche, sie zum Tanzen etwas weniger komplizierter Dinge zu bewegen, wurden von ihr ignoriert.

»Sie halten sich prächtig«, betonte sie und trat ihm auf die Zehen. »Ihnen fehlt lediglich ein wenig Übung.«

»Wie wär's mit etwas Modernem?« fragte Dundridge.

»Moderne Tänze sind so unromantisch«, sagte Maud und legte eine neue Schallplatte für einen Quickstep auf. »Dabei geht jede Intimität verloren.«

Aber Dundridge war nicht an Intimität interessiert. »Ich werde wohl mal ein Päuschen einlegen«, sagte er und humpelte zu einem Stuhl. Doch Lady Maud wollte nichts davon wissen. Sie wirbelte ihn aufs Parkett und setzte zu einer ganzen Serie von halben Drehungen an, wobei sie ihn mit einer Entschlossenheit, die keinen Widerspruch duldete, an ihren Busen preßte. Als die Platte zu Ende war, sprach Dundridge ein höfliches Machtwort.

»Ich sollte mich jetzt wirklich auf die Socken machen«, sagte er.

»Was? Jetzt schon? Nur noch ein klitzekleines Gläsilein Schampus«, sagte Lady Maud, womit sie etwas voreilig in die Kindersprache verfiel.

»Meinetwegen«, sagte Dundridge und zog die Skylla Alkohol der Charybdis Tanzfläche vor. Sie begaben sich mit ihren Gläsern in den Wintergarten, wo sie eine Weile zwischen den Farnen herumstanden.

»Was für eine herrliche Nacht. Kommen Sie, wir gehen auf die Terrasse«, sagte Lady Maud und packte ihn am Arm. Sie stützten sich auf die steinerne Brüstung und schauten in die Dunkelheit der Schonung hinaus.

»Jetzt fehlt uns nur noch romantisches Mondlicht«, murmelte Lady Maud und wandte sich ihm zu. Dundridge schaute zum nächtlichen Himmel auf. Er hätte schon längst im Bett sein müssen, und außerdem konnte nicht einmal der Champagner die Tatsache verschleiern, daß er sich in einer problematischen Situation befand. In letzter Zeit war er einer Menge problematischen Situationen ausgesetzt gewesen, die für den Rest seines Lebens ausreichten, und von der Aussicht, daß Sir Giles unerwartet nach Hause zurückkehrte und ihn morgens um eins beim Champagnertrinken mit seiner Frau auf der Terrasse ertappte, war er nicht sehr angetan.

»Sieht nach Regen aus«, meinte er, um das romantische Mondlicht vom Tapet zu bringen.

»Dummerchen«, flötete Lady Maud. »Es ist eine wunderschöne sternenklare Nacht.«

»Ja. Tja, ich sollte mich jetzt wohl wirklich auf den Heimweg machen«, beharrte Dundridge. »Es war ein phantastischer Abend.«

»Nun ja, wenn es denn sein muß...« Sie gingen wieder ins Haus zurück. »Noch ein letztes Gläschen...?« fragte Lady Maud, aber Dundridge humpelte kopfschüttelnd den Korridor hinunter.

»Sie müssen mich mal wieder besuchen«, sagte Lady Maud, als er in seinen Wagen stieg. »Je eher, desto besser. Seit Urzeiten hab' ich mich nicht mehr so amüsiert.« Sie winkte zum Abschied, und Dundridge fuhr die Einfahrt hinunter. Er kam nicht sehr weit. Mit der Lenkung schien etwas nicht zu stimmen, denn das Auto driftete mächtig nach links ab, und er hörte ein pochendes Geräusch. Dundridge hielt, stieg aus und ging nach vorn.

»Mist«, sagte Dundridge, als er den Platten fühlte. Er holte den Wagenheber aus dem Kofferraum. Nachdem er den Wagen hochgebockt und das linke Vorderrad abgeschraubt hatte, brannte im Herrenhaus kein Licht mehr. Aus dem Kofferraum holte er das Reserverad und schraubte es fest. Dann kurbelte er den Wagenheber runter und verstaute ihn. Anschließend stieg er wieder ins Auto, ließ den Motor an und fuhr los. Er hörte ein pochendes Geräusch, und der Wagen zog nach links. Dundridge fluchte und hielt.

»Ich muß den Platten wieder aufgezogen haben«, murmelte er und kramte den Wagenheber raus.

*

Im Haus knipste Lady Maud traurig das Licht im Ballsaal aus. Sie hatte den Abend genossen und bedauerte nur, daß er so zahm geendet hatte. Zu Anfang hatte sie gedacht, Dundridge sei für ihre wenigen Reize durchaus empfänglich.

»Männer«, sagte sie verächtlich beim Auskleiden und betrachtete sich nüchtern im Spiegel. Sie war die erste, die zugab, daß sie nach modernen Schönheitsidealen nicht allzu attraktiv war, doch andererseits hatte sie auf moderne Ideale gleich welcher Art nie viel gegeben. Die Welt, für die sie lebte, schätzte kräftige Dinge – große Frauen, schwere Möbel, gesunden Appetit und starke Gefühle. Für die Gegenwart mit ihrem Geschwätz über Sex, ihren weibischen Männern, knabenhaften Frauen und ihren Abmagerungskuren hatte sie nichts übrig. Sie sehnte sich danach, von einem starken Mann, der wußte, wie wichtig Kinder, Küche und Kirche waren, erobert zu werden. In Dundridge würde sie ihn nicht finden.

»Dummes kleines Eselchen weiß nicht, was ihm entgeht«, sagte sie und stieg ins Bett.

*

Draußen wußte das dumme kleine Eselchen nur zu gut, was ihm entging: die Heimfahrt. Er hatte das Rad noch einmal gewechselt, den Wagenheber heruntergekurbelt und festgestellt, daß sein Reserverad von Anfang an platt gewesen war. Er stieg wieder ins Auto und versuchte, sich etwas einfallen zu lassen. In der Nähe bewegte sich etwas schwer durchs Gras, und ein Nachtvogel rief. Dundridge machte die Wagentür zu. Er konnte nicht die ganze Nacht da sitzen bleiben. Er stieg aus dem Wagen, quälte sich die Auffahrt hoch bis zum Haus und klingelte.

Oben stieg Lady Maud aus ihrem Bett und knipste das Licht an. Das dumme kleine Eselchen war also doch zurückgekommen. Damit hatte sie nicht gerechnet. Sie schnappte sich einen Lippenstift, beschmierte hastig ihre Lippen, puderte ihr Gesicht und tupfte hinter jedes Ohr eine Portion Chanel. Schließlich zog sie ihren Pyjama aus, schlüpfte in ein durchsichtiges Negligé, ging nach unten und öffnete die Haustür.

»Verzeihen Sie mein Eindringen, aber ich habe leider eine Reifenpanne«, sagte Dundridge nervös. Lady Maud lächelte wissend.

»Eine Reifenpanne?«

»Ja, genaugenommen zwei.«

»Zwei Pannen?«

»Ja. Zwei«, bestätigte Dundridge, dem durchaus bewußt war, wie unwahrscheinlich die Behauptung klang, man habe gleichzeitig zwei platte Reifen.

»Dann kommen Sie mal lieber rein«, forderte Lady Maud ihn eifrig auf. Dundridge zögerte.

»Dürfte ich vielleicht eine Werkstatt anrufen ...?«

Aber davon wollte Lady Maud nichts wissen. »Das dürfen Sie natürlich nicht«, sagte sie. »Es ist viel zu spät, da kommt keiner mehr bis hier raus.« Sie nahm ihn beim Arm, zog ihn ins Haus und schloß die Tür. »Tut mir schrecklich leid, daß ich Ihnen so zur Last falle«, sagte Dundridge, aber Lady Maud brachte ihn zum Schweigen.

»Was sind Sie bloß für ein dummer Junge«, gurrte sie. »Kommen Sie erstmal nach oben, und dann werden wir sehen, ob wir ein Bettchen für Sie finden.«

»Das ist aber …«, begann Dundridge, doch es hatte keinen Zweck. Sie drehte sich um und ging die Marmortreppe voraus, ein parfümgeschwellter Spinnaker. Dundridge folgte ihr kläglich.

»Sie bekommen dieses Zimmer«, sagte sie, als sie im ersten Stock angelangt waren und sie das Licht anmachte. »Sie gehen jetzt runter ins Bad und waschen sich, und ich bereite das Bett vor.«

»Ins Bad?« sagte Dundridge und starrte sie verdutzt an. Im trüben Licht der Eingangshalle hatte er Lady Maud nur als körperlosen Umriß wahrgenommen, doch nun erkannte er das ganze Ausmaß ihrer üppig wuchernden Reize; auch ihr Gesicht war wirklich außergewöhnlich. Lady Maud lächelte, ein blutrot klaffender Schlund mit Zähnen. Und erst das Parfüm!

»Den Gang entlang, dann links.«

Dundridge stolperte den Gang entlang und probierte mehrere Türen, bis er das Bad fand. Er trat ein und verschloß die Tür. Als er wieder herauskam, war es dunkel im Gang. Er hangelte sich vor bis zum ersten Stock und versuchte krampfhaft, sich zu erinnern, welches Zimmer sie ihm gegeben hatte. Endlich fand er eins, dessen Tür offen stand. Drinnen war es dunkel. Dundridge tastete nach dem Lichtschalter, der jedoch nicht an der erwarteten Stelle war.

»Ist da jemand?« flüsterte er, bekam aber keine Antwort. »Das muß das Zimmer sein«, murmelte er und schloß die Tür. Er schob sich durch das Zimmer bis zum Bettende vor. Vom Fenster kam ein schwacher Lichtschein. Beim Auskleiden fiel Dundridge auf, daß der Duft von Lady Mauds Parfüm immer noch schwer in der Luft hing. Er trat zum Fenster, öffnete es und bewegte sich dann vorsichtig, um sich nicht die Zehen anzustoßen, zum Bett zurück und stieg hinein. Dabei wurde ihm allmählich klar, daß irgend etwas absolut schieflief. Aus der Bettwäsche drang ein überwältigender Duftstoß Chanel Nr. 5. Gleiches galt für Lady Maud. Ihre Arme umfingen ihn, und mit einem heiseren »Oh, du schlimmer Junge« preßte ihr Mund sich auf den seinen. Im nächsten Augenblick war Dundridge total umschlungen. Um ihn schienen sich Dinge zu wickeln, riesige furchtbare Dinge, Beine, Arme, Brüste, Lippen, Nasen und Schenkel, die ihn hochhoben, sich um ihn schlangen und dann wieder in der Ekstase wildgewordenen Fleisches niederdrückten. Er zappelte verzweifelt, während Lady Mauds irrige Reaktionen darauf wie Wellen über ihn hereinbrachen. Nur sein Verstand blieb unbehindert, sein Verstand und seine Hemmungen. Während er sich in ihren Armen wand, überschlugen sich in seinem Kopf diverse Schlußfolgerungen, eine greulicher als die andere. Er hatte sich im Zimmer geirrt, sie hatte sich in ihn verliebt, er teilte das Bett mit einer Nymphomanin, sie lieferte ihrem Mann den Scheidungsgrund, sie verführte ihn. Am letzten Punkt gab es nichts zu deuteln. Sie verführte ihn, daran ließen ihre Hände keinen Zweifel, ganz besonders ihre linke. Der an die rein abstrakten Reize seiner idealen Mischfrau gewöhnte Dundridge kam mit der Unerfahrenheit einer wirklichen Frau – und Lady Maud war sowohl wirklich als auch unerfahren – nur schwer zurecht. »Hier liegt ein schreck –«, piepste er, als Lady Maud gerade nach Luft schnappte, doch gleich darauf preßte sie ihren Mund auf den seinen und brachte seinen Protest zum Verstummen und ihn an den Rand des Erstikkungstods. Von wahrhaft herkulischer Empörung getrieben, schleuderte Dundridge sich und Lady Maud, die immer noch wie eine Klette an ihm hing, aus dem Bett. Während er sich hochrappelte, fiel der Nachttisch krachend zu Boden. Im nächsten Moment rannte Dundridge aus dem Zimmer und den Gang entlang. Hinter ihm taumelte Lady Maud ans Bett und zog an der Lampenschnur. Von der Vehemenz seiner Zurückweisung und vom Nachttisch, der sie am Kopf getroffen hatte, benommen, schleppte sie sich auf den Gang und schaltete das Licht an; von Dundridge keine Spur.

»Warum denn so schüchtern?« rief sie, bekam aber keine Antwort. Sie ging ins nächste Zimmer und machte Licht – kein Dundridge. Auch das Nebenzimmer war leer. Sie ging durch alle Räume, knipste Lampen an und rief seinen Namen, doch Dundridge war verschwunden. Sogar das Bad war nicht verschlossen und leer, und als sie gerade überlegte, wo sie als nächstes suchen sollte, erregte ein vom Etagenabsatz kommendes Geräusch ihre Aufmerksamkeit. Sie ging zurück, machte Licht in der Eingangshalle und ertappte ihn, wie er gerade auf Zehenspitzen die Treppe hinunterschlich. Einen Moment lang stand er da, ein versteinerter Satyr, der sie mitleidheischend ansah, dann raste er die Treppe hinunter und quer über den Marmorfußboden, seine dünnen Beinchen und bleichen Füße huschten über die Karos. Lady Maud beugte sich über das Treppengeländer und lachte. Als sie die Treppe hinunterging, lachte sie immer noch, sie lachte und hielt sich am Treppengeländer fest, um nicht hinzufallen. Ihr Lachen schepperte durch die Leere der Eingangshalle und wanderte durch die Korridore.

Im Dunkel nahe der Küche hörte Dundridge es mit Schaudern. Er hatte keine Ahnung, wo er sich befand, und das Gelächter hatte etwas Irres, das ihm Angst machte. Als er gerade überlegte, was zu tun sei, sah er vor dem Hintergrund der Eingangshallenbeleuchtung am Ende des Ganges ihren massigen Umriß. Sie hatte mit dem Lachen aufgehört und starrte angestrengt in die Düsternis.

»Alles in Ordnung, Sie können jetzt rauskommen«, rief sie, aber so dumm war Dundridge nicht. Ihm war nun klar, weshalb sein Wagen zwei Platten hatte, und weshalb er in Sir Giles' Abwesenheit ins Herrenhaus eingeladen worden war. Bei Lady Maud handelte es sich um eine wahnsinnige Nymphomanin. Er war allein in einem riesigen Haus irgendwo am Arsch der Erde, unbekleidet, mit einem fahruntüchtigen Auto sowie einer äußerst kräftigen und nackten Verrückten. Nichts auf Gottes weitem Erdboden würde ihn bewegen, sein Versteck zu verlassen. Als Lady Maud sich den Gang entlangschleppte, ergriff Dundridge die Flucht; er stieß gegen einen Tisch, taumelte gegen ein eisernes Treppengeländer und raste die Dienstbotentreppe hoch. Hinter ihm ging die Beleuchtung an. Am Etagenabsatz angekommen, warf er einen Blick zurück und in Lady Mauds Gesicht, das zu ihm hochstarrte. Der eine flüchtige Blick genügte, um seine Ängste zu bestätigen. Der verschmierte Lippenstift, die Rougeflecken und das wirre Haar – reif für die Klapsmühle. Dundridge hastete in einen anderen Gang, und hinter ihm erscholl der endgültige Beweis ihres Wahnsinns.

»Halali«, schrie Lady Maud. »Entwischt isser.« Dundridge machte sich aus dem Staub, so schnell ihn seine Füße trugen.

*

Im Pförtnerhaus wachte Klex auf und schaute aus dem runden Fester. Vor der Silhouette der Berge konnte er vage den dunklen Umriß des Herrenhauses ausmachen, und als er sich gerade umdrehen und weiterschlafen wollte, ging in einem Zimmer im oberen Stockwerk das Licht an, gleich darauf in einem anderen und dann in einem dritten. Klex setzte sich im Bett auf und beobachtete, wie in einem Raum nach dem anderen das Licht anging. Auf seiner Uhr sah er, daß es zehn nach zwei war. Er schaute wieder zum Haus, wo inzwischen das Oberlicht aus Buntglas über der Eingangshalle leuchtete. Als er aufstand, das Fenster öffnete und hinausschaute, hörte er leise, wie sich jemand vor Lachen ausschüttete – oder weinte. Lady Maud. Klex schlüpfte in seine Hose, zog die Hausschuhe an, schnappte sich seine Flinte vom Kaliber zwölf und rannte die Treppe hinunter. Oben im Herrenhaus war etwas überhaupt nicht in Ordnung. Er raste die Auffahrt hoch, wobei er beinahe gegen Dundridges Auto geprallt wäre. Der Scheißkerl trieb sich immer noch im Haus rum. Wahrscheinlich jagte er sie von einem Zimmer ins andere, was die Lichter und das wilde Gelächter erklärte. Das wollte er gleich mal unterbinden. Er umklammerte sein Gewehr fester, durchquerte den Vorgarten und betrat die Küche. Das Licht brannte. Klex ging zum Korridor hinüber und horchte. Jetzt war alles still. Sie mußten oben sein. Er war halb oben, als Lady Maud aus einem Gang kam und atemlos auf dem Etagenabsatz erschien. Sie rannte bis zur Treppe und schaute, nackt wie der Herrgott sie geschaffen hatte, auf Klex runter. Der starrte sie mit offenem Mund an. Dort oben stand die Frau, die er liebte. Bekleidet war sie wunderbar, nackt die Vollkommenheit in Person. Ihre großen Brüste, ihr Bauch, ihre herrlichen Schenkel – sie war die perfekte Verkörperung von allem, was er sich je erträumt hatte, und, was alles noch viel besser machte, sie befand sich offensichtlich in einer Notlage. Auf ihren geschminkten Wangen zeichneten sich Tränenspuren ab. Der Zeitpunkt war gekommen, da er für sie den Helden spielen durfte.

»Klex«, sagte Lady Maud, »was in aller Welt machen Sie hier? Und was haben Sie mit diesem Gewehr vor?«

»Hier stehe ich zu Euren Diensten«, sagte Klex galant, auf sein historisches Vokabular zurückgreifend.

»Zu meinen Diensten?« sagte Lady Maud ungeachtet der Tatsache, daß sie für ein dienstliches Gespräch mit ihrem Gärtner nicht gerade angemessen bekleidet war. »Was meinen Sie mit meinen Diensten? Sie sind hier, um sich um den Garten zu kümmern, nicht, um mitten in der Nacht in Ihren Hausschuhen und mit einer Flinte bewaffnet durchs Haus zu spazieren.«

Auf der Treppe beugte sich Klex dem Ungewitter. »Ich bin gekommen, um Ihre Ehre zu verteidigen«, murmelte er.

»Meine Ehre? Sie wollten meine Ehre verteidigen? Mit einer Flinte? Sind Sie verrückt geworden?«

Das fragte sich Klex langsam auch. Er hatte damit gerechnet, sie vergewaltigt und ermordert vorzufinden oder doch wenigstens um Gnade flehend, und statt dessen stand sie nackt am Ende der Treppe und machte ihn zur Sau. Das fand er nicht richtig. Inzwischen hatte auch Lady Maud den Eindruck gewonnen, daß sie sich nicht ganz richtig verhielt. Sie machte kehrt, ging in ihr Schlafzimmer und zog sich einen Morgenmantel über.

»Na schön«, sagte sie mit frischer Autorität, »was war das für ein Quatsch mit meiner Ehre?«

»Ich dachte, ich hätte gehört, wie sie um Hilfe riefen«, murmelte Klex.

»Um Hilfe rufen, daß ich nicht lache«, schnaubte sie verächtlich. »Sie haben nichts Derartiges gehört. Getrunken haben Sie. Ich habe schon einmal mit Ihnen über das Trinken gesprochen und ich will nicht nochmal darauf zurückkommen. Und was noch wichtiger ist, wenn ich irgendwelche Hilfe bei der Verteidigung meiner sogenannten Ehre brauche – was, Gott ist mein Zeuge, ganz und gar nicht der Fall ist –, werde ich Sie nicht bitten, mit einer Flinte vom Kaliber zwölf hierherzukommen. Jetzt aber marsch ins Pförtnerhaus und ins Bett. Ich will von diesem Unsinn kein Wort mehr hören, haben Sie verstanden?«

Klex nickte und schlich die Treppe hinunter.

»Und wenn Sie gehen, können Sie unten das Licht ausmachen.«

»Jawohl, Ma'am«, sagte Klex, ging den Korridor entlang zur Küche und hatte das Gefühl, daß ihm erneut schreckliches Unrecht zugefügt worden war. Er machte das Küchenlicht aus und ging in den Ballsaal, wo er die Kronleuchter ausschaltete. Anschließend begab er sich durch den Wintergarten auf die Terrasse und wollte gerade die Tür schließen, als er eine zwischen den Farnen kauernde Gestalt entdeckte. Es war der Mann vom Ministerium, und er war nackt, wie Lady Maud. Klex schmiß die Tür ins Schloß und ging die Terrassenstufen hinab, in Gedanken Rachepläne schmiedend. Er war in bester Absicht ins Haus gekommen, hatte seine geliebte Herrin vor diesem sexuell vertierten, scheußlichen Männlein schützen wollen, und zum Dank war er getadelt, beschimpft und als besoffen hingestellt worden. Es war alles schrecklich unfair. Mitten im Park blieb er stehen, richtete die Schrotflinte in die Luft und feuerte beide Läufe ab. Das war seine

Antwort an die ganze verfluchte Welt. Das war das einzige, was die verfluchte Welt verstand: Gewalt. Er stapfte quer über die Wiese zum Pförtnerhaus und ging auf sein Zimmer.

*

Für Dundridge, der immer noch im Wintergarten kauerte, stellten die Schüsse den endgültigen Beweis dar, daß Lady Maud ihm gegenüber Mordabsichten hegte. Man hatte ihn ins Herrenhaus gelockt und seine Reifen durchlöchert, er war nur knapp einem Vergewaltigungsversuch entgangen, von einer lachenden, verrückten Frau nackt durchs Haus gescheucht worden, und jetzt wurde er von einem Mann mit einem Gewehr gejagt. Außerdem lief er Gefahr, zu erfrieren. Er blieb noch zwanzig Minuten lang im Wintergarten, ängstlich nach Geräuschen horchend, die darauf schließen ließen, ob er verfolgt würde, doch im Haus war es still. Er kroch aus seinem Versteck, ging durch die Tür zur Terrasse und schielte nach draußen. Von dem Mann mit dem Gewehr war nichts mehr zu sehen. Er mußte es wagen. Im Osten sah er einen hellen Schimmer am Himmel, die Morgenröte kündete sich an, und er mußte verschwinden, solange es noch dunkel war. Er lief über die Terrasse und hastete die Stufen hinunter zu seinem Wagen.

Zwei Minuten später saß er am Steuer und der Motor lief. Er fuhr so schnell es sein defekter Reifen zuließ, kauerte sich zusammen und wartete auf das Knallen der Schrotflinte. Aber nichts passierte, und so fuhr er unter dem Pförtnerhaus hindurch in die Dunkelheit des Waldes. Er schaltete die Scheinwerfer an, fuhr über die Hängebrücke und rumpelte mit plattem Reifen und einer ständig nach links ziehenden Lenkung den Hügel hoch. Um ihn her rückte der Cleenewald immer näher, im Scheinwerferlicht zeichneten sich monströse Umrisse und unheimliche Schatten ab, aber Dundridge hatte jede Angst vor dieser Wildnis verloren. Alles war besser als die schauerlichen Menschen, die er hinter sich gelassen hatte, und selbst als drei Kilometer weiter der Reifen endgültig von der Felge sprang und er den Wagen hochbocken und den anderen defekten Reifen aufziehen mußte, tat er dies ohne Zögern. Danach fuhr er langsamer und erreichte Worford bei Tagesanbruch. Er parkte auf dem gelb markierten Parkstreifen vor seinem Apartment, vergewisserte sich, daß keiner in der Nähe war, und huschte über den Asphalt und in die Gasse bis zu der Außentreppe, die zu seinem Apartment führte; doch selbst hier stand ihm eine herbe Enttäuschung bevor. Sein Wohnungsschlüssel befand sich in seiner Smokingjacke.

Nackt, fröstelnd und aschfahl stand Dundridge auf dem Treppenabsatz vor seiner Wohnungstür. Seiner Würde, aller Ambitionen, Autorität und Vernunft beraubt, wirkte er beinahe menschlich. Einen Augenblick lang zögerte Dundridge, ehe er sich mit voller Kraft gegen die Tür schmiß. Beim zweiten Versuch gab das Schloß nach. Er ging hinein und knallte die Tür hinter sich zu. Er hatte einen Entschluß gefaßt. Komme was da wolle, er würde Himmel und Hölle in Bewegung setzen und eine geänderte Streckenführung für die neue Autobahn erreichen. Sie konnten ihn auf Teufel komm raus bestechen und erpressen, die Rache war sein. Wenn er mit diesem fetten, bekloppten Miststück fertig war, würde ihr das Lachen vergangen sein.

16

Seine Chance kam schneller als erwartet und aus einer völlig unerwarteten Richtung. Francis Puckerington, von den in seinem Büro eintreffenden Mieterprotesten aus den fünfundsiebzig vom Abriß bedrohten Sozialbauten überschüttet, vom Stadtrat Ottertowns bedrängt, durch die Weigerung des Umweltministers, eine erneute Untersuchung zu veranlassen, in Wut versetzt und von seinen Ärzten gewarnt, er müsse die meisten seiner Aktivitäten einschränken, sonst werde sein Herz sie ein für allemal beenden, legte sein Unterhausmandat nieder. Als erster gratulierte ihm Sir Giles zu diesem weisen Entschluß, sich aus dem öffentlichen Leben zurückzuziehen. »Wünschte, ich könnte das gleiche tun«, sagte er, »aber Sie wissen ja, wie die Dinge liegen.«

Das wußte Mr. Puckerington zwar nicht, doch er konnte sich denken, daß hinter Sir Giles' wohlwollender Anteilnahme finanzielle Interessen lauerten. Lady Maud teilte seinen Verdacht. Seit der Untersuchung verhielt sich Giles irgendwie merkwürdig, ihn umgab etwas Erwartungsvolles, eine Art unterdrückte Erregung, die sie beunruhigte. Ihr war mehrmals aufgefallen, daß er sie lächelnd ansah, und wenn Sir Giles lächelte, bedeutete das normalerweise, daß bald etwas Unangenehmes geschehen würde. Was es war, konnte sie sich nicht vorstellen, und da Politik sie nicht interessierte, entgingen ihr die wahrscheinlichen Konsequenzen von Mr. Puckeringtons Mandatsniederlegung. Begreiflicherweise war Hoskins besser informiert. Ihm war sofort klar, warum Sir Giles mit der Ottertown-Strecke so ohne weiteres einverstanden war. »Genial«, sagte er zu ihm, als er ihn im Golf Club traf. Sir Giles tat verdutzt.

»Keine Ahnung, wovon Sie reden. Ich wußte ja nicht, wie krank der arme Kerl war. Ein schwerer Verlust für die Partei.«

»Sie wollen mich wohl auf den Arm nehmen«, sagte Hoskins.

»Ich würde lieber Ihre Bessie Williams auf den Arm nehmen«, sagte Sir Giles und entspannte sich ein wenig. »Ich hoffe, es geht ihr gut?«

»Ausgezeichnet. Soviel ich weiß, machen sie und ihr Mann Urlaub auf Mallorca.«

»Sehr vernünftig von ihnen«, befand Sir Giles. »Inzwischen wird sich unser junger Freund Dundridge wohl ein bißchen wundern. Kann nichts schaden, wenn man ihn etwas zappeln läßt, wie man so sagt.«

»Wahrscheinlich hat er das Geld schon verpraßt, das Sie ihm gegeben haben?«

»Ich ihm gegeben habe?« meinte Sir Giles, der es vorzog, seine rechte Hand nicht wissen zu lassen, was die linke tat.

»Schon gut«, sagte Hoskins. »Eins verrate ich Ihnen aber noch. Er hat jedes Interesse an Ihrer Frau verloren.«

Sir Giles seufzte. »Wirklich schade«, sagte er. »Zeitweise hegte ich die stille Hoffnung, daß er... Wär' ja auch ein Wunder gewesen. Dennoch, was für ein angenehmer Gedanke.«

»Wie auch immer, jetzt hat er eine Stinkwut auf sie. Haßt sie wie die Pest.«

»Ich frage mich, wieso«, sagte Giles nachdenklich. »Nun ja, irgendwann geht's uns allen so. Trotzdem, zu einem besseren Zeitpunkt hätte es nicht passieren können.«

»Das dachte ich mir auch«, sagte Hoskins. »Er hat schon drei Eingaben mit der Bitte, die Autobahn nun doch durch die Schlucht zu führen, ans Ministerium geschickt.«

»Ziemlich wetterwendisches Kerlchen, stimmt's? Sie haben doch wohl versucht, ihm das auszureden?«

»Immer und immer wieder.«

»Aber nicht zu nachdrücklich, wie?«

Hoskins lächelte. »Ich gebe mir Mühe, die Angelegenheit unvoreingenommen zu betrachten.«

»Sehr klug von Ihnen«, sagte Sir Giles. »Bringt nichts, wenn Sie sich da engagieren. Tja, die Sache scheint in Gang zu kommen.«

*

Das tat sie allerdings. In London ließ die Auswirkung von Francis Puckeringtons Rücktritt nicht lange auf sich warten.

»Fünfundsiebzig gemeindeeigene Sozialbauten sollen in einem Wahlkreis abgerissen werden, wo eine Nachwahl vor der Tür steht?« sagte der Premierminister. »Und mit welcher Mehrheit wurde er beim letztenmal doch gleich gewählt?«

»Fünfundvierzig Stimmen«, sagte der Fraktionschef. »Ein wackliger Wahlkreis.«

»Wacklig – dummes Zeug. Den können wir abschreiben.«

»Sieht ganz danach aus«, stimmte der Fraktionschef zu. »Wenn man allerdings eine andere Streckenführung für die Autobahn veranlassen könnte...«

Der Premierminister griff zum Telefon.

*

Zehn Minuten später ließ Mr. Rees Mr. Joynson kommen.

»Geschafft«, sagte er freudestrahlend.

»Was geschafft?«

»Die Kacke hat aufgehört zu dampfen. Der Ottertown-Plan ist endgültig begraben worden. Die M 101 wird durch die Cleene-Schlucht gebaut.«

»Na, das ist ja wirklich eine gute Neuigkeit«, sagte Mr. Joynson. »Wie haben Sie das bloß geschafft?«

»Alles nur eine Frage von Geduld und sanfter Überredungskunst. Minister kommen und gehen, doch schließlich und endlich sehen sie normalerweise ihre Fehler ein.«

»Das bedeutet wohl, daß Sie Dundridge zurückholen«, sagte Mr. Joynson, der zu Schwarzmalerei neigte.

»Kommt nicht in die Tüte«, widersprach Mr. Rees. »Dundridge macht seine Sache prima. Ich blicke seiner dauernden Abwesenheit mit Freuden entgegen.«

*

Dundridge nahm die Neuigkeit mit gemischten Gefühlen auf. Einerseits war das eine einmalige Gelegenheit, diesem Miststück Lady Maud einen Denkzettel zu verpassen. Andererseits machte er sich Sorgen, weil er von Sir Giles Bestechungsgeld angenommen hatte. Er freute sich schon auf Lady Mauds Jammer, wenn sie erführe, daß Haus Handyman nun doch abgerissen würde, aber bei dem Gedanken an die Reaktion ihres Mannes war ihm gar nicht wohl. Seine Sorgen waren unbegründet. Sir Giles, der nicht im Weg stehen wollte, wenn das Ungewitter losbrach, hatte sich vorsichtshalber bereits vor Bekanntgabe der Entscheidung geschäftlich nach London verzogen. Jedenfalls sprach ihm Hoskins Mut zu.

»Wegen Giles brauchen Sie sich keine grauen Haare wachsen zu lassen«, versicherte er Dundridge. »Lady Maud wird Ihnen an den Kragen wollen.« Dundridge wußte genau, was das bedeutete. »Wenn sie anruft, bin ich nicht im Haus«, schärfte er dem Mädchen in der Telefonzentrale ein. »Vergessen Sie das nicht. Für Lady Maud bin ich nie da.«

Während Hoskins sich um die Einzelheiten der neuen Streckenplanung kümmerte und dafür sorgte, daß Ankündigungen von Zwangsenteignungen angeschlagen wurden, verbrachte Dundridge einen Großteil seiner Zeit im Außendienst, was bedeutete, daß er in seinem Apartment saß und nicht ans Telefon ging. Um sich mit irgendwas zu beschäftigen und um seinem Titel »Autobahnkontrolleur für Mittelengland« wenigstens eine gewisse Glaubwürdigkeit zu verleihen, machte er sich an die Planung von Strategien, wie man der Bürgerinitiative gegen die Bauarbeiten, die Lady Maud seiner Meinung nach ganz sicher ins Leben rufen würde, den Wind aus den Segeln nehmen könnte.

»Das Überraschungsmoment ist von ausschlaggebender Bedeutung«, erklärte er Hoskins.

»Das hat sie auf ihrer Seite«, gab Hoskins zu bedenken. Er hatte im Lauf der Zeit die Zwangsräumung zu vieler widerspenstiger Wohnungsinhaber veranlaßt, um sich von Lady Maud einschüchtern zu lassen; außerdem rechnete er damit, daß Sir Giles ihre Anstrengungen unterminierte. »Sie macht uns keine Schwierigkeiten, das werden Sie schon sehen. Wenn es soweit ist, zieht sie aus. Das tun sie alle. Das Gesetz will es so.« Dundridge war nicht überzeugt. Aus persönlicher Erfahrung wußte er, wie wenig Lady Maud sich um Gesetze scherte.

»Es kommt auf rasches Handeln an«, erklärte er.

»Rasch handeln?« sagte Hoskins. »Beim Autobahnbau kann man nicht rasch handeln. Es ist nun mal ein langwieriger Prozeß.«

Dundridge fegte seine Einwände beiseite. »Wir müssen die Schlüsselstellungen angreifen, die Befehlspositionen einnehmen; wir dürfen die Initiative nicht aus der Hand geben«, schloß er wichtigtuerisch.

Hoskins sah ihn zweifelnd an. Seine militärische Ausdrucksweise war er nicht gewohnt. »Schauen Sie, alter Junge, ich kenne Ihre Gefühle und so weiter, aber...«

»Das tun Sie nicht«, widersprach Dundridge heftig.

»Aber eigentlich wollte ich sagen, daß es gar nicht nötig ist, irgendwas Kompliziertes anzuleiern. Lassen Sie den Dingen nur ihren natürlichen Lauf, und Sie werden merken, daß die Leute sich daran gewöhnen. Es ist verblüffend, wie anpassungsfähig die Menschen sind.«

»Genau das macht mir Sorgen«, sagte Dundridge. »Also, im wesentlichen beruht mein Plan auf willkürlichen Ausfällen.«

»Willkürliche Ausfälle?« sagte Hoskins. »Womit denn, um alles in der Welt?«

»Planierraupen«, antwortete Dundridge und breitete eine Karte des Bezirks aus.

»Planierraupen? Sie können doch nicht Planierraupen durch die Gegend gurken und willkürliche Ausfälle durchführen lassen«, sagte der inzwischen gründlich beunruhigte Hoskins. »Gegen was zum Teufel sollen sie denn willkürlich ausfallend werden?«

»Gegen strategisch wichtige Gebiete«, sagte Dundridge, »Fernmeldeeinrichtungen. Brückenköpfe.«

»Brückenköpfe? Aber –«

»Meiner Meinung nach«, fuhr Dundridge ungerührt fort, »müssen wir hier mit dem größten Widerstand rechnen.« Er deutete auf die Cleene-Schlucht. »Strategisch gesehen ist dies das entscheidende Gebiet. Wenn wir es einnehmen, haben wir gesiegt.«

»Es einnehmen? Sie können nicht einfach hinfahren und die Cleene-Schlucht einnehmen!« schrie Hoskins. »Der Autobahnbau muß in genau geplanten Phasen vor sich gehen. Bauunternehmer arbeiten nach einem Zeitplan, und an den haben wir uns zu halten.«

»Genau da liegt Ihr Denkfehler«, sagte Dundridge. »Unsere Taktik muß so aussehen, daß wir den Zeitplan gerade dann ändern, wenn der Feind am wenigsten damit rechnet.«

»Aber das ist unmöglich«, beteuerte Hoskins. »Sie können nicht einfach rumlaufen und den Leuten die Häuser zertrümmern, ohne sie rechtzeitig vorzuwarnen.«

»Wer hat denn was von Häuser zertrümmern gesagt?« sagte Dundridge empört. »Ich jedenfalls nicht. Mir schwebt etwas ganz anderes vor. Also, wir werden wie folgt vorgehen...«

Die nächste halbe Stunde lang skizzierte er seine Strategieplanung, und Hoskins hörte zu. Als er geendet hatte, war Hoskins gegen seinen Willen beeindruckt. Er hatte Dundridge sehr zu Unrecht einen Trottel genannt. Auf seine merkwürdige Art war der Mann durchaus begabt.

»Trotzdem, ich hoffe nur, daß es nicht dazu kommen muß«, meinte er schließlich.

»Sie werden schon sehen«, sagte Dundridge, »dieses Ekel wird nicht die Hände in den Schoß legen und uns ohne Gegenwehr eine Autobahn durch ihr widerliches Haus bauen lassen. Sie wird kämpfen bis zum bitteren Ende.«

Hoskins ging nachdenklich in sein Büro. Militärjargon hin oder her, an Dundridges Plan war nichts Illegales. In gewisser Hinsicht war er äußerst raffiniert.

*

Unter dem Vorsitz General Burnetts traf sich das Komitee zur Erhaltung der Cleene-Schlucht im Haus Handyman. Als erste ergriff Lady Maud das Wort.

»Ich beabsichtige, dieses Projekt bis zum bitteren Ende zu bekämpfen«, sagte sie, wie um Dundridges Prophezeihung zu erfüllen. »Ich habe keineswegs die Absicht, mich, nur weil eine Horde dämlicher Bürokraten in London es sich in ihre Holzköpfe gesetzt hat, die Empfehlungen einer ordnungsgemäß durchgeführten Untersuchung zu mißachten, aus meinem Heim jagen zu lassen. So etwas ist ungeheuerlich.«

»Es ist so ungerecht«, sagte Mrs. Bullett-Finch, »besonders nach allem, was Lord Leakham über den Schutz der hiesigen Pflanzen- und Tierwelt gesagt hat. Ich begreife wirklich nicht, warum sie so plötzlich ihre Meinung geändert haben.«

»Meiner Ansicht nach«, sagte General Burnett, »läßt sich das direkt auf Puckeringtons Rücktritt zurückführen. Ich weiß aus erster Quelle, daß die Regierung befürchtete, der neue Kandidat werde die Nachwahl mit Pauken und Trompeten verlieren, falls die Strecke wie geplant durch Ottertown geführt würde.«

»Warum ist Puckerington zurückgetreten?« wollte Miss Percival wissen.

»Gesundheitliche Gründe«, sagte Oberst Chapman. »Er hat ein schwaches Herz.«

Lady Maud sagte nichts. Was sie gerade gehört hatte, erklärte vieles und ließ noch mehr vermuten. Jetzt war ihr klar, weshalb Sir Giles sie so geheimnisvoll angelächelt und so etwas Erwartungsvolles an sich gehabt hatte. Plötzlich kam ihr alles sinnvoll und logisch vor. Sie wußte nun, warum die Möglichkeit eines Tunnels ihn so beunruhigt hatte, warum er auf Ottertown bestanden hatte und über Lord Leakhams

Entscheidung so zufrieden gewesen war. Vor allem erkannte sie zum erstenmal das ganze Ausmaß seines Verrats. Oberst Chapman faßte ihre Gedanken in Zahlen.

»Allerdings spricht wohl eins für diese neue Entwicklung. Ich habe gerüchteweise gehört, daß man uns eine höhere Entschädigung zahlen will«, sagte er. »Es war von zwanzig Prozent die Rede. Damit beläuft sich Ihre Summe, Lady Maud, auf irgend etwas um dreihunderttausend Pfund herum.«

Lady Maud saß stocksteif auf ihrem Stuhl. Dreihunderttausend Pfund. Ihr Anteil war das nicht. Das Herrenhaus gehörte Sir Giles; es gehörte ihm, und er hatte es auf die ihm juristisch einzig mögliche Art meistbietend verkauft. Angesichts eins solchen Abgrunds von Verrat fehlten ihr die Worte. Müde schüttelte sie den Kopf und starrte nach draußen, wo Klex den Rasen mähte, während um sie herum die Diskussion weiterlief.

Die Versammlung wurde beendet, ohne daß man eine Entscheidung über den nächsten Schritt gefaßt hätte.

»Die arme alte Maud hat diese furchtbare Geschichte anscheinend ziemlich mitgenommen«, sagte General Burnett zu Mrs. Bullett-Finch auf dem Weg zu ihren Autos. »Sie ist ja vollkommen niedergeschlagen. Schlimme Sache.«

»Sie kann einem wirklich schrecklich leid tun«, pflichtete Mrs. Bullett-Finch bei.

*

Lady Maud sah zu, wie sie abfuhren, und ging dann ins Haus zurück, um nachzudenken. Mit Komitees war jetzt nichts mehr zu retten. Sie würden reden und Resolutionen verabschieden, und wenn die Zeit zum Handeln gekommen wäre, würden sie trotzdem bloß weiterreden. Mit seinem Gerede über Geld hatte Oberst Chapman sich verplappert. Sie würden einem Vergleich zustimmen.

Lady Maud ging ins Arbeitszimmer und schaute sich um. Hier, in seinem Refugium, hatte Giles die ganze Sache ausgebrütet, an diesem Schreibtisch, wo schon ihr Vater und Großvater gesessen hatten, und hier würde auch sie sitzen und nachdenken, bis sie einen Weg gefunden hätte, wie sie die Autobahn aufhalten und ihn vernichten konnte. Für sie gehörte beides untrennbar zusammen. Giles hatte sich die Autobahn ausgedacht, er sollte daran zugrunde gehen. Sie empfand keinerlei Gewissensbisse. Sie war von einem Mann, den sie immer verachtet hatte, reingelegt und betrogen worden. Um das Anwesen und die Familie zu bewahren, hatte sie sich an ihn verkauft, und das Wissen über ihre eigene Schuld gab ihrer Entschlossenheit nur noch mehr Auftrieb. Wenn nötig, würde sie sich jetzt dem Teufel verkaufen, um Giles aufzuhalten. Lady Maud setzte sich hinter den Schreibtisch und starrte zur Inspiration auf die filigranen Muster am silbernen Tintenfaß ihres Großvaters. Es hatte die Form eines Löwenkopfes. Nach einer Stunde fiel ihr die gesuchte Lösung ein. Sie griff zum Telefon und wollte gerade den Hörer abnehmen, als es klingelte. Es war Sir Giles, der aus London anrief.

»Ich wollte dir nur Bescheid geben, daß ich dieses Wochenende nicht nach Hause komme«, sagte er. »Meine Abwesenheit kommt zwar jetzt, wo diese Autobahngeschichte im Gange ist, verdammt ungelegen, ich weiß, aber ich kann wirklich nicht weg.«

»Ist schon in Ordnung«, meinte Lady Maud und täuschte ihre übliche Gleichgültigkeit vor, »wahrscheinlich werde ich auch ohne dich damit fertig.«

»Wie ist denn der letzte Stand?«

»Wir hatten gerade eine Komiteesitzung, um die nächsten Schritte zu besprechen. Wir denken an landesweite Protestveranstaltungen.«

»Genau das, was wir brauchen«, sagte Sir Giles. »Ich gebe mir hier alle erdenkliche Mühe, den Minister dazu zu bringen, daß er die Sache nochmal überdenkt. Mach du nur so weiter wie bisher.« Er legte auf. Lady Maud lächelte grimmig. Sie würde allerdings so weitermachen wie bisher. Und er sollte sich ruhig alle erdenkliche Mühe geben. Sie nahm den Hörer ab und wählte. In den nächsten beiden Stunden sprach sie mit ihrer Bank, dem Chefwärter des Zoos von Whipsnade, dem Wildhüter des Woburn-Großwildparks, den Geschäftsführern von fünf kleinen Privatzoos und einer Spezialfirma für die Errichtung von Zäunen in Birmingham. Anschließend ging sie nach draußen und suchte Klex.

Seit der Nacht, als Dundridge sie besucht hatte, machte sie sich Sorgen wegen Klex' Verhalten. Sich so zu benehmen, sah ihm gar nicht ähnlich, und die Gewehrschüsse hatten sie erschreckt. Inzwischen bereute sie auch, was sie über sein Trinken gesagt hatte. Geholfen hatte es auf jeden Fall nichts. Wenn überhaupt, so war er nun noch häufiger im Royal George anzutreffen, und spätnachts hörte sie ihn einmal in der Schonung singen. »Typisch italienisch«, dachte sie, wobei sie »Wir fahren gegen Engeland« für die *Traviata* hielt. »Wahrscheinlich sehnt er sich nach Neapel.« Doch der durch den Park stolpernde Klex war lediglich betrunken, und wenn er sich überhaupt nach etwas sehnte, dann nach ihrer sittlichen Reinheit, die durch Dundridges Besuch zerstört worden war.

Sie fand ihn, wie erwartet, im Küchengarten. »Klex«, sagte sie, »ich möchte Sie um einen Gefallen bitten.«

»Was?« knurrte Klex mürrisch.

»Kennen Sie den Wandsafe im Arbeitszimmer?« Klex nickte. »Ich will, daß Sie ihn für mich öffnen.«

Klex schüttelte den Kopf und jätete weiter im Zwiebelbeet herum. »Ohne die Kombination geht nichts«, sagt er.

»Hätte ich die Kombination, müßte ich Sie nicht bitten, ihn zu öffnen«, sagte Lady Maud bissig.

Klex zuckte die Achseln. »Wenn ich die Kombination nicht weiß«, sagte er, »wie kann ich ihn dann öffnen?«

»Indem Sie ihn aufsprengen«, sagte Lady Maud. Klex richtete sich auf und sah sie an.

»Aufsprengen?«

»Mit Sprengstoff. Nehmen Sie einen ... wie heißen diese Dinger mit Flammen doch gleich ... Schneisen ...«

»Schneidbrenner«, sagte Klex. »Funktioniert nicht.«

»Wie Sie es machen, ist mir egal. Von mir aus dürfen Sie ihn aus der Wand reißen und vom Dach schmeißen, aber ich will den Safe offen haben. Ich muß wissen, was drin ist.«

Klex schob seinen Hut in den Nacken und kratzte sich am Kopf. Da sprach eine neue Lady Maud. »Warum fragen Sie ihn nicht nach der Kombination?«

»Ihn?« sagte Lady Maud verächtlich. »Weil ich nicht will, daß er es erfährt, darum.«

»Wenn wir ihn aufsprengen, wird er's erfahren«, gab Klex zu bedenken. Lady Maud überlegte kurz. »Dann können wir immer noch sagen, es seien Einbrecher gewesen«, meinte sie schließlich.

Klex dachte über Sinn und Folgen dieser Bemerkung nach und beschloß, daß sie ihm gefielen. »Ja, das könnten wir. Sehen wir uns das Ding mal an.«

Sie gingen ins Haus, stellten sich in das Arbeitszimmer und musterten den Safe, der hinter einigen Büchern in die Wand eingelassen worden war.

»Schwierig«, sagte Klex. Er ging ins benachbarte Eßzimmer und sah sich die Wand von der anderen Seite an. »Dabei wird allerhand beschädigt«, sagte er, als er zurückkam.

»Beschädigen Sie ruhig, was Sie beschädigen müssen. Wenn wir nichts unternehmen, wird das Haus abgerissen. Was macht es schon aus, wenn wir es jetzt ein wenig demolieren? Das läßt sich alles reparieren.«

»Aha«, sagte Klex, der langsam begriff. »Dann nehme ich einen Vorschlaghammer.« Er ging in den Werkstattschuppen im Garten und kam mit einem Vorschlaghammer, einem Stemmeisen und einer Brechstange wieder.

»Sind Sie ganz sicher?« fragte er. Lady Maud nickte. Klex schwang den Vorschlaghammer gegen die Eßzimmerwand. Eine halbe Stunde später war der Safe aus der Wand gelöst. Sie trugen ihn gemeinsam ins Freie und legten ihn in der Auffahrt ab. Er war ziemlich klein. Klex drehte spielerisch am Knopf herum und dachte nach, was als nächstes zu tun sei.

»Wir brauchen einen hochbrisanten Sprengstoff«, sagte er. »Dynamit würde genügen.«

»Wir haben aber kein Dynamit«, gab Lady Maud zu bedenken, »und man kann nicht einfach in einen Laden gehen und welches kaufen. Könnten Sie kein Loch reinbohren und den Inhalt mit einem Draht rausangeln?«

»Zu dick, und der Stahl ist zu hart«, sagte Klex. »Das ist wie die Panzerung an einem Panzer.« Er hielt inne. Wie ein Panzer. In dem Waffenlager, das er während des Krieges angelegt hatte, befand sich irgendwo ein Raketenwerfer. Er lag in einer länglichen Holzkiste mit der Aufschrift APIG, Anti-Panzer Infanteriegeschoß. Wo hatte er die doch gleich vergraben?

17

Als die Dämmerung über die Cleene-Schlucht hereinbrach, trat Klex mit einem Spaten in der Hand aus dem Pförtnerhaus. Er hatte zu Abend gegessen – Würstchen mit Kartoffelbrei – und war angenehm satt. Vor allem war er glücklich. Als er an der Parkmauer entlang nach Westen ging und genau die Stelle fand, wo er als Kriegsgefangener hinübergeklettert war, befiel ihn eine jungenhafte Aufregung. Das Stück Eisenzaun, das er an die Mauer gelehnt und als Kletterhilfe benutzt hatte, war immer noch da und rostete in einer mit Brennesseln bewachsenen Ecke vor sich hin. Klex zog es heraus, lehnte es an die Mauer und kletterte hoch. Zwar war der Stacheldraht verschwunden, doch als er rittlings auf der Mauer saß und dann auf die andere Seite sprang, verspürte er das gleiche Freiheitsgefühl wie Nacht für Nacht vor über dreißig Jahren. Nicht daß ihm das Lagerleben mißfallen hatte; er hatte sich freier gefühlt als je zuvor. Sich nachts davonzuschleichen und allein durch die Wälder zu streifen, bedeutete, dem Waisenhaus in Dresden und all den kleinlichen Beschränkungen seiner Kindheit zu entfliehen. Dadurch hatte er der Obrigkeit ein Schnippchen geschlagen und zu sich selbst gefunden.

Als er sich nun durch das Farngestrüpp kämpfte und zwischen den Bäumen bergauf kletterte, war es genauso. Wieder tat er das Verbotene, und er genoß es. Nach einem knappen Kilometer immer den Hügel hinauf kam er an eine Lichtung. Hier mußte man sich links halten. Klex hielt sich links, folgte seinem alten Instinkt so sicher, als befände er sich auf einem Pfad, und kam im Licht der untergehenden Sonne hinter einem Steinhügel heraus, der früher einmal ein kleines Landhaus gewesen war. Dort ging er wieder den Hügel hinauf bis zu dem Baum, den er gesucht hatte. Es war eine große alte Eiche. Klex ging um den Stamm herum und fand die Kerbe, die er in die Rinde geritzt hatte. Dort ging er, seine Schritte zählend, vom Baum weg. Dann zog er sich die Jacke aus und fing an zu graben. Eine Stunde brauchte er, um auf das Waffenlager zu stoßen, aber sein Gedächtnis hatte ihn nicht im Stich gelassen. Er zog eine Kiste heraus, deren Deckel er mit einem Hammer aufbrach. Drinnen lag ein in Öltuch gewickelter, eingefetteter Granatwerfer. Er zerrte noch eine Kiste ans Licht – Granaten. Schließlich fand er, wonach er suchte: die lange Kiste und die Kartons mit den panzerbrechenden Raketen. Er setzte sich auf die Kiste und überlegte, was zu tun sei. Eigentlich konnte er ja bloß die Raketen verwenden. Er brauchte lediglich eine Schnur an die Stabilisierungsflosse zu binden und das Ding von oben auf den Safe fallen zu lassen. Das würde seinen Zweck genauso gut erfüllen, wie wenn er eine Rakete auf den Safe abfeuerte.

Da er andererseits schon mal hier war, konnte er das APIG ruhig mit nach Hause nehmen und reinigen. Es gab bestimmt ein interessantes Souvenir ab. Den Granatwerfer und die Kartons mit den Granaten legte Klex wieder in das Loch und schüttete es zu. Dann machte er sich mit der langen Kiste auf den Heimweg. Sie war sehr schwer, und er mußte öfter anhalten und ausruhen. Als er beim Pförtnerhaus ankam, war es dunkel. Er wuchtete die Kiste in sein Zimmer und ging noch einmal weg, um die Raketen zu holen, die er nicht in sein Zimmer trug, sondern draußen im Gras liegen ließ. Er hatte keine Lust, neben dreißig Jahre alten Raketen zu schlafen.

Am Morgen stand er früh auf und machte sich in der Schlucht zu schaffen. Er brachte den Safe mit einer Schubkarre hinunter und stellte ihn hochkant am Fuß eines Felsens auf. Dann band er eine lange Schnur um den Drehknopf des Kombinationsschlosses und stieg mit dem Ende auf den Felsen, wo er es an einem überhängenden Ast befestigte, so daß die Schnur nun etwa fünfzehn Meter tief direkt bis zum Safe führte. Schließlich griff er sich zwei der mit Stabilisierungsflossen versehenen Projektile und band ein kurzes Stück Schnur an die Flosse des einen. An dem anderen Schnurende befestigte er einen Ring, band die lange Schnur los, steckte sie durch den Ring und knotete sie anschließend wieder an den Ast. Dann legte er sich auf den Felsen und entfernte die Schutzkappe vom Sprengzünder an der Raketennase. Klex warf einen Blick über den Felsrand. Direkt unter ihm stand der Safe. Er streckte die Hand mit der APIG-Bombe aus, ließ los und sah zu, wie sie an der Schnur hinunterstürzte. Im nächsten Augenblick blitzte und krachte es. Als Klex die Augen schloß und den Kopf zurückzog, sauste auch schon etwas an ihm vorbei hoch in die Luft. Er sah nach oben. Die Raketenflosse erreichte ihren Scheitelpunkt, beschrieb eine Kurve und landete hinter ihm auf der Straße. Er erhob sich und ging zum Safe hinunter. Die Bombe hatte das Kombinationsschloß zwar verfehlt, aber dennoch ganze Arbeit geleistet und ein bleistiftgroßes Loch in die Vorderseite des Safes gesprengt. Die Tür war offen.

Lady Maud frühstückte gerade, als sie die Detonation vernahm. Einen Moment lang dachte sie, Klex sei auf Kaninchenjagd; doch der Explosion folgten eine Erschütterung und ein Echo, die auf etwas Heftigeres als einen Gewehrschuß hindeuteten. Sie ging nach draußen und sah, daß Klex auf der anderen Seite des Flusses den Felsenweg herunterkam. Natürlich – der Safe. Er hatte geschworen, er würde ihn aufsprengen, und jetzt war es passiert. Sie rannte quer über den Rasen, durch die Schonung und über die Fußgängerbrücke.

Sie kam bei Klex an, als der sich gerade über den Safe beugte.

»Haben Sie es geschafft?« fragte sie.

»Ja, er ist offen«, sagte Klex, »aber viel ist nicht drin.«

Das sah Lady Maud auch. Der Safe war innen viel kleiner, als sie erwartet hatte, und schien lauter verbrannte, angekohlte und zerrissene Papierfetzen zu enthalten. Sie nahm einen heraus, der sich als Teil eines ehemaligen Fotos entpuppte. Sie hielt das Fragment in die Höhe und sah es sich genauer an: offenbar die Beine eines nackten Mannes. Sie griff wieder in den Safe und nahm noch ein Teil heraus, diesmal einen Arm, einen nackten Arm, und etwas, das wie eine Frauenbrust aussah. Sie schaute noch einmal in den Safe, der aber außer den Fotofetzen nichts enthielt.

»Ich hole mal eben einen Umschlag«, sagte Lady Maud. »Nichts anfassen, bis ich wieder da bin.« Nachdenklich ging sie zurück zum Herrenhaus, während Klex die unbenutzte APIG-Bombe vom Felsen herunterholte. Nun wußte er wenigstens, daß sie funktionierten. »Wer weiß, wozu die nochmal gut sind«, sagte er sich und trug sie zum Pförtnerhaus zurück.

Eine Stunde später lag der Safe am Fuß des Felsens unter ein paar Sträuchern vergraben, und Klex hatte sich wieder in den Küchengarten verzogen. Im Arbeitszimmer saß Lady Maud am Schreibtisch, betrachtete die Überreste der Fotos und versuchte herauszufinden, welche Körperteile zueinanderpaßten – eine schwierige und nicht sehr erbauliche Aufgabe. Um sie ordentlich zusammenzusetzen, waren die Fotos zu verkohlt und zerrissen; außerdem hatte die Wucht der Explosion zur Enthauptung der an diesen – wie selbst das vorliegende magere Beweismaterial zu belegen schien – widernatürlichen Akten Beteiligten geführt. Mager war übrigens das richtige Wort, wenigstens was den Mann betraf. Damit schied Sir Giles aus; wirklich schade. Den einen oder anderen fotografischen Beleg für seine obszönen Angewohnheiten hätte sie gut gebrauchen können. Sie griff nach einem weiteren Fetzen und wollte gerade die passende Stelle im Puzzle suchen, als ihr einfiel, wo sie diese mageren Beine und diese blassen Füße schon mal gesehen hatte. Aber natürlich: Über den Marmorfußboden der Eingangshalle huschend. Sie warf noch einen Blick auf das Beinteil und den Arm. Gar kein Zweifel möglich. Dundridge. Dundridge, wie er sich ... Es war ungeheuerlich. Als sie gerade überlegte, was diese unglaubliche Vorstellung bedeutete, klingelte es an der Haustür. Sie ging nach vorn und öffnete die Tür. Es war der Geschäftsführer der Firma, die Hochsicherheitszäune errichtete.

»Ah, gut«, sagte Lady Maud. »Lassen sie uns gleich zum Geschäftlichen kommen. Ich werde Ihnen genau zeigen, was mir vorschwebt.« Sie gingen ins Billardzimmer, und Lady Maud breitete eine Landkarte des Grundstücks aus. »Ich eröffne einen Großwildpark«, erklärte sie. »Ich möchte, daß der gesamte Park eingezäunt wird. Die Umzäunung muß für alle Tiere, die es gibt, absolut sicher und undurchdringlich sein.«

»Aber ich habe gehört...«, meinte der Geschäftsmann.

»Was Sie gehört haben, interessiert mich nicht«, sagte Lady Maud. »Hören Sie jetzt mal gut zu: Ich eröffne in drei Wochen einen Großwildpark.«

»In drei Wochen? Nicht zu machen.«

Lady Maud faltete die Karte zusammen. »Wenn das so ist, bekommt jemand anderer den Auftrag«, sagte sie. »Ein leistungsfähiges Unternehmen, das in der Lage ist, einen geeigneten Zaun...«

»Sie werden keine Firma finden, die das in drei Wochen macht«, sagte der Geschäftsführer. »Es sei denn, Sie zahlen ein Vermögen.

»Ich bin bereit, ein Vermögen zu zahlen«, sagte Lady Maud.

Der Experte sah sie an und rieb sich das Kinn. »Drei Wochen?« fragte er.

»Drei Wochen«, bestätigte Lady Maud.

Er zückte ein Notizbuch und rechnete. »Betrachten Sie das lediglich als grobe Schätzung«, sagte er schließlich, »aber ich würde sagen, irgendwo in der Gegend von fünfundzwanzigtausend Pfund.«

»Sagen wir dreißig, dann haben wir's hinter uns«, schlug Lady Maud vor. »Dreißigtausend Pfund, wenn der Zaun in drei Wochen steht, von heute an gerechnet, einen Bonus von tausend pro Tag für jeden Tag unter drei Wochen, sowie eine

Vertragsstrafe von zweitausend Pfund für jeden Tag über drei Wochen.«

Der Geschäftsführer glotzte sie mit offenem Mund an. »Sie müssen ja wissen, was Sie da machen«, murmelte er.

»Ich weiß ganz genau, was ich mache, verbindlichen Dank«, entgegnete Lady Maud. »Hinzu kommt, daß Sie Tag und Nacht arbeiten werden. Nachts schaffen Sie Ihre Materialien her. Ich will nicht, daß tagsüber Laster ankommen, und Sie bringen Ihre Männer hier unter. Die Räumlichkeiten stelle ich zur Verfügung, Sie sorgen für Betten und Verpflegung. Die ganze Operation muß streng geheim abgewickelt werden.«

»Sie gestatten«, sagte der Geschäftsführer und setzte sich auf einen Stuhl. Lady Maud nahm ihm gegenüber Platz.

»Also?«

»Ich weiß nicht recht«, sagte der Zaunexperte. »Machbar *ist* es zwar…«

»Und es wird gemacht«, versicherte ihm Lady Maud, »entweder von Ihnen oder von jemand anderem.«

»Ihnen ist doch klar, daß die Kosten auf siebenunddreißigtausend Pfund steigen, falls wir den Auftrag in vierzehn Tagen schaffen.«

»Es wäre mir ein Vergnügen. Und wenn sie in einer Woche fertig wären, würde ich liebend gern zweiundvierzigtausend Pfund auf den Tisch blättern«, sagte sie. »Sind wir uns einig?« Der Geschäftsführer nickte. »Gut, dann stelle ich Ihnen sofort einen Scheck über zehntausend und zwei auf später datierte Schecks über den gleichen Betrag aus. Als Zeichen meiner Vertrauenswürdigkeit wird das wohl ausreichen, denke ich.« Sie ging ins Arbeitszimmer und schrieb die Schecks aus. »Ich erwarte, daß noch heute nacht Baumaterialien angeliefert und die Arbeiten unverzüglich aufgenommen werden. Sie können den Vertrag morgen zur Unterschrift vorbeibringen.«

Erschüttert verließ der Geschäftsführer das Haus und stieg in seinen Wagen. »Reif für die Klapse, überreif«, murmelte er, als er die Auffahrt hinunterfuhr.

Lady Maud ging zurück ins Arbeitszimmer und setzte sich. Es kostete mehr, als sie geahnt hatte, war aber jeden Penny wert. Und dann waren da noch die Kosten für die Tiere. Löwen gab es nicht im Sonderangebot, und ein Nashorn schon gar nicht. Außerdem waren da noch diese rätselhaften Fotos. Was hatten obszöne Aufnahmen von Mr. Dundridge in Giles' Safe zu suchen? Sie stand auf, ging in den Garten und flanierte den Weg neben der Mauer zum Küchengarten auf und ab. Und plötzlich ging ihr ein Licht auf. Nun wurde alles klar, vor allem der Grund für Dundridges Sinnesänderung, was den Tunnel betraf. Der miese kleine Mann war erpreßt worden. Tja, da konnten zwei Spieler mitreizen. Weiß Gott, das konnten sie. Sie ging durch das Tor in den Küchengarten.

»Hat mein Mann je eine Frau in London angerufen?« fragte sie Klex.

»Seine Sekretärin«, sagte Klex. Lady Maud schüttelte den Kopf. Sir Giles' Sekretärin gehörte nicht zu der Sorte Frauen, die sich mit dem Vorschlag anfreundeten, ihren Arbeitgeber an ein Bettgestell zu fesseln und durchzuprügeln; außerdem war sie glücklich verheiratet.

»Sonst keine?«

»Nein.«

»Hat er bei seinen Telefonaten je eine Frau erwähnt?«

Klex strapazierte sein Gedächtnis. »Nein, ich glaube nicht.«

»Wenn das so ist, Klex«, sagte sie, »fahren Sie und ich morgen nach London.«

Klex starrte sie erstaunt an. »Nach London?« Er war noch nie in London gewesen.

»Nach London. Wir werden ein paar Tage unterwegs sein.«

»Was soll ich denn anziehen?« wollte Klex wissen.

»Einen Anzug natürlich.«

»Ich hab' keinen«, sagte Klex.

»Na, dann fahren wir am besten nach Worford und kaufen Ihnen einen«, sagte Lady Maud. »Und wenn wir schon mal dabei sind, können wir auch noch eine Kamera kaufen. In zehn Minuten geht's los.«

Sie ging wieder ins Haus, steckte die Fotos in einen Umschlag und versteckte ihn im Bücherregal hinter ein paar Wälzern. Vielleicht war es keine schlechte Idee, Dundridge einen Besuch abzustatten, wenn sie schon mal in Worford war.

18

Doch Dundridge war in Worford unauffindbar. »Er ist weg«, sagte das Mädchen im Regionalen Planungsamt.

»Wohin?« fragte Lady Maud.

»Er besichtigt die Baustelle«, sagte das Mädchen.

»Na, wenn er zurückkommt, sagen Sie ihm doch freundlicherweise, ich hätte einige Stellen, die er ebenfalls besichtigen sollte, wenn's recht ist.«

Das Mädchen sah sie an. »Ich weiß absolut nicht, was Sie meinen«, sagte sie boshaft. Lady Maud unterdrückte ihr Bedürfnis, dem Flittchen ganz genau darzulegen, was sie meinte.

»Sagen Sie Mr. Dundridge, ich besitze eine Reihe von Fotos, an denen er meiner Meinung nach ganz besonders interessiert sein wird. Schreiben Sie das besser auf, ehe Sie's vergessen. Sagen Sie ihm das. Er weiß, wo er mich findet.«

Sie ging zurück zum Herrenausstatter, wo Klex gerade einen lachsrosa Tweedanzug anprobierte. »Wenn Sie glauben, daß ich mich mit Ihnen in diesem abstoßenden Artikel der Herrenoberbekleidung in London sehen lasse, sind Sie schief gewickelt«, schnaubte sie verächtlich. Sie musterte eine Reihe weniger auffälliger Anzüge und entschied sich schließlich für einen mit Nadelstreifen. »Der tut's auch.« Als sie das Geschäft verließen, war Klex neu eingekleidet, komplett mit Hemden, Strümpfen, Unterwäsche und Krawatten. Sie machten in einem Schuhgeschäft halt und erstanden ein Paar schwarze Schuhe.

»Jetzt fehlt uns nur noch eine Kamera«, stellte Lady Maud

fest, als sie Klex' neue Kleider hinten im Landrover verstauten. Sie gingen in ein Fotogeschäft.

»Ich möchte eine Kamera mit einem ausgezeichneten Objektiv«, informierte sie den Verkäufer, »die von einem Vollidioten bedient werden kann.«

»Sie brauchen eine automatische Kamera«, sagte der Mann.

»Nein, braucht sie nicht«, widersprach Klex, der sich ärgerte, daß man ihn vor Fremden einen Vollidioten nannte. »Sie meint eine Leica.«

»Eine Leica?« sagte der Verkäufer. »Aber das ist keine Kamera für einen Anfänger. Das ist eine ...«

»Klex«, sagte Lady Maud und nahm ihn mit hinaus auf den Bürgersteig, »wollen Sie damit andeuten, daß Sie vom Fotografieren etwas verstehen?«

»In der Luftwa... vor dem Krieg bin ich als Fotograf ausgebildet worden. Ich war ...«

Lady Maud strahlte ihn an. »Mein Klex«, sagte sie, »Sie sind ein Geschenk des Himmels, ein absolutes Geschenk des Himmels. Kaufen Sie was Sie brauchen, um gute scharfe Fotos zu machen.«

»Wovon?« fragte Klex. Lady Maud zögerte. Tja, früher oder später mußte er es sowieso erfahren. Sie wagte es. »Von ihm im Bett mit einer anderen Frau.«

»Ihm?«

»Ja.«

Jetzt war Klex an der Reihe, sie anzustrahlen. »Wir brauchen Blitzlicht und ein Weitwinkelobjektiv.« Sie gingen wieder in den Laden, den sie mit einer gebrauchten Leica, einem Vergrößerungsgerät, einer Entwicklungswanne, einem elektronischen Blitzlichtgerät und allem übrigen Zubehör verließen. Als sie zum Haus Handyman zurückfuhren, schwebte Klex im siebten Himmel.

*

Dundridge dagegen fand sich in dessen Gegenteil wieder.

Kaum war Lady Maud verschwunden, hatte ihn das Mädchen in der Telefonzentrale angerufen.

»Lady Maud war hier«, teilte sie ihm mit. »Sie hat Ihnen eine Nachricht hinterlassen.«

»Ach ja«, sagte Dundridge. »Sie haben ihr doch hoffentlich nicht gesagt, wo ich bin.«

»Nein, hab' ich nicht«, sagte das Mädchen. »Sie ist eine gräßliche alte Schachtel, nicht wahr? Die würde ich meinem schlimmsten Feind nicht an den Hals wünschen.«

»Das können Sie ruhig laut sagen«, pflichtete ihr Dundridge bei. »Was für eine Nachricht?«

»Sie sagte: ›Sagen Sie Mr. Dundridge, ich besitze eine Reihe von Fotos, an denen er meiner Meinung nach ganz besonders interessiert sein wird.‹ Ich mußte es aufschreiben. Hallo, sind Sie noch dran? Mr. Dundridge. Hallo. Hallo, Mr. Dundridge, sind Sie noch dran?« Aber sie bekam keine Antwort und legte den Hörer auf.

Dundridge saß wie gelähmt in seinem Apartment. Er umklammerte zwar immer noch den Telefonhörer, nahm aber nichts mehr wahr. Alle seine Gedanken konzentrierten sich auf eine schreckliche Tatsache: Lady Maud besaß die abscheulichen Fotos. Sie konnte ihn vernichten, und er konnte nichts dagegen tun. Sie würde damit rausrücken, sobald die Autobahn gebaut wurde, und er konnte jetzt nichts mehr machen. Das verfluchte Miststück hatte die ganze Geschichte in die Wege geleitet – zuerst die Fotos, dann die Bestechung und schließlich den Mordversuch an ihm. Die Frau war wahnsinnig, da gab es keinen Zweifel mehr. Dundridge legte den Hörer auf und dachte verzweifelt über einen Ausweg nach. Er konnte nicht mal zur Polizei gehen. Erstens würde man ihm dort überhaupt nicht glauben. Lady Maud war Friedensrichterin, eine Respektsperson in der Gegend, und was hatte ihm diese Miß Boles erzählt? »Wir kriegen es zu Ohren, wenn du zur Polizei gehst. Wir hatten da den einen oder anderen Kunden.« Außerdem hatte er keinerlei Beweise, daß sie an der Sache beteiligt war. Es gab nur die Aussage des Mädchens im

Planungsamt, und Lady Maud würde behaupten, sie habe lediglich von Fotos des Herrenhauses oder etwas ähnlichem gesprochen. Er brauchte Beweise, doch in erster Linie brauchte er juristischen Rat, einen guten Anwalt.

Er griff sich das Telefonbuch und schlug in den gelben Seiten unter Rechtsanwälten nach. »Ganglion, Turnbull und Shrine.« Dundridge wählte und ließ sich mit Mr. Ganglion verbinden. Mr. Ganglion erwartete ihn am nächsten Tag um zehn Uhr. Den Abend und den größten Teil der Nacht verbrachte Dundridge damit, von Zweifeln und Spannung gepeinigt in seinem Zimmer auf- und abzugehen. Mehrmals griff er zum Telefon, um Lady Maud anzurufen, legte aber immer wieder auf. Er hatte ihr nichts zu sagen, was ihr auch nur im mindesten Eindruck machen würde, und er fürchtete sich vor dem, was sie ihm zu sagen hatte. Der Morgen graute, als er in einen unruhigen Schlaf fiel, und um sieben wachte er fix und fertig auf.

*

Auf dem Handyman-Anwesen schliefen Lady Maud und Klex ebenfalls unruhig: Klex, weil ihn die durch den Torbogen rumpelnden Lastwagen wachhielten, und Lady Maud, weil sie die ganze Operation überwachte und Anweisungen gab, wo sie die Baumaterialien gern gelagert hätte.

»Ihre Leute können in den Unterkünften der Dienstboten schlafen«, erklärte sie dem Geschäftsführer. »Ich verreise für eine Woche. Hier ist der Schlüssel für die Hintertür.«

Als sie in den frühen Morgenstunden endlich zu Bett ging, ähnelte das Anwesen der Handymans einer Großbaustelle. Im Park standen und lagen Betonmischmaschinen, Pfähle, LKWs, Zaundraht, Zementsäcke und Kieshaufen herum, und im Licht von Lampen, die mit Hilfe eines transportablen Generators betrieben wurden, hatten die Bauarbeiten bereits begonnen.

Sie lag im Bett, hörte den Stimmen und dem Rattern der Maschinen zu und war sehr zufrieden. Wenn Geld keine Rolle spielte, ließ sich sogar in England etwas rasch erledigen. »Geld spielt keine Rolle«, dachte sie und lächelte im stillen über diesen merkwürdigen Ausdruck. Nicht mehr lange, und sie würde sich um Geld kümmern müssen. Darüber wollte sie am Morgen nachdenken.

Um sieben war sie schon auf und hatte gefrühstückt. Erfreut bemerkte sie bei einem Blick durchs Küchenfenster, daß schon mehrere Betonpfeiler errichtet worden waren, und daß eine wie ein riesiger Korkenzieher aussehende Maschine Löcher für weitere Pfeiler bohrte. Sie ging ins Arbeitszimmer und sah eine Stunde lang Sir Giles' Aktenschränke durch. Besondere Aufmerksamkeit widmete sie einer Akte mit der Aufschrift Investitionen; sie notierte sich Einzelheiten über seinen Aktienbesitz und aus der Korrespondenz mit seinem Börsenmakler. Dann ging sie sorgfältig seine Privatbriefe durch, fand aber keinerlei Hinweise auf eine Geliebte, die zum Einsatz von Peitschen und Handschellen neigte.

Um neun unterschrieb sie den Vertrag, ging zum Packen in ihr Zimmer und fuhr um zehn mit Klex, der inzwischen seinen Nadelstreifenanzug und einen blauen Schlips mit Punkten trug, im Landrover nach Hereford zum Zug nach London. Zurück blieb ein Arbeitszimmer, in dem der Telefonhörer neben dem Apparat lag. Sir Giles würde nicht im Haus Handyman anrufen können.

*

Dundridge traf pünktlich in der Praxis von Ganglion, Turnbull und Shrine ein, wo er zehn Minuten warten mußte. Er saß in einem Vorzimmer, umklammerte seine Aktentasche und sah sich unglücklich die an den Wänden hängenden Drucke mit Szenen aus der Welt des Sports an. Sie ließen keineswegs auf die weltkluge, moderne Einstellung zum Leben schließen, die für das Verständnis seines speziellen Falles seiner Meinung nach unerläßlich war. Gleiches galt für Mr. Ganglion, der schließlich geruhte, ihn zu empfangen. Er war ein älterer Mann mit goldener Brille, über die hinweg er Dundridge kritisch musterte. Dundridge setzte sich vor den Schreibtisch und überlegte, wie er am besten anfinge.

»Weswegen möchten Sie mich denn konsultieren, Mr. Dundridge?« erkundigte sich Mr. Ganglion. »Wenn es irgend etwas mit der Autobahn zu tun hat, können wir uns nicht darum kümmern, das sollten Sie wohl von vornherein wissen.«

Dundridge schüttelte den Kopf. »Es hat überhaupt nichts mit der Autobahn zu tun, wenigstens nicht direkt«, sagte er. »Die Sache ist die, daß ich erpreßt werde.«

Mr. Ganglion trommelte mit den Fingerspitzen der einen Hand gegen die der anderen. »Erpreßt? So so. Ein ungewöhnliches Verbrechen in dieser Weltgegend. Mir ist nicht erinnerlich, wann wir zum letztenmal einen Erpressungsfall hatten. Es ist ja auch nicht von Bedeutung, möchte ich meinen. Ja, Erpressung. Sie interessieren mich, Mr. Dundridge. Fahren Sie doch fort.«

Dundridge schluckte nervös. Er war nicht hier, damit sich Mr. Ganglion für ihn interessierte, oder wenigstens nicht so, wie dessen Lächeln vermuten ließ. »Es war so«, sagte er. »Ich ging zu einer Party im Golf Club und lernte dort ein Mädchen kennen ...«

»Ein Mädchen, wie?« sagte Mr. Ganglion und rückte seinen Stuhl näher an den Schreibtisch. »Ein attraktives Mädchen, versteht sich.«

»Ja«, sagte Dundridge.

»Und Sie haben sie vermutlich nach Hause begleitet«, sagte Mr. Ganglion, in dessen Augen inzwischen ungeheucheltes Interesse glomm.

»Nein«, sagte Dundridge. »Wenigstens glaube ich das nicht.«

»Sie glauben es nicht?« fragte Mr. Ganglion. »Aber Sie müssen doch wissen, was Sie getan haben?«

»Das ist es ja gerade«, sagte Dundridge, »ich weiß eben nicht, was ich getan habe.« Er schwieg. Natürlich wußte er, was er getan hatte. Was seine Handlungen betraf, sprachen die Fotos Bände. »Nun ja, genaugenommen... weiß ich schon, was ich tat...«

»Ja«, meinte Mr. Ganglion aufmunternd.

»Das Problem ist, daß ich nicht weiß, wo ich es getan habe.«

»Vielleicht in einem Kornfeld?«

Dundridge schüttelte den Kopf. »Nicht in einem Kornfeld.«

»Auf dem Rücksitz eines Autos?«

»Nein«, sagte Dundridge. »Der Haken dabei ist, daß ich bewußtlos war.«

»Was Sie nicht sagen! Sehr ungewöhnlich. Bewußtlos?«

»Sehen Sie, ehe wir gingen, trank ich einen Campari. Er schmeckte bitter, aber das tut Campari eben, nicht wahr?«

»Ich habe keine Ahnung, wie Campari schmeckt«, sagte Mr. Ganglion, »aber ich glaube es Ihnen.«

»Sehr bitter«, sagte Dundridge, »und dann stiegen wir in den Wagen, und an mehr kann ich mich nicht erinnern.«

»Wirklich sehr schade«, sagte Mr. Ganglion, offensichtlich enttäuscht, daß ihm dadurch die intimeren Einzelheiten dieser Begegnung entgingen.

»Danach weiß ich erst wieder, daß ich in meinem Wagen auf einem Rastplatz saß.«

»Auf einem Rastplatz. Sicher der ideale Ort zur Erholung. Und was passierte dann?«

Dundridge rutschte nervös auf seinem Stuhl herum. Nun waren sie an dem Punkt angelangt, vor dem er sich gefürchtet hatte. »Ich erhielt einige Fotos.«

Mr. Ganlions erlahmtes Interesse lebte sofort wieder auf. »Ach ja? Großartig. Fotos, was Sie nicht sagen.«

»Und eine Forderung von tausend Pfund.«

»Eintausend Pfund? Haben Sie die gezahlt?«

»Nein«, sagte Dundridge. »Nein, hab' ich nicht.«

»Wollen Sie damit sagen, sie waren den Preis nicht wert?«

Dundridge biß sich auf die Lippen. »Ich weiß wirklich nicht, was sie wert sind«, murmelte er verbittert.

»Dann haben Sie sie also noch«, stellte Mr. Ganglion fest. »Gut, sehr gut. Ich werde Ihnen gleich verraten, was ich davon halte.«

»Ich würde sie lieber...«, fing Dundridge an, aber Mr. Ganglion bestand darauf.

»Das Beweismaterial«, sagte er, »wir wollen uns mal die Beweise für die in Frage stehende Erpressung anschauen. Äußerst wichtig.«

»Es sind scheußliche Bilder«, sagte Dundridge.

»Das will ich wohl meinen«, sagte Mr. Ganglion. »Für tausend Pfund müssen sie wirklich abstoßend sein.«

»Das sind sie«, sagte Dundridge. Durch Mr. Ganglions tolerante Einstellung ermutigt, öffnete er seine Aktentasche und entnahm ihr den Umschlag. »Sie dürfen nicht vergessen, daß ich zu dem Zeitpunkt bewußtlos war.«

Mr. Ganglion nickte verständnisvoll. »Natürlich, mein Lieber, natürlich.« Er griff nach dem Umschlag und öffnete ihn. »Ach du lieber Gott«, murmelte er, als er das erste sah. Dundridge wand sich auf seinem Stuhl, starrte zur Zimmerdecke und hörte zu, wie Mr. Ganglion, der die Fotos durchblätterte, vor lauter Ekel und Erstaunen ekstatisch vor sich hin grunzte.

»Nun?« fragte er, als Mr. Ganglion sich erschöpft in seinen Stuhl zurücklehnte. Der Anwalt stierte ihn ungläubig an.

»Tausend Pfund? Mehr haben sie wirklich nicht verlangt?« fragte er. Dundridge nickte. »Tja, dazu kann ich nur sagen, daß Sie verdammt billig davongekommen sind.«

»Aber ich habe gar nicht gezahlt«, erinnerte ihn Dundridge. Mr. Ganglion stierte ihn an.

»Nicht gezahlt? Wollen Sie mir vielleicht erzählen, Sie haben sich vor läppischen tausend Pfund gedrückt, nachdem Sie...« Da ihm die Worte fehlten, brach er ab, seinen Finger zitternd über einem besonders anstößigen Foto erhoben.

»Es ging nicht«, sagte Dundridge und hatte das Gefühl, ihm werde übel mitgespielt.

»Ging nicht?«

»Sie haben sich nicht wieder gemeldet. Ich bekam einen Anruf und warte seither auf den nächsten.«

»Verstehe«, sagte Mr. Ganglion und warf noch einen Blick auf das Foto. »Und Sie haben keine Ahnung, wer diese bemerkenswerte Frau ist?«

»Nicht die geringste. Ich bin ihr nur einmal begegnet.«

»Nach allem, was man so sieht, war einmal wohl genug«, sagte Mr. Ganglion. »Und keine Anrufe mehr, keine Briefe?«

»Bis gestern abend«, antwortete Dundridge. »Da erhielt ich eine Nachricht von der Telefonistin des Regionalen Planungsamts.«

»Die Telefonistin des Regionalen Planungsamts«, wiederholte Mr. Ganglion und griff erwartungsvoll nach einem Bleistift. »Und die heißt?«

»Sie hat nichts damit zu tun«, sagte Dundridge, »sie rief nur an, um mir eine Nachricht auszurichten. Und zwar, Lady Maud Lynchwood sei vorbeigekommen, um mir mitzuteilen, sie habe einige Fotos, die für mich besonders interessant seien...« Er hielt inne. Mr. Ganglion hatte sich halb von seinem Sitz erhoben und starrte ihn wütend an.

»Lady Maud?« brüllte er. »Sie kommen hierher mit den abscheulichsten Fotos, die mir je zu Augen gekommen sind, und dann haben Sie die Unverfrorenheit und erzählen mir, Lady Maud habe damit irgend etwas zu schaffen! Mein Gott, Sir, ich hätte nicht übel Lust, Sie mit der Reitpeitsche zu züchtigen. Lady Maud Lynchwood ist eine unserer angesehensten Klienten, eine liebe, entzückende Dame, eine überaus tugendhafte Frau, sie gehört zu einer der besten Familien...« Sprachlos sank er auf seinen Stuhl zurück.

»Aber –«, fing Dundridge an.

»Ersparen Sie mir Ihr Wenn und Aber«, sagte Mr. Ganglion zitternd vor Wut. »Verlassen Sie sofort mein Büro. Wenn ich noch ein Wort von Ihnen höre, Sir, werde ich sofort eine Verleumdungsklage gegen Sie in die Wege leiten. Haben Sie mich verstanden? Noch ein einziges Wort hier oder sonstwo. Wenn mir auch nur noch das geringste Gerede von Ihnen zu Ohren kommt, zögere ich nicht länger, haben Sie mich verstanden?«

Als Dundridge die Treppe hinunter und auf die Straße flitzte, die Aktentasche an sich gepreßt, hörte er ihn immer noch wettern. Erst zu Hause in seinem Apartment fiel ihm auf, daß er seine Fotos auf Mr. Ganglions Schreibtisch liegengelassen hatte. Seinetwegen konnten sie da bleiben. Er würde jedenfalls nicht zurückfahren und sich die scheußlichen Dinger holen.

In der Kanzlei beruhigte sich Mr. Ganglion wieder. Vor ihm auf dem Schreibtisch lagen Dundridge und die maskierte Frau und vollführten in zweidimensionaler Erstarrung ihre Verrenkungen. Mr. Ganglion rückte seine Zweistärkenbrille zurecht und musterte sie interessiert. Dann legte er die Fotos in den Umschlag und den Umschlag in seinen Tresor. Bei ihm war der gute Name der Handymans in guten Händen. Andererseits, wenn er es recht bedachte – zutrauen würde er es ihr schon. Bemerkenswerte Frau, diese Maud, außerordentlich bemerkenswert.

*

Als sie in London ankamen, hatte Lady Maud Klex sein neues Betätigungsfeld erklärt.

»Sie werden sich ein Taxi nehmen, vor seiner Wohnung warten, bis er rauskommt, und ihm dann folgen, egal, wohin er fährt. Das gilt besonders für abends, ich will wissen, wo er seine Nächte verbringt. Wenn er in ein Apartmenthaus geht, folgen Sie ihm und notieren sich, in welchem Stock der Fahrstuhl hält. Haben Sie verstanden?« Klex bejahte.

»Unter keinen Umständen darf er Sie sehen.« Sie musterte ihn prüfend. In seinem dunklen Anzug war Klex ohnehin praktisch nicht wiederzuerkennen. Trotzdem, man konnte nicht vorsichtig genug sein. Sie würde ihm im Kaufhaus Harrods noch einen Bowler kaufen. »Wenn Sie ihn in Begleitung einer Frau sehen, folgen Sie ihnen überallhin, und wenn sie sich trennen, folgen Sie der Frau. Wir müssen herausfinden, wer sie ist und wo sie wohnt.«

»Und dann brechen wir ein und fotografieren die beiden?« fragte Klex erwartungsvoll. »Auf gar keinen Fall«, erwiderte Lady Maud. »Haben wir erst herausgefunden, wo die Frau wohnt, planen wir unser weiteres Vorgehen.«

Sie nahmen ein Taxi zu einem Hotel in Kensington, machten unterwegs halt, um für Klex einen Bowler zu kaufen, und am Nachmittag um fünf saß Klex in einem Taxi vor Sir Giles' Wohnung in Victoria.

»Sie werden ja wissen, was Sie tun«, sagte der Taxifahrer nach einer Stunde Wartezeit bei laufendem Taxameter. »Das kostet Sie 'ne Stange Geld.« Klex hatte hundert Pfund in der Tasche und sagte, er wisse, was er tue. Ihm machte es Spaß, den vorbeifahrenden Verkehr zu beobachten und sich die Fußgänger anzuschauen. Er war in London, der Hauptstadt Großbritanniens, im Herzen des ehemals größten Imperiums der Welt, dem Thronsitz all der großen Könige und Königinnen, über die er so viel gelesen hatte; ein Gedanke, bei dem Klex' romantische Ader höher schlug. Was die Sache noch besser machte, er spürte ihn auf – Klex hatte sich noch nie dazu herabgelassen, ihn anders zu nennen –, ihn und seine Geliebte. Nun war er Lady Maud doch noch zu Diensten.

Um neunzehn Uhr verließ Sir Giles das Gebäude und fuhr zum Abendessen in seinen Club. An seinem Hinterrad klebte unerbittlich Klexens Taxi. Um acht trat er aus dem Club und fuhr nach St. John's Wood, Klex' Taxi immer noch hinterher. Er parkte in der Elm Road und ging zu einem Haus; Klex, der ihn aus seinem Taxi beobachtete, bemerkte, daß er den zweiten Klingelknopf drückte. Kaum hatte Sir Giles das Haus betreten, stieg Klex aus, überquerte die Straße und notierte sich den Namen auf dem Klingelschild. Dort stand Mrs. Forthby. Klex ging zurück zu seinem Taxi.

»Mrs. Forthby, Mrs. Forthby«, sagte Lady Maud, als Klex zur Berichterstattung antrat. »Elm Road.« Sie suchte Mrs. Forthby im Telefonbuch heraus. »Das haben Sie wirklich clever angestellt, Klex. Sehr clever, wirklich. Und Sie sagen, er kam nicht wieder raus?«

»Nein. Der Taxifahrer wollte allerdings nicht länger warten. Er sagte, es sei für ihn Zeit zum Abendbrot.«

»Unwichtig. Sie haben sehr gute Arbeit geleistet. Jetzt müssen wir nur noch herausfinden, was für eine Frau sie ist. Ich würde Mrs. Forthby gern ein wenig näher kennenlernen. Ich frage mich, wie ich das wohl anstelle.«

»Ich könnte ihr folgen«, schlug Klex vor.

»Dabei kommt bestimmt nichts heraus«, sagte Lady Maud. »Und wie würden Sie überhaupt erfahren, wem Sie folgen müssen?«

»Sie ist die einzige Frau, die in dem Haus wohnt«, sagte Klex. »Im obersten Stock wohnt ein Mr. Sykes, und ein Mr. Billington im Erdgeschoß.«

»Ausgezeichnet«, sagte Lady Maud. »Sie sind ein aufmerksamer Beobachter. Aber wie könnte ich sie bloß kennenlernen? Man müßte irgendwie ein Treffen arrangieren.«

»Ich könnte«, sagte Klex und verfiel in Sir Giles' Stimme, »sie anrufen und so tun, als sei ich er, und ihr vorschlagen, mich irgendwo zu treffen...«

Lady Maud starrte ihn verblüfft an. »Natürlich. O Klex, was würde ich nur ohne Sie anfangen?« Klex errötete. »Aber nein, so funktioniert es auch nicht«, fuhr Lady Maud fort. »Sie würde es ihm sagen. Ich muß mir was anderes einfallen lassen.«

Klex ging in sein Zimmer und legte sich schlafen. Er war zwar müde und sehr hungrig, aber verglichen mit dem Bewußtsein, daß Lady Maud zufrieden mit ihm war, fielen diese kleinen Unbequemlichkeiten überhaupt nicht ins Gewicht. Glücklich und zufrieden schlief er ein.

Das galt auch für Lady Maud, allerdings hatte ihr Glück eher praktische Gründe und beruhte auf der Lösung eines Problems, das ihr Sorgen bereitet hatte: Geld. Der Zaun für den Großwildpark würde mindestens dreißigtausend Pfund kosten, und die Tiere, die sie bestellt hatte, kamen auch auf zwanzigtausend. Fünfzigtausend Pfund für die Rettung des Handymanschen Anwesens waren ein Haufen Geld, und dabei war noch nicht mal raus, ob es funktionieren würde. Wenn es jemand bezahlen sollte, dann Giles, der schließlich für die ganze niederträchtige Angelegenheit verantwortlich zeichnete. Und ihr war eingefallen, wie sie ihm die Kosten aufbürden konnte. Sie würde ihn noch in den Ruin treiben.

*

Am nächsten Morgen saßen sie und Klex am Ende der Elm Road in einem Taxi. Um neun sahen sie, wie Sir Giles aus dem Haus kam. Lady Maud bezahlte den Fahrer und begab sich, mit Klex im Schlepptau, zur Nummer sechs.

»Nicht vergessen, was Sie zu sagen haben«, schärfte ihm Lady Maud noch einmal ein, als sie auf die Klingel drückte. Es summte.

»Wer ist da?« fragte Mrs. Forthby.

»Ich bin's. Ich habe meine Autoschlüssel vergessen«, sagte Klex mit Sir Giles' Stimme.

»Und ich dachte immer, ich wäre die Vergeßlichere von uns beiden«, sagte Mrs. Forthby.

Die Haustür ging auf. Klex und Lady Maud stiegen die Treppe hoch. Mrs. Forthby öffnete ihre Wohnungstür. Sie hatte einen Morgenrock an und ein gelbes Staubtuch in der Hand.

»Guten Morgen«, sagte Lady Maud und ging an ihr vorbei in die Wohnung.

»Aber ich dachte...«, begann Mrs. Forthby.

»Gestatten Sie, daß ich mich vorstelle«, sagte Lady Maud. »Ich bin Lady Maud Lynchwood, und Sie müssen Mrs. Forthby sein.« Sie ergriff Mrs. Forthbys Hand. »Ich habe mich so darauf gefreut, Sie kennenzulernen. Giles hat mir viel von Ihnen erzählt.«

»Oje«, sagte Mrs. Forthby, »wie furchtbar peinlich.« Hinter ihr schloß Klex die Tür. Lady Maud verschaffte sich ein Bild von der Einrichtung und, da sie schon mal dabei war, von Mrs. Forthby, ehe sie in einem Sessel Platz nahm.

»Ein richtiges kleines Liebesnest«, meinte sie schließlich.

Mrs. Forthby stand wie angewachsen vor ihr und knetete das Staubtuch.

»Was für eine schreckliche Situation«, sagte sie, »einfach schrecklich.«

»Papperlapapp. Stimmt doch gar nicht. Und hören Sie auf, das Staubtuch zu malträtieren. Sie machen mich nervös.«

»Verzeihung«, sagte Mrs. Forthby. »Ich habe nur das Gefühl... nun ja... daß ich mich bei Ihnen entschuldigen müßte.«

»Entschuldigen? Wofür denn?« wollte Lady Maud wissen.

»Also... Sie wissen doch...« Mrs. Forthby schüttelte ratlos den Kopf.

»Wenn Sie auch nur für einen Moment annehmen, ich hätte irgendwas gegen Sie, dann irren Sie sich gewaltig. Für mich sind Sie geradezu ein Geschenk des Himmels.«

»Ein Geschenk des Himmels?« murmelte Mrs. Forthby und setzte sich auf ihr Sofa.

»Aber ja«, sagte Lady Maud. »Für mich war mein Mann schon immer ein äußerst widerwärtiger Mensch mit den denkbar abscheulichsten Angewohnheiten. Dafür, daß Sie anscheinend bereit sind – und zwar vermutlich dank Ihrer Herzensgüte –, seine obszönen Bedürfnisse zu befriedigen, stehe ich tief in Ihrer Schuld.«

»Tatsächlich?« sagte Mrs. Forthby, in deren Welt durch diese außergewöhnliche Frau, die es sich in ihrem Sessel bequem gemacht hatte und in ihrer eigenen Wohnung wie zu einem Dienstmädchen mit ihr sprach, das Unterste zuoberst gekehrt wurde.

»Sehr sogar«, fuhr Lady Maud fort. »Und wo findet dieser Unsinn statt? Im Schlafzimmer, nehme ich an.« Mrs. Forthby nickte. »Klex, werfen Sie einen Blick ins Schlafzimmer.«

»Jawohl, Ma'am«, sagte Klex und ging erst durch eine und dann durch die nächste Tür. Mrs. Forthby saß da und starrte wie hypnotisiert Lady Maud an.

»Also, dann wollen wir beide mal ein wenig plaudern«, fuhr Lady Maud fort. »Sie sind anscheinend eine vernünftige

Frau mit einem Kopf auf den Schultern. Wir werden ganz sicher zu einem für beide Seiten vorteilhaften Arrangement kommen.«

»Arrangement?«

»Ganz recht«, sagte Lady Maud, »Arrangement. Sagen Sie, waren Sie schon einmal Nebenbeklagte in einem Scheidungsprozeß?«

»Nein, noch nie«, antwortete Mrs. Forthby.

»Nun, meine Liebe«, informierte sie Lady Maud, »falls Sie sich nicht minutiös und buchstabengetreu so verhalten, wie ich es Ihnen sage, werden Sie sich leider im schmutzigsten Scheidungsprozeß, den dieses Land seit Menschengedenken erlebt hat, als Beteiligte wiederfinden.«

»Ach, du liebe Güte«, wimmerte Mrs. Forthby, »das ist ja fürchterlich. Was würde nur Cedric von mir denken?«

»Cedric?«

»Mein erster Ehemann. Besser gesagt, mein seliger Gatte. Der Arme wäre stinkwütend. Er würde nie wieder ein Wort mit mir wechseln. Er war sehr eigen, müssen Sie wissen. Ärzte müssen so sein.«

»Na, wir wollen doch Cedric nicht weh tun, stimmt's?« sagte Lady Maud. »Wenn Sie machen, was ich sage, besteht dazu auch überhaupt keine Veranlassung. Zuallererst verraten Sie mir, was Sie Giles zuliebe tun müssen.«

»Also...«, fing Mrs. Forthby an, wurde jedoch von Klex unterbrochen, der mit dem Kostüm von Miss Dracula, der grausamen Geliebten, aus dem Schlafzimmer auftauchte.

»Ich habe das gefunden«, verkündete er.

»Oje, wie entsetzlich peinlich«, sagte Mrs. Forthby.

»Nicht halb so peinlich, meine Liebe, wie vor Gericht, wenn wir es als Beweisstück vorlegen. Also los, Einzelheiten.«

Mrs. Forthby erhob sich. »Ich habe alles schriftlich«, sagte sie. »Er schreibt mir alles auf. Sehen Sie, ich bin schrecklich vergeßlich und werfe manchmal etwas durcheinander. Ich hole Ihnen den Spielplan.« Sie marschierte ins Schlafzimmer und kam mit einem Notizbuch in der Hand zurück. »Hier steht alles drin.«

Lady Maud nahm das Buch und las eine Seite. »Und wer waren Sie gestern nacht?« fragte sie schließlich. »Miss Katheter, die prügelnde Krankenpflegerin, oder Schwester Florinda, die nymphomanische Nonne?«

Mrs. Forthby errötete. »Doris, die schulpflichtige Sexbombe«, kicherte sie.

Lady Maud warf ihr einen skeptischen Blick zu. »Mein Mann muß eine wahrhaft erstaunliche Phantasie besitzen«, sagte sie, »aber sein literarischer Stil kommt mir ziemlich beschränkt vor. Was werden Sie heute abend sein?«

»Oh, heute abend kommt er gar nicht. Er muß zu einer geschäftlichen Besprechung nach Plymouth. Übermorgen kommt er wieder her. Dann ist das peitschende Kindermädchen an der Reihe.«

Lady Maud legte das Buch zur Seite. »Also, unser Arrangement sieht wie folgt aus«, sagte sie. »Als Gegenleistung für Ihre Mitarbeit werde ich in eine Scheidung wegen charakterlicher Unvereinbarkeit einwilligen. Ihr Name wird nicht einmal erwähnt werden, und Sir Giles braucht nichts von der Hilfe zu erfahren, die Sie mir gewähren. Ich verlange lediglich, daß Sie Donnerstagabend kurz das Haus verlassen, damit ich ein wenig mit ihm plaudern kann.«

Mrs. Forthby zögerte. »Er wird schrecklich böse werden«, wandte sie ein.

»Auf mich«, versicherte ihr Lady Maud. »Ich kann mir nicht vorstellen, daß er sich über Sie ärgert, wenn ich ihm erstmal den Marsch geblasen habe. Dann gehen ihm andere Dinge im Kopf rum.«

»Sie werden ihm doch nichts antun, nicht wahr?« sagte Mrs. Forthby. »Ich möchte nicht, daß er verletzt wird oder so. Daß er kein besonders netter Mensch ist, weiß ich, aber ich kann ihn eigentlich ganz gut leiden.«

»Ich rühre ihn nicht an«, sagte Lady Maud. »Sie haben mein Ehrenwort, daß ich ihm kein einziges Härchen krümmen werde. Und Ihre Gefühle gereichen Ihnen zur Ehre, das möchte ich betonen.«

Mrs. Forthby fing an zu weinen. »Sie sind sehr nett«, sagte sie.

Lady Maud stand auf. »Ganz und gar nicht«, erklärte sie wahrheitsgemäß. »Und wenn Sie jetzt so freundlich sind und mir den Wohnungsschlüssel geben, schicke ich Mr. Klex los, damit er einen Zweitschlüssel anfertigen läßt.«

Als sie aufbrachen, fühlte Mrs. Forthby sich besser. »Es hat mich wirklich gefreut, Sie kennenzulernen und reinen Tisch zu machen«, bekannte sie. »Dadurch ist mir ein schwerer Stein vom Herzen gefallen. Diese Verstellung ist mir so zuwider.«

»Ganz recht«, sagte Lady Maud. »Leider leben die Männer offenbar in einer Phantasiewelt, und wir als das schwache Geschlecht müssen ihnen nachgeben.«

»Das sage ich mir auch immer«, erklärte Mrs. Forthby. »Felicia, sage ich mir, du findest es vielleicht merkwürdig, aber wenn es ihn glücklich macht, kannst du es dir nicht erlauben, wählerisch zu sein.«

»Sie sprechen mir aus der Seele«, sagte Lady Maud und ging mit Klex nach unten. Sie nahmen ein Taxi und fuhren quer durch London zu Sir Giles' Wohnung in Victoria. Unterwegs weihte Lady Maud Klex in seine neue Aufgabe ein.

19

In Worford machte Dundridge sich Mut. Wenn er es recht bedachte, war der Besuch bei Mr. Ganglion eine gute Idee gewesen. Die Reaktion des alten Herrn war zwar heftig, aber immerhin ehrlich ausgefallen und ließ den Schluß zu, daß der Anwalt viel zu anständig sei, um an dem Erpressungsversuch einer seiner Klientinnen beteiligt zu sein, ganz gleich, wie einflußreich sie auch sein mochte. Mr. Ganglion blieben nun zwei Möglichkeiten: Entweder ließ er Lady Maud wissen, daß Dundridge bei ihm gewesen war und sie der Erpressung bezichtigt hatte, oder – was wahrscheinlicher war – er hielt den Mund, da es gegen sein Berufsethos verstieß, die Angelegenheiten eines Klienten mit einem anderen zu besprechen. In beiden Fällen befand sich Dundridge in einer relativ starken Position. Sprach Ganglion mit Lady Maud, würde sie nicht wagen, ihre Drohung zu wiederholen. Falls er schwieg... Dundridge zog die wahrscheinlichste Konsequenz in Betracht: Sie würde sich wieder bei ihm melden. Er verließ das Haus und kaufte sich einen Kassettenrecorder. Für seinen nächsten Besuch bei Mr. Ganglion wollte er Beweismaterial, handfestes Beweismaterial aufnehmen, daß Lady Maud mit der Sache zu tun hatte. Genauso würde er vorgehen.

Nachdem er sich zu dem Entschluß durchgerungen hatte, ging es ihm besser. Er hatte dieser Kanaille einen Strich durch die Rechnung gemacht. Die Operation Fernverkehr konnte beginnen. Er ging ins Regionale Planungsamt und ließ Hoskins kommen.

»Wir fangen an«, informierte er ihn.

»Natürlich tun wir das«, sagte Hoskins. »In Bunnington ist die Arbeit schon im Gange.«

»Vergessen Sie das«, sagte Dundridge, »ich will, daß eine Spezialeinheit sofort anfängt, in der Schlucht zu arbeiten.«

Hoskins schlug in seinen Planungsunterlagen nach. »Da kommen wir nicht vor Oktober hin.«

»Ich weiß, ich weiß, trotzdem will ich, daß mit der Arbeit dort sofort begonnen wird. Nur mit einer symbolischen Einsatztruppe, Sie verstehen schon.«

»Auf dem Handymanschen Anwesen? Eine symbolische Einsatztruppe?«

»Nicht auf dem Anwesen. In der eigentlichen Schlucht«, sagte Dundridge.

»Aber wir haben den Lynchwoods noch nicht einmal einen Zwangsenteignungsbescheid zugestellt«, wandte Hoskins ein.

»Wenn dem so ist, wird es langsam Zeit. Ich will, daß an Miss Percival, General Burnett und die Lynchwoods umgehend Bescheide abgeschickt werden. Wir müssen sie so schnell wie möglich unter Druck setzen. Haben Sie das verstanden?«

»Verstanden habe ich es zwar«, sagte Hoskins, dem Dundridges autoritäres Verhalten langsam auf die Nerven ging, »aber ehrlich gesagt, verstehe ich nicht, was diese plötzliche Eile soll.«

»Das glaube ich gern«, sagte Dundridge, »aber da ich es anordne, wird es eben gemacht. Für den Eingang zur Schlucht brauchen wir ohnehin keinen Zwangsenteignungsbescheid; das Gelände ist Staatsbesitz. Bringen Sie morgen die Männer dorthin.«

»Und was zum Teufel sollen die Ihrer Meinung nach tun? Das verfluchte Herrenhaus im Schutz der Dunkelheit stürmen?«

»Hoskins«, erwiderte Dundridge, »ich bin Ihren Sarkasmus langsam leid. Sie vergessen anscheinend, daß ich der Autobahnkontrolleur für Mittelengland bin und mein Wort gilt.«

»Meinetwegen«, sagte Hoskins. »Vergessen Sie nur nicht, daß Sie die Suppe auslöffeln müssen, falls irgendwas schiefläuft. Was soll die Spezialeinheit unternehmen?«

Dundridge warf einen Blick auf die Baupläne. »Hier steht, die Felsen müssen weggeräumt und die Schlucht muß verbreitert werden. Damit können sie anfangen.«

»Das bedeutet Sprengungen mit Dynamit«, präzisierte Hoskins.

»Ausgezeichnet«, sagte Dundridge, »das dürfte der alten Schachtel als Warnung dienen, daß wir es ernst meinen.«

»Dafür reicht es garantiert«, meinte Hoskins. »Die wird wie ein geölter Blitz bei uns auf der Matte stehen.«

»Und ich werde sie mit dem größten Vergnügen empfangen«, sagte Dundridge. Der verwirrte Hoskins ging in sein Büro zurück. Je öfter er den Autobahnkontrolleur für Mittelengland erlebte, desto sonderbarer kam er ihm vor.

»Ich hätte nie gedacht, daß er sich gegenüber Lady Maud so auf die Hinterbeine stellen würde«, murmelte er. »Tja, besser er als ich.«

In seinem Büro lächelte Dundridge still vor sich hin. Dynamit. Genau das richtige, um Lady Maud in die von ihm ausgelegte Falle zu locken. Er nahm den Kassettenrecorder aus seiner Aktentasche und probierte ihn aus. Das Ding funktionierte einwandfrei.

*

In Sir Giles' Wohnung in Victoria saßen Lady Maud und Klex an dem Schreibtisch. Vor ihr lagen die Einzelheiten über Sir Giles' Aktienbesitz. Vor Klex befanden sich das Telefon und das Skript für seine Rolle.

»Fertig?« fragte Lady Maud.

»Fertig«, antwortete Klex und wählte.

»Schaeffer, Blodger und Vaizey«, meldete sich die Telefonistin im Büro der Börsenmaklerfirma.

»Mr. Blodger bitte«, sagte Klex.

»Sir Giles Lynchwood für Sie, Mr. Blodger«, hörte Klex das Mädchen sagen.

»Ah, Lynchwood«, sagte Blodger, »guten Morgen.«

»Guten Morgen Blodger«, sagte Klex. »Also, ich möchte, daß Sie folgende Werte so gut wie möglich verkaufen: viertausend President Rand, tausendfünfhundert ICM, zehntausend Rio Pinto, meine gesamten Zink und Kupfer...«

Am anderen Ende der Leitung erklang ein ersticktes Geräusch. Offenbar hatte Mr. Blodger gewisse Schwierigkeiten, mit Sir Giles' Anweisungen einig zu werden. »Lieber Himmel, Lynchwood«, nuschelte er, »fühlen Sie sich auch wohl?«

»Ob ich mich wohl fühle? Was zum Teufel soll das heißen? Natürlich fühle ich mich wohl«, knurrte Klex.

»Es geht bloß darum, daß... nun ja... die Börsenkurse sind zur Zeit im Keller. Sollte man nicht besser warten...«

»Hören Sie, Blodger«, unterbrach ihn Klex. »Ich weiß, was ich tue, und wenn ich sage verkaufen, dann wird verkauft. Und wenn Sie auf meinen Rat hören, dann steigen Sie ebenfalls aus.«

»Glauben Sie wirklich...«, begann Mr. Blodger.

»Glauben?« sagte Klex. »Ich weiß es. Also, sehen Sie zu, was Sie kriegen können, und rufen Sie mich zurück. Ich bin die nächsten zwanzig Minuten hier in der Wohnung.«

»Tja, wenn Sie's so wollen«, sagte Mr. Blodger.

Klex legte auf.

»Brillant, Klex, ausgesprochen brillant. Sogar ich dachte einen Moment lang, ich hörte Giles sprechen«, sagte Lady Maud. »Na, daran dürften die erstmal eine Weile zu knacken haben. Oder sie glauben, die Börse wackelt. Wenn er zurückruft, geben sie ihm die zweite Liste durch.«

*

In den Büroräumen von Schaeffer, Blodger und Vaizey war man konsterniert. Blodger zog Schaeffer zu Rate, und gemeinsam ließen sie Vaizey kommen.

»Entweder ist er durchgedreht, oder er weiß etwas«, rief Blodger. »Allein bei President Rand verliert er achtzigtausend.«

»Was ist mit Rio Pinto?« schrie Schaeffer. »Da ist er bei fünfundzwanzig eingestiegen und verkauft bei zehn.«

»Normalerweise hat er recht«, stellte Vaizey fest. »In all den Jahren, die wir sein Konto führen, hat er sich nicht ein Mal vergriffen.«

»Vergriffen! So wie er sich jetzt vergreift, brauchte er eigentlich zehn Hände, wenn Sie mich fragen.«

»Es sei denn, er weiß etwas«, sagte Vaizey.

Sie sahen sich an. »Er muß etwas wissen«, sagte Schaeffer.

»Wollen Sie ihn sprechen?« fragte Blodger.

Schaeffer schüttelte den Kopf. »Das würde ich nervlich nicht durchstehen«, murmelte er.

Blodger nahm den Hörer ab. »Verbinden Sie mich mit Sir Giles Lynchwood«, befahl er dem Mädchen in der Telefonzentrale. »Nein, wenn ich's recht bedenke, lassen Sie es bleiben. Ich nehme die Außenverbindung.« Er wählte Sir Giles' Nummer.

Zehn Minuten später kam er bleich wie der Tod in Schaeffers Büro gewankt.

»Er macht Ausverkauf«, sagte er und plumpste in einen Sessel.

»Ausverkauf?«

»Stößt alles ab. Die ganze verfluchte Ladung, und zwar heute. Er weiß wirklich was.«

*

»So«, sagte Lady Maud, »das wäre erledigt. Wir sollten besser noch ein bis zwei Stunden hierbleiben, falls sie nochmal anrufen. Jammerschade, daß wir nicht das gleiche mit einigen seiner Grundstücke machen können. Na ja, man soll es auch nicht übertreiben.«

Um zwei Uhr nachmittags rief Blodger noch einmal an und meldete, Sir Giles' Instruktionen seien ausgeführt worden.

»Gut«, sagte Klex. »Überweisen Sie das Geld morgen. Ich fahre heute abend nach Paris. Noch etwas, ich will, daß das Geld auf mein neues Konto bei der Westlands Bank in Worford überwiesen wird.«

*

Am folgenden Nachmittag kehrte Sir Giles gutgelaunt mit dem Auto aus Plymouth zurück. Die Konferenz war erfolgreich verlaufen, und er freute sich auf den Abend mit dem peitschenden Kindermädchen. Er fuhr in seine Wohnung, nahm ein Bad, speiste in einem Restaurant zu Abend, und als er in der Elm Road ankam, war Mrs. Forthby bereits für ihre Rolle eingekleidet.

»Nun denn, du Lümmel«, sagte sie und legte genau die Spur drohendes Wohlwollen in ihre Stimme, die er so schätzte, »raus aus den Klamotten.«

»Nein, nein«, sagte Sir Giles.

»Doch, doch«, sagte die peitschende Kinderschwester.

»Nein, nein.«

»Doch, doch.«

Sir Giles erlag der Verlockung ihrer Schürze. Sie roch nach Kindheit. Der Atem des peitschenden Kindermädchens hingegen deutete auf etwas Reiferes hin, aber von ihrem beharrlichen Wunsch, er solle sich gefälligst benehmen, während sie seine Windel befestige, war Giles zu berauscht, um davon Notiz zu nehmen. Erst als er endgültig zusammengeschnürt war und sie ihm das Babyhäubchen zurechtrückte, fing seine Nase einen Dufthauch ein. Es war Brandy.

»Du hast getrunken«, ließ er sie wissen.

»Doch, doch«, gab Mrs. Forthby zu und stopfte ihm einen Schnuller in den Mund. Sir Giles starrte ungläubig zu ihr hoch. Mrs. Forthby trank nie; die Frau war Abstinenzlerin. Das war einer der Züge, den er an ihr mochte. Sie war preiswert im Unterhalt. Sie mochte zwar vergeßlich sein, aber sie war... Mein Gott, wenn sie schon nüchtern vergeßlich war, was sollte dann im betrunkenen Zustand aus ihr werden? Sir

Giles wand sich auf dem Bett und bemerkte, daß er weit fester geknebelt war, als er erwartet hatte. Das peitschende Kindermädchen hatte sich selbst übertroffen. Er konnte sich kaum bewegen.

»Ich geh' mal kurz runter, 'n paar Fischstäbchen holen«, sagte sie. »Dauert bloß eine Minute.«

Während sie ihre Haube abnahm und einen Mantel über das Kostüm zog, glotzte Sir Giles sie wütend an. Was in Gottes Namen wollte das vermaledeite Weib um diese Nachtzeit mit Fischstäbchen? Eine Minute? Sir Giles kannte ihre Minuten. Wahrscheinlich würde er gefesselt, in Babyklamotten und mit einem Schnuller im Mund bis zum Morgengrauen liegenbleiben, während sie sich auf irgendeinem beschissenen Konzert vergnügte. Sir Giles nagte hektisch am Knebel, doch das verflixte Ding war viel zu fest gezurrt.

»Und sei ein braver Junge, solange ich weg bin«, befahl das peitschende Kindermädchen. »Mach nichts, was ich nicht auch machen würde. Tschü-hüs.«

Sie ging und machte die Tür hinter sich zu. Sir Giles fügte sich in sein Schicksal. Es war sinnlos, jetzt schon nervös zu werden. Solange es ging, konnte er genausogut seine Hilflosigkeit genießen. Er würde wahrscheinlich später noch genug Gelegenheit haben, sich echte Sorgen zu machen. Mit dem zwangsläufig stillen Gebet, daß sie keine Karten für den Ring der Nibelungen bekommen hatte, fand er sich damit ab, den unartigen Knaben zu mimen, und ging gerade so richtig in seiner Rolle auf, als es an der Wohnungstür klingelte. Sir Giles Starre nahm noch extremere Formen an. Sekunden später war er wie gelähmt vor Schreck.

»Ist jemand da?« rief eine Stimme. Sir Giles kannte diese Stimme, die Stimme der Hölle in Person. Es war Lady Maud.

»Tja, der Schlüssel steckt«, hörte er sie sagen, »da können wir genausogut reingehen und warten.«

Sir Giles lag mit rasendem Herzklopfen auf dem Bett. Die Vorstellung, in dieser gräßlichen Lage von Lady Maud entdeckt zu werden, war schlimm genug, aber die Tatsache, daß sie in Begleitung gekommen war, jagte ihm eine Heidenangst ein. Er hörte, wie sie im Nachbarzimmer umhergingen. Hoffentlich blieben sie dort. Was zum Teufel hatte Lady Maud hier überhaupt zu suchen? Wie um alles in der Welt hatte sie das mit Mrs. Forthby herausgefunden? Genau in diesem Augenblick öffnete sich die Tür, und im Rahmen stand Lady Maud.

»Da steckst du also«, sagte sie vergnügt. »Ich habe mir fast gedacht, daß wir dich hier finden. Wie ungemein praktisch.«

Unter seinem rüschenbesetzten Häubchen linste Sir Giles gehässig zu ihr hoch; sein Gesicht hatte die Farbe des Lakens, auf dem er lag, und seine Beine zuckten krampfhaft in der Luft herum. Praktisch! Praktisch! Das verfluchte Weib war total übergeschnappt. Gleich darauf wurde seine Vermutung zur Gewißheit.

»Sie können reinkommen, Klex«, sagte sie, »Giles hat sicher nichts dagegen.« Klex betrat das Zimmer. Er trug eine Kamera mit Blitzlicht.

»Und jetzt laß uns ein wenig plaudern«, sagte Lady Maud.

»Was ist mit den Fotos?« fragte Klex. »Sollten wir die nicht zuerst aufnehmen?«

»Meinen Sie, er sähe es lieber, wenn erst fotografiert wird?« fragte sie. Klex nickte energisch, Sir Giles hingegen schüttelte den Kopf. Die nächsten fünf Minuten wanderte Klex im Zimmer herum und nahm aus jedem nur vorstellbaren Winkel Fotos auf. Dann legte er einen neuen Film ein und machte ein paar Großaufnahmen. »Das reicht fürs erste«, verkündete er schließlich. »Wir haben wohl genug.«

»Das will ich meinen«, sagte Lady Maud und zog einen Stuhl neben das Bett. »Dann wollen wir mal unseren kleinen Plausch über deine Zukunft halten, mein Lieber.« Sie beugte sich vor und nahm ihm den Schnuller raus.

»Faß mich nicht an«, kreischte Sir Giles.

»Ich habe überhaupt nicht vor, dich anzufassen«, sagte Lady Maud mit sichtlichem Widerwillen. »Daß ich es nicht muß, ist eine der wenigen Entschädigungen für unsere durch und durch unbefriedigende Ehe. Ich bin lediglich hier, um die Bedingungen festzulegen.«

»Bedingungen? Welche Bedingungen?« krächzte Sir Giles. Lady Maud kramte in ihrer Handtasche.

»Die Bedingungen für unsere Scheidung«, sagte sie und zog ein Schriftstück aus der Tasche. »Du brauchst bloß hier zu unterschreiben.«

Sir Giles musterte das Blatt verständnislos. »Ich brauche meine Lesebrille«, murmelte er.

Lady Maud setzte sie ihm auf die Nase. Sir Giles las das Dokument. »Du erwartest, daß ich das unterschreibe?« brüllte er. »Glaubst du etwa wirklich, ich werde dieses –«

Lady Maud stopfte ihm den Schnuller wieder in den Mund. »Du unsägliche Kreatur«, zischte sie, »du unterzeichnest dieses Schriftstück, und wenn es die letzte Tat deines Lebens ist. Und das hier auch.« Sie wedelte mit einem anderen Blatt Papier vor seiner Nase herum. »Und das.« Noch eins. »Und das.«

Auf dem Bett kämpfte Sir Giles verzweifelt mit seinen Fesseln. Nichts auf Gottes weitem Erdboden würde ihn dazu bewegen, ein Dokument zu unterschreiben, in dem er offen zugab, seine rechtmäßige Ehefrau gewohnheitsmäßig betrogen und ihr die ehelichen Rechte verweigert, bei zahllosen Gelegenheiten Ehebruch begangen sowie sie sechs Jahr lang psychisch wie physisch gequält zu haben. Lady Maud las seine Gedanken.

»Als Gegenleistung für deine Unterschrift werde ich keine Abzüge der Fotos, die wir gerade aufgenommen haben, an den Premierminister, deinen Fraktionsvorsitzenden, an die Parteimitglieder deines Wahlkreises oder die Presse schicken. Du unterschreibst dieses Dokument, Giles, und du wirst dafür sorgen, daß die Autobahn innerhalb eines Monats gestoppt wird. Innerhalb von einem Monat, hast du mich verstanden? So lauten meine Bedingungen. Was sagst du dazu?« Sie entfernte den Knebel.

»Du widerliches Scheusal.«

»Ganz recht«, sagte Lady Maud, »du unterschreibst also?«

»Den Teufel werd' ich tun«, schrie Sir Giles und wurde umgehend zum Schweigen gebracht.

»Ich weiß zwar nicht, ob du deinen Shakespeare kennst«, sagte sie, »aber in *Eduard der Zweite* ...«

Seinen Marlowe kannte Sir Giles zwar auch nicht, aber über Eduard den Zweiten wußte er Bescheid.

»Klex«, sagte Lady Maud, »schauen Sie mal eben in der Küche nach, ob Sie einen –«

Doch Sir Giles nickte schon. Zur Zeit würde er alles unterschreiben.

Während Klex seine rechte Hand losband, kramte Lady Maud einen Füllfederhalter aus ihrer Handtasche. »Hier«, befahl sie und deutete auf eine gepunktete Linie. Sir Giles unterschrieb. »Hier« und »Hier.« Sir Giles unterschrieb und unterschrieb. Als er fertig war, beglaubigte Klex die Unterschriften. Dann wurde er wieder festgebunden.

»Gut«, sagte Lady Maud, »ich werde das Scheidungsverfahren umgehend einleiten, und du stoppst die Autobahn oder trägst die Konsequenzen. Und unterstehe dich, deinen Fuß je wieder auf meinen Grund und Boden zu setzen. Deine Sachen werden dir geschickt.« Sie nahm den Schnuller raus. »Hast du noch was zu sagen?«

»Garantierst du mir, daß ich die Fotos und Negative bekomme, wenn ich es schaffe, den Autobahnbau zu stoppen?«

»Selbstverständlich«, sagte Lady Maud, »wir Handymans mögen unsere Fehler haben, aber Wortbrüchigkeit gehört nicht dazu.« Sie stopfte ihm den Schnuller wieder in den Mund und schnürte ihn hinter seinem Kopf fest. Dann nahm sie ihm die Brille ab, rückte sein Häubchen zurecht und ging aus dem Zimmer.

Im Treppenhaus begegnete ihnen die aufgeregte Mrs. Forthby. »Sie haben ihm doch hoffentlich nichts getan?« fragte sie.

»Natürlich nicht«, versicherte ihr Lady Maud, »wir haben

ihn bloß veranlaßt, ein Schriftstück zu unterzeichnen, mit dem er in eine Scheidung einwilligt.«

»Oje, hoffentlich ist er nicht zu ungehalten. Manchmal bekommt er ganz furchtbare Wutanfälle.«

»Na hören Sie mal, Sie peitschendes Kindermädchen, Sie müssen eben zeigen, was in Ihnen steckt«, sagte Lady Maud. »Seien Sie streng.«

»Ja, sie haben recht«, sagte Mrs. Forthby. »Aber es fällt mir so schwer. Unfreundlich zu sein, ist meinem Wesen völlig fremd.«

»Bevor ich's vergesse, hier ist ein kleines Honorar für Ihre Hilfe.« Lady Maud zog einen Scheck aus ihrer Handtasche, aber Mrs. Forthby schüttelte den Kopf.

»Vielleicht bin ich keine sehr kluge Frau und nicht ohne Fehler, aber ich habe meine Prinzipien«, sagte sie. »Außerdem würde ich wahrscheinlich vergessen, ihn einzulösen.« Ein wenig nachdenklich ging sie die Treppe hoch.

*

»Diese Frau«, stellte Lady Maud fest, als sie zum Bahnhof Paddington fuhren, um den Zug nach Worford zu nehmen, »ist viel zu gut für Giles. Sie hat etwas Besseres verdient.« Unterwegs hielten sie an, um an die Herren Schaeffer, Blodger und Vaizey die Aktienabtretung in den Briefkasten zu werfen.

20

Als sie am Haus Handyman ankamen, war es zwar zwei Uhr morgens, doch der Park war hell erleuchtet. Unter den Scheinwerfern waren Männer fleißig damit beschäftigt, die Zaunpfähle aufzustellen, und eine Seite des Parks war bereits eingezäunt. Lady Maud fuhr umher, um sich einen Überblick zu verschaffen, und gratulierte Mr. Firkin, dem Bauleiter, zu den Fortschritten.

»Sie werden wohl leider die Prämie zahlen müssen«, meinte der. »Wenn wir so weitermachen, sind wir in zehn Tagen fertig.«

»Tun Sie es in einer Woche«, sagte Lady Maud. »Geld spielt keine Rolle.« Sie ging ins Haus und legte sich sehr zufrieden schlafen. Das Geld war jetzt kein Problem mehr. Morgen früh würde sie jeden Penny von ihrem gemeinsamen Konto bei der Westland Bank in Worford abheben und auf ihr eigenes Privatkonto bei der Northern Bank einzahlen. Sir Giles würde zwar Zeter und Mordio schreien, aber unternehmen konnte er nichts. Schließlich hatte er die Zertifikate zur Aktienabtretung unterschrieben – wenn schon nicht aus freiem Willen, so doch wenigstens unter Umständen, die es ihm unmöglich machten, etwas anderes zu behaupten. Außerdem hatte sie mit den Fotos von Dundridge noch ein As im Ärmel. Sie würde das Dusselchen besuchen und ihn zwingen zuzugeben, daß Giles ihn erpreßt hatte. Hatte sie die Beweise dafür, war die Autobahn endgültig gestorben. Dann brauchte sie nicht mal ihre eigenen fiesen Fotos zu benutzen. Giles säße im Gefängnis, sein Unterhaussitz wäre vakant, es gäbe eine

Nachwahl, und die ganze unerquickliche Angelegenheit wäre erledigt.

Was auch immer jetzt geschah, ihr konnte nichts passieren, und dem Anwesen auch nicht. »Auf groben Klotz ein grober Keil«, dachte sie im stillen und überlegte, welche seltsame Aneinanderreihung von Umständen dazu geführt hatte, daß aus ihr, einer schlichten, einfachen häuslichen Frau, einer Friedensrichterin und einem geachteten Mitglied der Gemeinde, eine Erpresserin geworden war, die sich mit obszönen Fotos befaßte und mit Folterdrohungen Unterschriften erzwang. Offensichtlich floß das Blut ihrer Ahnen, die die Schlucht – mit allen Mitteln – gegen sämtliche Eindringlinge verteidigt hatten, immer noch in ihren Adern.

»Wo gehobelt wird, fallen nun mal Späne«, murmelte sie und schlief ein.

*

In Mrs. Forthbys Wohnung lag einer der in Frage kommenden Späne mit seinem Rüschenhäubchen da und dachte nicht nur verzweifelt über einen Ausweg aus seinen beiden Zwangslagen nach, sondern schwor im stillen, das verfluchte peitschende Kindermädchen umzubringen, sobald er frei wäre. Seine Chancen, daß er noch vor Tagesanbruch dazu käme, standen allerdings überhaupt nicht gut. Das grausame Kindermädchen lag laut schnarchend auf dem Sofa im Wohnzimmer. Ein Blick auf sein haßerfülltes Gesicht hatte sie gründlich davon überzeugt, daß sich die Ungezogenheit ihres bösen Buben während ihrer Abwesenheit keineswegs gelegt hatte. Offenbar war die Politik fortgesetzter Zucht genau das richtige. Das peitschende Kindermädchen begab sich in die Küche und nahm sich die Flasche Würzbrandy vor. »Es kann nichts schaden, wenn ich mir ein bißchen Mut antrinke«, dachte sie und goß sich ein großes Glas ein. Als sie es ausgetrunken hatte, war ihr völlig entfallen, warum sie es sich genehmigt hatte. »Ein bißchen Spaß hat noch keinem geschadet«, murmelte sie und brach auf dem Sofa zusammen.

Ein bißchen von dem, was Sir Giles sonst Spaß machte, schadete ihm doch, und nicht zu knapp. Außerdem konnte man nach acht Stunden nicht mehr von »ein bißchen« sprechen. Während die Uhr auf dem Kaminsims die Stunden schlug, wanderten Sir Giles' Gedanken von einfachem Mord zu immer gräßlicheren Varianten langsamer Folterung, und zwischendurch überlegte er, was er verdammt nochmal wegen Maud unternehmen könnte. Anscheinend blieb ihm nicht viel übrig, außer seinen Sitz im Parlament aufzugeben, aus all seinen Clubs auszutreten, sein Vermögen zu Geld zu machen und schleunigst nach Brasilien zu fliegen, wo es kein Auslieferungsabkommen mit England gab. Dabei war nicht einmal gesagt, daß er irgendwelche Vermögenswerte besaß, die er zu Geld machen konnte. Gegen vier Uhr morgens schwante ihm, daß einige der von ihm unterzeichneten Schriftstücke eine verblüffende Ähnlichkeit mit Zertifikaten zur Aktienabtretung gehabt hatten. Zum fraglichen Zeitpunkt war er nicht in der Verfassung gewesen, sie sich sorgfältig anzusehen. Nicht daß sich seine Verfassung inzwischen gebessert hatte, aber wenigstens sah er sich nicht mehr mit der Drohung konfrontiert, eines so qualvollen Todes wie weiland Eduard der Zweite zu sterben. Von seinem Martyrium erschöpft, verfiel er schließlich in einen komaähnlichen Zustand, aus dem er ab und an erwachte, um sich ein neues und immer gräßlicheres Los für die vergeßliche alte Schnapsdrossel im Nebenzimmer auszumalen.

Mrs. Forthby wachte verkatert auf. Taumelnd stand sie vom Sofa auf und ließ sich ein Bad ein; doch erst, als sie sich abtrocknete, fiel ihr Sir Giles wieder ein.

»Oje, wird der wütend sein«, dachte sie, ging in die Küche und machte eine Kanne Tee. Das Tablett trug sie ins Schlafzimmer und stellte es auf das Nachttischchen. »Hopp, hopp aus den Federn, Morgenstund hat Gold im Mund«, verkündete sie vergnügt und band die Riemen los. Sir Giles spuckte den Schnuller aus. Auf diesen Augenblick hatte er zwölf Stunden lang gewartet, doch aus den Federn hopsen war für ihn nicht drin. Er rutschte seitlich vom Bett und kroch wie eine an chronischer Arthritis leidende Krabbe auf Mrs. Forthby zu.

»Nein, nein, du ungezogener Junge«, sagte die über seine Verfärbung entsetzte Mrs. Forthby. Sie floh aus dem Zimmer und schloß sich im Bad ein. Dabei war ihre Eile überflüssig. Sir Giles hatte sich in der Schlafzimmertür verkeilt, und eins seiner Beine war unentwirrbar in das Kabel einer Stehlampe verknotet.

*

In seinem Büro im Regionalen Planungsamt kamen dem Autobahnkontrolleur für Mittelengland Bedenken wegen seines Plans, Lady Maud der Erpressung zu überführen. Das verflixte Weib hatte in der Telefonzentrale angerufen und die Nachricht hinterlassen, sie komme nach Worford und wolle ein vertrauliches Gespräch mit ihm führen. Ihren Wunsch nach Vertraulichkeit verstand Dundridge zwar sehr gut, teilte ihn aber nicht. Er hatte Lady Maud im Übermaß privat und vertraulich genossen und hegte nicht die Absicht, dieses Erlebnis zu vertiefen. Andererseits würde sie ihm im Beisein anderer wohl kaum mit Erpressung drohen. Unruhig marschierte Dundridge in seinem Büro auf und ab und dachte über einen Ausweg aus diesem Dilemma nach. Am Ende beschloß er, Hoskins als Leibwächter einzusetzen. Er bestellte ihn zu sich.

»Durch die Sprengungen haben wir die alte Kuh kopfscheu gemacht«, sagte er.

»Was haben wir gemacht?« wollte Hoskins wissen.

»Sie kommt heute vormittag zu einem Gespräch mit mir her. Ich will, daß Sie anwesend sind.«

Hoskins hatte da seine Bedenken. »Ich weiß nicht recht«, murmelte er. »Übrigens haben wir mit den Sprengungen noch gar nicht angefangen.«

»Aber die Spezialeinheit ist doch schon ausgerückt, oder?«

»Ja, obwohl mir wohler wäre, wenn Sie nicht von Spezialeinheit redeten. Dieser ständige Militärjargon geht mir auf die Nerven.«

»Vergessen Sie's«, sagte Dundridge. »Tatsache ist: sie wird hier aufkreuzen. Ich möchte, daß Sie sich irgendwo verstekken und mithören, was sie zu erzählen hat, und wenn sie unangenehm wird, haben Sie Ihren Auftritt.«

»Unangenehm *wird*?« meinte Hoskins. »Das Miststück *ist* doch schon unangenehm. Das braucht sie wirklich nicht erst zu werden.«

»Damit meine ich, wenn sie gewalttätig wird«, erläuterte Dundridge. »Nun mal los, wir müssen Ihnen ein Versteck suchen.« Er sah hoffnungsvoll auf einen Aktenschrank, doch Hoskins blieb unnachgiebig.

»Warum darf ich nicht einfach in einer Ecke sitzen?« fragte er.

»Weil sie mich privat sprechen will.«

»Na, dann sprechen Sie doch um Himmels willen privat mit ihr«, sagte Hoskins. »Sie wird schon nicht auf Sie losgehen.«

»Das glauben Sie«, sagte Dundridge. »Aber ich brauche Sie trotzdem als Zeugen. Ich habe Grund zu der Annahme, daß sie versuchen wird, mich zu erpressen.«

»Sie zu erpressen?« wiederholte Hoskins und wurde blaß. Dieses »Grund zu der Annahme« gefiel ihm gar nicht. Das roch nach einem Polizisten, der als Zeuge vor Gericht aussagt.

»Mit Fotos«, ergänzte Dundridge.

»Mit Fotos?« betete der inzwischen gründlich beunruhigte Hoskins nach.

»Obszönen Fotos«, präzisierte Dundridge mit viel größerem Selbstvertrauen, als angemessen war, wie Hoskins zufällig wußte.

»Was werden Sie unternehmen?« fragte er.

»Ich werd' ihr sagen, sie soll sich gefälligst zum Teufel scheren«, sagte Dundridge.

Hoskins schaute ihn ungläubig an. Kaum zu glauben, daß

er diesen außergewöhnlichen Menschen einmal als Trottel bezeichnet hatte. Der Mann war ja hart wie Stahl.

»Ich verrate Ihnen, was ich machen werde«, sagte er schließlich. »Ich bleibe vor der Tür stehen und höre zu, was sie sagt. Genügt das?«

Dundridge fand, das sei besser als gar nichts, und Hoskins flitzte in sein Büro, um Mrs. Williams anzurufen.

»Sally«, sagte er, »hier spricht Sie-wissen-schon-wer.«

»Nö, weiß ich nicht«, widersprach Mrs. Williams, die eine schwere Nacht hinter sich hatte.

»Ich bin's, Hosi Hosi Krakins«, fauchte Hoskins auf der krampfhaften Suche nach einem Pseudonym, mit dem er einen eventuellen Lauscher in der Telefonzentrale täuschen konnte.

»Hosi Hosi Krakins?«

»Hoskins, Gott im Himmel«, flüsterte Hoskins.

»Ach, Hoskins, warum haben Sie das nicht gleich gesagt?«

Hoskins beherrschte sich. »Hören Sie genau zu«, sagte er, »das Spiel ist aus. Es ist aus A wie Arschloch. U wie Ungeheuer. S wie Siegfried.«

»Was soll das heißen?« unterbrach Mrs. Williams.

»Die Bullen«, sagte Hoskins. »Es heißt, daß die Sache komplett geplatzt ist. Alles verbrennen, verstehen Sie mich. Negative, Abzüge, den ganzen Schrott. Sie haben noch nie was von mir gehört und ich nicht von Ihnen. Merken Sie sich das. Sie wissen von gar nichts. Und Sie waren noch nie in der Nähe des Golf Clubs.«

Als er den Hörer auflegte, hatte Mrs. Williams begriffen; Hoskins ebenfalls. Falls Mrs. Williams geschnappt wurde, konnte er sicher sein, neben ihr auf der Anklagebank zu sitzen. Darüber hatte sie ihn nicht im Zweifel gelassen.

Er ging wieder in Dundridges Büro und öffnete Lady Maud die Tür, als sie eintraf. Dann nahm er davor seine Lauscherposition ein.

Innen stählte Dundridge sich innerlich für die bevorstehende Qual. Da Hoskins vor der Tür stand, konnte er wenigstens jederzeit um Hilfe rufen; ohnehin schien Lady Maud ihm weit wohlwollender gesonnen zu sein, als er erwartet hatte.

»Mr. Dundridge«, sagte sie und nahm vor seinem Schreibtisch Platz, »ich würde gern klarstellen, daß ich heute morgen absolut nicht in feindseliger Stimmung hierhergekommen bin. Wir hatten zwar in der Vergangenheit unsere kleinen Zusammenstöße, ich weiß, doch was mich betrifft, ist alles vergeben und vergessen.«

Dundridge warf ihr einen haßerfüllten Blick zu und schwieg. Was ihn betraf, war es eher unwahrscheinlich, daß etwas vergessen wurde, und er war eindeutig alles andere als bereit, ihr zu vergeben.

»Nein, ich bin gekommen, um Sie um Ihre Mitarbeit zu bitten«, fuhr sie fort, »und ich möchte Ihnen versichern, daß unter uns bleiben wird, was ich Ihnen zu sagen habe.«

Dundridge schaute kurz zur Tür und sagte, er sei froh, das zu hören.

»Ja, das habe ich mir beinahe gedacht«, sagte Lady Maud. »Sehen Sie, ich habe Grund zu der Annahme, daß man versucht hat, Sie zu erpressen.«

Dundridge starrte sie an. Sie wußte verdammt gut, daß er erpreßt worden war.

»Wie kommen Sie darauf?«

»Durch diese Fotos«, antwortete Lady Maud, zog einen Umschlag aus ihrer Handtasche und verteilte die zerrissenen und angekohlten Überreste der Fotos auf seinem Schreibtisch. Dundridge besah sie sich sorgfältig. Wieso waren sie zerrissen und verkohlt? Er schob sie hin und her und suchte nach seinem Gesicht. Es fehlte. Wenns sie annahm, ihn mit diesem Häuflein erpressen zu können, hatte sie sich aber schwer geirrt.

»Was ist damit?« fragte er.

»Sie wissen nichts darüber?«

»Absolut nicht«, sagte Dundridge, inzwischen durch und durch selbstsicher. Er wuße, was geschehen war. Diese Bilder hatte er auf Mr. Ganglions Schreibtisch liegenlassen. Ganglion hatte sie zerrissen, ins Feuer geworfen und dann seine Meinung geändert. Er hatte sie herausgeholt, Lady Maud besucht und ihr erklärt, er, Dundridge, habe sie der Erpressung beschuldigt. Und nun versuchte sie, sich aus der Sache herauszuwinden. Ihre nächste Bemerkung bestätigte seine Theorie.

»Dann hat mein Mann also nie versucht, Sie mit Hilfe dieser Fotos bei irgendeiner Ihrer Entscheidungen zu beeinflussen«, sagte sie.

»Ihr Mann? Ihr Mann?« sagte Dundridge entrüstet. »Wollen Sie damit andeuten, Ihr Mann habe versucht, mich mit diesen ... obszönen Fotos zu erpressen?«

»Ja«, sagte Lady Maud, »genau das will ich andeuten.«

»Dazu kann ich nur bemerken, daß Sie sich irren. Sir Giles hat mich immer höchst zuvorkommend und höflich behandelt, was ich«, ein Blick zur Türe, ehe er mutig fortfuhr, »von Ihnen nicht unbedingt behaupten kann.«

Lady Maud sah ihn verblüfft an. »Mehr haben Sie dazu nicht zu sagen?«

»Nein«, sagte Dundridge, »nur noch eins. Warum bringen Sie diese Fotos nicht zur Polizei?«

Lady Maud zögerte. Mit dieser Einstellung Dundridges hatte sie wirklich nicht gerechnet. »Ich halte das nicht für sehr vernünftig, Sie etwa?«

»Doch«, sagte Dundridge, »das tue ich allerdings. Nun, ich bin ein vielbeschäftigter Mann, und Sie vergeuden meine Zeit. Sie wissen ja, wo die Tür ist.«

Lady Maud erhob sich wutschnaubend von ihrem Stuhl. »Wie können Sie es wagen, so mit mir zu reden?« rief sie.

Dundridge sprang von seinem Stuhl auf und öffnete die Tür. »Hoskins«, sagte er, »bringen sie Lady Maud hinaus.«

»Ich finde den Weg selber«, sagte Lady Maud und stürmte an ihnen vorbei in den Korridor. Dundridge ging in sein Büro zurück und ließ sich in einen Sessel fallen. Er hatte sie gezwungen, Farbe zu bekennen. Er hatte ihr die Tür gewiesen. Keiner konnte behaupten, der Autobahnkontrolleur für Mittelengland sei nicht Herr in seinem eigenen Haus. Er war über seinen Auftritt selbst erstaunt.

Hoskins nicht minder. Einen Moment lang starrte er Dundridge an und schwankte dann in sein Büro zurück, mitgenommen von dem, was er gerade gehört hatte. Sie hatte Dundridge mit diesen entsetzlichen Fotos konfrontiert, und der hatte den Nerv, ihr zu sagen, sie solle doch damit zur Polizei gehen. Herrgott, ein Mensch, der so etwas fertigbrachte, war zu allem fähig. Jetzt stand wirklich Ärger ins Haus. Andererseits hatte sie gesagt, sie halte das nicht für vernünftig. Hoskins war voll und ganz ihrer Meinung. »Sie nimmt offensichtlich Sir Giles in Schutz«, dachte er und fragte sich, wie sie die Fotos überhaupt in die Finger bekommen hatte. Einen Moment lang trug er sich mit dem Gedanken, Sir Giles anzurufen, entschied sich aber doch dagegen. Das beste war, sich nicht zu rühren, den Mund zu halten und zu hoffen, daß die Wogen sich glätteten.

Er hatte gerade diesen beruhigenden Entschluß gefaßt, als es klingelte. Wieder war es Dundridge. Hoskins ging den Korridor zurück und traf den Kontrolleur in Hochstimmung an.

»Tja, damit ist dieser kleine Plan erledigt«, sagte er. »Sie haben gehört, wie sie mir mit schmutzigen Fotos gedroht hat. Sie dachte, sie könne mich dazu bringen, meinen Einfluß zur Veränderung der Autobahn-Streckenführung in die Waagschale zu werfen. Ich hab' ihr die Meinung gesagt.«

»Das kann man wohl sagen«, stimmte Hoskins respektvoll zu.

»Schön«, sagte Dundridge und wandte sich einer Wandkarte zu, »wir müssen das Eisen schmieden, solange es heiß ist. Die Operation Fernverkehr wird sofort weitergeführt. Sind die Zwangsenteignungsbescheide zugestellt worden?«

»Ja«, sagte Hoskins.

»Und die Spezialeinheit hat mit ihrem Zerstörungswerk begonnen?«

»Zerstörungswerk?«

»Sprengarbeiten.«

»Noch nicht. Sie ist gerade erst angerückt.«

»Sie soll sofort anfangen«, sagte Dundridge. »Wir müssen in der Offensive bleiben und den Feind weiter unter Druck setzen. Hier habe ich vor, ein mobiles Hauptquartier einzurichten.« Er deutete auf einen Punkt auf der Landkarte, drei Kilometer östlich von Guildstead Carbonell.

»Ein mobiles Hauptquartier?« fragte Hoskins.

»Sorgen Sie dafür, daß ein Wohnwagen dorthin gebracht wird. Ich beabsichtige, die Operation persönlich zu überwachen. Wir beide werden unsere Büros nach draußen verlegen.«

»Das wird aber furchtbar unbequem«, gab Hoskins zu bedenken.

»Scheiß auf die Unbequemlichkeit«, sagte Dundridge, »ich habe vor, diese Kanaille unter allen Umständen noch vor Weihnachten aus Haus Handyman zu verjagen. Sie befindet sich jetzt in der Defensive, und ich werde bei Gott dafür sorgen, daß sie dort bleibt.«

»Also gut«, meinte Hoskins mißmutig. Er würde sich hüten, jetzt mit Dundridge zu streiten.

*

Nachdenklich fuhr Lady Maud nach Hause. Sie hätte schwören können, die dürren Beinchen auf den Fotos seien dieselben gewesen, die sie über den Marmorfußboden hatte huschen sehen; aber anscheinend hatte sie sich getäuscht. Dundridges selbstgerechte Entrüstung war absolut überzeugend gewesen. Sie hatte damit gerechnet, daß dieses miese Männlein erröten, stottern und nach Ausflüchten suchen würde, aber statt dessen hatte er ihr Paroli geboten und sie aus seinem Büro gewiesen. Er hatte sogar vorgeschlagen, sie solle die Fotos zur Polizei bringen, und da ihr sein Kleinmut in anderen, weniger bedrohlichen Situationen bekannt war, konnte man unmöglich vermuten, daß er bluffte. Nein, sie hatte sich geirrt. Wirklich ein Jammer. Zu gern hätte sie Sir Giles vor Gericht gesehen, aber letztlich war es egal; schließlich stand ihr noch genug Material zur Verfügung. Um die Einstellung der Autobahnbauarbeiten zu erreichen, würde Sir Giles jetzt Himmel und Erde in Bewegung setzen, und falls er versagte, würde sie ihn zwingen, seinen Parlamentssitz aufzugeben. In diesem Fall gäbe es wieder eine Nachwahl, und was in Ottertown funktioniert hatte, würde auch in der Schlucht klappen. Die Regierung würde die Autobahnpläne fallenlassen. Und sollte das schiefgehen, gab es schließlich immer noch den Großwildpark. Ein halbes Dutzend Häuser abzureißen und die in ihnen wohnenden Familien zwangszuräumen, war eine Sache, aber zehn Löwen, vier Giraffen, ein Nashorn und ein Dutzend Strauße ihres Lebensraums zu berauben, war etwas ganz anderes. Tierquälerei würde die britische Öffentlichkeit niemals dulden. Als sie zu Hause ankam, war Klex in der Küche gerade eifrig damit beschäftigt, seine Filme zu wässern.

»Ich habe den Kesselraum zur Dunkelkammer gemacht«, erklärte er und hielt ihr einen Film vor die Nase. Lady Maud musterte ihn mit Laienblick.

»Sind sie gut geworden?« fragte sie.

»Prima«, sagte Klex. »Wirklich hübsch.«

»Daß Giles Ihre Meinung teilen würde, bezweifle ich«, sagte Lady Maud und begab sich in den Garten, um Salat fürs Mittagessen zu pflücken. Klex spülte im Ausguß seine Filme fertig und trug sie dann in den Kesselraum, wo er sie zum Trocknen aufhängte. Als er zurückkam, stand das Essen auf dem Küchentisch.

»Sie essen hier mit mir«, ordnete Lady Maud an. »Ich bin sehr zufrieden mit Ihnen, Klex, außerdem ist es angenehm, einen Mann in der Nähe zu haben.«

Klex zögerte. Diese Bemerkung erschien ihm unlogisch. Offenkundig waren jede Menge Männer in der Nähe, trampelten die Dienstbotentreppe zu ihren Schlafzimmern rauf und runter und arbeiteten Tag und Nacht an dem Zaun. Aber wenn Lady Maud es wünschte, daß er ihr beim Essen Gesellschaft leistete, hatte er nichts dagegen. Es ging voran. Sie würde sich von ihrem Mann scheiden lassen. Er war verliebt, allerdings ohne sich Hoffnungen zu machen, in dieser Richtung je etwas zu erreichen; daher war er schon zufrieden, bloß mit ihr an einem Tisch zu essen. Und dann gab es da noch den Zaun. Klex war von dem Zaun begeistert. Er rief bei ihm Erinnerungen an den Krieg und seine Kriegsgefangenschaft wach. Er würde die Welt aussperren, und er und Maud würden jeder für sich, aber glücklich bis ans Ende ihrer Tage leben.

Sie waren gerade mit dem Essen fertig und beim Abwaschen, als es in einiger Entfernung dumpf donnerte und die Fenster klapperten.

»Ich wüßte gern, was das war«, sagte Lady Maud.

»Klingt nach Sprengungen.«

»Sprengungen?«

»In einem Steinbruch.«

»Aber hier in der Gegend gibt's gar keine Steinbrüche«, sagte Lady Maud. Sie gingen nach draußen auf den Rasen, wo sie zwei oder drei Kilometer weiter östlich eine Wolke sehen konnten, die langsam gen Himmel stieg.

Die Operation Fernverkehr hatte begonnen.

21

Und die Operation Fernverkehr ging weiter. Tag für Tag wurde die Stille der Schlucht vom Rumpeln der Bulldozer und dem dumpfen Grollen der Explosionen durchbrochen, als die Klippen gesprengt und die Felsen weggeräumt wurden. Tag für Tag beschwerten sich die Bauunternehmer bei Hoskins, eine Autobahn werde gebaut, indem man vorne anfange und dann bis zum Ende weitermache oder sich doch wenigstens an irgendeinen vorher festgelegten Plan halte, aber es sei doch keine Art, überall herumzuwursteln, mal hier ein Feld aufzuwühlen und mal dort einen Wald abzuholzen, irgendwo mit dem Bau einer Brücke zu beginnen, um dann die Bauarbeiten einzustellen und mit der Errichtung einer Überführung anzufangen. Und Tag für Tag trug Hoskins ihre Beschwerden und ein paar seiner eigenen Dundridge vor und stieß damit auf Granit.

»Bei der Operation Fernverkehr kommt es vor allem darauf an, daß unser Vorgehen zufällig und nicht berechenbar ist«, erklärte ihm Dundridge. »Der Feind weiß nie, wo wir als nächstes auftauchen werden.«

»Ich übrigens auch nicht, wenn wir schon mal dabei sind«, beschwerte sich Hoskins. »Ich hatte heute morgen Probleme, unseren Standort zu finden. Bevor ich gestern abend nach Hause fuhr, hätten Sie mich ruhig warnen können, daß Sie die Zentrale verlegen wollten.«

Dundridge schaute sich im mobilen Hauptquartier um. »Wirklich seltsam«, sagte er, »ich dachte, Sie hätten es verlegt.«

»Ich? Weshalb sollte ich sowas tun?«

»Keine Ahnung. Um näher an der Front zu sein, nehme ich an.«

»Näher an der Front?« sagte Hoskins. »Wenn ich eins will, dann wieder in meinem verfluchten Büro sitzen und nicht in einem beschissenen Wohnwagen durch die Gegend zotteln.«

»Na ja, egal, wer ihn verschoben hat, es war eine gute Idee«, sagte Dundridge. »Hier sind wir näher am Einsatzort.«

Hoskins schaute gerade aus dem Fenster, als ein riesiger Kipper vorbeifuhr.

»Näher?« brüllte er, um den Lärm zu übertönen. »Wir sind verdammt nochmal mitten drin, wenn Sie mich fragen.« Wie zur Bestätigung seiner Worte ertönte ein ohrenbetäubendes Krachen, und in zweihundert Meter Entfernung stürzte ein Teil der Felswand ein. Während der Staub sich setzte, betrachtete Dundridge zufrieden den Schauplatz des Geschehens. Das war die Natur, wie der Mensch – und besonders Dundridge – sie sich wünschte. Die bezwungene Natur, die gebändigte Natur, die disziplinierte Natur. So sah der Fortschritt aus; ein langsamer Fortschritt zwar, aber unerbittlich. Hinter ihnen Einschnitte und Straßendämme, Beton und Stahl, vor ihnen die Schlucht und Haus Handyman.

»Übrigens«, sagte Hoskins, als er sein eigenes Wort wieder verstehen konnte, »es gibt eine Beschwerde von General Burnett. Er behauptet, einer unserer Lastwagen habe seine Gartenmauer beschädigt.«

»Na und?« sagte Dundridge. »In zwei Monaten wird er keinen Garten und keine Mauer mehr haben. Weshalb beschwert er sich also?«

»Und Mr. Bullett-Finch rief an und meinte –«

Aber Dundridge war nicht interessiert. »Nehmen Sie alle Beschwerden zu den Akten«, sagte er wegwerfend, »ich habe keine Zeit für Einzelheiten.«

*

In London war Sir Giles ganz und gar nicht seiner Meinung. Er war besessen von Einzelheiten, speziell von denen, die mit dem Verkauf seiner Aktien und der Frage zusammenhingen, was Lady Maud mit diesen verdammten Fotos vorhatte.

»An diesen Aktien habe ich eine halbe Million verloren«, brüllte er Blodger an, »eine halbe Scheiß Million.«

Aus Blodgers Stimme sprach Mitleid. »Ich sagte seinerzeit, ich dächte, Sie seien ein wenig voreilig.«

»Sie dächten? Sie dachten überhaupt nicht«, schrie Sir Giles. »Hätten Sie gedacht, wäre Ihnen aufgegangen, daß nicht ich telefoniert habe.«

»Aber es klang wie Ihre Stimme. Und sie sagten, ich solle Sie in Ihrer Wohnung zurückrufen.«

»Ich habe nichts dergleichen getan. Sie glauben doch nicht ernsthaft, ich würde viertausend President Rand verkaufen, wo der Markt gerade im Keller angelangt ist. Ich bin doch kein total bescheuerter Idiot, oder?«

Blodger schaute ihn prüfend an. Mit diesem Gedanken hatte er auch schon gespielt. Schließlich beendete Schaeffer die heftige Auseinandersetzung.

»Statt bei uns ausfallend zu werden«, sagte er, »und irgendwelche Beteuerungen abzugeben, würde ich vorschlagen, daß Sie sich besser an einen Anwalt wenden.«

»Und was soll ich bei dem Scheiß Anwalt?«

»Eine eidesstattliche Versicherung abgeben, in der steht, daß die Unterschriften auf den Aktienabtretungszertifikaten gefälscht sind«, sagte Schaeffer gelassen.

Sir Giles nahm seinen Hut. »Glauben Sie bloß nicht, damit sei diese Scheiß Angelegenheit erledigt«, knurrte er. »Sie hören noch von mir.«

Schaeffer öffnete ihm die Tür. »Ich kann nur hoffen, daß uns das verdammt nochmal erspart bleibt«, sagte er.

*

Wenn seine Makler schon kein Mitleid zeigten, so tat dies Mrs. Forthby um so mehr.

»Alles ist meine Schuld«, wimmerte sie und schielte ihn durch die zwei blauen Augen an, die er ihr als Dank für ihre Bemühungen verpaßt hatte. »Wenn ich nicht das Haus verlassen hätte, um Fischstäbchen zu holen, wäre das nicht passiert.«

»Du und deine beschissenen Fisch –«, setzte er an, riß sich aber zusammen. Er mußte einen kühlen Kopf behalten, und Mrs. Forthbys Selbstbezichtigungen halfen nicht weiter. »Vergiß es. Ich muß mir etwas einfallen lassen. Wenn's nach mir geht, kommt meine verdammte Frau damit nicht durch.«

»Also, wenn sie bloß die Scheidung will ... «

»Die Scheidung? Die Scheidung? Wenn du wirklich glaubst, daß sie nicht mehr will ...« Er brach wieder ab. Mrs. Forthby durfte nichts von den Fotos erfahren. Keiner durfte etwas davon wissen. Sobald diese Sache bekannt wurde, war er erledigt, und ihm blieben nur noch drei Wochen, um etwas zu unternehmen. Er fuhr in seine Wohnung zurück und überlegte, wie er erreichen könnte, daß die Autobahn nicht weitergebaut würde. In London konnte er nicht viel unternehmen. Seine Bitte, die Angelegenheit mit dem Umweltminister besprechen zu dürfen, war abgelehnt worden, seine Forderung nach einer erneuten Untersuchung hatte man zurückgewiesen. Und seine private Quelle im Ministerium hatte keinen Zweifel daran gelassen, daß es zu spät sei, um noch etwas zu unternehmen.

»Die Bauarbeiten haben bereits begonnen. Von Unfällen abgesehen, kann nichts mehr diese Geschichte aufhalten.«

Sir Giles legte den Hörer auf und dachte an Unfälle, an schlimme Unfälle, an Maud, wie sie die Treppe runterfiel und sich den Hals brach oder einen tödlichen Autounfall hatte. Irgendwie kam es ihm nicht sehr wahrscheinlich vor. Schließlich dachte er an Dundridge. Maud hatte zwar etwas gegen ihn, Giles, in der Hand, aber er hatte was gegen den Autobahnkontrolleur für Mittelengland in der Hand. Er rief Hoskins im Regionalen Planungsamt an. »Er ist draußen im OHAB«, erfuhr er von dem Mädchen in der Telefonzentrale.

»Ohab?« sagte Sir Giles und versuchte verzweifelt, sich zu erinnern, ob es in South Worfordshire ein Dorf dieses Namens gab.

»Oberstes Hauptquartier für den Autobahnbau«, sagte das Mädchen. »Er ist stellvertretender Frontkommandeur.«

»Was?« sagte Sir Giles. »Was zum Teufel geht bei euch eigentlich vor?«

»Das dürfen Sie mich nicht fragen«, sagte das Mädchen, »ich bin bloß einfache Fronttelegrafistin. Soll ich Sie durchstellen?«

»Ja«, sagte Sir Giles. »Für mich klingt das beknackt.«

»Das ist es auch«, meinte das Mädchen. »Es ist ein Wunder, daß ich nicht morsen muß.«

Als Sir Giles Hoskins schließlich erreichte, klang der wirklich merkwürdig. Er meldete sich mit »Stellvertretender Front –«, wurde aber von Sir Giles unterbrochen.

»Verschonen Sie mich mit diesem Quatsch, Hoskins«, rief er. »Was zum Teufel spielen Sie da Ihrer Meinung nach eigentlich? Eine Art Kriegsspiel?«

»Ja«, bestätigte Hoskins und schaute nervös aus dem Fenster. Es gab ein ohrenbetäubendes Getöse, als eine Dynamitladung in die Luft ging.

»Teufel noch eins, was war das denn?« brüllte Sir Giles.

»Das war haarscharf daneben«, sagte Hoskins, während Felsbröckchen auf das Wohnwagendach prasselten.

»Sparen Sie sich Ihre dummen Witze«, sagte Sir Giles, »ich habe Sie nicht angerufen, um Unsinn zu reden. Die Planungen haben sich geändert. Die Autobahn muß gestoppt werden. Ich habe entschieden...«

»Gestoppt?« unterbrach ihn Hoskins. »Eine Ratte hat größere Chancen, schwimmend nach Australien zu kommen, als Sie, dieses Ding zu stoppen. Wir stoßen in einem Tempo von hundert Metern pro Tag in die Schlucht vor.«

»In die Schlucht?«

»Sie haben's doch gehört«, sagte Hoskins.

»Lieber Himmel«, sagte Sir Giles. »Was für eine Scheiße

läuft hier eigentlich ab? Hat Dundridge den Verstand verloren, oder was?«

»Man könnte es so formulieren«, meinte Hoskins zögernd. Der Autobahnkontrolleur für Mittelengland hatte gerade staubbedeckt den Wohnwagen betreten und nahm seinen Helm ab.

»Na, dann halten Sie ihn auf«, schrie Sir Giles.

»Das ist leider unmöglich, Sir«, sagte Hoskins und veränderte den Tonfall, um anzudeuten, daß er nicht mehr allein sei. »Ich werde mir Ihre Beschwerde notieren und sie an die zuständigen Behörden weiterleiten.«

»Sie werden noch viel mehr tun«, grölte Sir Giles. »Sie werden die bewußten Fotos verwenden. Sie werden –«

»Soviel ich weiß, kümmert sich die Polizei um diese Angelegenheit, Sir«, sagte Hoskins. »Was uns betrifft, kann ich Ihnen nur empfehlen, einen Verbrennungsofen zu benutzen.«

»Einen *Verbrennungsofen*? Was zum Teufel soll ich denn mit einem Verbrennungsofen anfangen?«

»Nach meinen Erfahrungen verbrennt man diese Sorte Müll am besten. Die Antwort kann nur Negativ lauten.«

»Die Negative?«

»Ganz recht, Sir«, sagte Hoskins. »Meine Erfahrungen besagen, daß man Gesundheitsrisiken entgeht, wenn man leichtentzündliches Material verbrennt. Wenn Sie mich jetzt bitte entschuldigen würden, ich bin nicht allein im Raum.« Hoskins legte auf, und Sir Giles lehnte sich zurück, um seine Nachricht zu entschlüsseln.

»Verbrennungsöfen. Polizei. Negative. Gesundheitsrisiken.« Diese Wörter hatte Hoskins betont, und Sir Giles dämmerte, daß alle Hoffnungen, Dundridge beeinflussen zu können, wie Funken im Feuer zerstoben waren. Am meisten beunruhigte ihn die Erwähnung der Polizei. »Lieber Gott, diese kleine Ratte Dundridge war bei den Bullen«, murmelte er, und plötzlich fiel ihm ein, daß sein Safe im Haus Handyman Beweismaterial enthielt, das nicht verbrannt worden war. Maud hockte auf einem Safe voller Fotos, die ihn ins

Gefängnis bringen konnten. »Leichtentzündliches Material. Die Kanaille kann mich fünf Jahre hinter Gitter bringen«, dachte er. »*Die* würde ich gern verbrennen.« Sie verbrennen? Sir Giles starrte vor sich hin. Plötzlich sah er eine Möglichkeit, wie er seine sämtlichen Probleme loswerden konnte.

Er nahm einen Bleistift und listete die Vorteile auf. Erstens würde er die Beweise für seinen Erpressungsversuch an Dundridge vernichten. Zweitens würde er die Fotos aus der Welt schaffen, die Klex von ihm in Mrs. Forthbys Wohnung aufgenommen hatte. Handelte er drittens, bevor Maud sich von ihm scheiden ließ, wäre er immer noch Eigentümer der Asche von Haus Handyman und würde die Versicherung und wahrscheinlich auch die Entschädigung für den Autobahnbau einstreichen. Viertens, falls Maud starb ... Viertens war eine besonders reizvolle Vorstellung und genau die Sorte Unfall, die er sich erhofft hatte.

Er trug das Notizblatt zum Kamin hinüber und zündete ein Streichholz an. Das aufflammende Papier betrachtete Sir Giles mit immenser Befriedigung. Was die Säuberung der Vergangenheit betraf, ging nichts über ein gutes Feuer. Jetzt brauchte er nur noch ein perfektes Alibi.

*

Mit der gleichen Befriedigung betrachtete im Haus Handyman Lady Maud ihr Werk. Den Zaun hatte man in zehn Tagen errichtet, die Löwen, Giraffen und das Nashorn waren ausgesetzt und die Strauße auf dem alten Tennisplatz untergebracht. Es war wirklich sehr angenehm, durch das Haus zu schlendern und zu beobachten, wie die Löwen durch den Park trotteten oder unter den Bäumen herumlagen.

»Es verleiht einem ein gewisses Gefühl von Sicherheit«, verkündete sie Klex, der sich nur noch im Küchengarten aufhalten durfte und klagte, das Nashorn mache den ganzen Rasen kaputt.

»Schon möglich, daß es einem ein Gefühl von Sicherheit verleiht«, sagte Klex, »aber der Briefträger sieht das anders.

Er traut sich nur noch bis zum Pförtnerhaus, genau wie der Milchmann.«

»So ein Quatsch«, meinte Lady Maud. »Bei Löwen muß man einfach nur unerschrocken auftreten und ihnen fest in die Augen sehen.«

»Das mag wohl sein«, sagte Klex, »aber das Nashorn braucht 'ne Brille.«

»Bei Nashörnern kommt es drauf an«, erklärte Lady Maud, »daß man sich in rechtem Winkel zu ihrem Anmarschweg aufhält.«

»Beim Lieferwagen des Metzgers hat es nicht funktioniert. Sie können sich nicht vorstellen, was es an seinem hinteren Kotflügel angerichtet hat.«

»Das kann ich mir ganz genau vorstellen. Einen Schaden von sechzig Pfund; aber es hat den Wagen nicht angegriffen.«

»Nein«, bestätigte Klex, »es hat sich bloß dagegen gelehnt und seinen Hintern dran gerieben.«

»Na ja, wenigstens betragen sich die Giraffen anständig«, sagte Lady Maud.

»Was von ihnen noch übrig ist«, präzisierte Klex.

»Was soll das heißen, ›Was von ihnen noch übrig ist‹?«

»Tja, es sind nur noch zwei übrig.«

»Zwei? Aber es waren doch vier. Wo sind die anderen zwei geblieben?«

»Das fragen Sie besser die Löwen«, empfahl ihr Klex. »Ich könnte mir denken, daß sie Giraffen gern zum Abendbrot verspeisen.«

»Wenn das so ist, sollten wir am besten nochmal einen Zentner Fleisch beim Metzger bestellen. Wir können nicht zulassen, daß sie sich gegenseitig auffressen.«

Gebieterisch schritt sie über den Rasen und hielt kurz an, um das Nashorn mit einem Stock zu pieken. »Ich dulde nicht, daß du dich im Steingarten rumtreibst«, teilte sie dem Tier mit. Vor dem Küchengarten döste ein Löwe in der Sonne. »Zieh Leine, du faules Untier.« Der Löwe stand auf und schlich sich fort.

Klex schaute voll Bewunderung zu, ehe er die Tür zum Küchengarten schloß. »Was für eine Frau«, murmelte er und kümmerte sich wieder um die Tomaten. Fünf Minuten später wurde er von einem dumpfen Grollen aus der Schlucht unterbrochen. Er blickte auf. Sie kamen näher. Es war an der Zeit, in dieser Angelegenheit etwas zu unternehmen. Bisher hatte er sich darauf beschränkt, nachts Dundridges mobiles Hauptquartier durch die Gegend zu fahren und die Positionen der Pflöcke zu verändern, mit denen die Streckenführung markiert wurde, so daß die Autobahn mehrere Grade von der geplanten Route abgewichen wäre, hätte man sich bei den Bauarbeiten nach den Wünschen der beteiligten Firmen gerichtet. Da Dundridge bei den Arbeiten leider auf Willkürlichkeit bestand, waren Klex' Anstrengungen zum Scheitern verurteilt gewesen. Er hatte lediglich bewirkt, daß sämtliche Bäume in Oberst Chapmans Obstplantage, die etwa vierhundert Meter von der geplanten Autobahnstrecke entfernt lag, gefällt wurden. Der Oberst hatte den Behörden die Hölle heiß gemacht, dann war ihm eine zusätzliche Schadensersatzzahlung versprochen worden. Noch ein paar derartige Rechenfehler, und es gäbe einen öffentlichen Entrüstungsschrei. Klex dachte gründlich über dieses Problem nach.

*

Zum erstenmal seit Wochen besuchte Klex in dieser Nacht den Royal George in Guildstead Carbonell.

Mrs. Wynn begrüßte ihn enthusiastisch. »Bin ich froh, daß du gekommen bist«, sagte sie. »Ich dachte schon, du hättest mich endgültig aufgegeben.«

Klex sagte, er sei beschäftigt gewesen. »Beschäftigt?« sagte Mrs. Wynn. »Das mußt gerade du sagen. Ich bin hier mit den Leuten von der Autobahn dauernd auf Trab. Mittags kommen sie her, und abends sind sie wieder da. Sowas hat's hier bestimmt noch nie gegeben, das kannst du mir glauben.«

Klex schaute sich in der Bar um und sah, was sie meinte. Die Kneipe war voller Bauarbeiter. Er nahm sich einen Halben Handyman Brown und setzte sich an einen Tisch in der Ecke. Eine Stunde später unterhielt er sich angeregt mit dem Bulldozerfahrer.

»Muß 'ne interessante Arbeit sein, Häuser abzureißen«, sagte Klex.

»Wird gut bezahlt«, sagte der Fahrer.

»Um ein großes Gebäude wie Haus Handyman abzubrechen, muß man bestimmt ein echter Fachmann sein.«

»Keine Ahnung. Ich sag immer, je größer sie sind, desto lauter kracht's, wenn sie umfallen«, sagte der Fahrer, der sich durch Klex' Interesse geschmeichelt fühlte.

»Ich hole uns noch 'n Halben«, sagte Klex.

Drei Halbe später erklärte der Fahrer einem faszinierten Klex die Feinheiten von Abrißarbeiten.

»Es kommt drauf an, daß man den Eckstein trifft«, sagte er. »Den suchst du dir, schwingst die Birne zurück, läßt sie los und schon – fertig ist die Laube! – fällt das ganze Haus um wie ein Stapel Spielkarten. Ich verrate Ihnen was: ich hab' das schon öfter gemacht, als Sie warme Mahlzeiten hatten.«

Klex sagte, das wolle er gern glauben. Als die Polizeistunde kam, wußte er eine ganze Menge über Abbrucharbeiten, und der Fahrer sagte, er würde ihn gern mal wiedersehen. Klex half Mrs. Wynn beim Gläserwaschen und kam dann seinen nichtehelichen Pflichten nach, ohne allerdings mit dem Herzen dabeizusein. Mrs. Wynn bemerkte das.

»Heute nacht bist du nicht der alte«, sagte sie, als sie fertig waren. Klex grunzte. »Das soll nicht heißen, daß ich selber umwerfend bin. Meine Beine bringen mich um. Ich muß unbedingt mal 'n Tag ausspannen.«

»Warum nimmst du dir nicht einen Tag frei?« fragte Klex.

»Wie soll ich das machen? Wer kümmert sich dann um die Gäste?«

»Das mach ich dann schon«, sagte Klex.

*

Um fünf radelte Klex bereits die Hauptstraße von Guildstead

Carbonell hinunter zum Haus Handyman. Um sieben hatte er die Löwen gefüttert, und als Lady Maud zum Frühstück runterkam, wartete er schon auf sie.

»Ich nehme mir den Tag frei«, verkündete er.

»Was tun Sie?« erkundigte sich Lady Maud. Klex nahm sich nie freie Tage.

»Mir den Tag freinehmen. Und ich brauche den Landrover.«

»Wofür?« fragte Lady Maud, die es nicht gewohnt war, von ihrem Gärtner zu hören, daß er ihren Landrover brauche.

»Überlassen Sie das nur mir«, sagte Klex. »Verraten wird nichts.«

»Verraten wird nichts? Aber sonst geht's Ihnen gut?«

»Und dann brauche ich noch ein Schreiben für Mr. Wilkes in der Brauerei, daß er mir Spezialbräu Sonderabfüllung aushändigen soll.«

Lady Maud nahm am Küchentisch Platz und sah ihn skeptisch an. »Die Sache gefällt mir nicht, Klex. Sie führen etwas im Schilde.«

»Und *die* Sache gefällt mir auch nicht«, sagte Klex, als aus der Schlucht ein dumpfes Grollen ertönte. Lady Maud nickte. Diese Sache gefiel auch ihr nicht.

»Hat es irgendwas damit zu tun?« fragte sie. Klex nickte. »Wenn das so ist, kriegen Sie, was Sie wollen, aber ich möchte nicht, daß Sie wegen mir in Schwierigkeiten geraten, damit das klar ist.«

Sie ging ins Arbeitszimmer und schrieb Mr. Wilkes, dem Direktor der Handyman-Brauerei in Worford, er solle Klex geben, was er verlange.

Um zehn Uhr war Klex im Büro des Direktors.

»Spezial-Sonderabfüllung?« sagte Mr. Wilkes. »Aber Spezial-Sonder ist nur für besondere Anlässe, Krönungsfeiern und dergleichen.«

»Hier geht's um einen besonderen Anlaß«, erwiderte Klex.

Mr. Wilkes las den Brief noch einmal durch. »Wenn Lady Maud darauf besteht, muß ich es wohl tun, obwohl der Verkauf von Spezial-Sonder gesetzlich strengstens verboten ist. Es hat zwanzig Prozent Stammwürze.«

»Und zehn Flaschen Wodka«, sagte Klex. Sie begaben sich in den Keller und beluden den Landrover.

»Vergessen Sie, daß ich hier war«, empfahl Klex, als sie fertig waren.

»Ich werd' mir Mühe geben«, sagte der Direktor, »das Ganze ist verflucht ungesetzlich.«

*

Klex fuhr zum Royal George und brachte Mrs. Wynn zu ihrem Bus. Dann kehrte er in die Kneipe zurück und machte sich an die Arbeit. Gegen Mittag hatte er ein Faß Handyman Bitter in die Kanalisation gekippt und es mit Spezial-Sonderabfüllung und fünf Flaschen Wodka gefüllt. Er probierte die Mixtur an ein paar Gästen aus und war von der Wirkung begeistert. Nachmittags machte er ein Nickerchen und spazierte anschließend durchs Dorf und weiter bis zum Haus der Bullett-Finches. Es war ein großes, im Pseudo-Tudorstil erbautes Haus, ein wenig abseits von der Straße und mit einem sehr schönen Garten. Vor dem Tor verkündete ein Schild, Finch Grove stehe zum Verkauf. Die Bullett-Finches hatten keine Lust, hundert Meter neben einer Autobahn zu wohnen. Klex konnte es ihnen nicht verdenken. Dann ging er durchs Dorf zurück und sah sich Miss Percivals Häuschen an. Es stand nicht zum Verkauf. Es sollte abgerissen werden, und Miss Percival war schon ausgezogen. In der Nähe stand ein großer Kran, an dessen Arm eine stählerne Kugel baumelte. Klex kletterte ins Führerhäuschen und spielte mit den Armaturen. Dann ging er wieder in die Kneipe, setzte sich hinter die Bar und wartete auf die Öffnungszeit.

22

Sir Giles machte sich in Mrs. Forthbys Wohnung zu schaffen. An der Uhr auf dem Kaminsims stellte er das Datum um. Er blätterte die Seiten der Radio-Times auf den folgenden Tag um und versteckte die Tageszeitung. Mehrmals behauptete er steif und fest, es sei Mittwoch.

»Daran sieht man mal wieder, was ich für ein Wirrkopf bin«, sagte Mrs. Forthby, die gerade in der Küche das Abendessen zubereitete. »Ich hätte schwören können, heute wäre Dienstag.«

»Morgen ist Donnerstag«, sagte Sir Giles.

»Wenn du meinst, Liebling«, sagte Mrs. Forthby. »Ich weiß jedenfalls nicht, welcher Wochentag heute ist. Mein Gedächtnis ist einfach niederschmetternd.«

Sir Giles nickte beifällig. Auf Mrs. Forthbys schlechtem Gedächtnis beruhte sein Alibi, darauf und auf Schlaftabletten. »Der blöden alten Kuh wird ein Tag ihres Lebens nicht groß fehlen«, dachte er sich, als er mit einem Zahnbürstenstiel sechs Tabletten in einem Glas zerkleinerte und anschließend einen großen Schluck Whisky hineinkippte. Wie er von seinem Arzt wußte, lag die tödliche Dosis bei zwölf Stück. »Mit sechs wären Sie wahrscheinlich vierundzwanzig Stunden außer Gefecht«, hatte der Doktor ihm erzählt, und mehr als vierundzwanzig Stunden brauchte Sir Giles nicht. Er ging zum Abendessen in die Küche.

»Wie wär's mit einem Schlummertrunk?« fragte er, als sie fertig waren.

»Du weißt doch, daß ich nicht trinke«, sagte Mrs. Forthby.

»Neulich hast du aber. Eine halbe Flasche Würzbrandy hast du abends leer gemacht.«

»Das war was anderes. Da war ich nicht ganz auf der Höhe.«

Sir Giles lag der Spruch auf der Zunge, wenn sie diesen Drink intus hätte, würde sie noch viel tiefer sinken, aber er hielt sich zurück. »Prost«, sagte er und leerte sein Glas. »Prost«, meinte Mrs. Forthby skeptisch und nippte an ihrem Whisky.

Sir Giles goß sich noch einmal nach. »Wohl bekomm's«, sagte er.

Mrs. Forthby nippte wieder. »Weißt du, ich hätte schwören können, daß heute Dienstag ist.«

Sir Giles hätte schwören können – punktum. »Heute ist Mittwoch.«

»Aber ich hab' doch Mittwoch einen Friseurtermin. Wenn heute Mittwoch ist, muß ich ihn verpaßt haben.«

»Genau«, sagte Sir Giles wahrheitsgemäß. Was auch immer geschehen würde, Mrs. Forthby hatte ihren Friseurtermin verpaßt. Er hob sein Glas. »Wohlsein.«

»Wohlsein«, wiederholte Mrs. Forthby und nippte noch einmal. »Wenn heute Mittwoch ist, muß morgen Donnerstag sein, was bedeutet, daß ich am Nachmittag meinen Töpferkurs habe.«

Sir Giles schenkte sich rasch noch einen Whisky ein. Wegen derartiger unwichtiger Kleinigkeiten scheiterten die besten Pläne. »Ich habe mir gerade überlegt, daß wir am Wochenende nach Brighton fahren könnten«, extemporierte er. »Ich dachte, das würde dir gefallen.«

»Mit mir?« fragte Mrs. Forthby mit glänzenden Augen.

»Nur wir beide ganz allein«, sagte Sir Giles.

»Oh, du bist so aufmerksam.«

»A votre santé«, sagte Sir Giles.

Mrs. Forthby trank ihren Drink aus und stand auf. »Heute nacht ist Schwester Katheter dran, stimmt's?« sagte sie und schwankte auf ihn zu.

»Vergiß es«, sagte Sir Giles, »ich bin nicht in Stimmung.« Das war Mrs. Forthby auch nicht. Er trug sie ins Schlafzimmer und brachte sie zu Bett. Als er fünf Minuten später die Wohnung verließ, schlief sie tief und fest. Wenn sie aufwachte, würde er zurück sein und neben ihr im Bett liegen. Er stieg ins Auto und machte sich auf die Fahrt gen Norden.

*

Im Royal George in Guildstead Carbonell verlief Klexens Experiment in Sachen künstlich herbeigeführter Narkose zwar langsamer, brachte aber lustigere Resultate. Um neun Uhr abends war die Kneipe voller singender Kipperfahrer, zwei Schlägereien waren ausgebrochen und wieder beigelegt worden, ehe sie so richtig in Gang kamen, ein Pfeilwerfen mußte abgebrochen werden, als ein Unbeteiligter mit seinem Ohr an den Kalender vom letzten Jahr genagelt wurde, und Klex und Mrs. Wynns Schäferhund hatten zwei Männer wegen unzüchtiger Handlungen aus dem Männerklo verwiesen. Um zehn hatte sich Klex' Versprechen, die Spezial-Sonderabfüllung werde für einen besonderen Anlaß gebraucht, wortwörtlich erfüllt. Zwei weitere Schlägereien – diesmal zwischen Einheimischen und Autobahnbauarbeitern – waren nicht beigelegt worden, sondern hatten sich in den vornehmeren Schankraum der Kneipe ausgedehnt, wo ein Pfahlrammenführer versuchte, seine Tätigkeit an der Verlobten des Vorsitzenden der Jungen Konservativen zu demonstrieren, das Pfeilwerfen war mit einem Porträt Winston Churchills als Wurfbrett fortgesetzt worden, und ein halbes Dutzend Bulldozerfahrer vollführten auf dem Billardtisch ein Holzschuh-Schautanzen. Zwischendurch war Mr. Edwards, der behauptete, er habe mehr Häuser abgerissen, als Klex warme Mahlzeiten gegessen habe, von diesem in eine prima aggressive Stimmung hochgeschaukelt worden.

»Jedes beschissene Haus, daß Sie mir zeigen, kann ich mit einem sverdammten Schlag umhauen«, rief Mr. Edwards.

Klex zog eine Augenbraue hoch. »Wer's glaubt, wird selig.«

»Wenn ich's Ihnen doch sage«, behauptete Mr. Edwards. »Ein Schlag an die richtige Stelle, und die Sache ist geritzt.«

»Das glaube ich erst, wenn ich's gesehen habe«, sagte Klex und goß ihm noch einen Halbe Spezial-Sonder ein.

»Ich zeig's Ihnen. Ich werd's Ihnen verdammt nochmal zeigen«, sagte Mr. Edwards und nahm noch einen kräftigen Schluck.

Als die Polizeistunde nahte, hatte das Spezialbräu wenn auch keine heilsame, so doch wenigstens eine beruhigende Wirkung auf die ganze Veranstaltung ausgeübt. Als die Bauarbeiter zu ihren Autos taumelten und die Jungen Konservativen wegfuhren, um sich ihre Wunden zu lecken, machte Klex den Laden dicht und half Mr. Edwards auf die Beine.

»Ich sag's Ihnen doch, ich kann es«, murmelte der.

»Nie im Leben«, widersprach Klex.

Gemeinsam stolperten sie die Straße entlang auf Miss Percivals Häuschen zu; Klex umklammerte eine Flasche Wodka und Mr. Edwards' Arm.

»Ich zeig's Ihnen«, sagte Mr. Edwards, als sie quer über ein Feld auf das Haus zugingen. »Scheiße verdammte, ich zeig's Ihnen.«

Er kletterte in den Kran und ließ den Motor an. Klex stand hinter ihm und schaute zu.

»Olé, wir fahr'n in'n Puff nach Barcelona«, sang Mr. Edwards, als der Kran mit einem Ruck durch die Hecke und den Garten fuhr. Hinter ihm wackelte und schwang die eiserne Abrißbirne. Mr. Edwards hielt den Kran an und stellte die Steuerung ein. Der Kranarm schwang herum, und die Kugel schwang mit. Sie verfehlte das Haus.

»Haben Sie nicht gesagt, Sie könnten es auf einen Schlag schaffen?« fragte Klex.

»Das«, sagte Mr. Edwards, »war bloß ein Probeschwung.« Er senkte den Kranarm, und eine Sonnenuhr zerbröselte. Mr. Edwards fuhr ihn wieder in die Höhe.

»Tausend nackte Weiber auf dem Männerpissoir«, grölte er.

Der Kran schwang herum, und Klex sprang aus dem Weg, als die Abrißbirne an ihm vorbeihoppelte. Im nächsten Moment prallte sie in die Seitenwand des Häuschens. Backsteine, Dachziegeln und Glassplitter stürzten krachend zu Boden, und eine große Staubwolke hüllte kurzzeitig Miss Percivals ehemals hübsches Heim ein. Als sich der Staub schließlich verzog, waren die Überbleibsel nicht mehr besonders hübsch; andererseits war das Gebäude nicht völlig zerstört. Ein Schornstein stand noch, und das Dach hing zwar in einem kuriosen Winkel herunter, war aber eindeutig als Dach erkennbar. Klex musterte kritisch das Resultat der Aktion.

»Besonders umwerfend finde ich das wirklich nicht«, meinte er herablassend. »Aber schließlich gibt es ja immer ein erstes Mal, nehme ich an.«

»Was solln das heißen, ein erstes Mal?« sagte Mr. Edwards. »Ich hab's schließlich abgerissen, oder?«

»Nein«, sagte Klex, »nicht auf einen Schlag.«

Mr. Edwards tröstete sich mit Wodka. »Ischa bloß 'n Scheiß Landhaus. Was soll man von'm Landhaus schon erwarten. Hat überhaupt keine Masse. Brauche Masse, brauch' Gewicht. Zeig mir 'n Haus, 'n anständiges Haus, 'n großes, massives Haus, und ich ...« Er sackte über seinen Armaturen zusammen. Klex kletterte in die Kabine und schüttelte ihn.

»Aufwachen«, rief er. Mr. Edwards wachte auf.

»Zeig mir'n anständiges Haus ...«

»In Ordnung, mach' ich«, sagte Klex. »Zeigen Sie mir, wie man dieses Ding fährt, und ich zeige Ihnen ein anständiges Haus.«

Mr. Edwards gab sich große Mühe. »Du ziehst an diesem Hebel hier und drückst auf das Pedal da.« Fünf Minuten später wurde Guildstead Carbonell, dessen Ruhe bereits durch den Ausbruch von Gewalt im Royal George gestört worden war, zum zweitenmal erschüttert, als Klex mit Mr. Edwards' Hilfe versuchte, die High Street mit mehr als der gesetzlich vorgeschriebenen Geschwindigkeit zu befahren. Als der Kranwagen mit über sechzig Stundenkilometern die erste von mehreren Kurven nahm, hatte Klex Schwierigkeiten, ihn auf der Straße zu halten. Dabei halfen ihm weder Mr. Edwards' Trägheit noch die hinter ihm schwingende Abrißbirne, die dazu neigte, die Reize der Zentrifugalkraft zu demonstrieren. An der ersten Ecke streifte sie das Spiegelglasfenster eines neueröffneten Minimarkts, federte vom Dach eines geparkten Wagens hoch, drang in das Wohnzimmer von Mr. Tates Haus ein und kam in Mr. und Mrs. Williams' Salon wieder zum Vorschein, enthauptete das Kriegerdenkmal und nahm auch noch einen Telegrafenmasten einschließlich fünfzig Meter Draht ins Schlepptau. An der zweiten Kurve machte der Kran eine Abkürzung durch den Hof von Mr. Dugdales Werkstatt und Tankstelle, wo er sauber die Pfeiler durchtrennte, die früher das Dach gestützt hatten, und außerdem vier Tanksäulen und ein Schild mitnahm, das für kostenlose Trinkgläser warb. Nach der Durchquerung der restlichen High Street hatte die Eisenkugel auf sieben weiteren Autos und den Fassaden von zwölf herausragenden Beispielen der Architektur des achtzehnten Jahrhunderts ihren Abdruck hinterlassen, während der Telegrafenmast, um ja nicht in Vergessenheit zu geraten, jedes dritte Fenster durchbohrt hatte, ehe er sich vom Kran losriß und im Gemeindesaal der Methodistischen Urkirche zur Ruhe kam, nicht ohne ein großes Schild mitzunehmen, das die Ankunft des HERRN verkündete. Als sie das Dorf verließen, leistete die Abrißbirne ihren letzten Beitrag zu Frieden und Ruhe des Ortes, indem sie einen Transformator touchierte, der daraufhin unter Absonderung einer ganzen Galaxis blauer Funken explodierte und den gesamten Bezirk in Finsternis hüllte. Bei dieser Gelegenheit erwachte Mr. Edwards.

»Wo sind wir?« murmelte er.

»Fast da«, antwortete Klex, dem es nun gelang, die Geschwindigkeit des Kranwagens zu drosseln. Mr. Edwards genehmigte sich noch einen ordentlichen Schluck Wodka.

»Müde bin ich, möcht' zur Ruh«, sang er, »zeige mir den Weg ins Bettchen.«

»Noch nicht«, sagte Klex und steuerte den Kran die Auffahrt zum Haus der Bullett-Finches hoch

*

Zu den angenehmeren Angewohnheiten von Mrs. Bullett-Finch gehörte nach Meinung ihres Mannes, daß sie früh zu Bett ging. »Morgenstund hat Gold im Mund«, pflegte sie jeden Abend um neun Uhr zu verkünden und sich anschließend nach oben zu begeben, so daß Mr. Bullett-Finch sich friedlich und in aller Ruhe und Bequemlichkeit über Rasen informieren konnte. Rasen interessierten ihn nämlich rasend. Sie übten eine Anziehungskraft auf ihn aus, die Ivy Bullett-Finch schon seit langem fehlte. Je älter er war, desto schöner wurde ein Rasen, was man von Ehefrauen nicht behaupten konnte, und was Mr. Bullett-Finch über Rasenschmiele, Schwingelgras und Sandsegge nicht wußte, war auch nicht wissenswert. Und der Rasen um Finch Grove herum gehörte, wie er fand, zu den besten im ganzen Land. Oben am Haus fing er an und erstreckte sich makellos bis zum Bach unten im Garten. Kein Löwenzahn verunzierte seine Oberfläche, kein Wegerich und kein einziges Gänseblümchen. Sechs Jahre lang hatte Mr. Bullett-Finch seinen Rasen gepflegt, mit Sand bestreut, gemäht, gejätet, gedüngt und punktuell mit Unkrautvertilgungsmitteln traktiert, ja, er war sogar so weit gegangen, Besucherinnen mit Stöckelschuhen das Betreten seines Rasens zu untersagen. Und wenn Ivy in den Obstgarten gehen wollte, mußte sie ihre Hausschuhe anziehen. Womöglich hatte sein Beharren darauf, daß der vordere Garten absolut sakrosankt sei, ihre Neigung zu Nervosität und Schuldgefühlen noch verstärkt. Was der Garten für ihren Mann war, war das Haus für Ivy: eine Quelle zwanghafter Sorge, wo alles seinen Platz hatte, zweimal täglich abgestaubt und dreimal wöchentlich poliert wurde, so daß sie weniger aus Trägheit als aus reiner Erschöpfung früh zu Bett ging, wo sie dann wach lag und sich fragte, ob sie alles ausgemacht hatte.

In eben dieser Nacht hatte sich Mr. Bullett-Finch gerade in

ein Kapitel über Herbizide auf hormoneller Basis vertieft, als das Licht ausging. Er stand auf und stolperte zum Sicherungskasten, wo er feststellen mußte, daß die Sicherungen in Ordnung waren.

»Muß ein Stromausfall sein«, dachte er sich und ging im Dunkeln zu Bett. Gerade hatte er sich entkleidet und war dabei, seinen Schlafanzug anzuziehen, als er bemerkte, daß offenbar etwas ausgesprochen Riesiges und von einem mächtigen Dieselmotor Angetriebenes seine Auffahrt hochfuhr. Er eilte zum Fenster und schaute direkt in zwei starke Scheinwerfer. Kurzzeitig geblendet, tastete er nach seinem Bademantel und den Hausschuhen, fand sie, zog sie an und spähte wieder aus dem Fenster. Etwas, das wie ein riesiger Kran aussah, hatte auf dem kiesbestreuten Vorhof angehalten und fuhr nun rückwärts auf seinen Rasen. Mit einem Wutschrei befahl ihm Mr. Bullett-Finch anzuhalten, doch es war zu spät. Kurz darauf ertönte ein schwirrendes Geräusch, und der Kran holte aus. Mr. Bullett-Finch zog den Kopf ein und rannte zur Treppe. Als er die Hälfte der Stufen hinuntergehetzt war, löste sich seine ganze Sorge um seinen wertvollen Rasen in Nichts auf; an ihre Stelle trat die feste Überzeugung, Finch Grove befinde sich im Zentrum eines gigantischen Erdbebens. Als das Haus um ihn herum zerfiel – womit Mr. Edwards' Behauptung, er sei ein Abrißexperte, aufs schönste bestätigt wurde –, klammerte sich Mr. Bullett-Finch an das Treppengeländer und lugte durch einen Sandsturm aus Putz und pulverisierten Backsteinen, während das Mobiliar, auf das seine Gattin zu Recht so stolz gewesen war, aus den Räumen im oberen Stockwerk an ihm vorbeisauste. Zwischen den Möbeln tauchte Mrs. Bullett-Finch persönlich auf, schreiend und hysterisch ihre Unschuld beteuernd, die bis dato immer außer Zweifel gestanden hatte, und er überlegte gerade, weshalb sie für eine offensichtliche Naturkatastrophe die Verantwortung übernehmen wolle, als ihm die Entscheidung abgenommen wurde, da das Dach auf ihn stürzte und die Treppe unter ihm zusammenbrach. Mr. Bullett-Finch fiel in den Keller, wo er – umgeben von seinem kleinen Rotweinvorrat – bewußtlos liegenblieb. Mrs. Bullett-Finch, die sich immer noch an ihre Matratze und die Überzeugung klammerte, sie habe das Gas angelassen, war derweil in den Kräutergarten katapultiert worden, wo sie inmitten des Thymians konvulsivisch schluchzend liegenblieb.

Aus der Kabine des Krans betrachtete Mr. Edwards stolz sein Werk.

»Hab' dir doch gesagt, ich kann's«, sagte er und entriß Klex die Wodkaflasche, mit der dieser seine Nerven beruhigt hatte. Klex ließ ihn die Flasche leeren. Dann zog er ihn aus der Kabine und kletterte wieder zurück, um alle Fingerabdrücke von den Armaturen zu wischen. Schließlich schulterte er Mr. Edwards und ging die Auffahrt hinunter.

Als er im Royal George eintraf, war Mrs. Wynn wieder aus Worford zurück und wusch bei Kerzenlicht Gläser ab.

»Sieh dir bloß diese Schweinerei an«, beschwerte sie sich. »Kaum lasse ich dich mal einen Tag allein den Laden schmeißen, finde ich das hier vor. Man könnte meinen, hier hätte eine Orgie stattgefunden. Und dann wüßte ich gern, was eigentlich im Dorf passiert ist? Sieht aus, als wäre es bombardiert worden.«

Klex half beim Abwaschen und ging dann wieder zu dem Landrover hinaus. Mr. Edwards schlief immer noch tief und fest auf dem Rücksitz. Klex fuhr langsam aus dem Hof in Richtung Ottertown. Das war zwar ein Umweg, aber er wollte nicht auf der High Street gesehen werden. Er hielt an dem Wohnwagenpark, wo die Autobahnbauer untergebracht waren, und legte Mr. Edwards aufs Gras. Dann fuhr er zur Schlucht und dem Handyman-Anwesen zurück. Um zwei Uhr morgens lag er in seinem Bett im Pförtnerhaus. Alles in allem war es ein erfolgreicher Tag gewesen.

*

In Dundridges Apartment klingelte das Telefon. Schläfrig tastete er danach und knipste das Licht an. Es war Hoskins.

»Was wollen Sie denn, verdammt nochmal? Ist Ihnen klar, wie spät es ist?«

»Ja«, sagte Hoskins, »allerdings ist mir das klar. Ich wollte Ihnen nur mitteilen, daß Sie diesmal zu weit gegangen sind.«

»Zu weit gegangen?« sagte Dundridge. »Ich bin nirgendwohin gegangen.«

»Verschonen Sie mich bloß damit«, sagte Hoskins. »Sie mit Ihren wahllosen Ausfällen, Ihren Spezialeinheiten und Sturmtrupps. Na, diesmal haben Sie uns ganz schön reingeritten. In diesem verfluchten Haus wohnten noch Menschen, verstehen Sie, außerdem war's überhaupt nicht für den Abriß vorgesehen, und was Sie mit Guildstead Carbonell angestellt haben... Ihnen ist doch hoffentlich klar, daß die Autobahn in fast zwei Kilometer Entfernung an dem Dorf vorbeiführen sollte. Die Ortschaft steht unter Denkmalschutz, Guildstead Carbonell, das ein historisch wertvoller Ort ist... war. Jetzt ist es eine verdammte Ruinenlandschaft, ein Notstandsgebiet.«

»Ein Notstandsgebiet?« sagte Dundridge. »Was meinen Sie mit Notstandsgebiet?«

»Sie wissen ganz genau, was ich damit meine«, schrie Hoskins hysterisch. »Ich hatte ja schon immer den Verdacht, daß Sie verrückt sind, aber jetzt weiß ich's.« Er knallte den Hörer auf die Gabel und ließ einen verwirrten Dundridge zurück, der sich auf die Bettkante setzte und überlegte, was zu tun sei. Zweifellos war mit der Operation Fernverkehr irgend etwas schiefgelaufen. Gerade wollte er Hoskins zurückrufen, als das Telefon wieder klingelte. Diesmal war die Polizei dran.

»Spreche ich mit Mr. Dundridge?«

»Ja, am Apparat.«

»Hier spricht der Polizeipräsident. Ich würde mich gern einmal mit Ihnen unterhalten. Es geht um die Ereignisse in Guildstead Carbonell...«

Dundridge zog sich an

*

Sir Giles parkte seinen Wagen vor der Kirche von Wilfrid's Castle. Diese Ecke wurde wenig besucht, und um zwei Uhr morgens würde sich wahrscheinlich sowieso niemand draußen herumtreiben. Ein Bentley hatte unter anderem den großen Vorzug, daß er kein lautes Auto war. Die letzten zehn Kilometer war Sir Giles ohne Licht gefahren, hatte sich im Leerlauf an Bauernhäusern vorbeigedrückt und nur Nebenstraßen benutzt. Er hatte keine anderen Fahrzeuge bemerkt und war seines Wissens von niemandem bemerkt worden. So weit, so gut. Er stieg aus dem Wagen und ging den Fußweg hinunter zur Brücke. Dort unter den Bäumen war es dunkel, und er hatte Schwierigkeiten, sich zurechtzufinden. Nach Überqueren der Brücke kam er an ein Tor aus Maschendraht. Er knipste kurz seine Taschenlampe an, öffnete das Tor und betrat die Schonung. Das Tor überraschte Sir Giles. Er war schon lange nicht mehr auf der anderen Seite der Brücke gewesen, genaugenommen seit seinem Hochzeitstag nicht, war sich aber ganz sicher, daß es früher kein Tor gegeben hatte. Doch jetzt war nicht die Zeit, sich über solchen Kleinkram den Kopf zu zerbrechen. Er mußte sich beeilen. Das war leichter gesagt als getan. Schon bei Tageslicht war es in der Schonung dunkel genug. Nachts war es stockfinster. Sir Giles beleuchtete den Boden mit einer Taschenlampe und ging vorsichtig weiter, dankbar, daß ein Teppich aus Fichtennadeln seine Schritte dämpfte. Er hatte den Wald zur Hälfte durchquert, als er bemerkte, daß er nicht allein war. In der Nähe atmete etwas.

Er machte die Taschenlampe aus und horchte. Über ihm ächzten die Fichten in einem leichten Wind, und für einen Augenblick hoffte Sir Giles, er habe sich geirrt. Sekunden später wußte er, daß diese Hoffnung trog. Aus dem Wald drang ein gewaltiges Pfeifen und Schnaufen. »Muß eine Kuh mit Asthma sein«, dachte er, obwohl er sich nicht vorstellen konnte, wie eine asthmatische Kuh in die Schonung gelangt war. Kurz darauf wurde er, was die Kuh betraf, eines Besseren belehrt. Was auch immer es war, es erhob sich mit einem furchtbaren Schnauben, brach dabei etliche Äste ab, den Geräuschen nach zu urteilen große Äste, und trollte sich mit einer solchen Zielstrebigkeit, daß es offenbar zahlreiche Bäume mitnahm. Sir Giles stand zitternd da, teils aus Furcht, teils weil der Boden unter seinen Füßen ebenfalls zitterte, und als das Geschöpf schließlich am Waldesrand mit ebensowenig Rücksicht auf fremdes Eigentum wie auf sein eigenes Wohlergehen durch den Eisenzaun brach, war er sich nicht im klaren, ob er weitergehen sollte. Am Ende zwang er sich, seinen Weg fortzusetzen, wenn auch vorsichtiger als zuvor. Was immer es gewesen war, schließlich *war* es ja weggelaufen.

Sir Giles erreichte das Tor und starrte zum Haus hinüber. Es war unbeleuchtet. Rasch überquerte er den Rasen und ging zur Haustür. Dort zog er die Schuhe aus, öffnete die Tür und trat ein. Stille. Er ging durch den Korridor, betrat sein Arbeitszimmer und schloß die Tür. Dann knipste er seine Taschenlampe an und richtete sie auf den Safe – oder besser gesagt auf das Loch in der Wand, wo früher der Safe gewesen war. Sir Giles glotzte es entgeistert an. Kein Wunder, daß Hoskins so nachdrücklich von Verbrennungsöfen, leichtentzündlichem Material und Gesundheitsrisiken gesprochen hatte. Nicht Dundridge hatte damit gedroht, zur Polizei zu gehen, sondern Maud. Aber hatte sie ihre Drohung schon wahrgemacht? Das ließ sich unmöglich sagen. Er schaltete die Taschenlampe aus, stand im Dunkeln und überlegte. Er konnte natürlich dafür sorgen, daß sie auch in Zukunft nicht zur Polizei ging, wenn sie nicht schon dagewesen war. Alle seine Zweifel, und sehr viele waren es nicht, ob es ratsam sei, sich des Hauses Handyman und Mauds zu entledigen, verflüchtigten sich. Er würde das alte Biest endgültig fertigmachen. Er öffnete die Arbeitszimmertür und horchte einen Moment lang, bevor er durch den Gang zur Küche schlich. Wenn Feuer ganz von selbst ausbrachen, dann normalerweise in Küchen, außerdem befanden sich dort die Tanks für den Ölherd. Unterwegs machte er in der Garderobe unter der Treppe halt und zog seine Gummistiefel an.

Das Klirren des Eisenzauns weckte Lady Maud. Sie setzte sich im Bett auf und überlegte, was das wohl bedeutete. Eisenzäune klirrten nicht von allein, und Nashörner tobten nicht ohne Grund in den frühen Morgenstunden durch Steingärten. Sie knipste die Nachttischlampe an, um nach der Uhrzeit zu sehen, aber dank des Stromausfalls in Guildstead Carbonell gab es kein Licht. Merkwürdig. Sie stieg aus dem Bett und ging ans Fenster, wo sie gerade rechtzeitig eintraf, um einen Schatten zu erkennen, der über den Rasen huschte und beim Haus wieder verschwand. Der Schatten verhielt sich eindeutig verdächtig, und er kam aus der Schonung. Einen Augenblick lang vermutete sie, es handele sich um Klex; es gab aber keinerlei Grund, weswegen Klex um... sie schaute auf ihre Armbanduhr... um halb drei morgens auf verdächtige Art und Weise durch den Park laufen sollte. Außerdem konnte sie das jederzeit überprüfen. Sie nahm den Hörer ab und wählte das Pförtnerhaus an.

»Klex«, flüsterte sie, »sind Sie da?«

»Ja«, antwortete Klex.

»Sind die Tore verschlossen?«

»Ja«, sagte Klex, »wieso?«

»Ich wollte mich nur vergewissern.« Sie legte den Hörer sachte auf und kleidete sich an. Dann ging sie leise nach unten und drückte auf die Haustürklinke. Die Tür war unverschlossen. Lady Maud sah sich um. Vor der Haustür standen ein Paar Schuhe. Sie hob sie auf und schnüffelte. Giles. Unverkennbar Giles. Sie stellte die Schuhe wieder hin, schloß die Haustür hinter sich und ging in die Werkstatt. Das kleine Schwein war also zurückgekommen. Den Grund konnte sie sich vorstellen. Tja, er mochte zwar zurückgekommen sein, aber wieder abzuhauen, würde ihm nicht so leicht fallen. Kurz darauf rannte sie, erstaunlich flink für eine so massige Frau und eine so finstere Nacht, über den Rasen auf die Schonung zu. Selbst dort, in der stockdunklen Finsternis, reduzierte sie ihr Tempo nicht. Die lebenslange Vertrautheit mit dem Waldpfad verlieh ihr ein untrügliches Gespür für den richtigen Moment, wann sie sich durch die Bäume winden oder schlängeln mußte. Fünf Minuten später stand sie am Tor zum Steg. Sie langte in ihre Tasche, holte ein großes Schloß heraus, hängte es in den Riegel und ließ es einschnappen. Nachdem sie ausprobiert hatte, ob es auch sicher befestigt war, drehte sie sich um und ging zum Herrenhaus zurück.

*

Dort in der Küche ließ Sir Giles sich Zeit. Bei erfolgreicher Brandstiftung war Einfachheit das Wesentliche, und der beste Mord hatte wie ein natürlicher Tod auszusehen. Der Ölherd war ein selbstzündendes Modell. Er schaltete sich nachts in gewissen Abständen ein. Sir Giles leuchtete mit der Taschenlampe den Zeitschalter an; er stand auf vier Uhr. Es war noch reichlich Zeit. Aus seiner Tasche nahm er einen verstellbaren Schraubenschlüssel und schraubte die Mutter ab, mit der die Zuleitung von den Öltanks am Herd befestigt war. Als das Öl sich über den Fußboden ergoß, setzte sich Sir Giles auf einen Stuhl und lauschte. Es verteilte sich gleichmäßig und floß bereits unter den Tisch. Nicht mehr lange, und es gelangte durch den Gang in die Eingangshalle. Viertausend Liter Heizöl paßten in diese Tanks, und Sir Giles wußte, daß sie kürzlich gefüllt worden waren. Er würde warten, bis sie leer waren, und dann das Zuleitungsrohr wieder anbringen, ohne es allerdings festzuschrauben. Für die Polizei und die Ermittler von der Versicherung würde es so aussehen, als hätte es einfach nur ein Leck gegeben. Ja, viertausend Liter waren genau das richtige. Haus Handyman würde sich in Sekundenschnelle in ein brennendes Inferno verwandeln. Für die Anfahrt aus Worford brauchte die Feuerwehr mindestens eine halbe Stunde, und bis dahin war das Gebäude nur noch ein Haufen Asche. Das gleiche galt für Maud. Sir Giles kannte sie zu gut, um zu vermuten, sie würde, selbst wenn sie genug Zeit hätte, aus ihrem Schlafzimmerfenster springen. Womöglich wachte sie nicht einmal auf, ehe die Flammen den ersten Stock erreichten; und selbst wenn, würde ihr erster Gedanke sein, nach unten zu rennen und zu versuchen, ihren kostbaren Familiensitz zu retten. Klex würde es im Pförtnerhaus überlassen bleiben, Feueralarm zu schlagen. Das mit Klex war jammerschade. Sir Giles hätte ihn gern mit eingeäschert.

*

Lady Maud stand im Garten und schaute zum Haus hinüber. Giles war gekommen, um die Negative der Bilder zu suchen, die sie von ihm geschossen hatten. Tja, nicht sehr wahrscheinlich, daß er sie fand. Klex hatte sie in Sechserstreifen zerschnitten und mit ins Pförtnerhaus genommen. Oder vielleicht wollte er auch die Fotos aus seinem Safe holen. Da erwartete ihn ebenfalls eine Enttäuschung. Wie auch immer, ihm stand eine unangenehme Überraschung bevor. Sie ging zur Haustür und hob seine Schuhe auf. Es war vielleicht gar keine schlechte Idee, sie zu entfernen, wo sie schon mal dabei war. Sie brachte sie in die Garage, steckte sie in einen leeren Eimer und kam gerade wieder ins Freie, als ihr plötzlich aufging, daß Giles mit seinem Besuch eine noch viel finsterere Absicht verfolgen mochte. Sechs Jahre Zusammenleben mit diesem Widerling hatten sie gelehrt, daß er ebenso skrupellos wie verschlagen war. Es konnte sich auszahlen, wenn sie vorsichtig war.

»Ich passe besser auf, wo ich hintrete«, dachte sie und begab sich zur Küchentür. Als sie die gerade aufschließen wollte, trat sie in etwas Glitschiges. Sie hielt sich fest und griff nach unten. Öl. Es sickerte unter der Küchentür durch und über die Stufen in den Garten. Gleich darauf wußte sie, welche Absicht er mit seinem Besuch verfolgte. Er wollte das Herrenhaus in Brand stecken. Bei Gott, das würde ihm nicht gelingen. Mit einem Wutschrei stürzte Lady Maud sich auf die Tür, öffnete sie und stürmte in die Küche. Einen Moment lang hielt sie sich auf den Beinen, aber dann landete sie auf ihrem Hinterteil und rutschte über den Boden. Dasselbe tat Sir Giles, wenn auch in eine andere Richtung. Als Lady Mauds massiger Körper unter ihm durchglitt und seinen Stuhl mitriß, wurde Sir Giles durch die Luft katapultiert, landete auf dem Gesicht und rutschte unaufhaltsam durch den Korridor und quer über den Marmorfußboden der Eingangshalle. Während er zappelnd versuchte, in dem Ölmeer auf die Füße zu kommen, konnte er hören, wie Maud durch die Küche prallte. Den Geräuschen nach zu urteilen, hatte sich ihr das gesamte Inventar an Töpfen, Pfannen und sonstigen Küchenutensilien angeschlossen. Sir Giles glitt zur Haustür, wo es ihm gelang, sich auf die Fußmatte zu stellen. Er packte den Türknopf und versuchte, ihn herumzudrehen. Das Scheißding bewegte sich nicht. Er fischte in seiner Hosentasche nach einem Taschentuch, wischte seine Hände und den Türknopf ab und war gleich darauf draußen, wo er nach seinen Schuhen griff. Die verfluchten Treter waren weg.

Zum Suchen blieb keine Zeit. Hinter ihm hatte Maud die kombinierten Kräfte von Schmiere und Schwerkraft endlich bewältigt und stürmte den Gang hinunter, nicht ohne unterwegs zu versprechen, sie würde ihn mit bloßen Händen erwürgen. Sir Giles wartete nicht länger. In seinen Gummistiefeln stapfte er die Auffahrt hinunter und über den Rasen auf die Schonung zu. Hinter ihm rutschte Lady Maud in die Toilette im Erdgeschoß, von wo sie mit einem Gewehr wieder auftauchte. Sie ging zur Haustür und öffnete sie. Auf dem Rasen konnte sie Sir Giles erkennen. Lady Maud legte das Gewehr an und schoß. Er war zwar außer Reichweite, aber wenigstens wußte sie nun zu ihrer Zufriedenheit, daß er so schnell nicht wieder in die Nähe des Hauses kommen würde. Sie brachte das Schießeisen an seinen Platz zurück und begann mit den Aufräumungsarbeiten.

23

Im Pförtnerhaus hörte Klex den Schuß und sprang aus dem Bett. Lady Mauds Anruf hatte ihn beunruhigt. Warum wollte sie nur von ihm wissen, ob die Tore verschlossen seien? Und warum hatte sie geflüstert? Da war etwas im Busch. Und nach diesem Gewehrschuß war Klex ganz sicher. Er zog sich an, schnappte sich seine Flinte und ging nach unten zum Landrover, den er genau im Torbogen abgestellt hatte. Bevor er einstieg, überprüfte er das Schloß am Tor. Es war fest zu. Dann fuhr er zum Herrenhaus hinauf, parkte vor der Haustür und betrat das Haus.

»Ich bin's! Klex!« rief er in die Dunkelheit. »Ist mit Ihnen alles in Ordnung?«

Aus der Küche hörte man jemanden durch die Gegend rutschen und einen gedämpften Fluch ausstoßen.

»Stehenbleiben«, schrie Lady Maud. »Überall ist Öl.«

»Öl?« sagte Klex. Wenn er es recht bedachte, stank es im Haus tatsächlich nach Öl.

»Er hat versucht, das Haus in Brand zu stecken.«

Klex starrte ins Dunkel und schwor, ihn umzubringen, wenn er die Gelegenheit hätte. »Dieses Schwein«, murmelte er. Lady Maud rutschte mit einem Gummischrubber den Gang entlang.

»Hören Sie jetzt gut zu, Klex«, sagte sie. »Ich möchte, daß Sie mir einen Gefallen tun.«

»Was Sie wollen«, sagte Klex zuvorkommend.

»Er kam durch die Schonung. Das Tor dort hab' ich zugesperrt, damit er nicht rauskommt, aber sein Wagen muß noch oben in Wilfrid's Castle stehen. Ich möchte, daß Sie dahin fahren, und die Schei... dieses Ding, das sich dreht, entfernen.«

»Den Rotorarm«, schlug Klex vor.

»Genau«, sagte Lady Maud. »Und wenn Sie schon dabei sind, können Sie auch gleich zusätzliche Schlösser an den beiden Toren anbringen. Wir müssen unbedingt verhindern, daß unschuldige Menschen in den Park gelangen. Haben Sie verstanden?«

Klex lächelte im Dunkeln. Er verstand.

»Ich werde auch im Landrover den Rotorarm ausbauen«, sagte er.

»Eine weise Vorsichtsmaßnahme«, pflichtete Lady Maud ihm bei. »Und wenn Sie fertig sind, kommen Sie wieder hierher. Ich glaube nicht, daß er heute nacht nochmal zurückkehrt, aber es kann nicht schaden, wenn man sich vorsieht.«

Klex wandte sich zur Tür.

»Da wäre nur noch eins«, sagte Lady Maud. »Ich glaube, wir sollten die Löwen morgen früh nicht füttern. Sie müssen eben ein bis zwei Tage für sich selber sorgen.«

»Das hatte ich auch nicht vor«, sagte Klex und ging.

Lady Maud seufzte glücklich. Was für ein schönes Gefühl, einen echten Mann ums Haus herum zu wissen.

*

In der Finch Grove hegte Ivy Bullett-Finch genau entgegengesetzte Gefühle. Was von dem Haus noch übrig war, befand sich anscheinend um den Mann herum, außerdem konnte man Mr. Bullett-Finchs Überbleibsel allenfalls in einem rein stofflichen Sinn »echt« nennen. Er war gestorben, wie er gelebt hatte: in Sorge um das Wohlergehen seines Rasens. Dundridge traf mit dem Polizeichef rechtzeitig ein, um ihm die letzte Ehre zu erweisen. Als Feuerwehrleute die Überreste ihres Gatten aus dem Keller trugen, reagierte Mrs. Bullett-Finch, von den Schuldgefühlen wegen des Ofens befreit, ihren Zorn am Autobahnkontrolleur für Mittelengland ab.

»Sie Mörder«, kreischte sie, »Sie haben ihn umgebracht. Sie haben ihm mit Ihrer furchtbaren Kugel umgebracht.« Eine Polizistin führte sie beiseite. Dundridge warf Abrißbirne und Kranwagen einen haßerfüllten Blick zu.

»Unsinn«, sagte er, »ich hatte nichts damit zu tun.«

»Ihr Stellvertreter, Mr. Hoskins, hat uns zu verstehen gegeben, daß Sie Anweisung erteilten, Spezialeinheiten von Abrißexperten sollten willkürliche Ausfälle vornehmen«, sagte der Polizeipräsident. »Es hat allerdings den Anschein, daß sie Ihre Instruktionen buchstabengetreu ausführten.«

»Meine Instruktionen?« sagte Dundridge. »Ich habe nie die Instruktion erteilt, dieses Haus abzureißen. Warum sollte ich?«

»Wir hatten eigentlich gehofft, Sie würden uns darüber aufklären«, sagte der Polizeichef.

»Es ist doch nicht mal für den Abriß vorgesehen.«

»Ganz recht. Ebensowenig wie die High Street, wenn ich mich nicht irre. Aber da in beiden Fällen Ihre Maschine verwendet wurde –«

»Die Maschine gehört nicht mir«, schrie Dundridge, »sondern den Bauunternehmern. Wenn einer verdammt nochmal verantwortlich –«

»Ich wäre Ihnen dankbar, wenn Sie nicht ausfallend würden«, sagte der Polizeichef. »Die Lage ist so schon unangenehm genug. Im Ort ist man äußerst erbittert. Meiner Ansicht nach wäre es das beste, wenn Sie uns aufs Revier begleiten.«

»Aufs Revier? Meinen Sie das Polizeirevier?« fragte Dundridge.

»Nur zu Ihrem eigenen Schutz«, betonte der Polizeipräsident. »Wir wollen doch nicht, daß heute nacht noch mehr Unfälle passieren, oder?«

»Das ist ungeheuerlich«, sagte Dundridge.

»Wie wahr«, sagte der Polizeichef. »Wenn Sie jetzt bitte mitkommen wollen.«

Als das Polizeiauto sich langsam durch den auf der High Street verstreuten Schutt schlängelte, sah Dundridge mit eigenen Augen, daß Hoskins die Wahrheit gesagt hatte, als er Guildstead Carbonell ein Notstandsgebiet nannte. Der Transformator schwelte in der grauen Morgendämmerung immer noch vor sich hin, die Methodistische Urkirche war nun eher eine Unkirche, und die furchtbar entstellten Wracks von einem Dutzend Autos duckten sich neben dem scherbenübersäten Bürgersteig. Was die Abrißbirne mit Unterstützung des Telegrafenmastes versäumt hatte, um den Ruf Guildstead Carbonells als pittoreskes, altertümliches Musterstädtchen zu erledigen, hatte der Brand von Mr. Dugdales Garage geschafft. Nachdem sie von irgendeiner unidentifizierbaren sozial gesinnten Person, die mit einer Paraffinlampe nach draußen gegangen war, um Vorbeifahrende vor den Trümmern zu warnen angesteckt worden war, hatte die Explosion der Benzintanks die wenigen nach Klexens Durchfahrt noch intakten Fensterscheiben zerschmettert und die Reetdächer etlicher entzückender Landhäuser in Brand gesetzt. Das Feuer hatte auf mehrere Altenwohnheime übergegriffen. Das Chaos war mit dem gleichzeitigen Eintreffen von Löschfahrzeugen aus Worford und Ottertown komplett gewesen. Die in völliger Dunkelheit mit Hochdruckschläuchen arbeitenden Feuerwehrleute hatten eine Anzahl leichtbekleideter Rentner, die aus den Altenheimen entkommen waren, die Straße hinuntergewirbelt, ehe sie ihre Aufmerksamkeit der öffentlichen Bücherei zuwandten, die sie mit Schaum gefüllt hatten. Für Dundridge, der kläglich aus dem Polizeiwagenfenster schaute, war es unerträglich, daß man ihn für diese Katastrophe verantwortlich machte. Jetzt wünschte er, er hätte South Worfordshire nie zu Gesicht bekommen.

»Ich muß wohl wahnsinnig gewesen sein, hierher zu kommen«, dachte er.

*

Der gleiche Gedanke war auch Sir Giles gekommen, obwohl

es ihm in seinem Fall keineswegs um einen metaphorischen Wahnsinn ging. Als der Morgen über dem Park graute, kämpfte Sir Giles mit dem Schloß am Tor zur Fußgängerbrücke und versuchte, sich vorzustellen, wie es dahin gekommen war. Bei seiner Ankunft hatte es nicht dort gehangen. Wäre es anders gewesen, hätte er das Grundstück nicht betreten können. Nun war die Existenz des Vorhängeschlosses zwar schlimm genug, die des Zauns aber noch schlimmer, und den hatte es ganz sicher noch nicht gegeben, als er das letztemal auf dem Anwesen geweilt hatte. Es handelte sich um einen extrem hohen Zaun mit metallenen Winkelträgern an der Spitze und vier über die Parkseite hängenden Reihen schweren Stacheldrahts; offensichtlich war er eher dafür konstruiert worden, Leute davon abzuhalten, das Gelände zu verlassen, als Unbefugte am Betreten zu hindern.

Als er mit seinen Überlegungen soweit gekommen war, gab Sir Giles den Kampf mit dem Schloß auf und versuchte, nach einem anderen Fluchtweg zu suchen. Er folgte dem Zaun am Rand der Schonung und wollte gerade über das Eisengitter klettern, als das unwirkliche Gefühl, das ihn mit dem Auftauchen eines großen Vorhängeschlosses an einer Stelle, wo vorher keins gewesen war, beschlichen hatte, eine eindeutige Wendung zum Schlimmeren nahm. Vor dem grauen Morgenhimmel zeichnete sich ein Kopf ab, ein kleiner Kopf mit einer langen Nase und Knubbeln oben drauf. Unter dem Kopf befand sich ein Hals, ein langer Hals, ein wirklich sehr langer Hals. Sir Giles schloß die Augen und hoffte inständig, nicht mehr zu sehen, was er zu sehen geglaubt hatte, wenn er sie wieder öffnete. Er öffnete sie, aber die Giraffe war immer noch da. »O mein Gott«, murmelte er und wollte sich gerade davonmachen, als seine Augen etwas noch Schrecklicheres erblickten. Im hohen Gras fünfzig Meter hinter der Giraffe sah er noch einen Kopf, ein großes Gesicht mit Mähne und Schnurrhaaren.

Sir Giles verwarf jede Überlegung, in der Richtung weiter nach einem Ausgang zu suchen. Er drehte sich um und stolperte zurück in die Schonung. Entweder war er verrückt geworden oder er befand sich mitten in einem verdammten Zoo. Giraffen? Löwen? Und über was war er eigentlich im Dunkeln beinahe gestolpert? Über einen Elefanten? Er ging wieder zum Tor und warf einen hoffnungsvollen Blick auf das Schloß. Doch statt einem hingen da jetzt zwei Schlösser, und das zweite war sogar noch größer als das erste. Als er gerade überlegte, was das bedeuten könnte, hörte er ein Geräusch von dem Fußpfad auf der anderen Seite des Flusses. Sir Giles blickte auf. Dort stand Klex mit einem Gewehr und lächelte zu ihm herunter. Es war ein furchtbares Lächeln, ein Lächeln stiller Zufriedenheit. Sir Giles drehte sich um und floh in die Schonung. Er erkannte den Tod, wenn er ihn sah.

*

Als Klex schließlich ins Herrenhaus zurückkehrte, war Lady Maud in der Küche und machte Frühstück.

»Warum haben Sie so lange gebraucht?« fragte sie.

»Ich habe den Bentley weggefahren«, teilte ihr Klex mit. »Ich habe ihn hier in die Garage gestellt. Ich dachte, das würde natürlicher wirken.«

Lady Maud nickte. »Wahrscheinlich haben Sie recht«, sagte sie. »Die Leute könnten womöglich Fragen stellen, wenn sie ihn oben bei der Kirche stehen sehen. Falls er rauskommt, könnte er außerdem den Pannendienst anrufen.«

»Er wird nicht rauskommen«, sagte Klex. »Ich hab' ihn gesehen. Er ist in der Schonung.«

»Tja, das ist sein Pech. Er kam her, um das Haus in Brand zu stecken, und für alles, was nun geschieht, trägt er allein die Verantwortung.« Sie reichte Klex einen Teller mit Frühstücksflocken. »Leider kann ich Ihnen zum Frühstück nichts kochen. Der Strom ist abgestellt worden. Ich habe die Elektrizitätsgesellschaft in Worford angerufen, aber dort sagte man mir, es habe einen Stromausfall gegeben.«

Klex aß seine Flocken schweigend. Es war wohl nicht sehr

sinnvoll, ihr etwas über seine Beteiligung an dem Stromausfall zu erzählen; außerdem machte sie selbst einen ziemlich redseligen Eindruck.

»Das Problem mit Giles war«, sagte sie und verwendete die Vergangenheitsform auf eine Art, die Klex sehr zusagte, »daß er sich gern als Selfmademan verstand. Mir kam dieser Ausdruck immer höchst überheblich vor, und in seinem Fall war er ganz besonders unangebracht. Er hatte, nehme ich an, in gewisser Hinsicht das Recht, sich einen Mann zu nennen, obwohl ich nach meiner Erfahrung nicht behaupten würde, Virilität sei seine starke Seite gewesen; aber was den Aspekt ›selbstgemacht‹ betrifft, das traf nun wirklich nicht auf ihn zu. Er machte sein Geld – und das meinte er natürlich mit ›selbst‹ –, indem er mit Grundstücken spekulierte, indem er Leute aus ihren Wohnungen warf und sich Baugenehmigungen zur Errichtung von Bürogebäuden beschaffte. Wenigstens machte meine Familie ihr Geld mit dem Verkauf von Bier, von sehr gutem noch dazu. Und das über Generationen hinweg. Es mag zwar nichts Großartiges an sich haben, aber wenigstens waren es ehrliche Männer.« Als Klex in den Küchengarten gehen wollte, redete sie immer noch und wusch das Geschirr ab.

»Wollen Sie, daß ich seinetwegen noch irgendwas unternehme?« fragte er im Gehen.

Lady Maud schüttelte den Kopf. »Ich denke, wir können in aller Ruhe abwarten, daß die Natur ihren Lauf nimmt«, teilte sie ihm mit. »Er hat zeitlebens viel vom Gesetz des Dschungels gehalten.«

*

Auf dem Polizeirevier in Worford hatte Dundridge Probleme mit den ländlichen Gesetzesvertretern. Hoskins war keine große Hilfe gewesen.

»Von ihm wissen wir«, sagte der mit dem Fall befaßte Kommissar, »daß Sie präzise Befehle erteilt haben, Bulldozer sollten auf verschiedenen Grundstücken willkürliche Ausfälle durchführen. Jetzt behaupten Sie, Sie hätten es nicht getan.«

»Das war lediglich im übertragenen Sinne gemeint«, erklärte Dundridge. »Ganz gewiß habe ich keine Anweisungen gegeben, aus denen irgend jemand außer einem Vollidioten hätte schließen können, ich wollte, daß das Haus des verblichenen Mr. Bullett-Finch abgerissen würde.«

»Nichtsdestotrotz wurde es abgerissen.«

»Von irgendeinem Geisteskranken. Sie bilden sich doch nicht ernsthaft ein, ich sei dorthin gefahren und hätte das Haus eigenhändig zerdeppert?«

»Bleiben Sie bitte ruhig, Sir«, sagte der Kommissar, »ich versuche lediglich, die Kette der Ereignisse zu rekonstruieren, die zu diesem Mord führten.«

»Mord?« murmelte Dundridge.

»Sie wollen doch nicht behaupten, daß es sich um einen Unfall handelt, oder? Eine unbekannte Person oder unbekannte Personen bemächtigen sich absichtlich eines Kranwagens und benutzen ihn, um ein Haus zu zermalmen, in dem zwei unschuldige Menschen schlafen. Das kann man alles mögliche nennen, aber nicht Unfall. Nein Sir, wir behandeln diese Angelegenheit als Mordfall.«

Dundridge überlegte kurz. »Wenn das so ist, muß ein Motiv existieren. Haben Sie darüber schon mal nachgedacht?«

»Freut mich, daß Sie das Motiv anschneiden, Sir«, sagte der Kommissar. »Soviel ich weiß, war Mr. Bullett-Finch aktives Mitglied im Rettet-die-Schlucht-Komitee. Würden Sie sagen, Ihre Beziehungen zu ihm waren außergewöhnlich feindseliger Natur?«

»Beziehungen?« schrie Dundridge. »Ich hatte keinerlei Beziehung zu ihm. Mir ist der Mann nie im Leben begegnet.«

»Aber Sie haben doch mehrfach mit ihm telefoniert.«

»Das kann schon sein«, gab Dundridge zu. »Ich glaube, mich erinnern zu können, daß er einmal anrief, um sich wegen irgendeiner Sache zu beschweren.«

»Könnte es sich um das Telefonat gehandelt haben, bei dem Sie ihm sagten, Zitat, ›Wenn Sie nicht aufhören, mich zu belästigen, werde ich dafür sorgen, daß Sie verdammt viel mehr verlieren als einen Viertelmorgen von Ihrem Scheiß Land‹, Zitatende?«

»Wer hat Ihnen das erzählt?« knurrte Dundridge.

»Die Identität unseres Informanten tut nichts zur Sache, Sir. Die Frage lautet, haben Sie das gesagt oder nicht.«

»Schon möglich«, gab Dundridge zu und schwor insgeheim, Hoskins demnächst die Hölle heiß zu machen.

»Und würden Sie mir nicht beipflichten, daß der verstorbene Mr. Bullett-Finch tatsächlich mehr verloren hat als einen Viertelmorgen seines verdammten Gartens?«

Das mußte Dundridge zugeben.

Während der Vormittag verrann, gewann der Autobahnkontrolleur für Mittelengland den deutlichen Eindruck, daß eine Falle über ihm zuschnappte.

*

Für Sir Giles hatte sich das zur absoluten Gewißheit verdichtet. Seine Versuche, über den Drahtzaun zu klettern, waren kläglich gescheitert. Zu diesem Zweck erwiesen sich ölige Gummistiefel als keineswegs ideal, und Sir Giles' körperliche Aktivitäten waren viel zu passiver Natur gewesen, um ihn auch nur annähernd darauf vorzubereiten, Maschendraht hinaufzukraxeln oder mit überhängendem Stacheldraht fertig zu werden. Was er brauchte, war eine Leiter, doch sein einziger Versuch, die Schonung zu verlassen, war durch den Anblick eines im Steingarten herumstöbernden Nashorns und eines Löwen, der sich vor der Küchentür sonnte, zunichte gemacht worden. Sir Giles blieb in der Schonung und wartete auf eine günstige Gelegenheit. Er wartete sehr lange.

Um drei am Nachmittag war er ausgesprochen hungrig. Das gleiche galt für die Löwen. Von den unteren Ästen eines Baumes, die Aussicht auf den Park gewährten, beobachtete Sir Giles, wie sich vier Löwinnen an eine Giraffe heranpirschten; eine folgte ihr gegen den Wind, die anderen drei hatten sich in Windrichtung im Gras versteckt. Die Giraffe floh und schlug gleich darauf im Todeskampf um sich. Aus seinem Horst beobachtete Sir Giles entsetzt, wie die Löwinnen ihr den Rest gaben und die Löwenmännchen sich wenig später zu ihnen gesellten. Sir Giles unterdrückte Ekel und Furcht und kletterte vom Ast. Das war seine Chance. Ohne das Nashorn zu beachten, das ihm den Rücken zukehrte, rannte er, so schnell es seine Gummistiefel erlaubten, über den Rasen zum Haus. Er erreichte die Terrasse und eilte am Wintergarten vorbei, wo Lady Maud gerade einen Rizinusbaum goß. Während er vorbeilief, schaute sie auf, und einen Moment lang wollte er einer Eingebung folgend anhalten und sie anflehen, ihn einzulassen, doch ihr Gesichtsausdruck verriet ihm, daß dies reine Zeitverschwendung wäre. Ihre Miene zeigte eine Gleichgültigkeit gegenüber seinem Schicksal, beinahe ein Nicht-zur-Kenntnis-nehmen seiner Existenz, die auf ihre Art noch erschreckender war als Klex' schreckliches Lächeln. Was Maud betraf, gab es ihn einfach nicht. Sie hatte ihn geheiratet, um das Anwesen zu retten und die Familie zu erhalten. Und nun war sie bereit, ihn aus denselben Gründen dem Tod zu überlassen. Daran zweifelte Sir Giles nicht. Er rannte auf den Hof und öffnete die Garagentür. Dort stand der Bentley. Endlich konnte er entkommen. Er schob die Türen zurück und stieg in den Wagen. Der Zündschlüssel steckte noch. Er drehte ihn um, und der Anlasser surrte. Er probierte es wieder, aber das Auto wollte nicht anspringen.

*

Im Küchengarten lauschte Klex dem Motorgeräusch. Er verschwendete seine Zeit. Das konnte er bis zum Jüngsten Tag versuchen, ohne daß die Maschine ansprang. Klex empfand kein Mitgefühl. »Lassen wir der Natur ihren Lauf«, hatte Lady Maud gesagt, und Klex war der gleichen Meinung. Sir Giles war ihm völlig schnuppe. Er hatte den gleichen Stellenwert wie die Schädlinge im Garten, die Nacktschnecken oder die Blattläuse. Nein, das stimmte nicht. Er war schlimmer. Er war ein Verräter an dem England, das Klex verehrte, dem alten England, dem aufrechten England, dem England, das sich aus Verwegenheit und Zufällen ein Weltreich gezimmert hatte, dem England, das diesen Garten geschaffen und die großen Eichen und Ulmen nicht zu seiner sofortigen Befriedigung gepflanzt hatte, sondern für die Zukunft. Was hatte Sir Giles für die Zukunft getan? Gar nichts. Er hatte die Vergangenheit geschändet und die Zukunft verraten. Er hatte den Tod verdient. Klex nahm sein Gewehr und ging zur Garage.

*

Im Wintergarten überlegte Lady Maud sich die Sache noch einmal. Sir Giles' Gesichtsausdruck, als er draußen kurz gezögert hatte, rief in ihr ein leichtes Mitgefühl hervor. Der Mann hatte Angst, schreckliche Angst, und Lady Maud hatte nichts übrig für Grausamkeiten. Sich abstrakt über das Gesetz des Dschungels auszulassen, war eine Sache, aktiv daran mitzuwirken, eine andere.

»Inzwischen hat er seine Lektion gekriegt«, dachte sie, »ich sollte ihn am besten laufenlassen.« Sie wollte gerade nach draußen gehen und ihn suchen, als das Telefon klingelte. Es war General Burnett.

»Es geht um die Geschichte mit dem armen alten Bertie«, sagte der General. »Das Komitee würde gern vorbeikommen und mit Ihnen plaudern.«

»Bertie?« fragte Lady Maud. »Bertie Bullett-Finch?«

»Sie wissen doch, daß er tot ist«, sagte der General.

»Tot?« sagte Lady Maud. »Ich hatte keine Ahnung. Wann ist es passiert?«

»Gestern nacht. Haus wurde von diesem Autobahn-Schwein abgerissen. Bertie war drin, als es geschah.«

Lady Maud mußte sich setzen, von der Neuigkeit wie betäubt. »Das ist ja absolut entsetzlich. Weiß man, wer es getan hat?«

»Sie haben diesen Kerl, Dundridge, zur Vernehmung mitgenommen«, sagte der General. Lady Maud wußte nicht, was sie sagen sollte. »Hat auch noch halb Guildstead verwüstet.

Der Oberst und ich dachten, wir sollten vorbeikommen und mit Ihnen darüber reden. Dadurch kriegt die Sache mit der Autobahn ein ganz anderes Gesicht, finden Sie nicht auch?«

»Natürlich«, sagte Lady Maud. »Kommen Sie sofort rüber.« Sie legte den Hörer auf und versuchte, sich vorzustellen, was geschehen war. Dundridge wurde vernommen. Mr. Bullett-Finch war tot. Finch Grove zerstört. Guildstead Carbonell... All diese verblüffenden Neuigkeiten ließen sie Sir Giles völlig vergessen.

»Ich muß die arme Ivy anrufen«, murmelte sie und wählte die Nummer von Finch Grove. Niemand meldete sich, was nicht weiter verwunderlich war.

*

In der Garage gab sich Sir Giles alle erdenkliche Mühe, Klex zu überreden, er solle die Flinte nicht mehr auf seine Brust richten.

»Fünftausend Pfund«, sagte er. »Fünftausend Pfund. Dafür brauchen Sie bloß die Tore aufzuschließen.«

»Verschwinden Sie«, sagte Klex.

»Was glauben Sie denn, was ich will? Hier bleiben?«

»Raus aus der Garage«, sagte Klex.

»Zehntausend. Zwanzigtausend. Soviel Sie wollen...«

»Ich zähle bis zehn«, sagte Klex. »Eins.«

»Fünfzigtausend Pfund.«

»Zwei«, sagte Klex.

»Hunderttausend. Mehr können Sie wirklich nicht verlangen.«

»Drei«, sagte Klex.

»Ich erhöhe auf –«

»Vier«, sagte Klex.

Sir Giles dehte sich um und lief weg. Klexens Gesichtsausdruck war unmißverständlich. Sir Giles stolperte ums Haus herum und über den Rasen zur Schonung. Er krabbelte über die Eisengeländer und kletterte wieder auf seinen Baum. Die Löwen hatten die Giraffe aufgefressen, leckten sich jetzt die

Pranken und putzten ihre Schnurrhaare. Sir Giles wischte sich mit einem Taschentuch den Schweiß aus dem Gesicht und versuchte nachzudenken, was als nächstes zu tun sei.

*

Diese Mühe wurde Dundridge durch die Entdeckung einer leeren Wodkaflasche in der Krankabine sowie durch Augenzeugen erspart, die angaben, einer der beiden Männer, die man im Kranwagen die High Street hatte entlangfahren sehen, habe unflätige Lieder gegrölt und sei zweifellos schwer betrunken gewesen.

»Es liegt offenbar ein Versehen vor«, teilte ihm der Kommissar entschuldigend mit. »Sie dürfen gehen.«

»Aber Sie haben mir doch erzählt, daß Sie diese Angelegenheit als Mordfall behandeln«, rief Dundridge empört. »Jetzt machen Sie eine Kehrtwendung und behaupten, es sei lediglich Trunkenheit am Steuer gewesen.«

»Wie ich die Sache sehe, beruht Mord auf vorsätzlichem Handeln«, erläuterte der Kommissar. »Also, zwei Burschen ziehen los und trinken einen über den Durst. Sie sind ein bißchen ausgelassen, klauen einen Kran und reißen ein paar Häuser ab, na, da muß man doch andere Maßstäbe anlegen, stimmt's? Von Vorsatz kann hier nicht die Rede sein. Ein wenig amüsiert haben sie sich, das ist alles. Was nicht heißen soll, daß ich es billige, verstehen Sie mich nicht falsch. Ich habe genausoviel gegen Vandalismus und Betrunkenheit wie jeder andere auch, aber man muß schließlich mildernde Umstände in Betracht ziehen.«

Dundridge war nicht überzeugt, als er das Polizeirevier verließ, und was Hoskins' Verhalten anging, konnte er keinerlei mildernde Umstände entdecken.

»Sie haben der Polizei eingeredet, ich hätte Befehl gegeben, das Haus der Bullett-Finches abzureißen«, schrie er ihn im mobilen Hauptquartier an. »Sie haben denen zu verstehen gegeben, ich hätte mich aufgemacht, um Mr. Bullett-Finch zu ermorden.«

»Ich habe denen nur erzählt, Sie hätten sich am Telefon mit ihm angelegt. Wenn man mich gefragt hätte, hätte ich das gleiche über Sie und Lady Maud gesagt«, wandte Hoskins ein.

»Zufällig ist aber Lady Maud nicht umgebracht worden«, brüllte Dundridge. »Dasselbe gilt für General Burnett und den Oberst, und mit beiden habe ich mich auch gestritten. Falls einer von denen vom Bus überfahren wird oder an Lebensmittelvergiftung stirbt, werden Sie der Polizei erzählen, ich sei verantwortlich, nehme ich an.«

Hoskins sagte, seiner Meinung nach sei das nicht fair.

»Fair«, schrie Dundridge, »fair? Nun hören Sie sich mal gut an, was ich mir alles habe gefallen lassen müssen, seit ich hier bin. Ich bin bedroht worden. Man hat mir Drogen in die Drinks gekippt. Ich bin... Nun, lassen wir das. Ich bin beschossen worden. Man hat mich beleidigt und beschimpft. Man hat mir die Autoreifen zerstochen. Ich bin eines Mordes beschuldigt worden, und da haben Sie die Frechheit, sich hinzustellen und mir was von Fairness zu erzählen! Mein Gott, bis jetzt hab' ich anständig gekämpft, aber damit ist es nun vorbei. Von jetzt an ist alles erlaubt, und als erstes erlaube ich mir, Sie rauszuschmeißen. Verschwinden Sie und kommen Sie nie wieder.«

»Da gibt's noch eine Neuigkeit, die Sie unbedingt wissen sollten«, sagte Hoskins und zog sich in Richtung Tür zurück. »Sie haben ein neues Problem am Hals. Lady Maud Lynchwood eröffnet am Sonntag auf dem Handymanschen Grundstück einen Großwildpark.«

Dundridge setzte sich langsam und glotzte ihn an.

»Sie macht was?«

Hoskins schob sich wieder ins Büro. »Eröffnet einen Großwildpark. Sie hat das gesamte Anwesen einzäunen lassen und sich Löwen, Nashörner und...«

»Aber das darf sie nicht. Sie hat einen Zwangsenteignungsbescheid zugestellt bekommen«, stellte Dundridge fest, von dieser neusten Widerstandsaktion völlig baff.

»Sie hat's trotzdem getan«, sagte Hoskins. »An der Straße nach Ottertown stehen Hinweisschilder, und im Anzeigenblättchen von Worford stand gestern abend eine Anzeige. Ich habe ein Exemplar da.« Er ging in sein Büro und hatte, als er zurückkam, eine ganzseitige Anzeige in der Hand, in der von einem Tag der offenen Tür im Großwildpark Haus Handyman die Rede war. »Was wollen Sie dagegen unternehmen?«

Dundridge griff zum Telefon. »Ich werde die Rechtsabteilung einschalten und den Leuten dort sagen, sie sollen eine einstweilige Verfügung beantragen«, sagte er. »Inzwischen sorgen Sie dafür, daß die Arbeiten in der Schlucht unverzüglich wiederaufgenommen werden.«

»Sollten wir nicht eine ein- oder zweitägige Pause einlegen und warten, bis sich der Wirbel um das Haus der Bullett-Finches und Guildstead Carbonell ein wenig gelegt hat?« wollte Hoskins wissen.

»Auf keinen Fall«, antwortete Dundridge. »Wenn die Polizei es vorzieht, die ganze Angelegenheit als Bagatelle zu betrachten, sehe ich keinen Grund, warum wir uns dem nicht anschließen sollten. Die Arbeit geht weiter wie bisher. Höchstens noch schneller.«

24

Im Wohnzimmer von Haus Handyman traf sich der Rest des Rettet-die-Schlucht-Komitees, betrauerte das Ableben von Mr. Bullett-Finch und überlegte, wie man sich sein Opfer zunutze machen könnte.

»Diese Geschichte ist ein Verbrechen gegen die Menschlichkeit«, sagte Oberst Chapman. »Einen friedfertigeren Menschen als den armen alten Bertie konnte man sich gar nicht vorstellen. Nie kam ein böses Wort über seine Lippen.«

Lady Maud konnte sich an mehrere böse Worte aus Mr. Bullett-Finchs Mund erinnern, als sie sich nämlich erlaubt hatte, seinen Rasen zu betreten, doch sie behielt ihre Gedanken für sich. Ganz gleich, welche Fehler er als Lebender aufwies, der tote Mr. Bullett-Finch war heiliggesprochen. General Burnett faßte ihre Gedanken in Worte.

»Schreckliche Art, sich zu verabschieden«, sagte er, »wenn man von einer elend großen Eisenkugel einfach so zerschmettert wird. Fast wie von einer riesigen Kanonenkugel.«

»Wahrscheinlich hat er nichts gespürt«, meinte Oberst Chapman. »Es war spätnachts, und er lag im Bett...«

»Das stimmt übrigens nicht. Man fand ihn im Bademantel. Hat es wohl kommen hören.«

»Mitten in dem Leben sind wir...«, fing Miss Percival an, wurde jedoch von Lady Maud unterbrochen.

»Es hat keinen Zweck, in der Vergangenheit zu verweilen«, sagte sie. »Wir müssen unsere Überlegungen auf die Zukunft richten. Ich habe Ivy eingeladen, hier zu wohnen.«

»Ich bezweifle, daß sie dieses Angebot annimmt«, sagte

Oberst Chapman und schaute unruhig aus dem Fenster. »Ihr Nervenkostüm war nie das allerbeste und ist durch diesen Schock auch nicht gerade solider geworden, und dann diese Löwen ...«

»Dummes Zeug«, widersprach Lady Maud energisch. »Völlig harmlose Tierchen, vorausgesetzt, man kann mit ihnen umgehen. Man muß ihnen zeigen, daß man keine Angst vor ihnen hat, das ist das Wichtigste. Sobald sie Angst wittern, werden sie gefährlich.«

»Für mich wäre das ganz sicher nicht das richtige«, gestand Miss Percival. General Burnett nickte.

»Ich kann mich an ein Erlebnis im Pandschab erinnern ...«, setzte er an.

»Wir sollten uns, glaube ich, auf dic vorliegende Angelegenheit beschränken«, sagte Lady Maud. »So sehr ich bedaure, was dem armen Mr. Bullett-Finch und ganz Guildstead Carbonell widerfahren ist, ein Gutes hat es doch: Gegenüber dem Umweltministerium und dieser gräßlichen Autobahn sind wir dadurch in einer viel stärkeren Position. Sie, General, erwähnten doch wohl, die Polizei verhöre diesen Dundridge.«

General Burnett schüttelte den Kopf. »Der Polizeipräsident hat mich auf dem laufenden gehalten«, sagte er. »In dieser Richtung wird leider nicht mehr ermittelt. Offenbar gab es gestern abend im Royal George sowas wie eine wilde Fete. Anscheinend geht man von der Theorie aus, daß einige der Malocher ein paar Biere zuviel getrunken haben und ...«

»Bier?« sagte Lady Maud mit einem seltsamen Gesichtsausdruck. »Habe ich richtig verstanden, Sie sagten ›Bier‹?«

»Meine liebe Lady«, sagte der General begütigend, »ich sprach lediglich von Bier, weil das diese Kerls meines Wissens trinken. Ich wollte damit keineswegs unterstellen ...«

»Ich glaube sogar, daß es Wodka war«, meinte Oberst Chapman taktvoll. »Ich bin da ganz sicher. Man hat eine Flasche gefunden.« Doch es war schon zu spät. Lady Maud machte einen recht aufgewühlten Eindruck.

In der Schonung versuchte Sir Giles verzweifelt, eine Entscheidung zu fällen. Von seinem Baum aus hatte er das Eintreffen von General Burnett, Oberst Chapman und Miss Percival beobachtet. Sie waren alle in einem Auto gekommen – Miss Percival hatte ihren Wagen vor dem Haupttor stehenlassen und war beim General eingestiegen –, und mit ihrer Anwesenheit schien sich für Sir Giles eine Fluchtmöglichkeit zu eröffnen, falls er bis zum Haus kam. Maud würde ihn kaum vor den Augen ihrer Nachbarn kaltblütig niederschießen. Vielleicht würde es zu einer unangenehmen Szene kommen. Vielleicht würde sie ihn der Brandstiftung, der Erpressung und Bestechung bezichtigen. Vielleicht würde sie ihn der Lächerlichkeit preisgeben, aber er war bereit, diese Risiken einzugehen, um den Park lebend zu verlassen. Andererseits hatte er seine Zweifel, ob er in der Verfassung sei, einen Spießrutenlauf durch die Löwen anzutreten, die von ihrem letzten Mahl fortgeschlendert waren und auf dem Rasen vor der Terrasse herumlagen. Hinzu kam, daß er inzwischen extrem hungrig war, im Gegensatz zu den Löwen. Die hatten sich gerade an Giraffe satt gefressen.

Wenigstens hoffte Sir Giles das. Dieses Risiko mußte er eben eingehen. Blieb er im Baum, würde er Hunger leiden und früher oder später ohnehin runterkommen müssen. Besser früher, dachte er, als später. Sir Giles kletterte vom Baum und stieg über das Geländer. Wenn er selbstbewußt auftrat, vielleicht... Sir Giles war alles andere als selbstbewußt zumute. Er zögerte, ehe er vorsichtig weiterstapfte. Wenn er nur die Terrasse erreichen könnte! Als er den Rasen überquerte, wurde ihm klar, daß er die Entfernung zwischen sich und den schützenden Bäumen vergrößerte, während die zwischen ihm und den Löwen abnahm. Er hatte den Punkt erreicht, von dem aus es kein Zurück mehr gab.

*

Im Wohnzimmer beschwerte sich General Burnett über Sir

Giles' Abwesenheit. »Ich habe versucht, ihn in seiner Londoner Wohnung und in seinem Büro anzurufen, aber anscheinend wußte keiner, wo er steckt«, sagte er. »Ich bin überzeugt, daß wir den Minister dazu bewegen könnten, die Autobahnbauarbeiten einzustellen, wenn wir Sir Giles erreichten. Ich bin wirklich der letzte, der sich beschwert, aber in einer Zeit wie dieser braucht ein Wahlkreis seinen Abgeordneten.«

»Leider neigt mein Mann dazu, sich in seinen parlamentarischen Pflichten von seinen Geschäftsinteressen stören zu lassen«, stimmte ihm Lady Maud zu.

»Natürlich, natürlich«, sagte Oberst Chapman. »Er muß eben jede Menge Eisen im Feuer haben. Hätte es nicht so weit gebracht, wenn das anders wäre.«

»Ich glaube...«, sagte Miss Percival nervös und starrte aus dem Fenster. »Ich meine damit lediglich, es ist an der Zeit, daß er sich bemerkbar macht«, sagte der General.

»Ich finde, Sie sollten wirklich...«, fing Miss Percival an.

»In einer Zeit wie dieser sollte er seine Stimme erheben... Gott im Himmel! Was zum Teufel war das denn?«

Aus dem Garten kam ein gräßlicher Schrei.

»Das war, glaube ich, Sir Giles, der seine Stimme erhob«, sagte Miss Percival und fiel in Ohnmacht. Der General und Oberst Chapman drehten sich um und sahen entsetzt aus dem Fenster. Einen Moment lang konnte man Sir Giles sehen, dann verschwand er unter einem Löwen. Lady Maud schnappte sich einen Schürhaken und öffnete die Terrassentür. »Wollt ihr wohl aufhören?« schrie sie und stürmte über die Terrasse. »Kusch, kusch.«

Doch es war zu spät. Der General und Oberst Chapman eilten ihr nach und zerrten sie ins Haus zurück, die immer noch den Schürhaken schwang und »kusch« rief.

*

»Verdammt schneidiges kleines Frauchen«, sagte der General auf der Heimfahrt. Oberst Chapman schwieg. Er versuchte, den Anblick dieser Gummistiefel aus seinem Gedächtnis zu verbannen, und außerdem fand er selbst unter diesen bedrükkenden Umständen Lady Mauds Kurzbeschreibung durch den General ein wenig unpassend. Von dem Schlag, den sie ihm versetzt hatte, als er meinte, sie solle sich wegen dieses Ereignisses keine Vorwürfe machen, war sein linkes Ohr immer noch halb taub.

»Damit ist der Großwildpark übrigens gestorben«, fuhr der General fort. »Wirklich schade.«

»Durch ihn ist ja auch Sir Giles gestorben«, ergänzte Oberst Chapman, der fand, daß General Burnett die ganze Angelegenheit zu gelassen aufnahm.

»Was durchaus für den Park spricht«, sagte der General. »Der Bursche war noch nie nach meinem Geschmack.«

Auf dem Rücksitz wurde Miss Percival zum sechsten Mal ohnmächtig.

*

Im Haus Handyman erklärte der Polizeipräsident Lady Maud so taktvoll wie möglich, daß es eine Untersuchung dieses unnatürlichen Todesfalls geben werde.

»Eine Untersuchung? Aber was passiert ist, liegt doch völlig klar auf der Hand. General Burnett und Oberst Chapman waren hier.«

»Eine reine Formalität, seien Sie versichert«, sagte der Polizeichef. »Und jetzt muß ich mich auf den Weg machen.«

Mit den Gummistiefeln in der Hand ging er zu seinem Wagen und fuhr weg. Im Park leckten die Löwen sich die Pranken und putzten ihre Schnurrhaare. Lady Maud schaute ihnen vom Fenster aus zu. Sie mußten natürlich verschwinden. Sir Giles war vielleicht kein angenehmer Mensch gewesen, aber Lady Mauds Anstandsgefühl ließ nicht zu, Tiere zu halten, bei denen man sich nicht darauf verlassen konnte, daß sie keine Leute verspeisten. Und dann war da noch Klex, Klex und die Ereignisse gestern abend in Guildstead Carbonell. Wofür er Spezial-Sonderabfüllung gebraucht hatte, lag klar auf der Hand, und sie war schuld daran. Und dann hatte sie auch noch Ivy Bullett-Finch eingeladen, bei ihr zu wohnen. Jetzt hatte sie wenigstens eine gute Entschuldigung, Ivy wieder auszuladen. Sie ging in die Küche und wollte gerade nach draußen, als ihr einfiel, daß die Löwen Menschenfleisch gekostet hatten und vor ihrer Furchtlosigkeit möglicherweise nicht mehr so leicht das Feld räumen würden. Sie bewaffnete sich also besser mit irgendwas. Nach kurzem Zögern ging Lady Maud dann trotzdem hinaus. Ein gewisses Risiko einzugehen, war sie ihrem Gewissen schuldig. Sie begab sich über den Fußweg in den Küchengarten.

»Klex«, sagte sie, »ich möchte mit Ihnen reden. Ist Ihnen klar, was Sie angerichtet haben?«

Klex zuckte die Achseln. »Das hat er sich selbst zuzuschreiben«, sagte er.

»Ihn meine ich gar nicht«, sagte Lady Maud. »Ich spreche von Mr. Bullett-Finch.«

»Was ist mit ihm?«

»Er ist tot. Er wurde letzte Nacht getötet, als man sein Haus abriß.«

Klex nahm seinen Hut ab und kratzte sich am Kopf. »Wirklich schade«, meinte er nachdenklich.

»Schade? Mehr haben Sie dazu nicht zu sagen?« fragte Lady Maud streng.

»Ich wüßte nicht, was ich sonst sagen sollte. Ich wußte genausowenig, daß er in dem Haus war, wie Sie wußten, daß ihn die Löwen fressen würden.« Er las eine Raupe von einem Kohlkopf und zerquetschte sie gedankenverloren.

»Ich muß schon sagen, hätte ich gewußt, was Sie vorhatten, hätte ich Ihnen nie den Tag frei gegeben«, sagte Lady Maud und ging zurück ins Haus.

Klex jätete weiter. Frauen sind seltsame Wesen, dachte er. Man tat, was sie wollten, und zum Dank lasen sie einem die Leviten. Die Leviten lesen. Wenn er es recht bedachte, war das auch ein seltsamer Ausdruck. Doch die ganze Welt steckte voller Rätsel.

In London erwachte Mrs. Forthby mit dem unbestimmten Gefühl, daß irgend etwas fehlte. Sie rollte sich im Bett auf die andere Seite, knipste die Lampe an und schaute auf den Wekker. Der zeigte elf Uhr achtundvierzig, und da es dunkel war, mußte es kurz vor Mitternacht sein. Andererseits war ihr nicht nach Mitternacht zumute. Sie fühlte sich, als hätte sie viel länger als vier Stunden geschlafen, und wo steckte überhaupt Giles? Sie stand auf und suchte in der Küche und im Bad, aber er war nicht in der Wohnung. Auch gut, dann war er wohl weggegangen. Sie ging zurück in die Küche und machte sich einen Tee. Außerdem war sie sehr hungrig; merkwürdig, schließlich hatte sie ein großes Abendessen vertilgt. Sie toastete etwas Weißbrot und kochte sich ein Ei. Und die ganze Zeit über wurde sie dieses dumpfe Gefühl nicht los, daß irgend etwas nicht stimmte. Um acht Uhr abends war sie zu Bett gegangen, und jetzt, um Mitternacht, war sie hellwach und am Verhungern. Um sich die Zeit zu vertreiben, griff sie nach einem Buch, doch ihr war nicht nach Lesen. Sie stellte das Radio an und bekam den Nachrichtenüberblick mit: »...Lynchwood, Unterhausabgeordneter für South Worfordshire, der auf seinem Anwesen in der Nähe von Worford von einem Löwen getötet wurde. In Arizona zerstörte ein wildgewordener Wirbelsturm...« Mrs. Forthby machte das Radio aus und goß sich noch eine Tasse Tee nach, ehe ihr aufging, was der Sprecher gerade gesagt hatte. »Oje«, sagte sie, »heute nachmittag? Aber...« Sie ging ins Wohnzimmer und warf einen Blick auf die Datumsanzeige der Uhr. Dort stand Freitag, der 20. Dabei war gestern Mittwoch gewesen. Das hatte Giles gesagt. Sie hatte gesagt, es sei Dienstag, und er hatte gesagt, es sei Mittwoch. Und jetzt war es auf einmal Freitagmorgen, und Giles war von einem Löwen getötet worden. Was hatte ein Löwe auf dem Handymanschen Anwesen zu suchen? Und was hatte Sir Giles eigentlich dort zu suchen? Sie wollten doch am Wochenende gemeinsam nach Brighton fahren. Das war alles viel zu verwirrend und entsetzlich. Es konnte nicht wahr sein. Mrs. Forthby rief die nette Dame an, die einem die Uhrzeit sagt. »Beim nächsten Ton ist es null Uhr, zehn Minuten und zwanzig Sekunden.«

»Aber welches Datum? Welcher Tag ist heute?« fragte Mrs. Forthby.

»Beim nächsten Ton ist es null Uhr, zehn Minuten und dreißig Sekunden.«

»Du liebe Güte, Sie sind wirklich keine große Hilfe«, sagte Mrs. Forthby und fing an zu weinen. Ein besonders liebenswürdiger Mensch war Giles nicht gewesen, aber sie hatte ihn gemocht, und sie war an allem schuld.

»Wäre ich nicht so vergeßlich und hätte dran gedacht, aufzuwachen, dann wäre er jetzt noch am Leben«, murmelte sie.

*

Am nächsten Morgen begrüßte Dundridge in seinem mobilen Hauptquartier die Neuigkeit mit Schadenfreude.

»Geschieht der blöden Vettel recht, was baut sie auch so einen Scheiß Großwildpark«, meinte er zu Hoskins.

»Wie können Sie nur so etwas sagen«, widersprach Hoskins. »Dadurch ist lediglich wieder ein Sitz im Unterhaus freigeworden. Es gibt wieder eine Nachwahl, und Sie wissen ja, was beim letzten Mal passierte.«

»Um so mehr spricht dafür, daß wir so schnell wie möglich weiterarbeiten.«

»Was? Wo Maud Lynchwood trauert? Die arme Frau hat gerade unter tragischen Umständen ihren Ehemann verloren, und Sie –«

»Verschonen Sie mich mit diesem Quark«, sagte Dundridge. »Ich würde meinen, daß sie wahrscheinlich hocherfreut ist. Würde mich nicht wundern, wenn sie die ganze Geschichte bloß inszeniert hat, um uns aufzuhalten.«

»Das ist eine schlimme Verleumdung, jawoll«, sagte Hoskins. »Sie mag zwar ein ziemlich übler Besen sein, aber ...«

»Hören Sie zu«, sagte Dundridge, »ihr Mann war ihr scheißegal, das weiß ich.«

»Das wissen Sie?«

»Ja, das weiß ich allerdings. Ich verrate Ihnen mal was. Diese alte Kuh hat eines Nachts versucht, mich zu verführen, und als ich nicht mitmachen wollte, hat sie mit 'ner Flinte vom Kaliber zwölf nach mir geschossen. Also verschonen Sie mich mit diesem Stuß, von wegen trauernde Witwe. Wir bauen weiter, und zwar schnell.«

»Also, ich kann nur sagen, daß Sie damit der öffentlichen Meinung ins Gesicht spucken«, sagte Hoskins, der sich Dundridges Geschichte von der versuchten Verführung einigermaßen fassungslos angehört hatte. »Erst stirbt Bullett-Finch, und jetzt Sir Giles. Es wird eine öffentliche Welle der Empörung geben. Ich würde meinen, gerade jetzt sollte man sich bedeckt halten.«

»Gerade jetzt werden wir den Brückenkopf direkt im Park errichten«, sagte Dundridge. »Ich werde zwei Bulldozer und ein Basislager an ihrem Torbogen aufbauen. Soll sie doch meckern, wenn sie unbedingt will.«

*

Aber Lady Maud meckerte nicht. Sir Giles' Tod hatte sie schwerer getroffen, als sie erwartet hatte, und für das, was Mr. Bullett-Finch zugestoßen war, fühlte sie sich persönlich verantwortlich. Sie ging ihren Pflichten automatisch, aber irgendwie geistesabwesend nach, verstrickt in die moralische Zwangslage, in der sie sich nun befand. Ihr stand die Zerstörung von allem, was ihr lieb und wert war, bevor – das Herrenhaus, die Schlucht, die wilde Landschaft, der Garten, die Welt, für die ihre Vorfahren gekämpft und die sie geschaffen hatten. All dies sollte verschwinden und durch eine Autobahn ersetzt werden, die in fünfzig Jahren, nach dem Verbrauch der fossilen Brennstoffe, nur noch ein unnützer, veralteter Schandfleck wäre. Ausgeheckt hatte das Ganze Giles, der auf ein armseliges Geldsümmchen aus gewesen war, eine gemeine und grausame Geste, um ihr weh zu tun. Nun ja, Giles hatte seine wohlverdiente Strafe bekommen, doch sein Vermächtnis, die Autobahn, blieb, und die Methoden, derer sie sich hatte bedienen müssen, hatten sie korrumpiert. Sie hatte Öl ins Feuer gegossen, und andere waren verbrannt, nämlich Bertie Bullett-Finch und – im wahrsten Sinne des Wortes – der arme Mensch, der die Paraffinlampe vor Mr. Dugdales Garage plaziert hatte.

Derart selbstanklägerisch gestimmt nahm sie an der gerichtsmedizinischen Anhörung teil, bei der auf Unfalltod von Sir Giles Lynchwood erkannt wurde; man lobte seine Witwe wegen ihrer Tapferkeit, wies aber gleichzeitig auf die unvorhergesehenen Gefahren hin, die das Halten von wilden Tieren auf Privatgrundstücken mit sich brächte. In derselben Stimmung überwachte sie den Abtransport der Löwen, der letzten Giraffe und der Strauße, ehe sie in der Abtei von Worford am Trauergottesdienst teilnahm. Die ganze Zeit über ging sie Klex aus dem Weg, der sich im Küchengarten herumdrückte und grollte. Erst als sie aus der Abtei zurückkehrte und gegenüber vom Pförtnerhaus die neben der eisernen Hängebrücke abgestellten Bulldozer sah, empfand sie Gewissensbisse wegen der Vorhaltungen, die sie ihm gemacht hatte. Sie fand den schmollenden Klex zwischen den schwarzen Johannisbeeren.

»Klex, es tut mir leid«, sagte sie. »Ich muß mich wohl bei Ihnen entschuldigen. Wir alle machen dann und wann Fehler, und ich bin gekommen, um Ihnen zu sagen, wie sehr ich Ihnen für all die Opfer danke, die Sie mir gebracht haben.«

Klex errötete unter seinem sonnengebräunten Teint. »Nicht der Rede wert«, nuschelte er.

»Das stimmt einfach nicht«, widersprach Lady Maud huldvoll, »ich weiß wirklich nicht, wie ich ohne Sie zu Rande gekommen wäre.«

»Sie brauchen mir nicht zu danken«, sagte Klex.

»Sie sollten einfach wissen, wie dankbar ich Ihnen bin«, sagte Lady Maud. »Als ich kam, sind mir übrigens die Bulldozer in der Nähe des Pförtnerhauses aufgefallen ...«

»Sie möchten wohl, daß sie aufgehalten werden?«

»Tja, wo Sie es gerade erwähnen ...«, fing Lady Maud an.

»Überlassen Sie das mir«, sagte Klex, »ich werde sie aufhalten.«

Lady Maud zögerte. Der Zeitpunkt war gekommen, einen Entschluß zu fassen. Sie wählte ihre Worte vorsichtig.

»Ich würde nur ungern vermuten müssen, daß Sie irgend etwas Gewalttätiges unternehmen.«

»Gewalttätig? Ich?« fragte Klex, dessen gekränkter Tonfall angesichts dieser Anspielung beinahe glaubwürdig klang.

»Ja, Sie«, sagte Lady Maud. »Also, ich habe nichts dagegen, nötigenfalls Geld auszugeben. Sie können haben, soviel Sie wollen, aber ich dulde nicht, daß irgendwer verletzt wird. Von solchen Geschichten hatten wir schon mehr als genug.«

»Ihre Vorfahren haben gekämpft, um ...«

»Was die Taten meiner Ahnen betrifft, bin ich wohl etwas sachkundiger als Sie«, sagte Lady Maud. »Auf Belehrungen kann ich verzichten. Das war etwas ganz anderes. Erstens vertraten sie die Krone und hielten sich an den gesetzlichen Rahmen, und zweitens ging es bloß gegen die Waliser, und die waren Barbaren. Außerdem bin ich Friedensrichterin und darf nichts Illegales dulden. Was Sie auch unternehmen, es muß rechtmäßig sein.«

»Aber ...«, begann Klex.

Lady Maud unterbrach ihn. »Ich will nichts mehr hören. Was Sie unternehmen, ist Ihre Sache. Ich will nichts davon wissen.«

Sie stolzierte davon, und Klex blieb zurück, um über ihre Worte nachzudenken.

»Keine Gewalt«, murmelte er. Dadurch wurde die Sache etwas schwierig, aber ihm würde schon etwas einfallen. Frauen, auch die herausragenden Exemplare, waren unlogische Wesen. Er verließ den Garten und ging zum Pförtnerhaus hinunter. Auf der anderen Seite der Hängebrücke standen zwei Bulldozer unter den Bäumen und symbolisierten die Präsenz von Dundridges Spezialeinheit. Es wäre so leicht, sie mit einem APIG außer Gefecht zu setzen oder auch nur Zukker in ihre Tanks zu schütten, aber wenn Maud darauf bestand, daß er sich an den gesetzlichen Rahmen hielte ... sich an den gesetzlichen Rahmen halten? Noch so eine merkwürdige Formulierung. Als sei das Gesetz eine Burg mit Fenster- und Türrahmen. Klex schaute hoch zu dem großen Torbogen, der über ihm aufragte.

Ihm war gerade eine Idee gekommen.

25

Entgegen seiner Absicht, rasch zu handeln, hatte der Autobahnkontrolleur für Mittelengland Schwierigkeiten, überhaupt zu handeln. Während die verschiedenen für die Erhaltung von Guildstead Carbonell sowie für Recht und Ordnung verantwortlichen Institutionen auf der einen Seite sich mit denen für den Autobahnbau und die Zerstörung des Dorfes Verantwortlichen auf der anderen in den Haaren lagen, kam die Arbeit an der Autobahn praktisch zum Erliegen. Die Lage wurde durch eine Arbeitsniederlegung von Kipperfahrern noch verschlimmert, die behaupteten, durch das Lokalverbot im Royal George für die durch holzschuhtanzende Bulldozerfahrer am Billardtisch angerichteten Schäden ungerechtfertigt bestraft worden zu sein. Dazu kam ein Dienst nach Vorschrift der Abrißexperten, die erklärten, die Verhaftung Mr. Edwards' stelle einen Verstoß gegen ihre Grundrechte als Gewerkschaftler dar. Um den Streit zu beenden, zahlte Dundridge aus seinem Etatposten für Sonderausgaben den Billardtisch und setzte sich bei der Polizei für die Freilassung Mr. Edwards' auf Kaution ein, bis das psychiatrische Gutachten vorläge. Mitten im schönsten Durcheinander wurde er nach London beordert, um seine Aussagen zu erläutern, die er in einem vor den Ruinen des Bullett-Finch'schen Hauses geführten Fernsehinterview gemacht hatte.

»Ist Ihnen wirklich nichts Besseres eingefallen als ›Vornehm geht die Welt zugrunde?‹« wollte Mr. Rees wissen. »Und was in Gottes Namen meinten Sie mit ›Zwischen Lipp' und Kelchesrand schwebt der dunklen Mächte Hand‹?«

»Damit wollte ich lediglich sagen, daß Unfälle eben manchmal passieren«, erklärte Dundridge. »Ich wurde geradezu bombardiert mit–«

»Bombardiert? Was glauben Sie denn, was bei uns seitdem los war? Wieviele Briefe haben wir bekommen?«

Mr. Joynson sah in seiner Liste nach. »Bis jetzt dreitausendvierhundertundzweiundachtzig, ohne die Postkarten.«

»Und was ist mit ›Wir alle müssen Opfer bringen‹? Welchen Eindruck macht das Ihrer Meinung nach auf drei Millionen Zuschauer?« schrie Mr. Rees. »Ein Mann, der friedlich in einer ruhigen, ländlichen Ecke Englands lebt und sich um seine eigenen Angelegenheiten kümmert, wird mitten in der Nacht von irgendeinem beschissenen Irren mit einer zwei Tonnen schweren Abrißbirne erschlagen, und Sie sprechen von Opfer bringen!«

»Übrigens hat er sich keineswegs um seine eigenen Angelegenheiten gekümmert«, protestierte Dundridge, »er rief laufend an, um–«

»Und das rechtfertigt wohl Ihrer Meinung nach... Ich geb's auf.«

»Ich glaube, wir müssen das vom Standpunkt des potentiellen Eigenheimkäufers aus betrachten«, sagte Mr. Joynson taktvoll. »Für einen normalen Lohnempfänger ist es heutzutage schon schwer genug, eine Hypothek zu bekommen. Wir wollen den Leuten doch nicht den Eindruck vermitteln, sie liefen Gefahr, daß ihre Häuser ohne die geringste Vorwarnung abgerissen werden.«

»Und das Haus war nicht einmal für den Abriß vorgesehen«, gab Mr. Rees zu bedenken.

»Ganz recht«, sagte Mr. Joynson. »Ich will darauf hinaus, daß sich Dundridge hier etwas feinfühligerer Methoden befleißigen muß. Er sollte versuchen, die Leute zu überreden.«

Doch da platzte Dundridge der Kragen. »Überreden?« knurrte er. »Anscheinend begreifen Sie nicht, womit ich konfrontiert werde. Anscheinend glauben Sie, ich müsse bloß einen Zwangsenteignungsbescheid zustellen, und schon ziehen die Leute aus, und alles ist paletti. So einfach ist das nicht, das können Sie mir glauben. Ich bin angeblich verantwortlich für die Konstruktion einer Autobahn durch Haus und Park einer Frau, die unter Überredung versteht, mit einer Flinte vom Kaliber zwölf nach mir zu schießen.«

»Und offensichtlich daneben«, seufzte Mr. Rees.

»Warum haben Sie nicht die Polizei verständigt?« fragte Mr. Joynson, um Sachlichkeit bemüht.

»Die Polizei? Sie *ist* die Polizei«, sagte Dundridge. »Die Polizisten fressen ihr aus der Hand.«

»Wie die Löwen, nehme ich an«, sagte Mr. Rees.

»Und warum hat sie Ihrer Meinung nach diesen Großwildpark angelegt?« fragte Dundridge.

»Jetzt wollen Sie uns bestimmt einreden, damit sie auf diese Weise ihren Mann loswerden konnte«, meinte Mr. Rees.

»Um die Autobahn aufzuhalten. Sie wollte die Öffentlichkeit mobilisieren, um Sympathie werben und ganz allgemein so viel Verwirrung wie nur möglich stiften.«

»Das hätte sie meines Erachtens in aller Ruhe Ihnen überlassen können«, sagte Mr. Rees.

Dundridge warf ihm einen haßerfüllten Blick zu. Das Vertrauen seiner Vorgesetzten besaß er offensichtlich nicht.

»Wenn Sie diese Meinung vertreten, kann ich nur von meiner Stellung als Autobahnkontrolleur für Mittelengland zurücktreten und nach London zurückkehren«, sagte er. Mr. Rees sah Mr. Joynson an. Dieses Ultimatum hatten sie befürchtet. Mr. Joynson schüttelte den Kopf.

»Mein lieber Dundridge, dazu besteht überhaupt kein Grund«, sagte Mr. Rees gequält leutselig. »Wir bitten Sie nur, jede weitere negative Publicity tunlichst zu vermeiden.«

»In dem Fall verlasse ich mich auf Ihre volle Rückendekkung«, sagte Dundridge. »Man kann unmöglich von mir verlangen, daß ich derart massive Widerstände überwinde, wenn das Ministerium nicht bereit ist, mich rückhaltlos zu unterstützen.«

»Wir werden Ihnen jede nur mögliche Unterstützung gewähren«, versprach Mr. Rees.

Dundridge verließ das Büro besänftigt und mit dem Gefühl, seine Autorität sei sogar noch gestärkt worden.

»Gib dem Kerl die lange Leine,und ich möchte wetten, daß er sich selbst den Strick dreht«, sagte Mr. Rees, als Dundridge fort war. »Und ehrlich gesagt, ich wünsche Lady Maud alles erdenkliche Glück.«

»Muß furchtbar sein, auf diese Weise einen Ehemann zu verlieren«, sagte Mr. Joynson. »Kein Wunder, daß die arme Frau außer Fassung geraten ist.«

*

Aber Lady Maud geriet weniger durch den Verlust ihres Gatten außer Fassung als durch die Rechnungen, die ihr aus diversen Geschäften in Worford auf den Tisch flatterten.

»Einhundertfünfzig Büchsen Frankfurter Würstchen? Tausend Kerzen? Sechzig Tonnen Zement? Zweihundert Meter Stacheldraht? Fünfzehn Meter Armiereisenstäbe?« murmelte sie bei Durchsicht der Rechnungen. »Was um alles in der Welt heckt Klex da schon wieder aus?« Doch sie zahlte die Rechnungen, ohne zu fragen, und kümmerte sich nicht weiter drum. Was auch immer Klex vorhatte, sie wollte so wenig wie möglich darüber erfahren. »Unwissenheit ist Stärke«, dachte sie, womit sie ein mangelndes Rechtsverständnis an den Tag legte, das ihr als Laienrichterin nicht sehr zur Ehre gereichte.

*

Klex war beschäftigt. Die durch Dundridges Schwierigkeiten verursachte Ruhepause hatte er mit der Vorbereitung seiner Verteidigung genutzt. Lady Maud hatte ausdrücklich betont, er dürfe keine Gewalt anwenden, und was ihn betraf, würde das auch gar nicht nötig sein. Das Pförtnerhaus war praktisch uneinnehmbar, außer durch einen konzertierten Panzer- und Artillerieangriff. Sämtliche Räume auf beiden Seiten des Torbogens hatte er mit alten Eisenteilen und Zement vollgestopft und die Treppe mit Beton abgedichtet. Das Dach hatte er mit in Beton gebetteten angespitzten Eisenstäben bedeckt und mit Stacheldraht garniert. Um die eigene Wasserzufuhr zu sichern, hatte er einen Plastikschlauch zum Fluß verlegt, bevor der Zement in die unteren Zimmer gegossen wurde, und um sicherzugehen, daß er eine längere Belagerung überstünde, hatte er für zwei Jahre Lebensmittel gehortet. Für den Fall, daß man die Stromzufuhr sperrte, gab es tausend Kerzen und mehrere Dutzend Gasflaschen, und schließlich hatte er noch eine alte Armeegasmaske aus seinem Lager im Wald ausgegraben, um jedem Versuch zu trotzen, ihn mittels Tränengas auszuräuchern. Nur für den Fall, daß die Maske nicht vor den modernsten Gasen schützte, hatte er aus seiner Bibliothek einen hermetisch verschlossenen Rückzugsraum gemacht. Alles in allem hatte er den sehr großen dekorativen Torbogen, der das Pförtnerhaus vorher gewesen war, in eine Festung verwandelt. Der einzige Eingang bestand aus einer Dachluke unter dem Stacheldraht und den Eisenspitzen, und damit er gehen konnte, wann er wollte, hatte Klex sich eine Strickleiter gebaut, die er vom Dach herunterlassen konnte. Schließlich – und nur für den Fall, daß etwas schiefgehen sollte – hatte er ein Gewehr, ein leichtes Maschinengewehr, einen Zwei-Zoll-Granatwerfer, mehrere Schachteln Munition und Handgranaten zusammengetragen, um Eindringlinge zurückzuschlagen. »Ich werde selbstverständlich nur über ihre Köpfe schießen«, sagte er sich. Aber das würde gar nicht nötig sein. Klex kannte die Briten zu gut, als daß er annahm, sie würden Menschenleben gefährden. Und doch gab es keine Möglichkeit, die Autobahn durch den Park und Haus Handyman zu bauen, ohne Menschenleben, und ganz besonders Klex' Leben, zu gefährden. Die Festung Klex – vormals Pförtnerhaus – stand mitten auf der Strecke der Autobahn. Zu beiden Seiten stiegen die Felsen steil empor. Ehe irgend etwas unternommen werden konnte, mußte das Pförtnerhaus abgerissen werden, und da Klex in ihm drinsteckte, bedeutete der Abriß des Torbogens gleichzeitig, ihn abzureißen. Sie konnten nicht einmal Dynamit verwenden, um die Felsen auf beiden Seiten zu sprengen, ohne daß sie sein Leben ernstlich in Gefahr brachten und mit dem Einsturz des Torbogens rechnen mußten. Um zu guter Letzt sicherzustellen, daß niemand auch nur durch den Torbogen fahren konnte, stellte er in der Durchfahrt eine Anzahl Betonklötze auf. Die zwangen Lady Maud schließlich, die Frage zu stellen, was zum Teufel er da eigentlich mache.

»Wie soll ich Ihrer Meinung nach einkaufen, wenn ich nicht rein- und rausfahren kann?« wollte sie wissen.

Klex zeigte auf den Bentley und den Landrover, die auf der anderen Seite der Hängebrücke zwischen den beiden Bulldozern parkten.

»Du lieber Gott«, sagte Lady Maud, »wollen Sie damit andeuten, Sie hätten sie ohne meine Erlaubnis weggefahren?«

»Sie sagten, Sie wollten überhaupt nicht wissen, was ich tue, also hab' ich Ihnen nichts gesagt«, teilte Klex ihr mit. Lady Maud konnte sich der Logik dieser Antwort nicht entziehen.

»Das wird aber äußerst lästig werden«, sagte sie. Sie schaute zum Pförtnerhaus auf. Von den Eisenspitzen und dem Stacheldraht auf dem Dach abgesehen, sah es aus wie immer. »Hoffentlich wissen Sie auch, was Sie tun«, sagte sie und ging durch die Betonsperren und über die Brücke zu ihrem Auto. Sie fuhr nach Worford, um wegen Sir Giles' Testament mit Mr. Ganglion zu sprechen. Soweit sie feststellen konnte, war sie nun eine sehr vermögende Witwe, und Lady Maud beabsichtigte, dieses Vermögen nutzbringend zu verwenden.

*

»Ein Vermögen, meine liebe Lady«, sagte Mr. Ganglion, »ein beträchtliches Vermögen, selbst nach heutigen Maßstäben. Wenn Sie es richtig anlegen, dürften Sie recht königlich davon leben können.« Er betrachtete sie anerkennend. Wenn er es recht bedachte, stand ihr durchaus zu, ein königliches Leben zu führen. Schließlich war da die Sache mit Eduard dem Siebten. »Und da ich selbst Witwer bin...« Er betrachtete sie noch anerkennender. Vielleicht war sie nicht nach jedermanns Geschmack, aber andererseits machte er auch nicht viel her und wurde nicht gerade jünger. Und Grundstücke im Wert von zehn Millionen Pfund stellten einen Anreiz dar. Das gleiche galt für Mr. Dundridges Fotos.

»Ich habe vor, so schnell wie möglich wieder zu heiraten«, sagte Lady Maud. »Auch wenn Sir Giles mir genug Geld hinterlassen hat, seinen ehelichen Pflichten ist er nie nachgekommen.«

»Verstehe. Verstehe«, sagte Mr. Ganglion, dem Dundridges Erpressungsvorwurf im Kopf herumging. Vielleicht lohnte es sich, wenn er selbst rasch einen kleinen Erpressungsversuch unternahm. Er wandte sich zu seinem Tresor um und drehte am Kombinationsschloß.

»Außerdem ist es wirklich nicht gut für Sie, ganz allein in diesem großen Haus zu wohnen«, fuhr er fort. »Sie brauchen Gesellschaft, jemanden, der sich um Sie kümmert.«

»Dafür habe ich schon gesorgt«, sagte Lady Maud. »Ich habe Mrs. Forthby eingeladen, sich bei mir häuslich niederzulassen.«

»Mrs. Forthby? Mrs. Forthby? Kenne ich sie?«

»Nein«, sagte Lady Maud, »das nehme ich nicht an. Sie war Giles'... äh... Erzieherin in London.«

»Tatsächlich?« sagte Mr. Ganglion und schaute sie über den Rand seiner Brille hinweg an. »Wo Sie es erwähnen, fällt mir ein, daß ich gerüchteweise hörte...«

»Vergessen Sie es«, sagte Lady Maud, »das ist doch inzwischen Schnee von gestern. Nach allem, was ich vom Testament gesehen habe, hat er der armen Frau nichts hinterlassen, und darum geht es. Ich habe vor, diesem Versäumnis abzuhelfen.«

»Sehr großzügig von Ihnen. Edelmütig«, sagte Mr. Ganglion und nahm einen Umschlag aus dem Tresor. »Und wo wir schon mal beim Thema menschliche Schwächen sind, möchte ich doch vorschlagen, daß Sie einen Blick auf diese

Fotografien werfen und mir verraten, ob Sie die schon einmal gesehen haben.« Er öffnete den Umschlag und breitete die Fotos vor ihr aus. Lady Maud betrachtete sie mit konzentrierter Aufmerksamkeit. Ohne Zweifel hatte sie die schon mal gesehen.

»Wo haben Sie die her?« rief sie.

»Äh«, sagte Mr. Ganglion, »das darf ich leider nicht verraten.«

»Ich bestehe aber drauf«, fauchte Lady Maud.

»Nun«, sagte Mr. Ganglion und steckte die Fotos wieder in den Umschlag, »eine gewisse Person, sagen wir mal, ein potentieller Klient, bat mich um Rat...«

»Dundridge. Ich wußte es, Dundridge«, sagte Lady Maud.

»Da kann ich auch nur raten, meine liebe Lady Maud«, behauptete Mr. Ganglion. »Also, besagter Klient unterstellte, daß Sie diese... ähem... diese recht freizügigen Fotos benutzten, um... äh... ihn zu erpressen.«

»Gott im Himmel«, rief Lady Maud, »das dreckige kleine Aas!«

»Selbstverständlich gab ich mir große Mühe, ihn zu überzeugen, daß etwas Derartiges außer Frage stehe. Doch er ließ sich nicht überzeugen...« Aber Lady Maud hatte genug gehört. Sie stand auf und schnappte sich den Umschlag. »Falls Sie wollen, daß wir wegen Verleumdung gerichtlich gegen ihn vorgehen...«, sagte Mr. Ganglion.

»Er hat mich der Erpressung beschuldigt? Ich werde bei Gott dafür sorgen, daß er den Tag bereut, an dem er geboren wurde«, knurrte Lady Maud und stapfte mitsamt den Fotos aus dem Zimmer.

*

Dundridge befand sich in seinem mobilen Hauptquartier, wo er gerade Pläne für seine nächste Aktion gegen Haus Handyman ausarbeitete, als Lady Maud vorfuhr. Nun, wo er sicher sein konnte, daß ihn das Ministerium rückhaltlos unterstützte, betrachtete er die Zukunft mit neuem Selbstvertrauen. Er hatte mit dem Polizeipräsidenten gesprochen und volle Unterstützung durch die Polizei verlangt, falls Lady Maud sich weigern sollte, der Aufforderung zum Auszug aus Haus Handyman nachzukommen, und der Polizeichef hatte sich widerstrebend dazu bereit erklärt. Gerade erteilte er Hoskins die Anweisung, in den Park vorzurücken, als Lady Maud in den Wohnwagen stürmte.

»Du dreckiges kleines Schwein«, schrie sie und schmiß die Fotos auf seinen Schreibtisch. »Schau sie dir ruhig genau an.« Das tat Dundridge; Hoskins ebenfalls.

»Na?« fuhr Lady Maud fort, »und was hast du nun zu sagen?«

Dundridge stierte zu ihr hoch und suchte krampfhaft nach Worten, die seinen Gefühlen entsprachen. Es gab keine.

»Wenn du glaubst, daß du ungestraft davonkommst, dann täuschst du dich«, brüllte Lady Maud.

Dundridge umklammerte das Telefon. Das dreckige Miststück war wieder aufgetaucht, um ihn mit diesen entsetzlichen Fotos zu quälen, und diesmal bestand kein Zweifel, wer bei diesen obszönen Verrenkungen die Hauptrolle spielte, und diesmal war auch noch Hoskins anwesend. Hoskins entsetzter Gesichtsausdruck gab den Ausschlag. Ein Skandal war unvermeidlich. Dundridge wählte die Nummer der Polizei.

»Glaub bloß nicht, du kannst dich rauswinden, indem du einen Anwalt anrufst«, brüllte Lady Maud.

»Das tu ich nicht«, sagte Dundridge, der endlich seine Stimme wiederfand, »ich rufe die Polizei an.«

»Die Polizei?« sagte Lady Maud.

»Die Polizei?« flüsterte Hoskins.

»Ich werde Sie wegen versuchter Erpressung vor Gericht bringen«, sagte Dundridge.

Lady Maud stürzte sich quer über den Schreibtisch auf ihn. »Du versautes kleines Arschloch«, schrie sie. Dundridge taumelte von seinem Stuhl und lief zur Tür. Lady Maud machte eine Kehrtwendung und rannte hinter ihm her. Hinter ihnen legte Hoskins den Hörer auf und griff sich die Fotos. Er ging auf die Toilette und schloß die Tür hinter sich. Als er wieder herauskam, kauerte Dundridge hinter einem Bulldozer. Sechs Bulldozerfahrer hielten Lady Maud zurück, und die Fotos waren zu Asche verbrannt und ins Klo gespült worden. Hoskins setzte sich und wischte sich mit einem nassen Taschentuch die Stirn. Das war knapp gewesen.

»Glaub ja nicht, daß du damit durchkommst«, rief Lady Maud, als man sie zu ihrem Wagen brachte. »Ich werde dich wegen Verleumdung verklagen. Den letzten Penny werde ich dir abknöpfen.« Sie fuhr ab, und Dundridge wankte in den Wohnwagen zurück.

»Sie haben sie gehört«, sagte er zu Hoskins und sackte auf seinen Stuhl. »Sie haben gehört, wie sie mich erpressen wollte.« Er sah sich um und suchte die Fotos.

»Ich hab' sie verbrannt«, sagte Hoskins. »Ich dachte mir, es wäre Ihnen sicher nicht recht, wenn die hier rumlägen.«

Dundridge sah ihn dankbar an. Er wollte keineswegs, daß sie herumlagen. Andererseits waren damit die Beweise für dieses versuchte Verbrechen vernichtet. Jetzt die Polizei anzurufen, war sinnlos.

»Na, wenn sie mich verklagt, waren Sie wenigstens Zeuge«, meinte er schließlich.

»Auf jeden Fall«, sagte Hoskins. »Aber das wird sie nie wagen.«

»Diesem Miststück traue ich alles zu«, sagte Dundridge, der nun, da sowohl Lady Maud als auch die Fotos aus dem Weg geräumt waren, wieder Zuversicht faßte. »Aber eins sag' ich Ihnen. Wir rücken jetzt sofort zum Haus Handyman vor. Ich werde sie lehren, mir zu drohen.«

*

»Ohne die Fotos haben Sie leider keine Beweise, sagte Mr. Ganglion, als Lady Maud wieder in sein Büro kam.

»Aber er hat Ihnen doch erzählt, daß ich ihn erpresse. Das haben Sie mir selbst gesagt«, wandte Lady Maud ein.

Mr. Ganglion schüttelte bekümmert den Kopf. »Was er mir

erzählte, liebe Lady Maud, geschah im Rahmen einer vertraulichen Unterredung. Schließlich konsultierte er mich als Anwalt, und da ich Sie sowieso vertrete, würde meine Aussage vor Gericht nie und nimmer zugelassen. Wenn wir allerdings Hoskins dazu brächten, auszusagen, er habe gehört, wie Dundridge Sie der Erpressung beschuldigte...« Er rief im Regionalen Planungsamt an und wurde zu Hoskins im mobilen Hauptquartier durchgestellt.

»Keineswegs. Davon ist mir nie etwas zu Ohren gekommen«, sagte Hoskins. »Fotos? Keine Ahnung, wovon Sie überhaupt reden.« Vor Gericht als Zeuge über diese verfluchten Fotos vernommen zu werden, war so ungefähr das letzte, was er wollte.

»Eigenartig«, meinte Mr. Ganglion. »Höchst eigenartig, aber so sieht's nun mal aus. Hoskins wird nicht aussagen.«

»Das beweist doch nur, daß man heutzutage keinem trauen kann«, sagte Lady Maud.

Ausgesprochen mies gelaunt fuhr sie nach Hause, und ihre Laune besserte sich nicht dadurch, daß sie den Bentley vor dem Pförtnerhaus abstellen und die Auffahrt bis zum Haus laufen mußte.

26

Als sie an diesem Nachmittag nach Hause zurückkehrte, hatte sie zwar schlechte Laune, die am nächsten Morgen allerdings zehnmal so schlecht war. Sie wachte auf und hörte, wie Lastwagen die Straße durch die Schlucht befuhren, und vom Pförtnerhaus drangen Männerstimmen herüber. Lady Maud griff zum Telefon und rief Klex an.

»Was zum Teufel geht da unten vor?« fragte sie.

»Es geht los«, sagte Klex.

»Geht los? Was geht los?«

»Sie wollen mit den Bauarbeiten anfangen.«

Lady Maud zog sich an und eilte die Auffahrt hinunter; unten standen Dundridge, Hoskins, der Polizeichef und ein Trupp Polizisten und schauten sich die Betonklötze unter dem Torbogen an.

»Was soll das alles bedeuten?« wollte sie wissen.

»Wir wollen hier mit der Arbeit anfangen«, sagte Dundridge und wich dem Polizeipräsidenten nicht von der Seite. »Sie befinden sich im Besitz eines Zwangsenteignungsbescheids, der Ihnen am 25. Juni zugestellt wurde, und ...«

»Sie befinden sich auf Privatbesitz«, sagte Lady Maud. »Würden Sie die Güte besitzen, zu gehen.«

»Meine liebe Lady Maud«, sagte der Polizeichef, »diese Herren haben leider das Recht auf ihrer Seite ...«

»Sie sind aber auf meiner Seite des Flusses«, sagte Lady Maud, »und Sie sollen runter von meinem Grundstück.«

Der Polizeichef schüttelte betrübt den Kopf. »Es tut mir leid, daß ich das sagen muß ...«

»Dann seien Sie doch still«, empfahl Lady Maud.

»... aber sie sind absolut berechtigt, ihrem Auftrag entsprechend vorzugehen und mit dem Bau der Autobahn durch den Park zu beginnen. Ich bin hier, um dafür zu sorgen, daß sie in keiner Weise behindert werden. Wenn Sie jetzt so freundlich wären, Ihrem Gärtner zu befehlen, er möge dieses ... äh ... Gebäude verlassen.«

»Befehlen Sie's ihm doch selbst.«

»Wir haben versucht, ihm einen Räumungsbescheid zuzustellen, aber er weigert sich, runterzukommen. Offenbar hat er die Tür verbarrikadiert. Wir wollen wirklich keine Gewalt anwenden, aber wenn er nicht herauskommt, müssen wir uns leider gewaltsam Zugang verschaffen.«

»Nun, ich halte Sie nicht auf«, sagte Lady Maud. »Wenn Sie es tun müssen, dann tun Sie es doch.«

Sie wich aus, als die Polizisten auf die andere Seite des Pförtnerhauses gingen und gegen die Tür hämmerten. Lady Maud setzte sich auf einen Betonklotz und schaute zu.

Die Polizisten schlugen zehn Minuten lang gegen die Tür, bis sie endlich in die Brüche ging; doch dahinter sahen sie sich einer Betonmauer gegenüber. Dundridge ließ einen Vorschlaghammer holen, aber es war sonnenklar, daß man mehr als einen Vorschlaghammer brauchte, um sich Zutritt zu verschaffen.

»Das Arschloch hat sich einbetoniert«, sagte Dundridge.

»Das sehe ich selber«, sagte der Polizeichef. »Was wollen Sie jetzt unternehmen?«

Dundridge dachte über dieses Problem nach und besprach sich mit Hoskins. Gemeinsam gingen sie zur Brücke und schauten zum Torbogen hinauf. Unter diesen Umständen hatte er eine neue und recht einschüchternde Größe angenommen.

»Man kommt nicht drum herum«, sagte Hoskins und deutete auf die Felsen. »Wir müßten Tausende Tonnen Fels entfernen.«

»Können wir keine Umgehung freisprengen?«

Hoskins blickte zu den Felsen hoch und schüttelte den Kopf. »Schon möglich, aber wahrscheinlich würden wir dabei diesen dämlichen Scheißer im Torbogen umbringen.«

»Na und?« sagte Dundridge. »Kommt er nicht runter, ist er selber schuld, wenn er was abkriegt.« Er sagte das nicht besonders überzeugend. Es war ganz klar, daß Klexens Tod für das Umweltministerium unter die Rubrik ›Höchst nachteilige Publicity‹ fallen würde.

»Die genehmigte Strecke führt ohnehin durch die Schlucht, nicht um sie herum«, gab Hoskins zu bedenken.

»Und was ist mit den Sprengungen, die wir vorn am Anfang der Schlucht durchgeführt haben?«

»Wir waren befugt, wegen des Flusses die Schlucht dort zu verbreitern, und außerdem gehört dieser Abschnitt nicht zu der als Landschaftsschutzgebiet ausgewiesenen Gegend.«

»Scheiße«, sagte Dundridge. »Ich wußte, daß sich dieses alte Miststück irgendwas von der Sorte einfallen lassen würde.«

Sie gingen zum Torbogen zurück, wo sich der Polizeichef mit Lady Maud stritt.

»Wollen Sie ernsthaft behaupten, ich habe meinem Gärtner befohlen, er solle sich im Pförtnerhaus einbetonieren?«

»Ja«, sagte der Polizeichef.

»Wenn das so ist, Percival Henry«, sagte Lady Maud, »sind Sie ein größerer Blödmann, als ich gedacht habe.«

Der Polizeipräsident zuckte zusammen. »Hören Sie, Maud«, sagte er, »Sie wissen genausogut wie ich, daß er das ohne Ihre Erlaubnis nie getan hätte.«

»Blödsinn«, sagte Lady Maud, »ich hab' ihm gesagt, er könne mit dem Pförtnerhaus machen, was er wolle. Er wohnt jetzt seit dreißig Jahren dort. Es ist sein Zuhause. Wenn er beschließt, dieses Gemäuer mit Zement zu füllen, ist das seine Sache. Ich weigere mich, für seine Taten irgendeine Verantwortung zu übernehmen.«

»In dem Fall bleibt mir keine andere Wahl, als Sie festzunehmen«, sagte der Polizeichef.

»Mit welcher Begründung?«

»Wegen Behinderung.«

»Quatsch mit Soße«, sagte Lady Maud. Sie stieg von dem Klotz, ging zur Rückseite des Torbogens und schaute zu dem Fenster hoch.

»Klex«, rief sie. An dem runden Fenster tauchte Klex' Kopf auf.

»Ja.«

»Klex, Sie kommen sofort runter und lassen die Männer ihre Arbeit weitermachen.«

»Tu ich nicht«, sagte Klex.

»Klex«, rief Lady Maud, »ich befehle Ihnen, runterzukommen.«

»Nö«, sagte Klex und machte das Fenster zu.

Lady Maud wandte sich an den Polizeipräsidenten. »Da sehen Sie's. Ich habe ihm gesagt, er soll runterkommen, und er weigert sich. Also, wollen Sie mich immer noch wegen Behinderung festnehmen lassen.«

Der Polizeichef schüttelte den Kopf. Er wußte, wann er verloren hatte. Lady Maud schritt die Auffahrt hinauf, zurück ins Haus. Er wandte sich an Dundridge. »Na, was schlagen Sie nun vor?«

»Irgendetwas müssen wir doch unternehmen können«, sagte Dundridge.

»Falls Ihnen etwas Schlaues einfällt, lassen Sie's mich wissen«, sagte der Polizeichef.

»Was geschieht, wenn wir einfach anfangen und den Torbogen mit ihm drin abreißen?«

»Die Frage lautet«, sagte der Polizeichef, »was würde mit dem Mann geschehen, wenn Sie das täten?«

»Das ist sein Problem«, meinte Dundridge. »Wir sind juristisch berechtigt, diesen Torbogen zu entfernen, und wenn er sich in dem Gebäude aufhält, während wir das tun, sind wir doch nicht für das verantwortlich, was mit ihm passiert.«

Der Polizeipräsident schüttelte den Kopf. »Versuchen Sie das mal dem Richter zu erzählen, wenn man Sie wegen Totschlags anklagt. Man sollte meinen, die Ereignisse in Guildstead Carbonell wären Ihnen eine Lehre gewesen.« Er stieg in seinen Wagen und fuhr davon.

Dundridge ging über die Brücke zurück und sprach mit dem Vorarbeiter seines Abrißtrupps.

»Gibt es eine Möglichkeit, diesen Torbogen zu entfernen, ohne daß der Mann drinnen zu Schaden kommt?« fragte er.

Der Vorarbeiter sah ihn skeptisch an. »Nicht, wenn er damit nicht einverstanden ist.«

Wie um seine Worte zu unterstreichen, erschien Klex auf dem Dach. Er hatte ein Gewehr in der Hand.

»Da sehen Sie, was ich meine«, sagte der Vorarbeiter.

Klex schaute erwartungsvoll über ihre Köpfe hinweg, hob die Waffe und schoß. Eine Ringeltaube stürzte aus der Luft herab. Dundridge verstand ganz genau, was er meinte.

»In unserem Vertrag steht kein Wort davon, daß wir unnötige Risiken eingehen müssen«, sagte der Vorarbeiter, »und ein Typ, der sich in einem Torbogen einzementiert und fliegende Tauben abschießt, stellt mehr als ein unnötiges Risiko dar. Es ist ein verdammter Irrer und außerdem ein Meisterschütze.«

Dundridge mußte sehnsüchtig an Mr. Edwards denken. Er drehte sich zu Hoskins um.

»Ich finde«, sagte Hoskins, »wir sollten uns mit dem Ministerium in London in Verbindung setzen. Diese Sache wächst uns über den Kopf.«

*

Im Herrenhaus hörte Lady Maud den Schuß und griff nach einem Fernglas. Durch das Glas konnte sie auf dem Dach Klex mit einem Gewehr erkennen. Sie rief das Pförtnerhaus an.

»Die schießen doch nicht etwa auf Sie, oder?« fragte sie hoffnungsvoll.

»Nein«, sagte Klex, »ich habe bloß eine Taube erlegt. Die reden immer noch.«

»Nicht vergessen, was ich über Gewaltanwendung gesagt

habe«, schärfte ihm Lady Maud ein. »Wir müssen dafür sorgen, daß die Sympathie der Öffentlichkeit auf unserer Seite bleibt. Ich werde Verbindung zur BBC, zum Privatsender ITV und zu sämtlichen überregionalen Zeitungen aufnehmen. Ich glaube, aus dieser Geschichte können wir eine echte Haupt- und Staatsaktion machen.«

Klex legte den Hörer auf. Haupt- und Staatsaktion. Die englische Sprache war *höchst* ausdrucksvoll. Haupt- und Staatsaktion.

*

Dundridge telefonierte aus seinem mobilen Hauptquartier mit London.

»Wollen Sie mir allen Ernstes einreden, Lady Lynchwoods Gärtner habe sich in einem Ziertorbogen einzementiert?« fragte Mr. Rees skeptisch. »Klingt nicht sehr wahrscheinlich.«

»Zufällig ist der fragliche Torbogen fünfundzwanzig Meter hoch«, erläuterte Dundridge. »Im Inneren befinden sich Zimmer. Die im Erdgeschoß hat er mit Beton aufgefüllt. Auf dem Dach hat er Stacheldraht befestigt, und wenn wir das Ding nicht in die Luft jagen, kriegen wir ihn nicht raus.«

»Ich würde es bei der örtlichen Feuerwehr versuchen«, schlug Mr. Rees vor. »Schließlich holt die auch Katzen von Bäumen herunter.«

»Bei der Feuerwehr habe ich's schon versucht«, sagte Dundridge.

»Na und, was sagt man dort?«

»Man sagt, ihre Aufgabe sei das Löschen von Bränden, nicht das Erstürmen von Festungen.«

Mr. Rees dachte über das Problem nach. »Ich denke mir, irgendwann muß er mal rauskommen«, meinte er schließlich.

»Warum?«

»Na, beispielsweise um zu essen.«

»Essen?« rief Dundridge. »Essen? Zum Essen braucht er nicht rauszukommen. Ich habe hier eine Liste der Dinge, die er in einem hiesigen Supermarkt bestellt hat. Vierhundert Dosen Baked Beans, siebenhundert Büchsen Corned Beef, hundertfünfzig Dosen Frankfurter Würstchen. Soll ich weiter lesen?«

»Nein«, sagte Mr. Rees rasch, »der Bursche muß eine Konstitution wie ein Ochse haben. Man sollte meinen, er hätte sich für etwas appetitlichere Speisen entschieden.«

»Mehr haben Sie dazu nicht zu sagen?« wollte Dundridge wissen.

»Tja, es klingt so, als hätte er vor, sich längere Zeit dort aufzuhalten, das muß ich zugeben«, räumte Mr. Rees ein.

»Und was unternehmen wir nun? Den Autobahnbau um ein paar Jahre verschieben, während er sich durch dieses kleine Warenlager mampft?«

Mr. Rees dachte über Alternativen nach. »Können Sie ihn nicht zum Runterkommen überreden?« fragte er. »So geht man doch normalerweise mit Leuten um, die mit Selbstmord drohen.«

»Aber er droht nicht mit Selbstmord«, wandte Dundridge ein.

»Es läuft auf das gleiche hinaus«, sagte Mr. Rees. »Eine Diät aus Corned Beef, Baked Beans und Würstchen in den von Ihnen erwähnten Mengen würde mich todsicher umbringen. Ich verstehe aber, was Sie sagen wollen. Ein Mensch, der auch nur mit dem Gedanken spielt, sich von diesem Ekelzeug zu ernähren, ist offensichtlich zu allem entschlossen. Haben Sie irgendwelche Vorschläge zu dem Thema?«

»Ich habe allerdings welche«, antwortete Dundridge.

»Hoffentlich nicht wieder so eine Aktion mit Abrißbirne und Kranwagen«, meinte Mr. Rees mit ängstlichem Unterton. »So kurz nach dem letzten dürfen wir uns einen derartigen kleinen Zwischenfall nicht wieder leisten.«

»Mir schwebt vor, die Armee einzusetzen«, sagte Dundridge.

»Die Armee? Mein lieber Freund, dies ist ein freies Land. Wir können unmöglich die Armee bitten, einen völlig unschuldigen Engländer mit Panzern und Artillerie aus seinem Heim zu räuchern.«

»Genaugenommen ist er zufällig kein Engländer«, sagte Dundridge, »und mir schwebte nicht vor, ihn mit Panzern und Artillerie auszuräuchern.«

»Das will ich meinen. Die Öffentlichkeit würde sich das nie und nimmer gefallen lassen«, sagte Mr. Rees. »Aber was ist er denn, wenn er kein Engländer ist?«

»Italiener.«

»Italiener? Sind Sie ganz sicher? Klingt gar nicht nach Italienern, sich auf sowas einzulassen«, sagte Mr. Rees.

»Er wurde eingebürgert«, sagte Dundridge.

»Das erklärt alles«, sagte Mr. Rees. »In dem Fall sehe ich keinen Grund, die Armee nicht einzusetzen. Die ist es gewohnt, mit Ausländern fertigzuwerden. An was dachten Sie dabei genau?«

Dundridge erläuterte seinen Plan.

»Mal sehen, was sich machen läßt«, sagte Mr. Rees. »Ich werde mit dem Minister reden und Sie dann wieder anrufen.«

In Whitehall liefen die Drähte heiß. Mr. Rees sprach mit dem Umweltminister, und der wandte sich ans Verteidigungsministerium. Um fünf Uhr hatte sich das Oberkommando der Armee einverstanden erklärt, einen im Bergsteigen ausgebildeten Kommandotrupp abzustellen, der allerdings ausdrücklich nur zur Unterstützung der Polizei eingesetzt werden und keine Schußwaffen benutzen durfte. Die Operation lief, wie der Umweltminister erklärte, darauf hinaus, das Pförtnerhaus zu besetzen und Klex festzuhalten, bis die Polizei ihn auf juristisch lupenreine Art und Weise zur Räumung des Gebäudes zwänge. »Das Phantastische daran ist, daß die Medien von der Geschichte noch nicht Wind bekommen haben. Wenn wir ihn rausschaffen, ehe die Medienleute da herumschnüffeln, können wir die ganze Geschichte vertuschen. Das Wichtigste an der Sache ist Schnelligkeit.«

*

Darauf wies Dundridge den Kommandotrupp ausdrücklich hin, als der in der Nacht zur Lagebesprechung in seinem mobilen Hauptquartier eintraf. »Hier habe ich einige Aufnahmen des Ziels, die ich heute nachmittag anfertigte«, sagte er und reichte die Fotos herum. »Wie Sie sehen, ist ausreichend Halt vorhanden, und es existieren zwei Einstiegsmöglichkeiten: die beiden runden Fenster auf beiden Seiten und die Dachluke. Ich schätze, die beste Angriffsmethode wäre ein Ablenkungsmanöver an der Rückseite, verbunden mit einem Frontalangriff –«

»Ich glaube, die taktischen Einzelheiten der Übung dürfen Sie getrost uns überlassen«, sagte der kommandierende Major, dem es gar nicht schmeckte, daß ein Zivi ihm irgendwelche Vorschriften machte.

»Ich wollte nur behilflich sein«, sagte Dundridge.

»Also dann«, sagte der Major. »Wir sammeln uns um vierundzwanzig Uhr und rücken zu Fuß vor...« Dundridge ließ sie allein und ging ins andere Büro.

»Na, endlich kommt die Sache ins Rollen«, informierte er Hoskins. »Diese alte Kuh wird nicht wissen, wie ihr geschieht.«

Hoskins nickte zweifelnd. Er war selbst bei der Armee gewesen, und ihm fehlte Dundridges Glaube an die Effizienz der Militärmaschinerie.

*

Klex verbrachte den Abend mit der Lektüre von Sir Arthur Bryant, doch mit seinen Gedanken war er nicht in der Vergangenheit. Er dachte an die nahe Zukunft. Entweder handelten sie schnell, oder sie versuchten, ihn psychologisch mürbe zu machen, indem sie eine Reihe wohlmeinender Leute vorbeischickten, die mit ihm reden sollten. Die Sorte Besucher, mit der er rechnen konnte, hatte Klex bereits im Fernsehen gesehen. Sozialarbeiter, Psychologen, Priester und Polizisten, allesamt durchdrungen vom unerschütterlichen Glauben an die Möglichkeit eines Kompromisses. Sie würden Argumente anführen, ihm gut zureden und sich alle Mühe geben, ihm die Verwerflichkeit seines Handelns deutlich zu machen, und sie würden scheitern, kläglich scheitern, weil ihre Annahmen samt und sonders falsch waren. Sie würden annehmen, er sei Italiener, was jedoch nicht zutraf. Sie würden glauben, daß er aufgrund von Anordnungen oder einfach nur loyal handelte, wo er doch verliebt war. Sie würden glauben, ein Kompromiß sei möglich – bei einer Autobahn? Im stillen lächelte Klex über die Absurdität dieser Vorstellung. Die Autobahn ging entweder durch Park und Haus Handyman oder gar nicht. Nichts, was sie ihm erzählten, konnte an dieser Tatsache rütteln. Doch vor allem würden die Leute, die mit ihm reden wollten, Stadtbewohner sein, für die Reden ein Zahlungsmittel und Wörter Münzen waren. Das Wort eines Engländers ist Gold wert, dachte Klex, aber schließlich hatte er für Edelmetalle, Aktien oder Obligationen nie viel Zeit gehabt. »Wortkrämer« hatte der alte Lord Handyman mit Verachtung in der Stimme solche Leute genannt, und Klex war seiner Meinung. Tja, sie konnten reden, bis sie schwarz wurden, aber ihn würden sie nicht loswerden. Alles, was ihm etwas bedeutete, was er liebte und was er war, lag dort im Park, im Garten und im Herrenhaus. Haus Handyman. Und Klex war der »Handyman«, das Faktotum. Er würde lieber sterben als auf sein Recht verzichten, gebraucht zu werden. Er zog sich aus, legte sich ins Bett und lauschte dem Rauschen des Flusses und dem Wind in den Bäumen. Durch sein Fenster konnte er sehen, daß in Lady Mauds Schlafzimmer noch Licht brannte. Klex sah hinüber, bis es ausging; dann schlief er ein.

*

Durch ein Geräusch von draußen wurde er um ein Uhr wach. Es war nur ein ganz leises Geräusch, aber es erweckte einen Instinkt in ihm, ein Frühwarnsystem, das ihm mitteilte, daß draußen Menschen waren. Er stand auf, trat ans Fenster und spähte nach unten in die Dunkelheit. Am Fuß der Säule zu seiner Linken war jemand. Klex ging zum anderen Fenster hinüber. Im Park war auch jemand. Um reinzukommen, mußten sie über den Zaun geklettert sein. Klex lauschte und hörte bald darauf, wie sich unten jemand bewegte. Sie kletterten an der Seite des Pförtnerhauses hoch. Kletterten? Im Dunkeln? Interessant.

Er ging zu einem Schrank, nahm die Leica und das Blitzlichtgerät raus, ging zum Fenster zurück und lehnte sich hinaus. Im nächsten Moment war die ganze Seite des Pförtnerhauses in leuchtendes Weiß getaucht. Man hörte einen Schrei und einen Aufprall. Klex begab sich zum anderen Fenster und machte noch ein Foto. Wer auch immer sich an dieser Seite des Torbogens festhielt, er schloß die Augen und klammerte sich weiter fest. Klex legte die Kamera weg. Etwas Wirksameres war gefragt. Was würde das Klettern erschweren? Irgendwas Schmieriges. Er ging in seine Küche, kam mit einem Fünf-Liter-Kanister Pflanzenöl wieder und stieg die in einer Ecke des Zimmers stehende Leiter hoch, die zur Dachluke führte. Oben angekommen, kroch er bis zum Rand und goß das Öl die Wand hinunter. Von unten ertönte ein Fluch, ein Rutschgeräusch und noch ein Aufprall, gefolgt von einem Schrei. Klex goß das restliche Öl aus dem Kanister an die gegenüberliegende Mauer, kletterte die Leiter in sein Zimmer hinunter und leuchtete mit einer Taschenlampe aus dem Fenster. An dieser Seite des Torbogens war jetzt keiner mehr. Am Fuß des Bogens stand ein Grüppchen Männer in Armeeuniformen und starrte wütend zu ihm hoch. Ihre Gesichter waren geschwärzt, und einer von ihnen lag am Boden.

»Kann ich irgendwas für Sie tun?« fragte Klex.

»Warte nur, bis wir dich zu fassen kriegen, du Schwein«, schrie der Major. »Du hast ihm das Bein gebrochen.«

»Ich war's nicht«, sagte Klex, »ich habe ihn nicht mal berührt. Das hat er sich selbst gebrochen. Ich hab' ihn nicht darum gebeten, mitten in der Nacht meine Außenmauer hochzuklettern.«

Ein von der anderen Seite des Pförtnerhauses kommendes Geräusch unterbrach ihn. Da kamen die Blödmänner also auch hoch. Er ging in die Küche, holte noch zwei Kanister reines Pflanzenöl und wiederholte den Vorgang. Als er fertig war, wiesen alle Seiten des Pförtnerhauses ölige Streifen auf, und zwei weitere Kraxler waren abgestürzt.

Unten wurde murmelnd eine Besprechung abgehalten.

»Wir nehmen die Greifhaken«, sagte der Major.

Klex spähte aus dem Fenster und leuchtete mit der Taschenlampe auf den Trupp. Es gab eine Explosion, und ein dreizakkiger Haken schoß an ihm vorbei aufs Dach und blieb im Stacheldraht stecken. Ihm folgte ein zweiter Haken. Klex rannte in die Küche und schnappte sich ein Messer. Sekunden später war er auf dem Dach und hatte eine Leine durchgeschnitten. Er kroch unter den Draht und schnitt auch die andere durch. Es erfolgte der nächste Aufprall samt Schrei. Klex spähte nach unten.

»Kommt noch einer hoch?« fragte er. Doch die Armee hatte bereits den Rückzug angetreten. Als sie ihre Verwundeten über die Hängebrücke die Straße hinauftrugen, beobachtete Klex sie nachdenklich. Ihm tat leid, daß sie schon gingen. Eine regelrechte Schlacht hätte für phantastische Publicity gesorgt. Eine regelrechte Schlacht? Klex trat an den Schrank, in dem er seine Waffen aufbewahrte. Er mußte sich beeilen. Dann stieg er aufs Dach und ließ die Strickleiter runter. Zehn Minuten später stand er mit dem leichten Maschinengewehr an der Hängebrücke.

Als der Kommandotrupp die Straße hinauf zu seinem Truppentransporter marschierte, hörten die Männer erstaunt, wie hinter ihnen eine automatische Waffe losging. Das Feuer dauerte jeweils mehrere Sekunden und wurde ständig wiederholt. Sie blieben stehen und horchten. Es wurde still. Kurz darauf tat es einen viel lauteren Rums, gefolgt von einem zweiten. Klex hatte die Panzerabwehrwaffe AP1G abgefeuert, und sie funktionierte noch.

*

Im Herrenhaus saß Lady Maud auf einmal senkrecht im Bett

und suchte hektisch nach dem Lichtschalter. Gelegentlich mal einen nächtlichen Schuß war sie ja gewohnt, aber das hier war etwas ganz anderes. Ein richtiges Bombardement. Sie griff zum Telefon und rief im Pförtnerhaus an. Es meldete sich niemand.

»O mein Gott«, stöhnte sie, »die haben ihn umgebracht.« Sie stand auf und zog sich eilig an. Die Schießerei hatte inzwischen aufgehört. Sie rief noch einmal im Pförtnerhaus an, doch ohne Erfolg. Sie legte auf und wählte die Nummer des Polizeipräsidenten.

»Sie haben ihn ermordet«, schrie sie, »sie haben das Pförtnerhaus angegriffen und ihn getötet!«

»Wen getötet?« fragte der Polizeichef.

»Klex«, brüllte Lady Maud.

»Nein!« sagte der Polizeichef.

»Wenn ich's Ihnen doch sage. Sie haben Maschinengewehre und irgendwas noch viel Größeres eingesetzt.«

»Ach du mein lieber mein Vater«, sagte der Polizeichef. »Wissen Sie das genau? Ich meine, liegt da nicht vielleicht ein Irrtum vor?«

»Percival Henry«, schrie Lady Maud, »Sie wissen doch, wenn ich etwas sage, dann meine ich es ernst, schließlich kennen Sie mich gut genug. Vergessen Sie nicht, was mit Bertie Bullett-Finch passiert ist.«

Das hatte der Polizeipräsident wahrhaftig nicht vergessen. Mitternächtliche Morde waren in South Worfordshire langsam gang und gäbe; außerdem hatte Lady Mauds Stimme einen echt hysterischen Unterton. Und was auch immer man ihr nachsagen mochte, Lady Maud war keine Frau, die ohne Grund hysterisch wurde.

»Ich sorge dafür, daß jeder verfügbare Streifenwagen so schnell wie möglich dort hinfährt«, versprach er.

»Und ein Krankenwagen auch«, schrie Lady Maud.

Minuten später rasten sämtliche Polizeiautos von South Worfordshire zur Schlucht. Zwölf Angehörige des 21. Marineinfanteriekorps, darunter zwei mit Beinbrüchen, wurden zur

Vernehmung festgenommen, als sie gerade in ihrem Truppentransporter davonfahren wollten. Auf dem Weg zum Polizeirevier von Worford protestierten sie lautstark, sie hätten auf Befehl des Militärbereichskommandanten gehandelt, und die Polizei sei rechtlich nicht befugt, sie festzuhalten.

»Darum kümmern wir uns am Morgen«, sagte der Kommissar, als man sie in ihre Zellen scheuchte.

Klex stieg auf seiner Strickleiter ins Pförtnerhaus zurück und zog sie hinter sich hoch. Er war von seinem Experiment begeistert. Alle Waffen hatten hervorragend funktioniert, und obwohl man in der Dunkelheit unmöglich sagen konnte, wie schwer das Pförtnerhaus beschädigt worden war, hatte das splitternde Mauerwerk doch darauf schließen lassen, daß es übergenug Indizien für einen unangebracht stürmischen und mit unzulässiger Gewalt einhergehenden Angriff der Armee gab. Erst als er wieder in seinem Zimmer stand, konnte er sehen, wie effektiv die Anti-Panzer-Infanteriegeschosse gewesen waren. Sie hatten zwei ordentliche Löcher in den Fries gesprengt, und der Raum war von Steinsplittern übersät. Durch die Detonation waren beide Fenster herausgeflogen, und in der Zimmerdecke klafften Löcher. Er überlegte gerade, was nun zu tun wäre, als er Schritte die Auffahrt heruntereilen hörte. Klex schaltete die Taschenlampe aus und trat ans Fenster. Es war Lady Maud.

»Kommen Sie nicht näher«, rief er, um sein gerade überstandenes Martyrium authentischer erscheinen zu lassen und ihr mitzuteilen, daß er unverletzt sei. »Legen Sie sich auf den Boden. Vielleicht fangen sie wieder mit dem Beschuß an.«

Lady Maud blieb abrupt stehen. »Gott sei Dank, Klex, Sie sind unversehrt«, rief sie. »Ich dachte, man hätte Sie getötet.«

»Ich? Getötet?« sagte Klex. »Es gehört schon mehr dazu, um mich zu töten.«

»Wer war es? Haben Sie sie deutlich sehen können?«

»Es war die Armee«, teilte Klex ihr mit. »Ich habe Fotos und kann's beweisen.«

27

Am nächsten Morgen war Klex berühmt. Um noch in den ersten Morgenzeitungen zu erscheinen, traf die Meldung von dem Angriff zu spät ein, aber die späteren Ausgaben hatten alle seinen Namen in den Schlagzeilen. Die BBC sendete das Neueste von dem ungeheuerlichen Übergriff, dessen juristischen Aspekte in der *Heute*-Sendung erörtert wurden. Um dreizehn Uhr nahm der Fall eine neue Wendung, als bekannt wurde, daß zwölf Marineinfanteristen der Polizei bei ihrer Ermittlungsarbeit geholfen hatten. Im Lauf des Nachmittags stellte man im Unterhaus Fragen, und der Innenminister versprach rückhaltlose Aufklärung. Den ganzen Tag über fielen Journalisten und Kameramänner in die Schlucht ein, um Klex und Lady Maud zu interviewen und den Schaden zu filmen. Er war deutlich sichtbar und beträchtlich. Der ganze Torbogen war von Einschüssen übersät, die vermuten ließen, daß die Armee völlig planlos das Feuer eröffnet hatte. Mehreren Figuren im Fries fehlte der Kopf, und die APIGs hatten klaffende Löcher in die Mauer gerissen. Selbst abgehärtete Korrespondenten, die mit der gegen Stadtguerrillas in Belfast angewandten Taktik vertraut waren, zeigten sich vom Ausmaß der Zerstörung überrascht.

»Etwas Derartiges habe ich noch nie gesehen«, informierte ein BBC-Reporter sein Publikum von der obersten Sprosse einer Leiter, ehe er Klex am Fenster interviewte. »Man könnte meinen, es handele sich um Vietnam oder den Libanon, wir befinden uns jedoch in England, und zwar in einem ruhigen, ländlichen Eckchen. Ich kann nur sagen, ich bin erschüttert, daß dies geschehen konnte. Mr. Klex, könnten Sie uns zunächst verraten, was Sie über diesen Angriff wissen?«

Klex schaute aus dem Fenster und in die Kamera.

»Es muß gegen ein Uhr morgens gewesen sein. Ich schlief gerade und hörte draußen ein Geräusch. Ich stand auf, ging zum Fenster und sah hinaus. Anscheinend kletterten Männer die Fassade hoch. Tja, das war mir nicht recht, also hab' ich Öl die Mauer runtergegossen.«

»Sie haben Öl die Außenwand hinuntergegossen, um sie aufzuhalten?«

»Ja«, sagte Klex, »Olivenöl. Sie rutschten runter, und dann setzte das Feuer ein.«

»Das Feuer?«

»Es klang wie Maschinengewehrfeuer«, sagte Klex, »darum lief ich in die Küche und legte mich auf den Fußboden. Eine oder zwei Minuten später gab es dann eine Explosion, und Sachen flogen durch den Raum, und ein paar Sekunden danach gab es noch eine Explosion. Danach war nichts mehr.«

»Verstehe«, sagte der Reporter. »Haben Sie übrigens im Verlauf dieses Angriffs irgendwann einmal zurückgeschossen? Soviel ich weiß, besitzen Sie ein Gewehr.«

Klex schüttelte den Kopf. »Es ging alles so schnell«, sagte er. »Ich war ganz schön verstört.«

»Begreiflicherweise. Das muß ein entsetzliches Erlebnis für Sie gewesen sein. Noch eine letzte Frage: Das Öl, das Sie an der Mauer runtergegossen haben, war das heiß?«

»Heiß?« fragte Klex. »Wie hätte es denn heiß sein können? Ich hab's aus dem Kanister geschüttet. Hatte nicht die Zeit, es heiß zu machen.«

»Vielen herzlichen Dank für die Auskunft«, sagte der Interviewer und kletterte die Leiter wieder hinunter. »Die letzte Bemerkung schneiden wir raus, glaube ich«, sagte er dem Tontechniker. »Das klang ja, als hätte er sie gern mit heißem Öl übergossen.«

»Nach allem, was er durchgemacht hat, kann ich ihm das

wirklich nicht verdenken«, meinte der Tontechniker. »Diese Schweine haben kochendes Öl verdient.«

*

Der Polizeipräsident war der gleichen Meinung.

»Was soll das heißen, zur Unterstützung der Polizei im Einsatz?« schrie er den Oberst vom Kommandostützpunkt an, der vorbeigekommen war, um zu erklären, der Verteidigungsminister habe ihn angewiesen, zur Unterstützung der Polizei einen Trupp Bergsteiger loszuschicken. »In meilenweitem Umkreis von diesem Gebäude befand sich keiner meiner Männer. Und Sie schicken Ihre mit Raketen und Maschinengewehren bewaffneten Killer dorthin, damit sie den Laden in die Luft...«

»Meine Männer waren unbewaffnet«, sagte der Oberst.

Der Polizeipräsident sah ihn ungläubig an. »Ihre Männer waren unbewaffnet? Nachdem ich gesehen habe, wie sie dieses Gebäude zugerichtet haben, stehen Sie ganz ruhig da und sagen mir ins Gesicht, Ihre Männer seien unbewaffnet gewesen. Fehlt bloß noch, daß Sie mir weismachen wollen, Ihre Männer hätten mit dem Vorfall nichts zu tun gehabt.«

»Genau das sagen meine Leute«, bestätigte der Oberst. »Sie schwören Stein und Bein, daß sie auf dem Rückweg zu ihrem Transporter waren, als die Schießerei einsetzte.«

»Das erstaunt mich verdammt nochmal überhaupt nicht«, sagte der Polizeichef. »Wenn ich gerade irgendein Privathaus mitten in der Nacht beschossen hätte, würde ich auch behaupten, ich sei nicht mal in der Nähe gewesen. Was nicht bedeutet, daß auch nur ein Mensch, der seine sieben Sinne beisammen hat, ihnen glaubt.«

»Bei ihrer Festnahme trugen sie keine Waffen bei sich.«

»Haben die verfluchten Dinger wahrscheinlich weggeschmissen«, sagte der Polizeipräsident. »Was weiß ich, vielleicht waren sowieso noch andere dran beteiligt, die verschwinden konnten, ehe meine Leute auftauchten.«

»Ich versichere Ihnen –«, begann der Oberst.

»Mit Ihren Versicherungen können Sie sonst was tun!« schrie der Polizeichef. »Ich will Ihre Versicherungen nicht. Ich habe Beweise für den Angriff, und ich habe zwölf Männer, die im Gebrauch der für diesen Angriff benötigten Waffen ausgebildet sind und zugeben, daß sie letzte Nacht versucht haben, sich den Zugang ins Pförtnerhaus zu erzwingen. Was brauche ich denn noch? Sie werden morgen früh einem Richter vorgeführt.«

Der Oberst mußte zugeben, daß die Indizien ...

»Indizien am Ärmel«, fauchte der Polizeichef, »sie sind hundertprozentig schuldig, und das wissen Sie auch.«

»Trotzdem bin ich der Ansicht, Sie sollten sich einmal um diesen Verwaltungsbeamten kümmern, der den Männern die Anweisungen gegeben hat«, meinte der Oberst bekümmert, als er ging. »Ich glaube, er heißt Dundridge.«

»Dafür habe ich bereits gesorgt«, teilte ihm der Polizeipräsident mit. »Zur Zeit steckt er in London, aber ich habe zwei Beamte hingeschickt, die ihn zur Vernehmung mitbringen sollen.«

*

Doch Dundridge war schon fünf Stunden lang von Mr. Rees, Mr. Joynson und schließlich vom Minister persönlich vernommen worden.

»Ich habe ihnen lediglich gesagt, sie sollten in den Torbogen klettern und Klex solange festhalten, bis die Polizei kommen und ihn juristisch korrekt zur Räumung des Gebäudes zwingen werde«, erklärte er immer und immer wieder. »Mir war nicht bekannt, daß sie Schußwaffen und sowas benutzen würden.«

Weder Mr. Rees noch der Minister waren beeindruckt.

»Werfen wir doch einfach mal einen Blick in Ihre Akte«, sagte der Minister, so ruhig er konnte. »Sie wurden zum Autobahnkontrolleur für Mittelengland mit dem ausdrücklichen Auftrag eingesetzt, dafür zu sorgen, daß der Bau der M 101 mit einem Minimum an Ärger und Wirbel vonstatten ginge, so daß die Einheimischen davon ausgehen könnten, es werde für ihre Interessen gesorgt und die Umwelt geschützt. Also, können Sie ehrlich behaupten, die Richtlinien für Ihre Ernennung seien in einem einzigen Punkt erfüllt worden?«

»Nun ...«, sagte Dundridge.

»Nein, können Sie nicht«, knurrte der Minister. »Seit Sie in Worford sind, hat sich eine ganze Serie entsetzlicher Katastrophen ereignet. Ein Rotarier wurde in seinem eigenen Haus von einem geisteskranken Abrißexperten zu Brei geschlagen, der behauptet, er sei dazu aufgewiegelt ...«

»Ich hatte keine Ahnung, daß Mr. Bullett-Finch Rotarier war«, sagte Dundridge, der verzweifelt versuchte, die Fluten der anwachsenden ministeriellen Wut umzuleiten.

»Sie hatten keine Ahnung ...« Der Minister zählte bis zehn und nahm einen Schluck Wasser zu sich. »Weiter im Text: Ein ganzes Dorf wurde zerstört ...«

»Kein ganzes Dorf«, korrigierte ihn Dundridge. »Es war lediglich die High Street.«

Der Minister glotzte ihn mit einem irren Gesichtsausdruck an. »Mr. Dundridge«, sagte er endlich, »auch wenn Sie vielleicht feine Unterschiede machen zwischen Rotariern und Menschen sowie zwischen ganzen Dörfern, die nur aus High Streets bestehen, und den High Streets selbst – ich bin dazu nicht bereit. Ein ganzes Dorf ist zerstört worden, ein Fußgänger verbrannte bei lebendigem Leibe, und zwanzig Personen wurden verletzt, einige davon schwer. Und dieses Dorf, hört, hört, lag fast zwei Kilometer von der Strecke der geplanten Autobahn entfernt. Ein Unterhausabgeordneter wurde von Löwen verschlungen ...«

»Das hat absolut gar nichts mit mir zu tun«, protestierte Dundridge. »Ich habe ihm nicht vorgeschlagen, seinen verfluchten Garten mit Löwen vollzustopfen.«

»Ich weiß nicht recht«, sagte der Minister, »ich weiß nicht. Dennoch werde ich mein Urteil in diesem Punkt erst fällen, wenn sämtliche Fakten feststehen. Und schließlich wurde die Armee auf Ihr Betreiben angewiesen, einen italienischen

Gärtner aus seinem... Nein, seien Sie still... einen italienischen Gärtner aus seinem Haus zu vertreiben, indem sie ihn mit Maschinengewehren und Anti-Panzer-Waffen beschoß.«

»Aber ich habe ihnen doch gar nicht –«

»Halten Sie die Klappe«, brüllte der Minister. »Sie sind entlassen, Sie sind gefeuert...«

*

»Sie sind festgenommen«, sagte der vor Mr. Rees' Büro wartende Kriminalbeamte, als Dundridge schließlich aus dem Zimmer wankte. Zwischen zwei Polizeibeamten nahm Dundridge den Fahrstuhl nach unten.

Mit einem Seufzer setzte sich Mr. Rees an seinen Schreibtisch.

»Ich habe es Ihnen doch gesagt, daß sich dieser dämliche Hund selbst den Strick dreht«, sagte er voll ruhiger Zufriedenheit.

»Was ist mit der Autobahn?« wollte Mr. Hoskins wissen.

»Was soll damit sein?«

»Glauben Sie, wir können weiterbauen?«

»Das weiß Gott allein«, sagte Mr. Rees, »aber ehrlich gesagt, zweifle ich dran. Anscheinend vergessen Sie, daß in South Worfordshire die nächste Nachwahl ansteht.«

*

Dieser entscheidende Punkt war Lady Maud keineswegs entgangen. Während die Journalisten und Kameramänner immer noch das Pförtnerhaus umschwärmten, es aus allen möglichen Blickwinkeln ins Bild rückten und Klex von Leitern aus interviewten, die sie eigens zu diesem Zweck gemietet hatten, dachte sie darüber nach, wer Sir Giles' Nachfolger werden sollte. Um den nächsten Schritt zu beraten, hielt das Komitee ›Rettet die Schlucht‹ in General Burnetts Haus eine Sitzung ab.

»Wackerer Bursche, dieser Klex«, sagte der General, »für einen Makkaroni. Erstaunlich, wie er solch einem Beschuß standgehalten hat. In der Wüste sind sie immer gerannt wie die Karnickel.«

»Meiner Ansicht nach sind wir ihm alle für sein Pflichtbewußtsein und sein aufopferungsvolles Verhalten sehr zu Dank verpflichtet«, räumte Oberst Chapman ein. »Offen gesagt, glaube ich, daß dieses letzte Ereignis der Autobahn den Garaus gemacht hat. Die können sie jetzt nie und nimmer weiterbauen. Soviel ich weiß, wurde der Vorschlag gemacht, daß Umweltschützer aus dem ganzen Land vor dem Pförtnerhaus zu einem Sit-in zusammenkommen, um zu verhindern, daß sich etwas derart Abscheuliches wiederholt.«

»Ich muß schon sagen, von Mr. Klex' Beherrschung der englischen Sprache neulich im Fernsehen war ich höchst beeindruckt«, sagte Miss Percival. »Er hat das Interview ganz wunderbar bewältigt. Besonders gut hat mir gefallen, was er über die englischen Traditionen zu sagen wußte.«

»Daß das Heim eines Engländers seine Burg ist, diese Geschichte. War absolut seiner Meinung«, sagte der General.

»Ich dachte eher an das, was er über England als Hort der Freiheit gesagt hat, und daß die Engländer sich zu ihren traditionellen Werten bekennen müßten.«

Lady Maud warf ihnen allen verächtliche Blicke zu. »Ich muß schon sagen, ich halte es für eine schwache Leistung, wenn wir darauf angewiesen sind, daß Italiener unsere Interessen für uns wahrnehmen«, sagte sie.

Der General rutschte auf seinem Stuhl hin und her. »So weit würde ich nun doch nicht gehen«, murmelte er.

»Aber ich«, sagte Lady Maud. »Ohne ihn hätten wir alle unsere Häuser verloren.«

»Miss Percival hat ihres schon verloren«, sagte Oberst Chapman.

»Dafür können Sie wohl kaum Klex verantwortlich machen.«

Miss Percival kramte ein Taschentuch hervor und wischte sich die Augen. »Es war so ein schönes Landhaus«, seufzte sie.

»Ich möchte folgendes sagen«, fuhr Lady Maud fort. »Unserem Dank an Klex und unserer Unterstützung für ihn können wir meiner Meinung nach am besten Ausdruck verleihen, wenn wir ihn in der bevorstehenden Nachwahl als Kandidaten für South Worfordshire vorschlagen.«

Das Komitee glotzte sie verblüfft an.

»Ein Italiener als Vertreter South Worfordshires?« sagte der General. »Ich denke kaum...«

»Das ist mir auch schon aufgefallen«, sagte Lady Maud brüsk. »Außerdem ist Klex mitnichten Italiener. Er ist nationalisierter Engländer.«

»Sie meinen doch sicher naturalisierter«, sagte Oberst Chapman. »Nationalisiert bedeutet staatlich kontrolliert. Ich würde meinen, auf ihn trifft das genaue Gegenteil zu.«

»Ich nehme alles zurück«, sagte Lady Maud großmütig. »Dann sind wir also alle der Meinung, daß Klex die Partei bei der Nachwahl vertreten sollte?«

Sie schaute sich am Tisch um. Miss Percival stimmte als erste zu. »Ich unterstütze den Antrag«, nuschelte sie.

»Vorschlag«, verbesserte Lady Maud, »den Vorschlag. Der Antrag kommt später. Wer ist dafür?«

Der General und Oberst Chapman hoben schicksalsergeben die Hand, und da in South Worfordshire das Komitee ›Rettet die Schlucht‹ die Partei war, stand Klexens Kandidatur nichts mehr im Wege.

*

Lady Maud gab der vor dem Pförtnerhaus wartenden Presse die Entscheidung bekannt. Als die Medienleute sich in ihre Autos verzogen, kletterte sie die Leiter zum Fenster im Pförtnerhaus hoch.

»Klex«, rief sie durch die zerschlagenen Scheiben, »ich muß Ihnen etwas mitteilen.«

Klex öffnete das Fenster und lehnte sich heraus. »Ja«, sagte er.

»Ich möchte, daß Sie sich auf einen Schock gefaßt machen«, teilte sie ihm mit. Klex sah sie unsicher an. Er war schon seit geraumer Zeit auf einen Schock gefaßt. Die britische Armee benutzte längst keine 303er Munition mehr, und die APIGs waren schon vor Jahren ausrangiert worden. Diesen Aspekt hatte er neulich ganz übersehen.

»Ich habe beschlossen, daß du Sir Giles' Nachfolger werden sollst«, sagte Lady Maud und sah ihm in die Augen.

Klex starrte sie offenen Mundes an. »Sir Giles' Nachfolger? Gott im Himmel«, murmelte er.

»Das bezweifle ich sehr«, sagte Lady Maud.

»Sie meinen...«

»Ja«, sagte Lady Maud, »von nun an bist du der Herr von Haus Handyman. Du kannst jetzt rauskommen.«

»Aber...«, begann Klex.

»Wenn du mir das Maschinengewehr reichst und was immer du sonst noch benutzt hast, nehme ich die Sachen mit runter, und wir vergraben sie in der Schonung.«

Als sie mit dem APIG und dem leichten MG die Auffahrt hochgingen, war Klex verwirrt. »Woher wußten Sie es?« fragte er.

»Woher ich es wußte? Als ich die Schüsse hörte, rief ich natürlich bei dir an«, antwortete Lady Maud lächelnd. »Schließlich bin ich ja nicht so dumm, wie ich aussehe.«

»Mein Liebling«, sagte Klex und nahm so viel von ihr in die Arme, wie er nur konnte.

*

Vor dem Friedensgericht in Worford wurde Dundridge angeklagt, an einer Verschwörung mit dem Ziel der öffentlichen Ruhestörung beteiligt gewesen zu sein, außerdem des Mordversuchs, der vorsätzlichen Sachbeschädigung sowie der Behinderung der Polizei bei ihrer Dienstausübung.

Vor allem der letzte Anklagepunkt versetzte ihn in Wut.

»Behinderung?« schleuderte er dem Gericht entgegen. »Behinderung? Wer ist hier behindert worden?«

»Untersuchungshaft wird um eine Woche verlängert«, verkündete Oberst Chapman. Dundridge schimpfte immer noch wie ein Rohrspatz, als man ihn in die grüne Minna schleppte. In seiner Zelle suchte ihn Mr. Ganglion auf, den das Gericht zu seinem Pflichtverteidiger bestellt hatte.

»Ich würde mich in sämtlichen Anklagepunkten für schuldig bekennen«, empfahl der ihm.

»Schuldig? Ich hab' gar nichts verbrochen. Das ist doch bloß ein Haufen Lügen!« rief Dundridge.

»Ich kann mir vorstellen, wie Ihnen zumute ist«, sagte Mr. Ganglion, »aber soviel ich weiß, erwägt die Polizei, die Anklage zu erweitern.«

»Anklage zu erweitern? Aber man wirft mir doch schon alle Vergehen vor, die es überhaupt gibt.«

»Man könnte sich nur noch mit dieser kleinen Erpressungsgeschichte befassen. Es wäre Ihnen ganz sicher nicht recht, wenn die Fotos dem Gericht übergeben würden. Dafür könnten Sie lebenslänglich bekommen, müssen Sie wissen.«

Dundridge glotzte ihn verzweifelt an. »Für Erpressung?« fragte er. »Aber ich bin doch derjenige, der erpreßt wurde.«

»Für das, was Sie auf den Fotos getan haben.«

Dundridge dachte über diese Aussicht nach und schüttelte den Kopf. Lebenslänglich für etwas, das man ihm angetan hatte. Er war erpreßt, behindert und beschossen worden, und nun klagte man ihn wegen dieser Delikte an. Wenn eine Verschwörung existierte, so war sie gegen ihn gerichtet.

»Ich weiß nicht, was ich sagen soll«, murmelte er.

»Belassen Sie es einfach bei ›Schuldig‹«, empfahl Mr. Ganglion. »Das spart viel Zeit, und das Gericht wird es zu schätzen wissen.«

»Zeit?« sagte Dundridge. »Wieviel werde ich kriegen, was glauben Sie?«

»Wirklich schwer zu sagen. Sieben oder acht Jahre, würde ich meinen, aber wahrscheinlich sind Sie in fünfen wieder draußen.«

Er sammelte seine Unterlagen ein und verließ die Zelle. Auf dem Weg in sein Anwaltszimmer lächelte er still vor sich hin.

Es war immer erfreulich, das Nützliche mit dem Angenehmen zu verbinden. Auf ihn warteten Lady Maud und Klex, um mit ihm den Ehevertrag zu besprechen.

»Mein Verlobter hat beschlossen, seinen Namen zu ändern«, verkündete Lady Maud. »Von jetzt an möchte er Handyman heißen. Ich will, daß Sie die nötigen Schritte veranlassen.«

»Verstehe«, sagte Mr. Ganglion. »Nun, da dürfte es keine Probleme geben. Und welcher Vorname würde ihm zusagen?«

»Ich finde, wir bleiben einfach bei Klex. Ich habe mich dran gewöhnt, und viele Männernamen in der Familie fingen früher mit K an.«

»Stimmt«, sagte Mr. Ganglion und dachte im stillen, daß dies heute noch auf einige Frauen zuträfe – Kanaille, Kuh und Kröte. »Und wann findet das glückliche Ereignis statt?«

»Wir warten damit bis nach der Wahl. Ich möchte vermeiden, daß man glaubt, ich wolle das Ergebnis beeinflussen.«

*

Mr. Ganglion aß mit Mr. Turnbull zu Mittag.

»Erstaunliche Frau, Maud Lynchwood«, sagte er auf dem Weg ins Handyman-Wappen. »Ihr würde ich alles zutrauen. Heiratet ihren verdammten Gärtner und will ihn auch noch ins Parlament hieven.«

Sie betraten die Bar.

»Was möchten Sie trinken?« fragte Mr. Turnbull.

»Mir ist nach einem großen Whisky«, sagte Mr. Ganglion. »Ich weiß, daß er unerschwinglich teuer ist, aber ich brauche einfach einen.«

»Haben Sie schon gehört, Sir?« sagte der Barkeeper. »Ein Gläschen Whisky ist fünf Pence und ein großes Bier zwei Pence billiger geworden. Auf Anweisung Lady Mauds. Anscheinend kann sie sich's jetzt leisten, großzügig zu sein.«

»Du lieber Gott«, sagte Mr. Turnbull, »Sie glauben doch nicht, daß das irgendwas mit dieser Wahl zu tun hat, oder?«

Aber Mr. Ganglion hörte nicht hin. Er dachte daran, wie wenig sich seit seiner Jugendzeit verändert hatte. Was hatte sein Vater gesagt? Irgendwas über Mr. Gladstone, der auf einer Woge Starkbier aus seinem Amt gespült worden sei. Und das war Anno '74 gewesen.

28

Es wurde eine weiße Hochzeit. Lady Maud hatte sich mit ihrer üblichen Unverblümtheit gegen den Pfarrer durchgesetzt.

»Ich kann es verdammt nochmal beweisen, wenn Sie drauf bestehen«, hatte sie ihm gesagt, als er den einen oder anderen kleineren Einwand vorbrachte, doch der Pfarrer hatte gekniffen und klein beigegeben. Die Kirche von Wilfrid's Castle war zum Bersten gefüllt. Die halbe Grafschaft war anwesend, als Lady Maud mit Mrs. Forthby als Brautjungfer durch die Schonung schritt. Klex, inzwischen der Parlamentsabgeordnete Klex Handyman, wartete in Frack und Zylinder in der Kirche. Als der Organist »Rule Britannia« anstimmte, für das Klex sich entschieden hatte, ging Lady Maud Lynchwood an der Seite General Burnetts durch das Mittelschiff und tauchte eine halbe Stunde später als Lady Maud Handyman wieder auf. Das Paar posierte für Fotos und ging dann voran, den Pfad hinunter und über die Fußgängerbrücke zum Herrenhaus. Das Anwesen sah prächtig aus. Von den Türmchen wehten Fahnen, auf dem Rasen stand ein gestreiftes Festzelt, und der Wintergarten war ein einziges Farbenmeer. Alles, was man für Sir Giles' Vermögen kaufen konnte, war vorhanden: Champagner, Kaviar, geräucherter Lachs, Aal in Aspik für die, die so etwas mochten, Gurkensandwiches und Biskuitkuchen. Mrs. Forthby hatte an alles gedacht. Nur die Torte fehlte. »Ich wußte doch, daß ich irgendwas vergessen hatte«, schluchzte sie, doch selbst die fand sich schließlich in der Speisekammer. Es war eine perfekte Nachbildung des Pförtnerhauses.

»Es ist wirklich eine Schande, das zu ruinieren«, sagte Klex, als er und Maud mit Busby Handymans altem Schwert in den Händen vor der Torte standen.

»Das hättest du dir früher überlegen müssen«, flüsterte ihm Maud ins Ohr. Sie schnitten die Torte an, und man machte die obligatorischen Fotos. Selbst Klexens Rede, in ihrer Unverständlichkeit echt englisch, kam gut an. Er dankte allen für ihr Kommen, Mrs. Forthby dafür, daß sie für das leibliche Wohl gesorgt hatte, und brachte alle zum Lachen und Lady Maud zum Erröten, indem er bemerkte, nicht jeder Mann habe entweder die Gelegenheit oder das Glück, seine Gebieterin heiraten zu können. »Außergewöhnlicher Bursche«, meinte General Burnett zu Mrs. Forthby, die ihm recht gut gefiel, »ein vielseitig begabter Mensch. Es geht das Gerücht, daß man ihn zum Fraktionseinpeitscher machen wird.«

Mrs. Forthby schüttelte den Kopf. »Hoffentlich nicht«, sagte sie. »Es ist so entwürdigend.«

*

Mr. Ganglion und Mr. Turnbull verzogen sich mit einer Flasche Champagner in den Garten.

»Es heißt, ein Mann wächst mit seinen Aufgaben«, philosophierte Mr. Turnbull. »Ich muß sagen, er hat sich besser entwickelt, als ich erwartete. Von wegen, man kann keinen Diamanten aus einem Kieselstein schleifen.«

»Mein lieber Freund, das sehen Sie ganz falsch«, widersprach Mr. Ganglion. »Nur ein richtiger Kieselstein erkennt einen Diamanten, wenn er einen hat.«

»Was um alles in der Welt soll das denn bedeuten?«

Mr. Ganglion setzte sich auf eine schmiedeeiserne Bank. »Ich dachte gerade über Sir Giles nach. Es ist schon erstaunlich, wie günstig er seinen Tod gelegt hat – zeitlich gesehen. Haben Sie sich das je überlegt? Ich schon. Weshalb ist er Ihrer Meinung nach im August in Gummistiefeln herumgelaufen? Es hatte seit Wochen nicht geregnet. Trockenster Sommer seit Jahren, und er stirbt mit Gummistiefeln an den Füßen.«

»Sie wollen doch nicht etwa andeuten . . .«

Mr. Ganglion kicherte. »Ich deute überhaupt nichts an. Ich denke nur laut nach. Diese alten Familien. Sie haben nicht überlebt, indem sie sich auf den Zufall verließen. Die verstehen ihr Geschäft.«

»Sie sind eben ein Zyniker«, sagte Mr. Turnbull.

»Unsinn, ich bin Realist. Sie überleben, mein Gott, und wie sie überleben, und dem Himmel sei Dank, daß es so ist. Wo wären wir denn ohne sie?« Sein Kopf pendelte hin und her. Mr. Ganglion schlief ein.

*

In dieser Nacht lagen sich die Handymans im Bett selig vor Glück in den Armen. Klex hatte endlich zu sich selbst gefunden, er besaß eine neue Vergangenheit und eine perfekte Gegenwart. Es gab keinen Wartesaal in einem Dresdner Bahnhof, kein Waisenhaus, keine Jugend, keine Unsicherheiten oder Zweifel. Vor allem gab es keine Autobahn. Er war ein Engländer, dessen Familie seit fünfhundert Jahren in der Schlucht wohnte, und wenn es nach ihm ginge, würden sie auch die nächsten fünfhundert Jahre noch dort wohnen. Dies hatte er im Unterhaus in seiner Jungfernrede zum Thema Mitgliedschaft in der Europäischen Wirtschaftsgemeinschaft verkündet.

»Wozu brauchen wir Europa?« hatte er gefragt. »Ach ja, Sie werden sagen: ›Europa braucht uns.‹ Und das tut es allerdings. Als Vorbild, als Leitstern, als Zufluchtsstätte. Ich spreche hier aus Erfahrung . . .«

Es war eine bemerkenswerte Rede, die zu sehr an Churchill, den jüngeren Pitt und Burke erinnerte, um für die führenden Fraktionsmitglieder besonders erfreulich zu sein.

»Wir müssen ihn ruhigstellen«, sagte der Premierminister, und man hatte Klex den Posten des Fraktionsvorsitzenden angeboten.

»Das nimmst du doch nicht an, oder?« hatte Lady Maud ängstlich wissen wollen.

»Auf keinen Fall«, sagte Klex. »Der Strom der menschlichen Geschäfte wechselt...«

»O Liebling«, sagte Maud, »wie wunderbar du bist.«

»Nimmt man die Flut wahr, führt sie zu Familien.«

Lady Maud seufzte glücklich. Es war wundervoll, mit einem Mann verheiratet zu sein, der die richtigen Prioritäten setzte.

*

Im Gefängnis von Ottertown trat Dundridge seine Strafe an.

»Wenn Sie sich ordentlich führen, werden Sie in eine offene Anstalt verlegt«, teilte ihm der Gefängnisdirektor mit. »Mit Straferlaß für gute Führung müßten sie in neun Monaten draußen sein.«

»Ich will nicht in eine offene Anstalt«, sagte Dundridge. »Mir gefällt es hier.«

Und es stimmte. Das Leben im Gefängnis hatte etwas Logisches an sich, das ihm zusagte. Alles war an seinem Platz, und es gab keine unvorhergesehenen Ereignisse, die ihn beunruhigten. Jeder Tag lief ganz genauso ab wie der davor, und jede Zelle war mit der Nachbarzelle identisch. Das Allerbeste war, daß Dundridge eine Nummer hatte. Das hatte er schon immer gewollt. Er war 58295 und völlig zufrieden damit. Bei seiner Arbeit in der Gefängnisbücherei fühlte er sich sicher. Im Häftlingsleben spielte die Natur keine Rolle. Bäume, Wälder und alle sonstigen anstößigen Anomalien in der Landschaft befanden sich außerhalb der Anstaltsmauern. Für sie hatte Dundridge keine Zeit. Er war viel zu beschäftigt mit der Katalogisierung der Gefängnisbücherei. Dazu hatte er ein weit ausgeklügelteres Verfahren als das Deweysche Dezimalsystem entwickelt.

Es hieß das Dundridgesche Digitalsystem.

Ephraim Kishon

Drehn Sie sich um, Frau Lot!
Ullstein Buch 3427

Der seekranke Walfisch
Ullstein Buch 3428

Wie unfair, David!
Ullstein Buch 3429

Pardon, wir haben gewonnen
Ullstein Buch 3430

Der Fuchs im Hühnerstall
Ullstein Buch 3431

Kishons beste Familiengeschichten
Ullstein Buch 20001

Der quergestreifte Kaugummi
Ullstein Buch 20013

In Sachen Kain und Abel
Ullstein Buch 20025

Es war die Lerche
Ullstein Buch 20033

ein Ullstein Buch

Mein Freund Jossele
Ullstein Buch 20053

Kishon für Kenner
Ullstein Buch 20065

Wenn das Auto Schnupfen hat
Ullstein Buch 20137

Schokolade auf Reisen
Ullstein Buch 20158

Kishons beste Reisegeschichten
Ullstein Buch 20333

Kishons beste Tiergeschichten
Ullstein Buch 20527

Kein Öl, Moses?
Ullstein Buch 20569

Abraham kann nichts dafür
Ullstein Buch 20723

Beinahe die Wahrheit
Ullstein Buch 20766

Im neuen Jahr wird alles anders
Ullstein Buch 20981

Kein Applaus für Podmanitzki
Ullstein Buch 20982

Kishon für alle Fälle
Ullstein Buch 22114